Cecelia Ahern

Ik zal je nooit vergeten

2008 Prometheus Amsterdam

Oorspronkelijke titel *Thanks for the Memories*
© 2008 Cecelia Ahern
© 2008 Nederlandse vertaling Uitgeverij Prometheus en Dennis Keesmaat
Omslagontwerp Janine Jansen
Foto omslag Getty Images
Foto auteur Kieran Harnett
www.uitgeverijprometheus.nl
ISBN 978 90 446 1278 3

Dit boek is met liefde opgedragen aan mijn grootouders,
Olive & Raphael Kelly en Julia & Con Ahern.
Ik zal jullie nooit vergeten...

Proloog

Doe je ogen dicht en staar in het donker.

Dat raadde mijn vader me aan wanneer ik als klein meisje niet kon slapen. Op dit moment zou hij niet willen dat ik dat deed, maar ik ben vastbesloten het toch te doen. Ik staar in de onmetelijke duisternis, die veel verder reikt dan mijn gesloten ogen. Hoewel ik roerloos op de grond lig, voel ik me alsof ik op het hoogst mogelijke punt zit, waar ik een ster in de nachtelijke hemel vastgrijp en mijn benen boven de koude zwarte ledigheid laat bungelen. Ik werp een laatste blik op mijn vingers, die om het licht zijn geslagen, en laat los. Daar ga ik, ik val en zweef vervolgens, waarna ik weer val, in afwachting van de landing van mijn leven.

Ik weet nu wat ik als klein meisje dat tegen de slaap vocht al wist: dat zich achter de hordeur van oogjes toe kleuren bevinden. Die wetenschap tart me, daagt me uit mijn ogen te openen en houdt me uit mijn slaap. Flitsen van rood en amber, geel en wit schieten door mijn duisternis. Ik weiger mijn ogen te openen. Ik verzet me en knijp ze steviger toe om de flarden licht buiten te sluiten die slechts een afleiding vormen om ons wakker te houden, maar ook een teken zijn dat zich daarachter het leven bevindt.

In mij bevindt zich echter geen leven. Ik kan het tenminste niet voelen op de plek waar ik lig, onder aan de trap. Mijn hart slaat nu sneller, als de eenzame vechter die nog in de ring staat en met een rode bokshandschoen triomfantelijk in de lucht maait, weigert de strijd op te geven. Het is het enige lichaamsdeel dat zich om me bekommert, het enige lichaamsdeel dat zich ooit om me heeft bekommerd. Het vecht om het bloed rond te pompen om te genezen, om te vervangen wat ik momenteel verlies. Maar het verlaat mijn lichaam net zo snel als het gezonden wordt en vormt een diepe, zwarte oceaan rondom de plek waar ik ben gevallen.

Haast, haast, haast. We hebben altijd maar haast. We hebben nooit genoeg tijd om hier te zijn, zijn altijd op weg naar daar. We hadden hier vijf minuten geleden al weg moeten zijn, hadden nu al daar moeten zijn. De telefoon gaat opnieuw en de ironie dringt tot me door. Ik had rustig aan kunnen doen en op dit moment kunnen opnemen.

Nu, niet daarnet.

Ik had alle tijd van de wereld kunnen nemen op de treden. Maar we hebben altijd haast. Alles, behalve mijn hart. Dat mindert nu snelheid. Ik vind het wel best. Ik leg mijn hand op mijn buik. Als ik mijn kind ben kwijtgeraakt, en dat vermoed ik, ga ik het achterna. Naar… waarheen eigenlijk? Waar dan ook. 'Het', een harteloos woord. Hij of zij, zo jong nog. Wat het zou worden was nog een vraag. Maar daar zal ik er de moeder van zijn.

Daar, niet hier.

Ik zal zeggen: 'Het spijt me, lieverd, het spijt me dat ik je geen kans heb gegeven, mezelf geen kans heb gegeven – onze kans op een leven samen. Maar doe je ogen dicht en staar nu maar in het donker, net als mama. Samen vinden we onze weg wel.'

Er klinkt een geluid in de kamer en ik voel dat er iemand is.

'O god, Joyce, o god. Kun je me horen? O god. O god. O lieve heer, niet mijn Joyce. Hou vol, lieverd, ik ben hier. Je vader is hier.'

Ik wil niet volhouden en dat wil ik tegen hem zeggen. Ik hoor mezelf kreunen, een gekerm als van een dier, en ik schrik ervan, het boezemt me angst in. Ik wil tegen hem zeggen dat ik een plan heb. Ik wil gaan, alleen dan kan ik bij mijn kindje zijn.

Alleen dan, nu niet.

Hij voorkomt dat ik verder val, maar ik ben nog niet geland. In plaats daarvan laat hij me balanceren op het niets, ik zweef terwijl ik gedwongen word de beslissing te nemen. Ik wil verder vallen maar hij belt de ambulance en hij grijpt mijn hand zo stevig vast dat het lijkt alsof hij degene is die zich uit alle macht vastklampt aan het leven. Alsof ik alles ben wat hij heeft. Hij veegt het haar van mijn voorhoofd en huilt hardop. Ik heb hem nog nooit horen huilen. Zelfs niet toen mama stierf. Hij houdt mijn hand vast met alle kracht in zijn oude lichaam, kracht waarvan ik het bestaan niet eens vermoedde, en ik herinner me dat ik ook het enige ben wat hij heeft, en dat hij net als voorheen ook weer alles is wat ik op deze wereld heb. Mijn bloed maakt weer haast. Haast, haast, haast. We hebben altijd maar haast. Misschien maak ik zelf ook alweer haast. Misschien is mijn tijd nog niet gekomen.

Ik voel de ruwe huid van oude handen die in de mijne knijpen, en hun kracht en vertrouwdheid dwingen me mijn ogen te openen. Licht stroomt binnen en ik vang een glimp op van zijn gezicht, een blik die ik nooit meer wil zien. Hij klampt zich vast aan zijn kleine kind. Ik weet dat ik het mijne ben kwijtgeraakt, ik kan hem niet het zijne laten kwijtraken. En terwijl ik mijn besluit neem begin ik al te rouwen. Ik ben geland, de landing van mijn leven. En nog steeds blijft mijn hart pompen.

Zelfs gebroken werkt het nog.

Een maand eerder

1

'Bloedtransfusie,' verkondigt dokter Fields vanaf de verhoging voor in een collegezaal van de letterenfaculteit van Trinity College, 'is het proces waarbij bloed of afgeleide bloedproducten van een persoon worden overgebracht in het stelsel van bloedvaten van iemand anders. Bloedtransfusies worden gebruikt bij medische behandelingen, bijvoorbeeld bij bloedverlies door letsel, operaties en wanneer er onvoldoende rode cellen worden aangemaakt.

Eerst enkele feiten. In Ierland zijn elke week drieduizend donaties nodig. Slechts 3 procent van de Ierse bevolking is donor en levert bloed voor een bevolking van bijna vier miljoen mensen. Eén op de vier mensen heeft ooit een bloedtransfusie nodig. Kijk maar eens om je heen.'

Vijfhonderd hoofden draaien linksom, rechtsom en kijken om zich heen. De stilte wordt verbroken door opgelaten gegniffel.

Dokter Fields verheft haar stem om boven het rumoer uit te komen. 'Minstens honderdvijftig mensen in deze zaal hebben op een bepaald moment in hun leven een bloedtransfusie nodig.'

Daar worden ze stil van. Iemand steekt een hand op.

'Ja?'

'Hoeveel bloed heeft een patiënt nodig?'

'Hoe lang is een Chinees, sufkop,' antwoordt iemand achter in de zaal spottend, en er vliegt een prop papier naar het hoofd van de jongen die de vraag stelde.

'Dat is een heel goeie vraag.' Ze tuurt de duisternis in. In het licht van de projector kan ze de studenten niet zien. 'Wie vroeg dat?'

'Meneer Dover,' roept iemand aan de andere kant van de zaal.

'Meneer Dover kan vast zelf wel antwoord geven. Wat is je voornaam?'

'Ben,' antwoordt hij mismoedig.

De hele zaal barst in lachen uit. Dokter Fields slaakt een zucht. *Bend over*, buk voorover. Heel grappig.

'Bedankt voor je vraag, Ben. En tegen de rest kan ik alleen maar zeggen dat domme vragen niet bestaan. Dit is precies waar de Bloed Doet Leven-week om draait. Het gaat erom alle vragen te stellen die je wilt, alles te leren wat je moet weten over bloedtransfusies voordat je vandaag misschien bloed geeft, of morgen, later deze week op de campus of misschien wel vanaf nu regelmatig.'

De deur gaat open en licht stroomt de donkere collegezaal in. Justin Hitchcock komt binnen en de concentratie op zijn gezicht is duidelijk zichtbaar in het witte licht van de projector. Onder één arm houdt hij verscheidene mappen, die stuk voor stuk wegglippen. Een knie schiet omhoog om ze op hun plek te houden. In zijn rechterhand houdt hij een overvol koffertje en een plastic bekertje met koffie dat vervaarlijk schuin hangt. Hij brengt zijn zwevende voet langzaam weer naar de grond, alsof hij aan tai chi doet, en lacht opgelucht als de rust is hersteld. Er grinnikt iemand en de evenwichtsoefening is weer verstoord.

Hou vol, Justin, denkt hij. Haal je blik van het bekertje en schat de situatie in. Vrouw op podium, vijfhonderd jongelui. En ze staren je allemaal aan. Zeg iets. Iets intelligents.

'Ik zal me wel vergist hebben,' zegt hij tegen de duisternis, waarachter hij een vorm van leven vermoedt. Er klinkt geroezemoes in de zaal en hij voelt alle blikken op zich gericht als hij terugschuifelt naar de deur om het nummer te controleren.

Geen koffie knoeien, denkt hij. Godsamme, géén koffie knoeien.

Hij opent de deur, waardoor opnieuw banen van licht binnenglippen. De studenten die zich in de baan ervan bevinden houden hun handen boven hun ogen.

Kwetter, kwetter, is er iets grappiger dan een man die verdwaald is?

Met zijn handen vol slaagt hij er net in de deur met zijn been open te houden. Hij kijkt opnieuw naar het nummer op de deur en dan weer naar zijn vel papier. Het vel papier dat als hij het nu niet direct pakt, naar de grond zal zweven. Hij maakt een beweging om het te pakken. Verkeerde hand. Het plastic bekertje met koffie valt op de grond. Direct gevolgd door het vel papier.

Godsamme! Daar gaan ze weer, kwetter, kwetter. Is er iets grappiger dan een verdwaalde man die zijn koffie knoeit en zijn rooster laat vallen?

'Kan ik u helpen?'

De docente stapt van het podium af.

Justin brengt zijn hele lichaam de zaal weer in en de duisternis keert terug.

'Nou, hier staat, of nou ja, daar stónd,' zegt hij met een knikje naar het doorweekte vel op de grond, 'dat ik hier nu een college heb.'

'De inschrijving voor internationale studenten is in de tentamenruimte.'

Hij fronst zijn wenkbrauwen. 'Nee, ik…'

'Het spijt me.' Ze komt dichterbij. 'Ik dacht dat ik een Amerikaans accent hoorde.'

Ze raapt het plastic bekertje op en gooit het in de prullenbak, waarboven een bordje hangt met de tekst DRANK NIET TOEGESTAAN.

'Ah… o… sorry.'

'Het volwassenenonderwijs is hiernaast.' Fluisterend voegt ze eraan toe: 'Geloof me, hier wilt u geen les mee hebben.'

Justin kucht even en recht zijn rug, waarbij hij de mappen steviger onder zijn arm klemt. 'Eigenlijk geef ik het college kunst- en architectuurgeschiedenis.'

'Bent u docent?'

'Gastdocent. Geloof het of niet.' Hij blaast zijn haar weg van zijn plakkerige voorhoofd. Naar de kapper, niet vergeten naar de kapper te gaan, denkt hij. Daar gaan ze weer, kwetter, kwetter. Een verdwaalde docent die zijn koffie heeft geknoeid, zijn rooster heeft laten vallen, elk moment zijn mappen kan laten vallen en nodig naar de kapper moet. Er is écht niets grappiger.

'Professor Hitchcock?'

'Dat ben ik.' Hij voelt de mappen onder zijn arm vandaan glippen.

'O, sorry,' fluistert ze. 'Ik wist niet...' Ze vangt een map voor hem op. 'Ik ben dokter Sarah Fields, van de IBTS. Ik heb van de faculteit een halfuurtje met uw leerlingen gekregen voordat uw les begint. Tenzij u het daar niet mee eens bent, natuurlijk.'

'O, daar heb ik niks over gehoord, maar no problemo.'

No problemo? Hij schudt zijn hoofd en loopt weer naar de deur. Op naar de Starbucks voor een nieuwe koffie.

'Professor Hitchcock?'

Bij de deur blijft hij staan. 'Ja?'

'Blijft u anders.'

Liever niet, denkt hij. Er wachten een cappuccino en een kaneelmuffin op me. Nee. Gewoon nee zeggen.

'Eh... nn-ja.'

Nja?

'Ik bedoel ja.'

Kwetter, kwetter, kwetter. Docent in de hoek gedreven. Gedwongen iets te doen wat hij duidelijk niet wil door aantrekkelijke jonge vrouw in wit uniform die claimt dat ze een dokter is van een organisatie met een onbekende afkorting.

'Mooi. Welkom.'

Ze steekt de mappen weer onder zijn arm, keert terug naar het podium en richt zich weer tot de studenten.

'Oké, weer opletten allemaal. Even terug naar de oorspronkelijke vraag over hoeveelheden bloed. Een slachtoffer van een auto-ongeluk kan tot dertig eenheden bloed nodig hebben. Voor een bloedende zweer kunnen drie tot dertig eenheden bloed nodig zijn. Voor de bypass van een kransslagader zijn één tot vijf eenheden bloed nodig. Het verschilt dus, maar met zulke hoeveelheden begrijpen jullie wel waarom we altijd op zoek zijn naar mensen die bloed willen geven.'

Justin gaat op de eerste rij zitten en luistert vol afschuw naar de discussie waarin hij terecht is gekomen.

'Heeft er nog iemand vragen?'

Ja, kun je misschien van onderwerp veranderen, denkt Justin.

'Krijg je geld als je bloed geeft?'

Nog meer gelach.

'In dit land niet, ben ik bang.'

'Weet degene die bloed krijgt wie de donor is?'

'Ontvangers weten meestal niet wie de donor is, maar producten in een bloedbank zijn altijd terug te voeren door de cyclus van donatie, testen, verdeling in componenten, opslag en de uiteindelijke transfusie.'

'Mag iedereen bloed geven?'

'Goeie vraag. Ik heb hier een lijst met omstandigheden waarin je geen bloed mag geven. Bekijk die alsjeblieft goed en maak vooral aantekeningen als je dat wilt.' Dokter Fields plaatst een vel onder de projector en op haar witte jas verschijnt een nogal bloederige foto van iemand die dringend een donatie nodig heeft. Ze stapt weg en hij vult het scherm aan de wand.

Mensen kreunen en het woord 'getver' gonst als een wave door de zaal. Justin zegt het zelfs twee keer. Hij voelt zich duizelig worden en wendt zijn blik af.

'Oeps, verkeerde vel,' zegt dokter Fields schalks, en ze vervangt hem langzaam door de beloofde lijst.

Justin speurt hem hoopvol af op zoek naar fobieën voor naalden of bloed, in een poging zichzelf uit te sluiten als mogelijke bloeddonor. Maar helaas. Niet dat het ertoe doet. De kans dat hij iemand ook maar een druppel bloed geeft is net zo klein als de kans om 's ochtends vroeg een briljant idee te hebben.

'Jammer, Dover.' Achter uit de zaal wordt opnieuw een prop papier naar Bens hoofd gegooid. 'Homo's mogen geen bloed geven.'

Ben steekt koeltjes een middelvinger op.

'Dat is discriminatie!' roept een meisje.

'Dat is een discussie voor een andere keer,' antwoordt dokter Fields. 'Vergeet niet dat je lichaam het vloeibare deel van de donatie binnen vierentwintig uur weer aanvult. Eén eenheid bloed is ongeveer een halve liter en iedereen heeft ongeveer vier tot zes liter bloed in zijn lichaam, dus van een halve liter ga je niet dood.'

Her en der gegniffel.

'Alsjeblieft.' Dokter Fields klapt in haar handen en probeert wanhopig de aandacht vast te houden. 'De Bloed Doet Leven-week gaat net zozeer om voorlichting als het werven van donoren. Het is allemaal goed en wel dat we er grappen over kunnen maken, maar het lijkt me belangrijker dat op dit moment misschien wel iemands léven van jullie afhangt, of het nu een man, vrouw of kind is.'

Er daalt direct een stilte neer over de zaal. Zelfs Justin praat niet langer in zichzelf.

2

'Professor Hitchcock.' Dokter Fields komt op Justin af, die zijn aantekeningen rangschikt op het bureau terwijl de studenten vijf minuten pauze hebben.

'Noem me alstublieft Justin, dokter.'

'Als u mij Sarah noemt. En zullen we "je" zeggen?' Ze steekt haar hand uit.

'Aangenaam, Sarah.' Héél aangenaam, denkt hij er meteen achteraan.

'Dus we zien elkaar straks?'

'Straks?'

'Ja, straks. Als in… na je college,' zegt ze met een glimlach.

Flirt ze nu met me, denkt Justin. Het is al zo lang geleden, hoe kan ik dat nou weten? Zeg iets, Justin, zeg iets.

'Leuk. Een afspraakje lijkt me leuk.'

Ze drukt haar lippen opeen om een glimlach te verhullen. 'Oké, ik zie je om zes uur bij de hoofdingang, dan breng ik je zelf verder.'

'Verder waarheen?'

'Naar de plek waar we bloed afnemen. We hebben een tent bij het rugbyveld, maar ik breng je liever zelf.'

'Waar jullie bloed afnemen…' Hij doet zijn best zijn ontzetting te onderdrukken. 'Ah, ik denk niet dat ik…'

'En zullen we daarna iets gaan drinken?'

'Weet je, ik heb net griep gehad, dus ik denk niet dat ik in aanmerking kom om bloed te geven.' Hij haalt zijn schouders op.

'Gebruik je antibiotica?'

'Nee, maar dat is een goed idee, Sarah. Misschien moet ik…' Hij wrijft over zijn keel.

'O, ik denk dat het wel goed zit,' zegt ze met een grijns.

'Nee, weet je, ik ben de laatste tijd in aanraking gekomen met nogal wat besmettelijke ziektes. Malaria, pokken, de hele rataplan. Ik was in een tropisch gebied.' Hij herinnert zich de lijst met omstandigheden waarbij je geen bloed mag geven. 'En mijn broer Al? Ja, die heeft lepra.'

Suf, suf, suf.

'Echt.' Ze trekt een wenkbrauw op en hoewel hij zich er met alle macht tegen verzet, moet hij toch lachen.

'Hoe lang geleden ben je uit de States gekomen?'

Goed nadenken, Justin, dit kan een strikvraag zijn.

'Ik ben drie maanden geleden naar Londen verhuisd,' antwoordt hij ten slotte naar waarheid.

'O, dat komt goed uit. Als het twee maanden was, zou je niet in aanmerking komen.'

'Nee, wacht, even nadenken…'

Hij krabt aan zijn kin en denkt diep na, willekeurig namen van maanden mompelend. 'Misschien was het twee maanden geleden. Als ik terugreken tot wanneer ik aankwam…' Zijn stem sterft weg terwijl hij terugtelt op zijn vingers en met een geconcentreerde frons in de verte staart.

'Bent u soms bang, professor Hitchcock?' zegt ze met een glimlach.

'Bang? Nee!' Hij gooit zijn hoofd in zijn nek en buldert het uit. 'Had ik al gezegd dat ik malaria heb?' Hij slaakt een zucht. Waarom neemt ze hem niet serieus? 'Nou, ik weet verder ook niks meer.'

'Ik zie je om zes uur bij de ingang. O, en vergeet niet nog iets te eten.'

'Ja, hoor, want ik heb natuurlijk rázende honger voor m'n afspraakje met een reusachtige, moordzuchtige naald,' mompelt hij terwijl hij haar nakijkt.

De studenten stromen de zaal weer in en hij probeert zijn pretlachje te onderdrukken, hoe tegenstrijdig zijn gevoelens ook zijn. Eindelijk kan hij aan zijn les beginnen.

Oké, kwetterende vriendjes van me, denkt hij. Tijd om jullie terug te pakken.

Ze zitten nog niet allemaal op hun plek als hij van wal steekt.

'Kunst,' verkondigt hij tegen de collegezaal, en hij hoort de geluiden van pennen en schrijfblokken die uit tassen worden gehaald, ritsen en gespen die opengaan, tinnen pennendoosjes die kletteren, alles nieuw voor de eerste lesdag. Brandschoon en onbezoedeld. Jammer dat dat niet van de studenten gezegd kan worden. 'Dat wat de menselijke creativiteit voortbrengt.' Hij zwijgt geen seconde om hun de tijd te gunnen hem bij te houden. Sterker nog: het is tijd om een beetje lol te maken. Hij gaat nog sneller praten.

'De creatie van mooie, belangrijke zaken.' Hij loopt heen en weer terwijl hij praat en hoort nog steeds geritsel en gekletter.

'Meneer, kunt u dat nog een keer…'

'Nee,' onderbreekt hij de vraagsteller. 'Kunst vormt de praktische toepassing van wetenschap in handel en industrie.' Volkomen stilte nu.

'Creativiteit en bruikbaarheid. Het resultaat van hun fusie is architectuur.' Sneller, Justin, sneller!

'Architectuur-is-het-omzetten-van-ideeën-in-een-fysieke-werkelijkheid. De-complexe-en-nauwkeurig-ontworpen-structuur-van-iets-en-dan-met-name-in-een-specifieke-periode.Om-architectuur-te-begrijpen-moeten-we-de-relatie-tussen-technologie-wetenschap-en-de-maatschappij-bestuderen.'

'Meneer, kunt u…'

'Nee.' Maar hij gaat wel iets langzamer praten. 'We bestuderen hoe architectuur door de eeuwen heen door de maatschappij gevormd is, hoe ze nog steeds wordt gevormd, maar op haar beurt ook de maatschappij vormt.'

Hij zwijgt even en kijkt rond naar de jeugdige gezichten die naar hem opkijken met lege hoofden die wachten om gevuld te worden. Er is zoveel te leren en zo weinig tijd, ze hebben zo weinig passie in zich om het écht te begrijpen. Het is zijn taak om ze die passie bij te brengen. Om zijn reiservaringen met hen te delen, zijn kennis over alle grote meesterwerken van eeuwen geleden. Hij zal ze meenemen van de bedompte collegezaal van de prestigieuze universiteit in Dublin naar de zalen van het Louvre, de echo's van hun voetstappen horen terwijl hij met ze door de kathedraal van St.-Denis loopt, naar St.-Germain-des-Prés en St.-Pierre-de-Montmartre. Ze zullen niet alleen jaartallen en statistieken kennen, maar ook de geur van Picasso's verf, en weten hoe marmer uit de barok aanvoelt, hoe de klokken van de Notre Dame klinken. Ze zullen het allemaal ervaren, hier in dit klaslokaal. Hij zal het ze allemaal bijbrengen.

Ze staren je aan, Justin. Zeg iets.

Hij schraapt zijn keel. 'In dit trimester zullen jullie leren kunstwerken te analyseren en hun historische belang te begrijpen. Dat zal jullie in staat stellen je bewust te worden van je omgeving, terwijl jullie ook een breder begrip krijgen voor de cultuur en idealen van andere landen. We zullen een breed spectrum bestrijken: geschiedenis van de schilderkunst, beeldhouwkunst en architectuur van het oude Griekenland tot het heden, vroege Ierse kunst, de schilders van de Italiaanse renaissance, de grote gotische kathedralen van Europa, de architecturale pracht uit de tijd van de Britse koningen George en de artistieke verworvenheden van de twintigste eeuw.'

Hij laat een korte stilte vallen.

Hebben ze spijt als ze horen wat er de komende vier jaar van hun leven in het verschiet ligt? Of gaan hun harten tekeer van opwinding, net als het zijne, als ze denken aan alles wat nog gaat komen? Zelfs na al die jaren voelt hij nog steeds hetzelfde enthousiasme voor de gebouwen, schilderijen en beeldhouwwerken van de wereld. Zijn opwinding beneemt hem vaak de adem tijdens lessen. Hij moet eraan denken langzamer te praten, ze niet alles tegelijk te vertellen. Hoewel hij juist wil dat ze alles te weten komen, en wel nu meteen!

Hij kijkt opnieuw naar hun gezichten en ziet alles opeens volkomen helder. Je hebt ze, denkt hij. Ze hangen aan je lippen, ze kunnen niet wachten om meer te horen. Je hebt het voor elkaar, je hebt ze in je macht!

Iemand laat een scheet en de hele zaal barst in lachen uit.

Ontmoedigd slaakt hij een zucht en hij gaat op verveelde toon verder.

'Mijn naam is Justin Hitchcock en in mijn speciale gastlessen die door de trimesters heen gegeven worden, zullen jullie kennismaken met de Europese schilderkunst, waaronder de Italiaanse renaissance en het Franse impressionisme. Daaronder valt ook de kritische analyse van schilderijen, het belang van iconografie en de verscheidene technieken die kunstenaars gebruiken, van het Book of Kells tot in het heden. Ik zal ook een inleiding geven in Europese architectuur. Griekse tempels tot het heden, bla bla bla. Twee vrijwilligers om deze uit te delen, alsjeblieft.'

En zo begon er weer een jaar. Hij was niet langer thuis in Chicago; hij was achter zijn ex-vrouw en dochter aan gegaan om in Londen te gaan wonen en vloog daarvandaan op en neer naar Dublin voor zijn gastlessen. Het was dan misschien wel een ander land, maar het was ook gewoon weer een groep studenten. Hun eerste week zijn ze nog giechelig. Weer een groep die heel onvolwassen de schouders ophaalt over zijn passie, een groep die doelbewust de mogelijkheid de rug toekeert iets prachtigs en groots te leren – nee, niet eens de mogelijkheid, de zékerheid.

Het doet er niet meer toe wat je zegt, vriend, denkt hij. Het enige wat ze zich straks nog herinneren is de scheet.

3

'Wat is dat toch met scheten, Bea?'

'O, hoi, pa.'

'Wat is dat nou weer voor begroeting?'

'O, jee, goh, pa, wat leuk om van je te horen. Het is toch algauw drie uur geleden dat je gebeld hebt.'

'Goed, maar je hoeft niet zo bijdehand te doen. Is die lieve moeder van je al terug van weer een dag in haar nieuwe leven?'

'Ja, ze is thuis.'

'En heeft ze die schat van een Laurence meegenomen?' Hij kan zijn sarcasme niet voor zich houden, waarvoor hij zichzelf veracht, maar hij weigert het terug te nemen en is niet in staat zich te verontschuldigen. En dus doet hij wat hij altijd doet: erop doorgaan, waardoor het erger wordt. 'Laurence Liesbreuk,' zegt hij lijzig.

'O, wat ben je toch een nerd. Hou je nog een keer op over z'n broekspijpen?' zegt ze met een zucht van verveling.

Justin schopt de ruwe deken van het goedkope hotel in Dublin waar hij verblijft van zich af. 'Echt, Bea, je moet maar eens kijken als hij er is. Die broek is echt veel te strak voor wat erin zit. Daar zouden ze een naam voor moeten verzinnen. Puntje-puntje-itis.' Klembal-itis, denkt hij. 'Dit hok heeft maar vier zenders, waarvan eentje in een taal die ik niet eens versta. Het klinkt alsof ze hun keel schrapen na zo'n vreselijke coq-au-vin van je moeder te hebben gegeten. In mijn heerlijke huis in Chicago had ik meer dan tweehonderd zenders.' Lulle-titis. Eikel-itis. Ha!

'Waarvan je er welgeteld nul keek.'

'Maar je kon er tenminste voor kíezen om niet naar van die vreselijke klusprogramma's te kijken of die muziekzenders vol naakte vrouwen die ronddansen.'

'Ik heb met je te doen, pa. Je hebt het maar zwaar. Het moet heel traumatisch voor je zijn als min of meer volwassen man, terwijl mijn hele leven op m'n zestiende helemaal op zijn kop kwam te staan toen mijn ouders gingen scheiden en ik van Chicago naar Londen verhuisde.'

'Je hebt nu twee huizen en je krijgt meer cadeaus, wat kan jou het schelen?' bromt hij. 'En het was jouw idee.'

'Het was mijn idee om in Londen een balletopleiding te volgen, niet dat jullie zouden gaan scheiden!'

'O, ging het écht daarom? Ik dacht dat je ons daarmee probeerde te dwíngen te scheiden. Foutje. Zullen ma en ik anders teruggaan naar Chicago en het weer goedmaken?'

'Neu.'

Hij hoort de glimlach in haar stem en weet dat alles snor zit. 'Hé, denk je nou echt dat ik in Chicago zou blijven terwijl jij helemaal aan deze kant van de wereld zit?'

'Je bent nu nog niet eens in hetzelfde land,' zegt ze lachend.

'Ierland is maar een werkreisje. Over een paar dagen ben ik weer in Londen. Echt, Bea, ik zou nergens liever willen zijn,' verzekert hij haar. Hoewel een Four Seasons niet verkeerd zou zijn.

'Ik denk erover om bij Peter in te trekken,' zegt ze veel te nonchalant.

'Maar hoe zit het nou met die scheten?' vraagt hij opnieuw, haar negerend. 'Ik bedoel, waardoor verliezen mensen door het geluid van lucht die uitgestoten wordt al hun interesse in de prachtigste kunstwerken die ooit zijn gemaakt?'

'Ik neem aan dat je het er niet over wilt hebben dat ik bij Peter intrek?'

'Je bent nog maar een kind. Jij en Peter kunnen in het speelhuisje trekken dat ik nog ergens in de opslag heb liggen. Ik zet het wel op in de woonkamer. Heel knus en gezellig.'

'Ik ben achttien, geen kind meer. En ik woon al twee jaar niet meer thuis.'

'Waarvan één jaar alleen. Je moeder ging het tweede jaar bij me weg om bij je te zijn, weet je nog?'

'Jij en ma hebben elkaar op mijn leeftijd leren kennen.'

'En we leefden niet lang en gelukkig. Hou op ons na te doen en schrijf je eigen sprookje.'

'Dat wil ik best, als mijn overbezorgde vader me niet steeds onderbreekt om te vertellen hoe het verhaal zou móeten gaan.' Bea slaakt een zucht en brengt het gesprek op veiliger terrein. 'Waarom lachen je leerlingen eigenlijk om een scheet? Ik dacht dat jouw college een eenmalige was voor postdocs die er zelf voor gekozen hadden om jouw saaie onderwerp te kiezen. Niet dat ik begrijp waarom ook maar iemand dat zou doen. Je gepreek over Peter en mij is al saai genoeg, en ik hou van hem.'

Ze houdt van hem, denkt Justin. Doe maar alsof je neus bloedt en vergeet wat ze zei.

'Het zou misschien helpen als je een keer naar me luisterde. Naast mijn colleges voor postdocs ben ik gevraagd dit jaar ook les te geven aan eerstejaars. Daar krijg ik misschien spijt van, maar dat doet er niet toe. Veel belangrijker is dat ik een tentoonstelling in de Gallery organiseer over Nederlandse schilders in de zeventiende eeuw. Je moet echt komen kijken.'

'Nee, bedankt.'

'Nou, misschien kunnen mijn postdocs mijn deskundigheid de komende maanden meer waarderen.'

'Nou ja, je studenten lachten misschien wel om die scheet, maar ik durf te wedden dat minstens een kwart bloed heeft gegeven.'

'Dat deden ze alleen omdat ze hoorden dat ze na afloop een KitKat zouden krijgen,' snuift Justin terwijl hij door de minibar rommelt, die allesbehalve ruim gesorteerd is. 'Ben je boos op me omdat ik geen bloed heb gegeven?'

'Je bent een eikel omdat je die vrouw hebt laten lopen.'

'Noem me geen eikel, Bea. Wie heeft je trouwens verteld dat ik haar heb laten lopen?'

'Ome Al.'

'Ome Al is een eikel. En weet je, lieverd? Weet je wat die goeie dokter vandaag zei over het geven van bloed?' Hij worstelt met het plastic van een bus Pringles.

'Wat?' geeuwt Bea.

'Dat de donatie anoniem is. Begrijp je? Anoniem. Wat heeft het voor zin iemands leven te redden als ze niet eens weten dat jij degene bent die ze gered heeft?'

'Pa!'

'Wat? Kom op nou, Bea. Je liegt tegen me als je zegt dat je geen bos bloemen wilt als je iemands leven redt!'

Bea sputtert tegen maar hij gaat verder.

'Of een mandje van die muffins die je zo lekker vindt, kokos…'

'Kaneel,' zegt ze lachend, waarmee ze zich eindelijk gewonnen geeft.

'Een mandje met kaneelmuffins voor je deur met een briefje in het mandje gestoken waarop staat: "Bedankt dat je mijn leven hebt gered, Bea. Als ik iets voor je kan doen… Je kleren ophalen bij de stomerij, elke dag een krant en een kop koffie aan je deur brengen, een auto met chauffeur voor je regelen, kaartjes voor de eerste rang bij de opera." Een eindeloze lijst.'

Hij geeft zijn pogingen met de bus chips op en pakt een kurkentrekker om het plastic door te prikken. 'Het zou zoiets Chinees kunnen zijn, je weet wel. Dat iemand je leven redt en dat je dan de rest van je leven bij diegene in het krijt staat. Het zou leuk zijn als iemand de hele dag achter je aan loopt en piano's opvangt die uit ramen vliegen en voorkomt dat die op je hoofd terechtkomen, dat soort dingen.'

Bea komt tot bedaren. 'Ik hoop maar dat je een grapje maakt.'

'Ja, natuurlijk maak ik een grapje.' Justin trekt een gezicht. 'Die piano zouden ze nooit overleven en dat zou niet eerlijk zijn.'

Eindelijk kan hij bij de chips en hij smijt de kurkentrekker door de kamer. Die raakt een glas op de minibar dat aan stukken spat.

'Wat was dat?'

'Er wordt hier schoongemaakt,' liegt hij. 'Je vindt me egoïstisch, hè?'

'Pa, je hebt je hele hebben en houden achtergelaten, een geweldige baan en een mooi huis en je bent duizenden kilometers naar een ander land gevlogen om maar bij me in de buurt te zijn. Natuurlijk vind ik je niet egoïstisch.'

Justin glimlacht en steekt een paar chips in zijn mond.

'Maar als je het meent van dat mandje met muffins, ben je wél egoïstisch. En als ze op mijn school Bloed Doet Leven-week hadden, had ik bloed gegeven. Maar jij kunt het nog goedmaken bij die vrouw.'

'Ik heb alleen het gevoel dat ik ertoe gedwongen word. Ik wilde morgen naar de kapper in plaats van mensen een naald in mijn aderen te laten jassen.'

'Je moet geen bloed geven als je niet wilt, mij maakt het niks uit. Maar je moet niet vergeten dat je van een piepklein naaldje niet doodgaat. Integendeel, misschien gebeurt het tegenovergestelde wel en red je iemands leven. En je weet maar nooit, misschien volgt diegene je wel voor de rest van je leven en laat hij of zij mandjes met muffins achter voor je deur en vangen ze piano's op voordat die op je hoofd vallen. Zou dat niet fijn zijn?'

4

In een tent naast het rugbyveld van Trinity College probeert Justin zijn trillende handen te verbergen voor Sarah. Hij overhandigt haar het formulier waarmee hij zijn toestemming geeft bloed af te nemen. Er zit ook een vragenlijst bij over zijn gezondheid, waarop nu veel meer over zichzelf staat dan hij iemand tijdens een afspraakje zou vertellen. Ze lacht hem bemoedigend toe en legt uit hoe alles in zijn werk zal gaan, alsof het afstaan van bloed de gewoonste zaak van de wereld is.

'Nu moet ik je nog een paar vragen stellen. Heb je de vragenlijst over je gezondheid gelezen, begrepen en helemaal ingevuld?'

Justin knikt. Praten lukt niet vanwege zijn dichtgeschroefde keel.

'En heb je de lijst naar waarheid ingevuld?'

'Hoezo?' zegt hij met schorre stem. 'Ziet het eruit alsof ik dat niet heb gedaan? Want als dat zo is kan ik ook een andere keer terugkomen.'

Ze lacht naar hem met dezelfde blik die zijn moeder had toen ze hem instopte en het licht uitknipte. 'Oké, we kunnen aan de slag. Ik doe eerst nog even een hemoglobinetest,' legt ze uit.

'Controleer je daarmee op ziektes?' Hij kijkt nerveus om zich heen naar de apparatuur in het busje. Zeg alsjeblieft dat ik geen ziektes heb, denkt hij. Dat zou echt té gênant zijn. Nou ja, de kans lijkt me klein. Weet je überhaupt nog wanneer je voor het laatst seks hebt gehad?

'Nee, dit meet alleen het ijzergehalte van je bloed.' Ze prikt in het kussentje van zijn vinger en er komt een druppeltje bloed uit. 'Het bloed wordt later onderzocht op ziektes en soa's.'

'Dat moet wel handig zijn om je partners mee te controleren,' grapt hij, maar er prikkelt zweet op zijn bovenlip. Hij bestudeert zijn vinger.

Zwijgend voert ze de test uit. Justin gaat achteroverliggen op een bankje met kussens en steekt zijn linkerarm uit. Sarah schuift een bloeddrukmeter om zijn bovenarm, waardoor de aderen duidelijker zichtbaar worden, en ze desinfecteert de binnenkant van zijn elleboog.

Niet naar de naald kijken, niet naar de naald kijken, houdt hij zichzelf voor.

Hij kijkt naar de naald en onder hem begint de grond te tollen. Zijn keel schroeft weer dicht.

'Gaat het pijn doen?' Justin slikt moeizaam en zijn overhemd kleeft aan zijn doorweekte rug.

'Een prikje, meer niet,' zegt ze met een glimlach, en ze komt met een injectienaald op hem af.

Hij ruikt haar zoete parfum en eventjes leidt dat hem af. Als ze vooroverbuigt kijkt hij in de v-hals van haar trui. Een bh van zwart kant.

'Ik wil dat je dit in je hand neemt en er een paar keer in knijpt.'

'Wat?' lacht hij nerveus.

'De bal,' zegt ze met een glimlach.

'O.' Hij neemt het zachte balletje in zijn hand. 'Wat doet dit precies?' Zijn stem is onvast.

'Hierdoor gaat het sneller.'

Hij pompt als een bezetene.

Sarah lacht. 'Nog niet. En niet zo snel, Justin.'

Zweet druppelt langs zijn rug. Zijn haar plakt op zijn plakkerige voorhoofd. Je had naar de kapper moeten gaan, Justin. Dit was echt het stomste idee dat– 'Au.'

'Dat viel wel mee, toch?' zegt ze zacht, alsof ze tegen een kind praat.

Justins hart bonkt in zijn oren. Hij drukt het balletje in zijn hand in op het ritme van zijn hartslag. Hij stelt zich voor hoe zijn hart het bloed rondpompt, het bloed dat door zijn aderen stroomt. Hij ziet hoe het de naald bereikt, door het buisje gaat en wacht tot hij duizelig wordt. Maar de duizeligheid komt niet en dus kijkt hij toe hoe zijn bloed door het buisje stroomt en verdwijnt in de zak die ze heel attent onder het bed op een weegschaal heeft gelegd.

'Krijg ik straks een KitKat?'

Ze lacht. 'Natuurlijk.'

'En gaan we daarna wat drinken of gebruik je me alleen maar voor mijn lichaam?'

'Wat drinken is prima, maar ik moet je waarschuwen: je mag niets inspannends doen vandaag. Je lichaam moet herstellen.'

Hij vangt weer een glimp op van haar kanten bh. Ja, hoor, natuurlijk, denkt hij.

Een kwartier later kijkt Justin vol trots naar zijn halve liter bloed. Hij wil niet dat het naar een vreemdeling gaat. Hij wil het bijna zelf naar het ziekenhuis brengen, de zalen af lopen en het aan iemand geven om wie hij echt geeft, een bijzonder iemand. Het is namelijk lang geleden dat er iets recht uit zijn hart kwam.

Heden

5

Langzaam open ik mijn ogen. Er stroomt wit licht in. Stukje bij beetje krijgen voorwerpen vaste vorm en het witte licht ebt weg. Het is nu een soort oranjeachtig roze. Ik beweeg mijn ogen heen en weer. Ik bevind me in een ziekenhuis. Hoog aan de muur hangt een televisie. Het scherm is groen. Ik kijk nog iets beter. Paarden. Ze springen en rennen. Pa moet hier zijn. Ik laat mijn blik zakken en daar zit hij, met zijn rug naar me toe in een leunstoel. Hij bonkt zachtjes met zijn vuisten op de leuning, en zijn tweedpet verschijnt en verdwijnt achter de rug van de stoel terwijl hij op en neer wipt. De veren onder hem piepen.

De paarden rennen zonder geluid te maken. Mijn vader is ook stil. Alsof zich voor me een stomme film afspeelt kijk ik naar hem. Ik vraag me af of mijn oren niet toestaan dat ik hem hoor. Hij springt nu sneller uit zijn stoel dan ik hem in tijden heb zien bewegen, en hij zwaait met zijn vuisten naar de televisie. In stilte spoort hij zijn paard aan.

Het scherm gaat op zwart. Zijn vuisten openen zich en hij heft zijn handen in de lucht, kijkt naar het plafond en smeekt God om hulp. Hij steekt zijn handen in zijn zakken, voelt rond en trekt ze binnenstebuiten. Ze zijn leeg en de zakken van zijn bruine broek hangen daar maar, iedereen kan ze zien. Hij klopt op zijn borstzak, op zoek naar geld. Voelt in het zakje van zijn bruine vest. Bromt iets. Aan mijn oren ligt het dus niet.

Hij draait zich om en loopt naar zijn overjas, die naast me hangt, en ik sluit snel mijn ogen.

Ik ben er nog niet klaar voor. Zolang ze het me niet vertellen is me niets overkomen. Gisteravond blijft een nachtmerrie tot ze me vertellen dat het echt gebeurd is. Hoe langer ik mijn ogen sluit, hoe langer alles blijft zoals het was. Zalige onwetendheid.

Ik hoor hem rommelen in zijn jas, ik hoor muntjes rinkelen en ik hoor de doffe tik als de munten in de televisie vallen. Ik waag het mijn ogen opnieuw te openen en hij zit weer in zijn stoel. Zijn pet gaat weer op en neer en zijn vuisten stoten weer in de lucht.

Het gordijn rechts van me is gesloten maar ik kan voelen dat ik een kamer deel met anderen. Hoeveel het er zijn weet ik niet. Het is stil. De kamer heeft geen lucht, hij is bedompt en ruikt naar muf zweet. De grote ramen die mijn hele linkerwand vormen zijn gesloten. Het licht is zo fel dat ik niet naar buiten kan kijken. Ik sta mijn ogen toe zich aan te passen en eindelijk zie ik het. Een bushalte aan de overkant van de straat. Er staat een vrouw bij de halte met boodschappentassen aan haar voeten. Tegen haar heup zit een baby gedrukt. De blote beentjes wippen op en neer in de nazomerzon. Ik kijk meteen weer weg. Pa kijkt naar me. Hij zit langs de leuning van zijn stoel gebogen en zijn hoofd is omgedraaid, als een kind dat uit zijn wieg tuurt.

'Ha, meid.'

'Hoi.' Ik heb het gevoel dat ik heel lang niet gepraat heb, en verwacht een schorre stem. Die heb ik echter niet. Mijn stem is zuiver en stroomt naar buiten als honing. Alsof er niets gebeurd is. Maar er ís ook niets gebeurd. Nog niet. Niet totdat ze het me verteld hebben.

Met beide handen op de leuningen van de stoel hijst hij zich langzaam omhoog. Heen en weer schommelend loopt hij naar het bed. Omhoog en omlaag, omlaag en omhoog. Hij was geboren met ongelijke benen, zijn linkerbeen was langer dan het rechter. Ondanks de speciale schoenen die hij op latere leeftijd gekregen heeft, slingert hij nog steeds. Hij heeft zich de beweging ingeprent sinds hij leerde lopen. Hij vindt het vreselijk om die schoenen te dragen, en ondanks onze waarschuwingen en rugpijn grijpt hij steeds weer terug op wat hij kent. Ik ben gewend aan de aanblik van zijn lichaam dat omhoog en omlaag, omlaag en omhoog gaat. Ik herinner me hoe ik als kind hand in hand met hem ging wandelen. Hoe mijn arm in een volmaakt ritme met hem mee bewoog. Ik werd omhooggetrokken als hij neerkwam op zijn rechtervoet, en werd omhooggeduwd met zijn linker.

Hij was altijd zo sterk. Zo handig. Altijd met dingen in de weer. Tilde ze op, repareerde ze. Hij had altijd een schroevendraaier in zijn hand, haalde dingen uit elkaar en zette ze weer in elkaar: afstandsbedieningen, radio's, wekkers en stekkers. Een klusjesman voor de hele straat. Hij had ongelijke benen, maar zijn handen waren onwrikbaar.

Hij doet zijn pet af als hij op me toe loopt, pakt hem met beide handen beet, draait er rondjes mee alsof het een stuur is, terwijl hij me bezorgd aankijkt. Hij stapt op zijn rechtervoet, en daar gaat hij, naar beneden. Buigt zijn linkerbeen. Zijn ruststand.

'Hoe gaat... eh... ze zeiden tegen me dat, eh.' Hij kucht even. 'Ze zeiden dat ik...' Hij slikt moeizaam en fronst zijn dikke, warrige wenkbrauwen, waardoor zijn glazige ogen aan het zicht worden onttrokken. 'Je hebt... je hebt, eh...'

Mijn onderlip trilt.

Zijn stem slaat over als hij opnieuw het woord neemt. 'Je hebt veel bloed verloren, Joyce. Ze...'

Met één hand laat hij zijn pet los en met zijn kromme vinger vormt hij cirkeltjes. Hij probeert het zich te herinneren. 'Ze hebben een transfusie met bloed op je gedaan, zodat je... eh, zodat het met je bloed wel weer goed gaat.'

Mijn onderlip trilt nog steeds en mijn handen gaan automatisch naar mijn buik, nog niet dik genoeg om zelfs maar een zwelling onder de dekens te tonen. Ik kijk hem hoopvol aan en besef nu pas hoezeer ik me vastklamp, hoezeer ik mezelf ervan overtuigd heb dat de afschuwelijke gebeurtenis in de verloskamer een vreselijke nachtmerrie was. Misschien had ik me de stilte van mijn baby in de ruimte op dat laatste moment maar ingebeeld. Misschien waren er kreten geweest die ik gewoon niet had gehoord. Dat is natuurlijk mogelijk – op dat moment had ik nauwelijks energie en ik was weggedoezeld. Misschien heb ik de eerste wonderbaarlijke ademteug niet gehoord waarvan de rest wel getuige was geweest.

Pa schudt verdrietig zijn hoofd. Nee, ik was het die geschreeuwd had.

Mijn lip trilt nu nog erger, gaat op en neer en ik kan er niets tegen doen. Mijn lichaam beeft vreselijk en ook daar kan ik niets tegen doen. Tranen wellen op maar ik hou ze tegen. Als ik nu begin hou ik nooit meer op.

Ik maak een geluid. Een vreemd geluid dat ik nooit eerder heb gehoord. Gekerm. Gebrom. Een combinatie van de twee. Pa pakt mijn hand en houdt hem stevig vast. De aanraking van zijn huid brengt me terug naar de vorige avond, toen ik onder aan de trap lag. Hij zegt niets. Maar wat kun je ook zeggen? Ik weet het zelf niet.

Ik dommel in, word weer wakker en herinner me een gesprek met een dokter en vraag me af of het een droom was. Je hebt je kindje verloren, Joyce. We hebben gedaan wat we konden... bloedtransfusie... Wie wil zich zoiets herinneren? Niemand. Ik niet.

Als ik opnieuw wakker word is het gordijn naast me opengetrokken. Er rennen drie kleine kinderen rond, ze zitten achter elkaar aan rond het bed terwijl hun vader, naar ik aanneem, tegen ze roept in een taal die ik niet herken. Hun moeder, naar ik aanneem, ligt in bed. Ze ziet er moe uit. Onze blikken treffen elkaar en we lachen naar elkaar.

Ik weet hoe je je voelt, zegt haar treurige lach, ik weet hoe je je voelt.

Wat moeten we nu, zegt mijn lach terug naar haar.

Ik weet het niet, zeggen haar ogen. Ik weet het niet.

Komt het goed met ons?

Ze wendt haar hoofd van me af, haar glimlach is verdwenen.

Pa roept naar ze. 'Waar komen jullie vandaan?'

'Neem me niet kwalijk?' vraagt haar echtgenoot.

'Ik vroeg waar jullie vandaan kwamen,' herhaalt pa. 'Niet van hier, zie ik.' Pa's stem is opgewekt en vriendelijk. Hij heeft niets kwaads in de zin. Hij heeft nooit iets kwaads in de zin.

'We komen uit Nigeria,' antwoordt de man.

'Nigeria,' antwoordt pa. 'En waar ligt dat?'

'In Afrika.' De toon van de man is ook vriendelijk. Het is maar een oude man die verlegen zit om een praatje, aardig wil zijn, beseft hij.

'Ah, Afrika. Ben ik nooit geweest. Is het warm daar? Lijkt me wel. Warmer dan hier. Daar krijg je een mooi kleurtje. Niet dat jullie dat nodig hebben,' zegt hij lachend. 'Hebben jullie het koud hier?'

'Koud?' zegt de Afrikaan met een glimlach.

'Ja, je weet wel.' Pa slaat zijn armen om zich heen en doet alsof hij rilt. 'Koud?'

'Ja,' zegt de man lachend. 'Soms wel.'

'Dat dacht ik al. Ik heb het ook wel eens koud en ik kom hier vandaan,' legt pa uit. 'Echt tot op het bot. Maar ik heb ook niet zoveel met hitte. M'n huid wordt knalrood, verbrandt gewoon. Mijn dochter, Joyce, wordt bruin. Dit is ze.' Hij wijst naar me en ik sluit vlug mijn ogen.

'Een mooie dochter,' zegt de man beleefd.

'Ja, inderdaad.' Stilte terwijl ze naar me kijken, vermoed ik. 'Ze was een paar maanden geleden op een van die Spaanse eilanden en kwam zwart terug, echt. Nou ja, niet zo zwart als jullie, maar ze had een mooi kleurtje. Ze ging wel vervellen. Jullie vervellen waarschijnlijk niet.'

De man lacht beleefd. Dat is pa. Hij bedoelt het niet kwaad, maar hij is zijn hele leven nog nooit in het buitenland geweest. Vliegangst weerhoudt hem. Dat zegt hij tenminste.

'Maar goed, ik hoop dat uw vrouw zich snel weer beter voelt. Het moet vreselijk zijn om in je vakantie ziek te worden.'

Bij die woorden open ik mijn ogen.

'Ah, welkom terug, meid. Ik maakte net een praatje met onze aardige buren.' Hij schommelt weer op me af met zijn pet in zijn handen. Rust op zijn rechterbeen, naar beneden, buigt zijn linkerbeen. 'Volgens mij zijn we de enige Ieren in dit ziekenhuis. De verpleegster die hier net was komt uit Sing-a-song of zoiets.'

'Singapore, pa,' zeg ik glimlachend.

'Dát was het.' Hij trekt zijn wenkbrauwen op. 'Dus je hebt haar al gezien? Maar ze spreken allemaal Engels, de buitenlanders. Dat is beter dan op vakantie zijn en allerlei gebarentaal te moeten gebruiken.' Hij legt zijn pet op het bed en wriemelt met zijn vingers.

'Pa, je bent nog nooit in het buitenland geweest.'

'Maar ik heb de jongens van de maandagavondclub erover horen praten. Frank was vorige week in… O, hoe heet het ook alweer?' Hij sluit zijn ogen en denkt diep na. 'Waar ze de chocola maken?'

'Zwitserland.'

'Nee.'

'België.'

'Nee,' zegt hij, gefrustreerd nu. 'Dat kleine balletje dat zo lekker kraakt. Je hebt nu ook witte maar doe mij de oorspronkelijke donkere maar.'

'Maltezers?' zeg ik lachend, maar het doet pijn en ik hou er weer mee op.

'Dat wat het. Hij was in Maltezers.'

'Pa, het is Malta.'

'Dát was het. Hij was in Malta.' Hij zwijgt. 'Maken ze daar Maltezers?'

'Dat weet ik niet. Misschien wel. Maar Frank was dus in Malta?'

Hij knijpt zijn ogen weer dicht en denkt na. 'Ik weet niet meer wat ik wilde zeggen.'

Stilte. Hij vindt het vreselijk dat hij het zich niet kan herinneren. Vroeger herinnerde hij zich alles.

'Heb je nog iets gewonnen met de paardenrennen?' vraag ik.

'Een paar pond. Genoeg voor een paar rondjes op de club vanavond.'

'Maar het is dinsdag vandaag.'

'Het is op een dinsdag omdat gisteren een vrije dag was,' legt hij uit, en hij schommelt naar de andere kant van het bed en gaat zitten.

Ik kan niet lachen. Ik heb te veel pijn en het lijkt erop dat met mijn kind een deel van mijn gevoel voor humor is weggenomen.

'Je vindt het toch niet erg dat ik ga, Joyce? Als je wilt dat ik blijf is dat ook goed, het is niet belangrijk.'

'Natuurlijk is het belangrijk. Je hebt al twintig jaar geen maandagavond gemist.'

'Behalve als het een feestdag was!' Hij steekt een gekromde vinger op en zijn ogen schieten heen en weer.

'Behalve als het een feestdag was,' zeg ik glimlachend, en ik grijp zijn vinger.

Hij pakt mijn hand. 'Jij bent belangrijker dan een paar biertjes en samen wat liedjes zingen.'

'Als ik jou toch niet had.' Ik schiet weer vol.

'Je zou je wel redden, hoor. En trouwens…' Hij kijkt me bedachtzaam aan. 'Je hebt Conor.'

Ik laat zijn hand los en kijk weg. En als ik Conor niet meer wil?

'Ik heb hem gisteravond geprobeerd te bellen met de handtelefoon, maar hij nam niet op. Misschien heb ik de verkeerde getallen ingetoetst,' voegt hij er snel aan toe. 'Er zitten zoveel meer getallen op die handtelefoons.'

'Mobieltjes, pa,' zeg ik afwezig.

'O ja. De mobieltjes. Hij belt steeds als je slaapt. Hij komt zodra hij een vliegtuig kan nemen. Hij is heel ongerust.'

'Dat is aardig van hem. Dan kunnen we de volgende tien jaar van ons huwelijk proberen kinderen te krijgen.' Terug naar de orde van de dag. Fijne afleiding om onze relatie enige betekenis te geven.

'Kom op nou...'

Het is de eerste dag van de rest van mijn leven en ik betwijfel of ik er wel bij wil zijn. Ik weet dat ik iemand dankbaar zou moeten zijn, maar ik heb er absoluut geen zin in. Ik zou willen dat ze zich de moeite hadden bespaard.

6

Ik zie de drie kinderen spelen op de grond van het ziekenhuis. Kleine vingers, bolle wangetjes en volle lippen – de gezichten van hun ouders zijn duidelijk zichtbaar in de hunne. Mijn maag knijpt samen. Ik schiet weer vol en moet de andere kant op kijken.

'Mag ik een druif?' zegt pa vrolijk. Hij zit als een kanarietje in een kooi naast me.

'Natuurlijk. Pa, je moet echt naar huis gaan en iets eten. Je hebt je energie nodig.'

Hij pakt een banaan. 'Kalium,' zegt hij met een lach, en hij beweegt wild met zijn armen. 'Straks jog ik nog naar huis vanavond.'

'Hoe ben je hier eigenlijk gekomen?' Ik bedenk opeens dat hij al jaren niet in de stad is geweest. Het gaat allemaal te snel voor hem. Gebouwen schieten als paddenstoelen de grond uit, het verkeer rijdt andere kanten op dan vroeger. Tot zijn grote verdriet moest hij ook zijn auto verkopen toen zijn zicht slechter werd en hij een gevaar voor zichzelf en anderen werd. Vijfenzeventig jaar en al tien jaar weduwnaar. Nu heeft hij zijn eigen routine. Hij vindt het best om in zijn eigen buurt te blijven, wat te kletsen met zijn buren, elke zondag en woensdag naar de kerk te gaan, elke maandag naar de maandagavond-club (behalve op vrije maandagen, dan is het op dinsdag), naar de slager op dinsdag, overdag heeft hij zijn kruiswoordpuzzels, legpuzzels en tv-programma's, en elk moment daartussenin zijn tuin.

'Fran heeft me gebracht met de auto.' Fran is zijn buurvrouw. Hij legt de banaan neer, nog steeds lachend om zijn grapje over joggen, en neemt nog een druif. 'Kostte me wel een paar keer bijna m'n leven. En het was genoeg om ook mijn laatste twijfels over het bestaan van God weg te nemen. Ik had om druiven zonder pitjes gevraagd, maar deze hebben pitjes,' zegt hij met een frons. Handen met levervlekken leggen de tros weer op het kastje. Hij haalt pitjes uit zijn mond en kijkt om zich heen of hij een prullenbak ziet.

'Geloof je nu nog steeds in God, pa?' Het komt er wreder uit dan ik bedoel, maar ik kan de woede nauwelijks bedwingen.

'Ja, ik geloof, Joyce.' Net als altijd is hij niet beledigd. Hij doet de pitjes in zijn zakdoek en steekt die weer in zijn zak. 'De wegen van de Heer zijn ondoorgrondelijk, we kunnen ze niet verklaren of begrijpen, niet verduren of verdragen. Ik begrijp dat je nu je twijfels over hem hebt, dat hebben we allemaal soms. Toen je moeder stierf, had ik…' Zijn stem sterft weg en laat de zin net als altijd voor wat die was. Verder zal zijn ontrouw aan zijn God niet gaan, meer zal hij niet zeggen over het verlies van zijn vrouw. 'Maar deze keer heeft

God al mijn gebeden verhoord. Hij schrok op en heeft me gisteravond horen roepen. Hij zei tegen me,' en pa zet een vet accent uit de streek Cavan op, het accent dat hij had als kind voordat hij in zijn tienerjaren naar Dublin verhuisde, '"Geen probleem, Henry. Ik hoor je luid en duidelijk. Ik heb het allemaal onder controle, dus maak je geen zorgen. Ik regel dit wel voor je, geen probleem." Hij heeft je gered. Hij heeft m'n kleine meid in leven gehouden en daar zal ik Hem altijd dankbaar voor zijn, hoe verdrietig we ook zijn om het heengaan van een ander.'

Daar heb ik geen antwoord op en ik trek m'n stekels weer in.

Hij schuift zijn stoel dichter naar het bed en hij piept over de vloer.

'En ik geloof in leven na de dood,' zegt hij, iets zachter nu. 'Ja. Ik geloof in het hemelse paradijs, daarboven in de wolken, en dat iedereen die ooit hier was nu daar is. Inclusief de zondaars, want God is vergevingsgezind, dat weet ik zeker.'

'Iedereen?' Ik vecht tegen de tranen. Ik vecht ervoor dat ze niet vallen. Als ik eenmaal begin zal ik nooit meer stoppen, dat weet ik. 'En m'n kindje, pa? Is mijn kindje er ook?'

Hij kijkt gekweld. We hebben het niet vaak over mijn zwangerschap gehad. Ik was nog maar kort in verwachting en we waren allemaal ongerust, hij nog het meest. Een paar dagen geleden hadden we nog een woordenwisseling gehad toen ik vroeg of we ons logeerbed in zijn garage mochten zetten. Ik was namelijk net begonnen aan de kinderkamer. O jee, de kinderkamer. Het logeerbed en de troep waren net opgeruimd. Het bedje al aangeschaft. De muren boterbloemgeel geverfd met een rand van eenden.

Nog vijf maanden te gaan. Sommige mensen, onder wie mijn vader, vinden het voorbarig om bij vier maanden al een kinderkamer in te richten, maar we wachtten al zes jaar op een baby, op deze baby. Er was niks voorbarigs aan.

'Toe nou, je weet toch dat ik niet weet of…'

'Ik ging hem Sean noemen als het een jongen was,' hoor ik mezelf eindelijk hardop zeggen. Ik zeg deze dingen de hele dag al in mijn hoofd, keer op keer, en nu komen ze uit me stromen in plaats van de tranen.

'Ah, dat is een mooie naam. Sean.'

'En Grace als het een meisje was. Naar mama. Dat had ze leuk gevonden.'

Zijn kaak verstrakt en hij kijkt weg. Iemand die hem niet kent zou denken dat hij boos is. Ik weet dat dat niet het geval is. Ik weet dat de emoties zich verzamelen in zijn kaak, als een gigantisch reservoir, waar hij ze opslaat en wegbergt tot het echt niet meer kan, in afwachting van die zeldzame momenten dat de droogte vanbinnen erom vraagt dat die muren breken en de emoties eruit komen gutsen.

'Maar om de een of andere reden dacht ik dat het een jongen was. Ik weet niet waarom, maar dat voelde ik gewoon. Misschien had ik het wel mis. Ik ging hem Sean noemen,' zeg ik nogmaals.

Pa knikt. 'Ja. Een mooie naam.'

'Ik praatte tegen hem. Zong voor hem. Ik vraag me af of hij het heeft gehoord.' Mijn stem komt van ver. Ik heb het gevoel alsof ik roep vanuit een holle boom waarin ik me verstopt heb.

Er valt een stilte terwijl ik me een toekomst voorstel waarin de kleine denkbeeldige Sean niet voorkomt. De liedjes die ik elke avond voor hem zing, boterzachte huid en gespetter in een badje. Beentjes die schoppen en fietstochtjes. Zandkastelen en driftbuien die met voetbal te maken hebben. Mijn gedachten worden overspoeld door boosheid om een gemist leven. Nee, erger nog: een verlóren leven.

'Ik vraag me af of hij het überhaupt wist.'

'Wat wist?'

'Wat er gebeurde. Wat hij zou missen. Dacht hij dat ik hem wegstuurde? Ik hoop dat hij mij niet de schuld geeft. Ik was het enige wat hij had, en...' Ik zwijg, ik ben wel even genoeg gekweld. Ik heb het gevoel dat ik elk moment zo gruwelijk kan schreeuwen dat ik moet stoppen. Als ik mijn tranen nu laat komen, houdt het nooit meer op.

'Waar is hij nu, pa? Hoe kun je nou sterven als je nog niet eens geboren bent?'

'Meisje toch.' Hij pakt mijn hand en knijpt er opnieuw in.

'Nou, hoe?'

Deze keer denkt hij erover na. Lang en diep. Hij klopt zachtjes op mijn haar, haalt met vaste hand de plukjes uit mijn gezicht en steekt ze achter mijn oren. Dat heeft hij voor het laatst gedaan toen ik een klein meisje was.

'Ik denk dat hij in de hemel is, meisje. Of nee, daar hoef ik niet over na te denken, dat wéét ik. Hij is daar bij je moeder. Hij zit op haar schoot terwijl ze kakelend zit te rummyen met Pauline en haar een poot uitdraait. En of ze daar zit.' Hij kijkt omhoog en schudt met zijn vinger naar het plafond. 'Zorg goed voor de kleine Sean voor ons, hoor je, Gracie? Ze zal hem alles over je vertellen, over toen je nog een baby was, over de dag dat je je eerste stapjes zette, en de dag dat je je eerste tandje kreeg. Ze zal hem vertellen over je eerste schooldag en je laatste schooldag en alle dagen daartussen, en hij zal alles over je weten en als jij als een oud vrouwtje door die poort wandelt, veel ouder dan ik, zal hij opkijken van het spelletje en zeggen: "Ah, daar zul je haar hebben. In hoogsteigen persoon. M'n mammie." Hij zal het meteen weten.'

De brok in mijn keel, zo groot dat ik nauwelijks kan slikken, verhindert dat ik hem kan bedanken, wat ik graag zou willen, maar misschien ziet hij het in mijn ogen als hij knikt en zijn aandacht weer op de tv richt terwijl ik uit het raam kijk en niets zie.

'Er is een mooie kapel hier. Misschien moet je er een keer heen gaan als je er klaar voor bent. Je hoeft niet eens iets te zeggen, dat vindt Hij niet erg. Ga gewoon maar wat zitten denken. Ik merk dat me dat goed doet.'

Dat lijkt me wel de laatste plek ter wereld waar ik wil zijn.

'Het is echt een fijne plek,' zegt pa, die mijn gedachten leest. Hij kijkt naar me en ik kan bijna horen hoe hij God aanroept of ik niet uit bed kon springen om de rozenkrans te grijpen die hij op het nachtkastje heeft gelegd.

'Het is een rococogebouw, wist je dat?' zeg ik plotseling, en ik heb geen idee waar ik het over heb.

'Wat, dit ziekenhuis?' Pa fronst zijn wenkbrauwen en zijn ogen verdwijnen eronder, als twee slakken die zich terugtrekken in hun huisje.

Ik denk diep na. 'Waar hadden we het over?'

Dan denkt hij diep na. 'Maltezers. Nee!'

Hij zwijgt even en begint dan antwoorden op te dreunen alsof hij meedoet aan een quiz. 'Bananen! Nee. De hemel! Nee. De kapel! We hadden het over de kapel.' Hij lacht me stralend toe, dolblij dat hij zich een gesprek van nog geen minuut geleden kan herinneren. Hij gaat verder: 'En toen zei jij dat het een rotgebouw was. Maar volgens mij is er niks mis mee. Een beetje oud misschien, maar oud is niet altijd erg, hoor.' Hij knipoogt naar me.

'De kapel is een rococogebouw, geen rotgebouw,' verbeter ik hem, en ik voel me net een leraar. 'Het is beroemd om zijn gedetailleerde pleisterwerk dat het plafond siert, het werk van een Franse stukadoor, Barthelemy Cramillion.'

'Echt? En wanneer heeft hij dat gemaakt?' Hij schuift zijn stoel dichter naar het bed. Hij is gek op een goed verhaal.

'In 1762.' Zo nauwkeurig. Zo willekeurig. Zo vanzelfsprekend. Zo onverklaarbaar dat ik dat weet.

'Zo lang geleden? Ik wist niet dat het ziekenhuis hier toen al stond.'

'Het is van 1757,' antwoord ik, en ook ik frons nu mijn wenkbrauwen. Hoe weet ik dat in 's hemelsnaam? Maar ik kan het niet tegenhouden, alsof mijn mond op de automatische piloot is, volledig losgekoppeld is van mijn hersens. 'Het is ontworpen door dezelfde man die Leinster House heeft gebouwd. Richard Cassells heette hij. Een van de beroemdste architecten uit die tijd.'

'En of ik die ken,' liegt pa. 'Als je Dick had gezegd had ik het ook geweten.' Hij gniffelt.

'Het was het geesteskind van Bartholomew Mosse,' leg ik uit, en ik weet niet waar de woorden vandaan komen, waar de kennis vandaan komt. Ik weet het niet. Het is als een gevoel van déjà vu: dit gevoel en deze woorden zijn dan wel vertrouwd, maar ik heb ze niet eerder gehoord of uitgesproken in dit ziekenhuis. Misschien verzin ik het wel, bedenk ik, maar ergens diep vanbinnen weet ik dat ik gelijk heb. Er stroomt een warm gevoel door mijn lichaam.

'In 1745 kocht hij een klein theater dat de New Booth heette, en hij verbouwde het tot Dublins eerste kraamkliniek.'

'Dus het stond hier? Dat theater?'

'Nee, op George's Lane. Dit waren toen velden. Maar uiteindelijk werd het te klein en hij kocht de velden die hier lagen, raadpleegde Richard Cassells en in 1757 werd de nieuwe kraamkliniek, die nu bekendstaat als de Rotunda, geopend door de onderkoning. Op 8 december, als ik het me goed herinner.'

Mijn vader is in de war. 'Ik wist niet dat je je voor zulke dingen interesseerde, Joyce. Hoe weet je dat allemaal?'

Ik frons weer. Ik wist ook niet dat ik dit wist. Opeens word ik overweldigd door frustratie en ik schud hardnekkig mijn hoofd.

'Ik wil naar de kapper,' voeg ik er boos aan toe, en ik blaas mijn pony van mijn voorhoofd. 'Ik wil weg hier.'

'Goed, hoor, meisje.' Mijn vader praat zacht. 'Je hoeft nog maar een klein poosje te blijven.'

7

Ga toch naar de kapper! Justin blaast zijn haar uit zijn ogen en staart ontevreden in de spiegel.

Voordat hij een glimp van zichzelf opving was hij zijn tas aan het pakken voor zijn terugkeer naar Londen. Hij fluit het vrolijke melodietje van een pas gescheiden man die zijn eerste wip had gemaakt met de eerste vrouw na zijn echtgenote. Nou ja, het was zijn tweede van dat jaar, maar de eerste die hij zich met enige trots kon herinneren. Nu hij voor de passpiegel staat houdt hij op met fluiten, en zijn imago van held uit een damesroman steekt schraal af tegen de werkelijkheid. Hij recht zijn rug, zuigt zijn wangen in en spant zijn spieren. Nu de wolk van de scheiding is weggedreven neemt hij zich voor zijn lichaam weer op orde te krijgen. Hij is drieënveertig jaar en een aantrekkelijke man, en dat weet hij, hoewel hij niet arrogant is. Zijn mening over zijn uiterlijk heeft namelijk dezelfde logica die hij toepast bij het proeven van een goede wijn. De druif is slechts gegroeid op de juiste plek en onder de juiste omstandigheden. Er kwam liefde en verzorging aan te pas, vermengd met latere momenten waarop hij vertrapt werd en mensen over hem heen liepen. Hij bezit het gezonde verstand dat hem in staat stelt te erkennen dat hij geboren is met goede genen en een gezicht dat in verhouding was, waarin alles op de juiste plek zat. Daar moest hij niet om bejubeld worden en het moest hem ook niet verweten worden, net zomin als een minder aantrekkelijk iemand beoordeeld moet worden met opgetrokken neus en een grijns die een obsessie met de beelden van de massamedia verraadt. Het is nu eenmaal zo.

Hij is lang, bijna één meter tachtig, met brede schouders, een volle bos kastanjebruin haar, aan weerszijden een beetje grijzend. Dat vindt hij niet erg, hij had immers voor zijn dertigste al grijze haren en hij heeft altijd gevonden dat ze hem iets gedistingeerds gaven. Alhoewel, er waren altijd mensen die bang waren voor het leven zelf, en die zijn peper-en-zoutkleurige bakkebaardjes beschouwden als een doorn die door de zeepbel van hun denkbeeldige leven zou prikken. Ze kwamen naar hem toe, voorovergebogen en gebocheld, en namen plotseling de gedaante aan van sloeries uit de zestiende eeuw met zwarte tanden die haarverf naar hem gooiden alsof het een karaf kostbaar water uit de bron van het eeuwige leven was.

Justin wil juist verdergaan en veranderen. Stilstaan is aan hem niet besteed, net als vast komen te zitten in het leven, hoewel hij niet verwacht had dat zijn filosofie over ouder en grijs worden ook van toepassing zou zijn op zijn huwelijk. Jennifer had hem twee jaar geleden verlaten om hierover na te denken, hoewel dat niet de enige reden was geweest, er waren er nog veel meer geweest. Zoveel zelfs dat hij wilde dat hij een pen en een notitieblok had gepakt en ze had opgeschreven toen ze die tijdens haar woedende tirade naar hem had gebruld. Tijdens de eerste donkere, eenzame avonden die gevolgd waren, had Justin het flesje verf in zijn hand gehouden en zich afgevraagd of alles beter zou worden als hij zijn weldoordachte filosofie losliet. Zou hij 's ochtends wakker worden en zou Jennifer dan weer in hun bed liggen? Zou het lichte litteken op zijn kin waar de trouwring terecht was gekomen weer genezen zijn? Zouden de dingen waar ze hem zo om haatte uiteindelijk de dingen zijn waar ze juist zo van hield? Dat ontnuchterde hem en hij goot de verf door het aanrecht van zijn huurflat. Het was van zwart roestvrij staal en herinnerde hem elke dag aan zijn beslissing om met beide voeten stevig in de werkelijkheid te blijven staan, tot hij naar Londen verhuisde om dichter bij zijn dochter te zijn, hoe afschuwelijk zijn ex-vrouw dat ook vond.

Door lange plukken haar die voor zijn ogen hangen heen ziet hij de man die hij verwacht had te zien. Fitter, jonger, met minder rimpels rond de ogen misschien. Gebreken, zoals de breder wordende heupen, zijn deels te wijten aan leeftijd en deels zijn eigen schuld. Hij had tijdens zijn scheiding namelijk zijn toevlucht genomen tot bier en afhaalmaaltijden, in plaats van af en toe te joggen.

Door een paar flashbacks naar de vorige avond wordt zijn blik teruggetrokken naar het bed, waar hij en Sarah eindelijk intiem waren geweest. Hij had zich de hele dag het mannetje gevoeld op de campus en hij stond op het punt zijn les over Nederlandse en Vlaamse schilders te onderbreken om zijn prestaties van de vorige avond uit de doeken te doen. De les was voor eerstejaars die midden in hun introductieweek zaten, en slechts driekwart was komen opdagen na het schuimfeest van de vorige avond, en de aanwezige studenten zouden het vast niet merken als hij gedetailleerd verslag deed van zijn minnekunst. Toch waagde hij het er maar niet op.

Tot opluchting van Justin was de Bloed Doet Leven-week voorbij, en Sarah was teruggekeerd naar haar eigen werkplek. Toen hij deze maand was teruggekomen in Dublin was hij haar toevallig tegen het lijf gelopen in een bar, waarvan hij toevallig wist dat ze daar regelmatig kwam, en daar hadden ze de draad weer opgepakt. Hij wist niet zeker of hij haar nogmaals zou zien, maar haar nummer zat veilig en wel in de binnenzak van zijn jas.

Hij moet toegeven dat de vorige nacht heerlijk was: in een levendige bar op de Green hadden ze een paar flessen Château Oliver te veel gedronken. Tot de vorige avond had hij die altijd teleurstellend gevonden, ondanks de ideale ligging in de Bordeaux. Daarna waren ze naar zijn hotelkamer gegaan. Hij heeft het gevoel dat er nogal wat mankeerde aan zijn verovering. Hij had zich moed ingedronken uit de minibar voordat hij haar weer trof in de bar, en toen hij aankwam, was hij niet meer in staat een serieus gesprek te voeren, of, als hij er niet omheen draaide: überhaupt niet meer in staat een gesprek te voeren. Jezus, Justin. Ken jij ook maar één man die zich druk maakt om het gesprek, denkt hij. Maar ook al was ze dan in zijn bed geëindigd, hij heeft het gevoel dat Sarah zich wel degelijk druk had gemaakt om het gesprek. Hij denkt dat er misschien dingen waren die ze hem had willen zeggen en misschien ook wel gezegd heeft terwijl hij die treurige, blauwe ogen in de zijne zag boren en haar lippen als rozenknoppen open en dicht gingen. Door de whisky hoorde hij haar echter niet, maar zong hij in gedachten als een drenzerig kind over haar woorden heen.

Nu zijn tweede werkgroep in twee maanden is afgerond, gooit Justin zijn kleren in zijn tas. Hij kan niet wachten om de deur van de ellendige, muffe kamer achter zich dicht te trekken. Het is vrijdagmiddag, tijd om terug te vliegen naar Londen. Terug naar zijn dochter en zijn jongere broer Al en zijn schoonzus, Doris, die op bezoek zijn uit Chicago. Hij verlaat het hotel, stapt op de met keien geplaveide zijstraat van Temple Bar en in de taxi die voor hem klaarstaat.

'Het vliegveld, alsjeblieft.'

'Bent u hier op vakantie?' vraagt de chauffeur meteen.

'Nee.' Justin kijkt uit het raampje en hoopt dat het gesprek daarmee voorbij is.

'Voor werk?' De chauffeur start de motor.

'Ja.'

'Waar werkt u?'

'Een universiteit.'

'Welke?'

Justin zucht. 'Trinity.'

'Bent u de conciërge?' De groene ogen fonkelen guitig in de spiegel.

'Ik geef les in kunst en architectuur,' zegt hij defensief. Hij slaat zijn armen over elkaar en blaast zijn warrige haar uit zijn ogen.

'Architectuur, hè? Ik ben nog bouwvakker geweest.'

Justin geeft geen antwoord en hoopt dat gesprek nu dan toch echt voorbij is.

'En waar ga je heen? Op vakantie?'

'Nee.'

'Wat dan?'

'Ik woon in Londen.' En mijn sofinummer is…

'En u werkt hier?'

'Ja.'

'Wilt u niet gewoon hier wonen?'

'Nee.'

'Waarom niet?'

'Omdat ik hier gastdocent ben. Een oude collega van me heeft me uitgenodigd één keer per maand een werkgroep te geven.'

'Ah.' De chauffeur glimlacht naar hem in de spiegel, alsof hij hem voor de gek probeert te houden. 'En wat doet u in Londen?' Zijn ogen kijken hem vragend aan.

Ik ben een seriemoordenaar die het heeft voorzien op nieuwsgierige taxichauffeurs, denkt Justin.

'Van alles.' De chauffeur verwacht meer en Justin geeft zich gewonnen. 'Ik ben de hoofdredacteur van *Art and Architectural Review*, het enige echt internationale tijdschrift over kunst en architectuur,' zegt hij vol trots. 'Dat heb ik tien jaar geleden opgericht en we zijn nog steeds het grootste blad.' Twintigduizend abonnees, leugenaar, denkt hij.

Geen reactie.

'En ik ben curator.'

De chauffeur trekt zijn neus op. 'Moet u dode lichamen aanraken?'

Justin kijkt hem verbaasd aan. 'Wat? Nee.' Waarna hij er geheel overbodig aan toevoegt: 'Ik ben ook regelmatig te zien in een programma over kunst en cultuur van de BBC.'

Twee keer in vijf jaar kun je nauwelijks regelmatig noemen, Justin. O, hou je mond toch.

De chauffeur bestudeert Justin nu in de achteruitkijkspiegel. 'Komt u op tv?' Hij knijpt zijn ogen tot spleetjes. 'Ik herken u niet.'

'Kijkt u naar dat programma?'

'Nee.'

Nou dan, denkt Justin, en hij rolt met zijn ogen. Hij trekt zijn jasje uit, maakt nog een knoopje van zijn overhemd los en draait het raampje open. Zijn haar plakt tegen zijn voorhoofd. Nog steeds. Er zijn alweer een paar weken verstreken en hij is nog steeds niet naar de kapper geweest. Hij blaast zijn haar uit zijn ogen.

Ze stoppen voor een rood licht en Justin kijkt naar links. Een kapsalon.

'Hé, vind je het erg om hier even een paar minuten te wachten?'

'Luister, Conor, maak je geen zorgen. Je hoeft je niet te verontschuldigen,' zeg ik vermoeid in de hoorn. Hij put me uit. Elk woord van hem mat me af. 'Pa is hier nu en we nemen zo een taxi naar huis, hoewel ik heel goed alleen in een auto zou kunnen zitten.'

Voor het ziekenhuis houdt pa de deur voor me open en ik stap in de taxi. Eindelijk ga ik naar huis, maar ik voel niet de opluchting waar ik op hoopte. Ik ben alleen maar bang. Bang om mensen tegen te komen die ik ken en uit te moeten leggen wat er gebeurd is, telkens weer. Ik ben bang mijn eigen huis in te lopen en de half ingerichte kinderkamer onder ogen te komen. Ik ben bang om de kinderkamer leeg te halen, te moeten vervangen door een logeerbed en de kasten weer te vullen met de tassen en schoenen die ik nooit zal gebruiken. Alsof een slaapkamer voor al die spullen een prima vervanging is voor een kind. Ik ben bang om naar mijn werk te gaan in plaats van het verlof te nemen dat ik had gepland. Ik ben bang om Conor te zien. Ik ben bang om terug te gaan naar een liefdeloos huwelijk zonder baby om ons af te leiden. Ik ben bang de rest van mijn leven te slijten met Conor die maar blijft dreunen door de telefoon dat hij er voor me wil zijn, terwijl ik juist de afgelopen dagen als een mantra tegen hem heb gezegd dat hij niet thuis hoeft te komen. Ik weet dat het verstandiger zou zijn om juist te willen dat mijn man zo snel mogelijk naar me toe komt. Sterker nog: dat mijn man zo snel mogelijk naar me toe wíl komen. Maar ons huwelijk heeft heel wat mitsen en maren en deze gebeurtenis is geen gewoon voorval. Het verdient zonderling gedrag. Het voelt niet goed om me op de juiste manier te gedragen, om te doen wat volwassen is, omdat ik niemand om me heen wil. Zowel fysiek als geestelijk is er in me gepord en geprikt. Ik wil alleen zijn om te rouwen. Ik wil medelijden met mezelf hebben zonder meelevende woorden en klinische verklaringen. Ik wil onlogisch zijn, zielig zijn en mezelf binnenstebuiten keren. Alsjeblieft, wereld, laat me nog een paar dagen verbitterd en verloren zijn, en dat in mijn eentje graag. Hoewel dát in ons huwelijk niet ongebruikelijk is.

Conor is ingenieur. Hij werkt maandenlang in het buitenland, komt dan een maand naar huis en vertrekt weer. Ik was zo gewend geraakt aan mijn eigen gezelschap dat ik de eerste week dat hij thuis was prikkelbaar was en wilde dat hij terugging. Na verloop van tijd veranderde dat natuurlijk. Nu duurt die prikkelbaarheid de hele maand dat hij thuis is. En het is overduidelijk geworden dat ik niet de enige ben die dat voelt.

Toen Conor jaren geleden die baan aannam, was het moeilijk zo lang van elkaar gescheiden te zijn. Ik bezocht hem zo vaak als ik kon, maar het was moeilijk om steeds maar vrij te nemen van mijn werk. De bezoekjes werden korter, zeldzamer, en hielden toen op.

Ik dacht dat ons huwelijk alles kon overwinnen, zolang we allebei maar ons best deden. Maar toen merkte ik dat ik er moeite voor moest doen. Ik baande me een weg door de nieuwe lagen van complexiteit die we in de loop der jaren hadden aangebracht en zocht naar het begin van onze relatie. Ik vroeg me af wat er destijds was geweest dat we nieuw leven konden inblazen. Wat was datgene waardoor twee mensen elkaar wilden beloven elke dag van de rest van hun leven samen door te brengen? Aha, daar had je het. Het was iets wat liefde heette. Een kort, eenvoudig woord. Als het niet zoveel betekende zou ons huwelijk onberispelijk zijn geweest.

Ik had enorm liggen piekeren in dat ziekenhuisbed. Soms liep ik vast, alsof je een kamer binnengaat en dan niet meer weet wat je daar kwam doen. Met stomheid geslagen kijk je om je heen. Op die momenten was ik verdoofd, en terwijl ik naar de roze muren staarde dacht ik alleen maar aan het feit dat ik naar roze muren staarde.

Van verdoofdheid begaven mijn gedachten zich naar een toestand waarin ik te veel voelde, maar één keer waren mijn gedachten wel heel ver afgedwaald. Ik groef diep naar een herinnering van toen ik zes jaar was en ik van oma Betty mijn lievelingstheeservies kreeg. Ze bewaarde het thuis voor mij om mee te spelen als ik op zaterdag langskwam, en tijdens de middagen waarop mijn grootmoeder met haar vriendinnen 'de thee gebruikte' trok ik een van de mooie jurken aan die mijn moeder als kind had gedragen en dronk ik thee met Aunt Jemima, de poes. De jurken pasten nooit helemaal maar ik droeg ze toch, en Aunt Jemima en ik werden nooit echte theedrinkers maar we waren allebei beleefd genoeg om de schijn op te houden tot mijn ouders me aan het eind van de dag kwamen ophalen. Ik vertelde dit verhaal een paar jaar geleden aan Conor en hij had gelachen. Hij had er niets van begrepen.

Het is ook niet makkelijk om te begrijpen – ik zal het hem niet aanrekenen – maar wat ik in gedachten tegen hem schreeuwde was dat hij moest begrijpen dat ik steeds vaker merkte dat mensen het nooit beu worden om spelletjes te spelen en zich te verkleden, hoeveel jaar er ook verstrijkt. Onze leugens zijn alleen verfijnder, de woorden waarmee we bedriegen veelzeggender. Van cowboytje en indiaantje, dokter en zuster tot man en vrouw, we doen nog steeds alsof. Ik zit in de taxi naast pa en luister naar Conor aan de telefoon, en ik besef dat ik niet langer doe alsof.

'Waar is Conor?' vraagt pa zodra ik ophang. Hij maakt het bovenste knoopje van zijn overhemd open en doet zijn stropdas iets losser. Hij trekt altijd een overhemd en een stropdas aan als hij de deur uit gaat en vergeet nooit zijn pet. Hij zoekt naar de hendel in het portier om het raampje open te draaien.

'Dat gaat elektronisch, pa. Daar zit het knopje. Hij is nog in Japan. Hij komt over een paar dagen terug.'

'Ik dacht dat hij gisteren terug zou komen.' Hij opent het raampje helemaal en wordt bijna weggeblazen. Zijn pet tuimelt van zijn hoofd en de paar resterende plukjes haar op zijn hoofd komen overeind. Hij zet de pet weer op zijn hoofd, vecht even met de knop en ontdekt dan hoe hij een klein spleetje open kan laten om lucht in de muffe taxi te laten stromen.

'Ha! Hebbes!' zegt hij met een triomfantelijke glimlach. Met zijn vuist bonkt hij tegen het raam.

Ik geef pas antwoord als hij is uitgevochten met het raampje. 'Ik zei dat hij niet hoefde te komen.'

'Wat heb je tegen wie gezegd?'

'Conor. Je vroeg over Conor, pa.'

'Ah, dat is waar ook. Dus hij komt snel naar huis?'

Ik knik.

Het is een warme dag en ik blaas mijn haar van mijn plakkerige voorhoofd. Ik voel mijn haar tegen mijn klamme nek kleven. Opeens voelt het zwaar en plakkerig op mijn hoofd. Het is bruin en warrig en het deprimeert me en opnieuw heb ik de overweldigende neiging het allemaal af te scheren. Ik word onrustig en pa, die het weer aanvoelt, begrijpt dat hij niets moet zeggen. Dat heb ik de hele week al: ik voel woede die alle begrip te boven gaat, waardoor ik mijn vuist door de muur wil rammen en verpleegsters wil slaan. Vervolgens word ik huilerig en voel ik me zo leeg vanbinnen dat het lijkt alsof niets me ooit nog zal vullen. Ik geef voorkeur aan de woede. Woede is beter. Woede is heet en het vult en het geeft me iets om me aan vast te klampen.

We stoppen bij een verkeerslicht en ik kijk naar links. Een kapsalon.

'Wilt u hier even stoppen?'

'Wat doe je, Joyce?'

'Wacht hier, pa. Ik ben over tien minuten terug. Ik laat even snel m'n haar knippen. Ik kan er niet meer tegen.'

Pa kijkt naar de kapsalon en vervolgens naar de taxichauffeur en ze begrijpen allebei dat ze niets moeten zeggen. De taxi voor ons geeft richting aan en gaat ook naar de kant van de weg. We parkeren erachter.

Voor ons stapt een man uit. Met één voet uit de auto verstijf ik en ik kijk hem aan. Hij komt me bekend voor, volgens mij ken ik hem. Hij blijft staan en kijkt naar mij. We staren elkaar even aan. Zoeken elkaars gezicht af. Hij krabt aan zijn linkerarm, wat veel te lang mijn aandacht trekt. Het is een vreemd moment, ik krijg er kippenvel van. Het laatste wat ik wil is iemand zien die ik ken, en ik kijk snel weg.

Hij kijkt ook weg en loopt verder.

'Wat doe je?' vraagt pa, veel te hard, en eindelijk stap ook ik uit.

Ik loop richting de kapsalon en het wordt duidelijk dat we hetzelfde doel hebben. Mijn loopje krijgt iets mechanisch, ik voel me onhandig en opgelaten. Iets aan hem maakt me van streek. Onrustig. Misschien komt dat omdat er een kans is dat ik iemand moet vertellen dat er geen baby komt. Ja, een maand lang had ik het alleen maar over baby's gehad en nu komt er geen baby om het te bewijzen. Sorry, jongens. Ik voel me er schuldig over, alsof ik mijn eigen vrienden en familie heb bedrogen. De langste plagerij aller tijden. Een baby die er nooit zal komen. Mijn hart krimpt ineen bij de gedachte.

Hij houdt de deur van de kapsalon open en glimlacht. Aantrekkelijk. Een fris gezicht. Lang. Breed. Atletisch. Volmaakt. Straalt hij? Ik móet hem ergens van kennen.

'Bedankt,' zeg ik.

'Geen dank.' Hij klinkt Amerikaans.

We blijven allebei even staan, kijken elkaar aan, dan naar de twee identieke taxi's die op ons wachten langs het trottoir en weer naar elkaar. Ik denk dat hij nog iets wil zeggen maar ik kijk snel weg en stap naar binnen.

De kapsalon is leeg en twee medewerkers zitten te kletsen. Het zijn twee mannen: de ene heeft een matje en de andere is geblondeerd. Ze zien ons en springen in de houding.

'Welke wil je?' mompelt de Amerikaan vanuit de zijkant van zijn mond.

'De blonde,' zeg ik met een glimlach.

'Het matje dan maar,' zegt hij.

Mijn mond valt open maar ik lach.

'Hallo.' De man met het matje komt op ons af. 'Wat kan ik voor jullie doen?' Hij kijkt heen en weer van de Amerikaan naar mij. 'Wie wil er vandaag geknipt worden?'

'Nou, wij allebei, denk ik. Toch?' De Amerikaan kijkt me aan en ik knik.

'O, sorry. Ik dacht dat jullie samen waren.'

Ik besef dat we zo dicht bij elkaar staan dat onze heupen elkaar bijna aanraken. We kijken naar beneden, naar onze heupen, dan weer omhoog en doen een stap in de tegenovergestelde richting.

'Jullie moeten synchroonzwemmen eens proberen,' zegt de kapper lachend, maar de grap slaat dood als we niet lachen. 'Ashley, neem jij de lieftallige mevrouw maar. Kom maar mee.' Hij leidt zijn klant naar een stoel. De Amerikaan trekt een gezicht naar me terwijl hij weggevoerd wordt en ik lach opnieuw.

'Goed, ik wil het alleen een centimeter of vijf korter,' zegt de Amerikaan. 'De laatste keer haalden ze er eerder vijftig af. Vijf centimeter maar, alsjeblieft,' zegt hij met nadruk. 'Er staat buiten een taxi op me te wachten om me naar het vliegveld te brengen, dus ook zo snel mogelijk, alsjeblieft.'

Zijn kapper lacht. 'Natuurlijk, geen probleem. Ga je terug naar Amerika?'

De man rolt met zijn ogen. 'Nee, ik ga niet naar Amerika, ik ga niet op vakantie en ik ga ook niemand ophalen. Ik neem gewoon een vliegtuig. Weg. Weg hier. Ieren stellen wel veel vragen, zeg.'

'Is dat zo?'

'J—' Hij aarzelt en knijpt zijn ogen samen.

'Daar had ik je,' zegt de kapper met een glimlach, en hij wijst naar hem met zijn schaar.

'Inderdaad.' Knarsetandend. 'En of je me had.'

Ik gniffel hardop en hij kijkt me aan. Hij lijkt enigszins verward. Misschien kennen we elkaar wel degelijk. Misschien werkt hij met Conor. Misschien heb ik met hem op school gezeten. Of op de universiteit. Misschien zit hij in de makelaardij en heb ik met hem samengewerkt. Nee, dat kan niet, hij is Amerikaan. Misschien heb ik hem een huis laten zien. Misschien is hij wel beroemd en moet ik niet zo staren. Ik begin me opgelaten te voelen en wend me snel weer af.

Mijn kapper slaat een zwarte mantel om me heen en in de spiegel werp ik nog een blik op de man naast me. Hij kijkt me aan. Ik kijk weg en weer terug. Hij kijkt weg. En onze tenniswedstrijd van steelse blikken duurt de rest van onze knipbeurt.

'Hoe had u het willen hebben, mevrouw?'

'Alles eraf,' zeg ik, en ik probeer mijn spiegelbeeld te ontwijken, maar ik voel koude handen op mijn warme wangen die mijn hoofd omhoog brengen en ik word gedwongen naar mezelf te kijken. Het heeft iets verontrustends om gedwongen te worden naar jezelf te kijken als je weigert iets onder ogen te zien. Iets pijnlijks en echts waarvoor je niet kunt wegrennen. Je kunt jezelf voorliegen, hardop en in gedachten, maar als je naar jezelf kijkt, nou ja, dan wéét je dat je liegt. Het gaat niet goed met me. Dat heb ik niet voor mezelf verborgen gehouden en de waarheid staart me recht aan. Mijn wangen zijn ingevallen, ik heb zwarte kringetjes onder mijn ogen en rode lijntjes als eyeliner prikken nog als er nachtelijke tranen over vloeien. Maar verder zie ik er nog uit als mezelf. Ondanks de grote verandering in mijn leven zie ik er nog precies hetzelfde uit. Moe, maar mezelf. Ik weet niet wat ik had verwacht. Een volkomen andere vrouw, een vrouw naar wie mensen zouden kijken en van wie ze zouden weten dat ze een traumatische ervaring had gehad. Maar de spiegel maakte me het volgende duidelijk: je kunt niet alles weten door naar me te kijken. Je kunt het nooit weten door naar iemand te kijken.

Ik ben één meter vijfenzestig, met halflang haar tot op mijn schouders.

Mijn haarkleur houdt het midden tussen blond en bruin. Ik ben heel middelmatig. Niet dik, niet dun. Ik sport twee keer per week, jog af en toe, wandel af en toe, zwem af en toe. Niks buitensporigs, niks te weinig. Heb geen obsessies of verslavingen. Ik ben niet extravert of verlegen, maar een beetje van allebei, dat hangt af van mijn stemming en de omstandigheden. Ik overdrijf nooit en geniet van de meeste dingen die ik doe. Ik verveel me zelden en klaag nauwelijks. Als ik drink word ik aangeschoten maar ik val nooit om en geef nooit over. Ik vind mijn baan leuk, niet geweldig. Ik ben aantrekkelijk, niet mooi, niet lelijk. Ik verwacht niet te veel en ben nooit erg teleurgesteld. Ik loop nooit ergens helemaal warm voor maar niets laat me helemaal koud – misschien ben ik wel lauw. Ik ben oké. Niets uitzonderlijks maar soms best bijzonder. Ik kijk in de spiegel en zie deze gemiddelde, middelmatige vrouw. Een beetje moe, een beetje verdrietig, maar ik stort nog niet in. Ik kijk naar de man naast me en zie hetzelfde.

'Pardon?' De kapper onderbreekt mijn gedachten. 'Alles eraf? Weet je het zeker? Je hebt zulk gezond haar.' Hij haalt zijn vingers erdoor. 'Is dit je natuurlijke kleur?'

'Ja. Ik deed er altijd wel een kleurtje in, maar ik ben gestopt vanwege de…' Ik sta op het punt om 'baby' te zeggen. Mijn ogen schieten vol en ik kijk naar beneden maar hij denkt dat ik naar mijn buik knik, die verborgen is onder het schort.

'Gestopt vanwege?' vraagt hij.

Ik blijf naar mijn voeten kijken en doe alsof ik iets met mijn voet doe. Een vreemd soort schuifelen. Ik weet niet wat ik tegen hem moet zeggen, dus doe ik alsof ik hem niet hoor. 'Hè?'

'Je zei dat je gestopt was vanwege…'

'O, eh…' Niet huilen. Niet huilen. Als je nu begint hou je nooit meer op. 'O, ik weet het niet,' mompel ik, en ik buk om met mijn handtas op de grond te spelen. Het gaat weer voorbij, het gaat weer voorbij. Op een dag is het allemaal voorbij, Joyce. 'Chemicaliën. Ik ben gestopt vanwege de chemicaliën.'

'Goed, zo zal het eruitzien.' Hij pakt mijn haar en bindt het naar achteren. 'Wat dacht je van Meg Ryan in *French Kiss*?' Hij trekt aan alle kanten haren los en ik zie eruit alsof ik mijn vingers in een stopcontact heb gestoken. 'Dit is de sexy ik-kom-net-uit-bed-look. Of wat dacht je hiervan?' Hij woelt nog wat door mijn haar.

'Kun je opschieten? Er staat op mij ook een taxi te wachten.' Ik kijk uit het raam. Pa kletst met de taxichauffeur. Ze lachen en ik ontspan een beetje.

'O…ké. Maar dit moet je eigenlijk niet snel willen doen. Je hebt heel veel haar.'

'Dat geeft niet. Ik geef je toestemming om op te schieten. Knip het er allemaal maar af.' Ik kijk weer naar de auto.

'Nou, we moeten wel een paar centimeter overhouden.' Hij draait mijn gezicht weer naar de spiegel. 'Het moet niet Sigourney Weaver in *Alien* worden, hè? G.I. Jane is niet welkom hier. We maken het kort en geven je een scheiding. Dat is heel erg hip. Dat staat je vast goed, en je jukbeenderen komen dan mooi uit. Wat vind jij?'

Mijn jukbeenderen kunnen me gestolen worden. Ik wil van mijn haar af.

'Wat vind je ervan als we gewoon dit doen?' Ik pak de schaar uit zijn hand, knip mijn staart af en geef ze hem allebei weer aan.

Hij hapt naar adem. Het klinkt meer als een hoog gepiep. 'Of we kunnen dat doen. Een... boblijn.'

De mond van de Amerikaan valt open bij de aanblik van mijn kapper met een grote schaar en twintig centimeter haar die in zijn hand bungelt. Hij wendt zich tot de zijne en grijpt de schaar voordat die nog maar iets kan doen. 'Dat,' zegt hij wijzend, 'moet jij níet doen!'

Het matje slaakt een zucht en slaat zijn blik ten hemel. 'Nee, natuurlijk niet, meneer.'

De Amerikaan krabt weer aan zijn linkerarm. 'Volgens mij heb ik een muggenbeet.' Hij probeert zijn mouw op te rollen en ik kronkel ongemakkelijk in mijn stoel in mijn poging een blik op te vangen van zijn arm.

'Wil je alsjeblieft stilzitten?'

'Wil je alsjeblieft stilzitten?'

De kappers zeggen het precies tegelijk. Ze kijken elkaar aan en lachen.

'Er hangt iets in de lucht vandaag,' zegt een van hen, en de Amerikaan en ik kijken elkaar aan. Inderdaad.

'Blik weer op de spiegel, alsjeblieft.' Hij kijkt weg.

Mijn kapper legt een vinger onder mijn kin en draait mijn gezicht weer naar de spiegel. Hij overhandigt me mijn staart. 'Souvenir.'

'Ik wil het niet.' Ik weiger mijn haar aan te pakken. Elke centimeter van dat haar komt uit een tijd die nu voorbij is. Gedachten, wensen, hopen, verlangens, dromen die niet langer bestaan. Ik wil een nieuw begin. Een nieuwe kop met haar.

Hij begint het nu in model te knippen en elke pluk die naar de grond zweeft kijk ik na. Mijn hoofd voelt lichter.

Het haar dat groeide op de dag dat we de wieg kochten. Knip.

Het haar dat groeide op de dag dat we de kleuren verf voor de kinderkamer, flessen, slabbetjes en babykleertjes uitkozen... Knip.

Het haar dat groeide op de dag dat we de namen uitkozen. Knip.

Het haar dat groeide op de dag dat we het onze vrienden en familie vertelden. Knip.

De dag van de eerste scan. De dag dat ik erachter kwam dat ik zwanger was. De dag dat mijn baby verwekt werd. Knip. Knip. Knip.

De recente herinneringen, nog pijnlijker, blijven nog een tijdje in de haarwortels. Ik moet wachten tot die uitgroeien voordat ik die ook van me af kan schudden. Dan zullen alle sporen gewist zijn en kan ik verder.

Ik loop naar de kassa terwijl de Amerikaan afrekent. 'Staat je goed,' zegt hij, en hij neemt me op.

Opgelaten wil ik een pluk haar achter mijn oor steken maar er zit niets meer. Ik voel me lichter, lichthoofdig, duizelig van blijdschap, blij om mijn duizeligheid.

'Jou ook.'

'Dank je.'

Hij opent de deur voor me.

'Bedankt.' Ik stap naar buiten.

'Je bent veel te beleefd,' zegt hij tegen me.

'Bedankt. Jij ook.'

'Bedankt,' zegt hij met een knikje.

We lachen. We kijken naar onze taxi's die staan te wachten en vervolgens weer vragend naar elkaar. Hij lacht naar me.

'De eerste taxi of de tweede?' vraagt hij.

'Voor mij?'

Hij knikt. 'Mijn chauffeur praat aan één stuk door.'

Ik kijk naar beide taxi's, zie pa in de tweede zitten. Hij zit voorovergebogen met de chauffeur te praten. 'De eerste. Mijn vader praat aan één stuk door.'

Hij kijkt naar de tweede taxi, waarin pa zijn gezicht nu tegen het raampje drukt en naar me staart alsof ik een geestverschijning ben.

'De tweede dan maar,' zegt de Amerikaan, en hij loopt naar zijn taxi en kijkt tot twee keer toe om.

'Hé!' werp ik tegen, en ik kijk hem als betoverd na.

Ik zweef naar mijn taxi en we sluiten onze portiers op hetzelfde moment. De taxichauffeur en pa kijken me aan alsof ze een geest hebben gezien.

'Wat?' Mijn hart gaat wild tekeer. 'Wat is er aan de hand? Vertel op!'

'Je haar,' zegt mijn vader, en hij kijkt ontzet. 'Je bent net een jongen.'

8

Naarmate de taxi mijn huis in Phisboro dichter nadert, voelt de knoop in mijn maag strakker aan.

'Dat was grappig, dat de man voor ons zijn taxi ook liet wachten. Of niet, Gracie?'

'Joyce. En ja,' antwoord ik. Mijn been gaat razendsnel op en neer van de zenuwen.

'Doen mensen dat tegenwoordig als ze hun haar laten knippen?'

'Wat, pa?'

'Taxi's op zich laten wachten.'

'Dat weet ik niet.'

Hij schuifelt met zijn billen naar het puntje van de achterbank en trekt zich naar voren naar de taxichauffeur. 'Jack, doen mensen dat tegenwoordig als ze naar de kapper gaan?'

'Wat bedoel je?'

'Laten ze hun taxi's buiten op ze wachten?'

'Dat is me nooit eerder gevraagd,' legt de chauffeur beleefd uit.

Tevreden leunt pa naar achteren. 'Dat dacht ik al, Gracie.'

'Ik heet Joyce,' snauw ik.

'Joyce. Het was toeval. En weet je wat ze zeggen over toeval?'

'Ja.' We slaan de hoek om en rijden mijn straat in. Mijn maag maakt een salto.

'Dat toeval niet bestaat,' gaat pa verder, hoewel ik al had gezegd dat ik het wist. 'Echt niet,' zegt hij tegen zichzelf. 'Het bestaat gewoon niet. Daar heb je Patrick.' Hij zwaait. 'Ik hoop dat hij niet terugzwaait.' Hij kijkt naar zijn vriend van de maandagavondclub, die twee handen op zijn looprek heeft. 'En David die de hond uitlaat.' Hij zwaait opnieuw, hoewel David net blijft staan om zijn hond te laten poepen en de andere kant op kijkt. Ik krijg het idee dat pa zich in een taxi heel wat voelt. Hij neemt er bijna nooit een. Ze zijn te duur en alles waar hij heen gaat bevindt zich op loopafstand of is slechts een kort busritje verderop.

'Oost west, thuis best,' zegt hij. 'Wat krijg je van me, Jack?' Hij leunt opnieuw naar voren. Hij pakt twee briefjes van vijf euro uit zijn zak.

'Ik heb slecht nieuws, ben ik bang. Twintig euro, alsjeblieft.'

'Wat?' Pa kijkt geschrokken op.

'Ik betaal wel, pa, stop je geld maar weg.' Ik overhandig de chauffeur vijfentwintig euro en zeg dat hij de rest mag houden. Pa kijkt me aan alsof ik zojuist een biertje uit zijn hand heb gepakt en door de gootsteen heb gespoeld.

Conor en ik wonen al tien jaar in het rijtjeshuis van rode baksteen in Phisboro, sinds we getrouwd zijn. De huizen staan hier al sinds de jaren veertig, en in de loop der jaren hebben we er heel wat geld in gestoken om het bij de tijd te brengen. Eindelijk is het zoals we het willen, of dat was het, tot deze week. Er loopt een laag zwart hek naar een stukje van de voortuin waar de rozenstruiken staan die mijn moeder heeft geplant. Pa woont in een identiek huis twee straten verderop, het huis waarin ik ben opgegroeid, hoewel we nooit uitgegroeid zijn, altijd blijven leren, en elke keer dat ik er terugkom keer ik weer terug naar mijn jeugd.

De voordeur van mijn huis gaat net open als de taxi wegrijdt. Pa's buurvrouw Fran glimlacht naar me in mijn eigen deuropening. Ze kijkt ons opgelaten aan en maakt geen oogcontact met me als ze in mijn richting kijkt. Daar zal ik aan moeten wennen.

'O, je haar!' zegt ze eerst, en dan bedenkt ze zich. 'Sorry, lieverd, ik wilde weg zijn als je thuiskwam.' Ze opent de deur helemaal en trekt een geruit boodschappenwagentje achter zich aan. Om haar rechterarm draagt ze een enkele rubberen handschoen.

Pa kijkt nerveus en ontwijkt mijn blik.

'Wat heb je gedaan, Fran? Hoe ben je in hemelsnaam mijn huis in gekomen?' Ik probeer zo beleefd mogelijk te zijn, maar bij de aanblik van iemand die zonder toestemming in mijn huis is geweest ben ik zowel verbaasd als razend.

Ze loopt rood aan en kijkt naar mijn vader. Die kijkt naar haar hand en kucht. Ze kijkt naar beneden, lacht nerveus en trekt de huishoudhandschoen uit. 'O, je vader heeft me een sleutel gegeven. Ik dacht dat... Nou ja, ik heb in de gang een leuk kleed voor je neergelegd. Ik hoop dat je het mooi vindt.'

Verbijsterd staar ik haar aan.

'Nou goed, dan ga ik maar.' Ze loopt langs me heen, grijpt mijn arm beet en knijpt erin, maar ze weigert me nog steeds aan te kijken. 'Pas goed op jezelf, lieverd.' Ze loopt de straat uit en sleurt haar boodschappenwagentje achter zich aan. Haar vleeskleurige panty zit in dikke plooien om haar dikke enkels.

'Pa,' zeg ik, en ik kijk hem kwaad aan, 'wat is dit?' Ik been het huis in en kijk naar het afschuwelijke, stoffige kleed op mijn beige tapijt. 'Waarom heb je iemand die ik amper ken m'n sleutels gegeven zodat ze hier een kleed kon komen neerleggen? Ik ben geen goed doel!'

Hij neemt zijn pet af en verfrommelt hem in zijn handen. 'Je kent haar toch? Ze kent je al sinds de dag dat je thuisgebracht werd uit het ziekenhuis...' Dat is het verkeerde verhaal op het verkeerde moment, en hij beseft het.

'Dat kan me niet schelen!' stamel ik. 'Het is mijn huis, niet van jou! Dat kun je niet zomaar doen. Ik haat dit lelijke rotkleed!' Ik pak een hoekje van het kleed, dat vloekt met het tapijt, sleep het naar buiten en smijt de deur dicht. Ik ben ziedend en ik kijk naar pa om opnieuw uit te varen tegen hem. Hij is bleek en rilt. Treurig kijkt hij naar de grond. Ik volg zijn blik.

Overal op het beige tapijt zitten verbleekte bruine vlekken, van licht tot donkerder. Op sommige plekken is het schoongemaakt, maar de vezels van het tapijt zijn in de tegengestelde richting geborsteld en verraden dat daar ooit iets heeft gelegen. Mijn bloed.

Ik sla mijn handen voor mijn ogen.

Pa's stem is zacht, gekwetst. 'Het leek me beter dat je dat niet zou zien wanneer je thuiskwam.'

'O, pa.'

'Fran is elke dag langsgekomen en heeft van alles geprobeerd. Ik was degene die voorgesteld heeft er een tapijt op te leggen,' voegt hij er nog zachter aan toe. 'Daar mag je haar de schuld niet van geven.'

Ik veracht mezelf.

'Ik weet dat je gek bent op al die nieuwe dingen in je huis die bij elkaar passen,' zegt hij, en hij kijkt om zich heen, 'maar zulke spullen hebben Fran en ik niet.'

'Sorry, pa. Ik weet niet wat me bezielde. Ik had niet tegen je moeten schreeuwen, sorry. Je hebt me alleen maar geholpen deze week. Ik... ik bel Fran nog wel om haar te bedanken.'

'Goed,' zegt hij knikkend. 'Dan ga ik maar. Ik breng het kleed wel terug naar Fran. Ik wil niet dat de buren het buiten zien liggen en het tegen haar zeggen.'

'Nee, ik leg het wel terug. Het is te zwaar voor je om helemaal naar je huis te brengen. Ik laat het voorlopig liggen en breng het snel terug.' Ik doe de deur open en pak het op van het pad. Met meer respect sleep ik het weer naar binnen en ik leg het dusdanig neer dat het de plek verhult waar ik mijn kindje ben kwijtgeraakt.

'Echt, sorry, pa.'

'Maak je geen zorgen.' Hij komt op me af gewaggeld en klopt op mijn schouder. 'Dit is een moeilijke tijd voor je, dat weet ik ook wel. Ik zit om de hoek als je me nodig hebt.'

Met een snelle beweging van zijn pols zet hij zijn tweedpet weer op zijn hoofd en ik zie hem over de straat waggelen. De beweging is vertrouwd en geruststellend, als de deining van de zee. Hij verdwijnt om de hoek en ik doe de deur dicht. Alleen. Stilte. Ik en het huis, verder niets. Het leven gaat verder alsof er niets is gebeurd.

Het lijkt alsof de kinderkamer boven door de muren en vloer heen trilt. Bonk-bonk. Bonk-bonk. Als een hart probeert het de muren weg te duwen en bloed in stromen de trap af te sturen, door de gangen en naar alle hoeken en gaatjes. Ik loop weg van de trap, de plaats van het delict, en zwerf door de kamers. Alles lijkt precies zoals het was, hoewel ik bij nadere inspectie zie dat Fran heeft opgeruimd. Het kopje thee dat ik aan het drinken was is weggehaald van de salontafel in de woonkamer. In de keuken klinkt het zacht zoemende geluid van de vaatwasser die Fran heeft aangezet. De kranen en afdruiprekken glinsteren, de oppervlaktes glanzen. De keukendeur komt rechtstreeks uit in de achtertuin. Langs de achtermuur staan ma's rozenstruiken. Pa's geraniums piepen omhoog uit de grond.

Boven gonst de kinderkamer nog steeds.

Mijn oog valt op het rode lichtje van het antwoordapparaat dat knippert in de gang. Vier berichten. Ik ga het lijstje geregistreerde telefoonnummers af en herken de nummers van vrienden. Ik loop weg van het antwoordapparaat, ik kan hun condoleances nog niet aanhoren. Dan verstijf ik. Ik loop terug en ga de nummers opnieuw af. Daar heb je het. Maandagavond. Tien over zeven. Nogmaals om twaalf over zeven. Mijn tweede kans om het telefoontje te beantwoorden. Het telefoontje waarvoor ik als een gek de trap ben afgerend en het leven van mijn kind heb opgeofferd.

Ze hebben een bericht ingesproken. Met trillende vingers druk ik op AF-SPELEN.

'Hallo, met Xtra-vision. Ik bel over de dvd van *The Muppet Christmas Carol*. Volgens ons systeem is die inmiddels een week te laat. We zouden het op prijs stellen als u hem zo snel mogelijk kon komen terugbrengen.'

Ik adem scherp in. Tranen springen in mijn ogen. Wat had ik verwacht? Een telefoontje dat de moeite waard was om mijn kind voor te verliezen? Iets wat zo dringend was dat ik mezelf er met reden zo voor haastte? Zou dat mijn verlies op de een of andere manier rechtvaardigen?

Mijn hele lichaam trilt van woede en schrik. Ik adem beverig in en weet de woonkamer te bereiken. Ik richt mijn blik op de dvd-speler. Erbovenop ligt de dvd die ik gehuurd heb terwijl ik op mijn peetdochter paste. Ik pak de dvd, houd hem stevig in mijn handen, knijp erin alsof ik aan het leven erin een einde kan maken. Dan smijt ik hem door de kamer. Ons rijtje foto's valt van de piano en het glas van onze trouwfoto barst en van een andere foto vliegt een stuk van de zilveren lijst af.

Ik open mijn mond. En ik schreeuw. Ik schreeuw zo hard als ik kan, harder lukt me echt niet. Het is een diepe, lage schreeuw, vol pijn. Ik schreeuw opnieuw en hou het zo lang vol als ik kan. De ene schreeuw na de andere van onder uit mijn buik, uit het diepst van mijn ziel. Ik brul lang en diep en het grenst aan gelach met een vleugje frustratie. Ik schreeuw en ik schreeuw tot ik geen adem meer heb en mijn keel in brand lijkt te staan.

Boven blijft de kinderkamer vibreren. Bonk-bonk, bonk-bonk. Hij roept me, het hart van mijn huis gaat als een razende tekeer. Ik loop naar het trappenhuis, stap over het kleed heen en ben de trap op. Ik grijp de leuning en voel me nog te zwak om mijn benen op te tillen. Ik trek mezelf omhoog. Het gebonk wordt met elke trede luider tot ik boven ben en voor de deur van de kinderkamer sta. Die houdt op met gonzen. Het is nu volledig stil.

Ik ga met een vinger langs de deur, druk mijn wang ertegen, probeer door wilskracht af te dwingen dat het allemaal niet gebeurd is. Ik breng mijn hand naar de deurkruk en open de deur.

Een half geverfde boterbloemgele muur begroet me. Zachte pastelkleuren. Zoete geuren. Een bedje met een mobile met gele eendjes erboven. Een speelgoedkist versierd met grote letters. Op een klein rekje hangen twee setjes babykleding. Kleine laarsjes op een commode.

In het bed zit een konijntje enthousiast rechtop. Hij lacht me stompzinnig toe. Ik trek mijn schoenen uit en stap blootsvoets op het zachte tapijt, probeer vaste grond onder mijn voeten te krijgen in deze wereld. Ik trek de deur achter me dicht. Er klinkt geen enkel geluid. Ik pak het konijn op en draag het de kamer rond terwijl ik mijn handen over de gloednieuwe meubels, kleertjes en speelgoed laat gaan. Ik open een muziekdoos en kijk toe hoe het muisje erin rondjes begint te draaien, bij een betoverend tinkelend geluid achter een stukje kaas aan gaat.

'Het spijt me, Sean,' fluister ik, en mijn woorden haperen in mijn keel. 'Het spijt me zo verschrikkelijk.'

Ik laat mezelf op de zachte vloer zakken, trek mijn benen onder me en omhels het konijn, dat zich van geen kwaad bewust is. Ik kijk weer naar het muisje, wiens hele leven erom draait een stukje kaas na te jagen dat hij nooit zal bereiken, laat staan eten.

Ik sla de muziekdoos met een klap dicht en blijf in stilte achter.

9

'Ik kan nergens eten vinden, we moeten maar wat bestellen,' roept Justins schoonzus naar de woonkamer terwijl ze door de keukenkastjes rommelt.

'Dus misschien ken je die vrouw,' zegt Justins jongere broer Al. Hij gaat op de plastic tuinstoel in Justins half ingerichte woonkamer zitten.

'Nee, dat probeer ik juist uit te leggen. Het is net alsof ik haar ken, maar tegelijkertijd kende ik haar helemaal niet.'

'Je herkende haar.'

'Ja. Nou, nee.' Min of meer, denkt hij.

'En je weet niet hoe ze heet.'

'Nee, ik weet echt niet hoe ze heet.'

'Hé, luistert er nog iemand naar me of praat ik tegen mezelf?' onderbreekt Doris hen weer. 'Ik zei dat we maar wat eten moeten bestellen.'

'Ja, goed, lieverd,' roept Al werktuiglijk. 'Misschien is ze een leerling van je of is ze naar een van je lezingen gekomen. Herinner je je de mensen die naar je lezingen komen meestal?'

'Dat zijn er honderden per keer,' zegt Justin, en hij haalt zijn schouders op. 'En ze zitten meestal in het donker.'

'Nee dus.' Al wrijft over zijn kin.

'Laat dat eten bestellen maar zitten!' roept Doris. 'Je hebt geen borden en bestek. We zullen uit eten moeten.'

'En even voor de duidelijkheid, Al. Als ik "herkennen" zeg, bedoel ik dat ik haar gezicht echt herkende.'

Al fronst zijn wenkbrauwen.

'Ik had gewoon het gevoel dat ze me bekend voorkwam.' Ja, dat was het, denkt hij. Ze kwam me bekend voor.

'Misschien leek ze gewoon op iemand die je kent.'

Misschien, denkt Justin.

'Hé, luistert er iemand naar me?' Doris staat in de deuropening van de woonkamer met haar centimeters lange nagels met luipaardprint op haar heup, die gehuld is in een strakke leren broek. De vijfendertigjarige Doris, van Italiaans-Amerikaanse afkomst en gezegend met een vlotte babbel, is al tien jaar met Al getrouwd en Justin beschouwt haar als een lieve maar vervelende jongere zus. Ze heeft geen grammetje vet op haar botten en alles wat ze draagt ziet eruit alsof het uit de kast van Sandy uit *Grease* komt, ná haar make-over.

'Tuurlijk, lieverd,' zegt Al opnieuw, maar hij blijft Justin aankijken. 'Misschien was het zo'n déjà-vugeval.'

'Ja!' Justin knipt met zijn vingers. 'Of misschien *vécu*, of *senti*.' In gedachten verzonken wrijft hij over zijn kin. 'Of *visité*.'

'Wat is dat nou weer?' vraagt Al, terwijl Doris een kartonnen doos met boeken naar zich toe trekt om op te gaan zitten en zich bij hen voegt.

'Déjà vu is Frans voor "al gezien", en het beschrijft het gevoel dat je een nieuwe situatie al eerder hebt gezien of meegemaakt. De uitdrukking is verzonnen door een Franse parapsycholoog, Emile Boirac, die uitweidde over een essay dat hij had geschreven aan de universiteit van Chicago.'

'Kom op, Maroons!' Al steekt Justins oude trofee waaruit hij drinkt in de lucht, en neemt een flinke teug van zijn bier.

Doris kijkt hem vol minachting aan. 'Ga alsjeblieft verder, Justin.'

'Nou, déjà vu gaat meestal samen met een onweerstaanbaar gevoel van vertrouwdheid, naast een gevoel van griezeligheid of vreemdheid. De ervaring wordt meestal toegeschreven aan een droom, hoewel er in sommige gevallen een sterk gevoel is dat de gebeurtenissen in het verleden echt hebben plaatsgevonden. Déjà vu is ook wel beschreven als het herinneren van de toekomst.'

'Wauw,' fluistert Doris.

'Wat wil je nou zeggen, broertje?' zegt Al, en hij laat een boer.

'Nou, ik denk niet dat dit voorval van vandaag tussen mij en die vrouw déjà vu was.' Justin slaakt een zucht.

'Hoezo niet?'

'Omdat déjà vu alleen betrekking heeft op zien, en ik... o, ik weet het niet. *Déjà vécu* wordt vertaald als "al geleefd", en het verklaart de ervaring die verder gaat dan zien, maar dat je op een vreemde manier al weet wat er gaat gebeuren. *Déjà senti* betekent "al gevoeld", wat alleen een mentaal fenomeen is, en *déjà visité* gaat over mysterieuze kennis van een nieuwe plek, maar dat komt minder vaak voor. Nee,' hij schudt zijn hoofd, 'ik heb absoluut niet het gevoel dat ik al eens in die kapsalon was geweest.'

Alle drie zwijgen ze.

Al verbreekt de stilte. 'Nou, het is in elk geval déjà iets. Weet je zeker dat je niet met haar naar bed bent geweest?'

'Al.' Doris slaat haar echtgenoot tegen zijn arm. 'Waarom heb je mij niet je haar laten knippen, Justin? En over wie hebben we het eigenlijk?'

'Jij runt een hondentrimsalon,' zegt Justin, en hij kijkt haar verwonderd aan.

Ze haalt haar schouders op. 'Honden hebben ook haar.'

'Ik zal het proberen uit te leggen,' zegt Al. 'Justin heeft vandaag een vrouw gezien in een kapsalon in Dublin, en hij zegt dat hij haar herkende, maar hij had haar nooit eerder gezien. Hij had het gevoel dat hij haar kende, zonder haar ook echt te kennen.' Buiten Justins blikveld rolt hij melodramatisch met zijn ogen.

'O, god, ik weet wat dit is,' zegt Doris op zangerige toon.

'Wat?' vraagt Justin, en hij neemt een slok uit de beker voor tandenborstels.

'Het ligt voor de hand.' Ze houdt haar handen omhoog en kijkt van de ene broer naar de andere om de spanning te verhogen. 'Het is iets uit een vorig leven.' Ze straalt. 'Je kende die vrouw in een vooo-rig leee-ven.' Ze spreekt de woorden langzaam uit. 'Ik heb het bij *Oprah* gezien.' Ze knikt met wijd open ogen.

'Hou nou toch op met die onzin, Doris. Ze heeft het over niks anders meer. Ze ziet er iets over op tv en ik hoor over niks anders meer in het vliegtuig van Chicago naar hier.'

'Ik geloof niet dat het iets uit een vorig leven is, Doris, maar bedankt.'

Doris mompelt afkeurend. 'Jullie moeten openstaan voor dit soort dingen, want je weet het maar nooit.'

'Precies, je weet het nóóit,' snauwt Al.

'O, kom op, jongens. De vrouw kwam me bekend voor, meer niet. Misschien leek ze gewoon op iemand die ik in Amerika ken. Niks aan de hand.' Zet het maar uit je hoofd, denkt hij.

'Jij begon met je déjà-gedoe,' snuift Doris verontwaardigd. 'Hoe wil je het dan verklaren?'

Justin haalt zijn schouders op. 'De theorie van optische vertraging.'

Ze kijken hem verbijsterd aan.

'Er is een theorie die stelt dat het ene oog iets sneller waarneemt dan het andere, waardoor een sterk gevoel van herinnering ontstaat als hetzelfde voorval milliseconden later wordt waargenomen door het andere oog. Eigenlijk is het het resultaat van vertraagde optische input van een oog, gevolgd door de input van het andere oog, die gelijktijdig zouden moeten zijn. Dit misleidt het bewustzijn en creëert een gevoel van vertrouwdheid waar dat er niet zou moeten zijn.'

Stilte.

Justin schraapt zijn keel.

'Geloof het of niet, maar ik heb nog liever dat gedoe over een vorig leven van jou, mop,' zegt Al grinnikend, en hij slaat zijn laatste restje bier achterover.

'Dank je, lieverd.' Doris drukt haar handen op haar hart, overdonderd. 'Maar goed, zoals ik al zei toen ik in de keuken in mezelf stond te praten: we hebben geen eten, geen bestek of pannen hier, dus we zullen vanavond uit eten moeten. Kijk nou hoe je leeft, Justin. Ik maak me zorgen om je.' Doris kijkt met opgetrokken neus de kamer rond en haar getoupeerde, roodgeverfde haar vol haarlak volgt de beweging. 'Je bent helemaal in je eentje naar dit land verhuisd, je hebt alleen maar tuinmeubels en onuitgepakte dozen in een kelder die eruitziet alsof hij voor studenten is gemaakt. Na de scheiding heeft Jennifer duidelijk ook al alle smaak meegekregen.'

'Dit is een victoriaans pareltje, Doris. Het was echt een vondst, en het is de enige plek die ik kon vinden met een stukje geschiedenis die nog enigszins betaalbaar was. Dit is een dure stad.'

'Eeuwen geleden was het vast een parel, maar nu krijg ik er de rillingen van. En wie het ook gebouwd heeft zwerft nog rond in deze kamers. Ik voel hem naar me kijken.' Ze rilt.

'Mocht je willen.' Al rolt met zijn ogen.

'Dit huis heeft alleen een beetje zorg en aandacht nodig en dan komt het helemaal goed,' zegt Justin, en hij onderdrukt de gedachte aan het appartement waar hij gek op was in de welvarende, historische wijk in het oude centrum van Chicago en dat hij onlangs heeft verkocht.

'En daarom ben ik hier!' Uitgelaten klapt Doris in haar handen.

'Mooi.' Justins glimlach is zuinig. 'Laten we maar wat gaan eten. Ik heb zin in steak.'

'Maar je bent vegetariër, Joyce.' Conor kijkt me aan alsof ik gek ben geworden. Dat ben ik waarschijnlijk ook. Ik kan me niet herinneren wanneer ik voor het laatst rood vlees heb gegeten nu we in het restaurant aan tafel zijn gaan zitten.

'Ik ben geen vegetariër, Conor. Ik hou alleen niet van rood vlees.'

'Maar je bestelt net een half doorbakken steak!'

'Ik weet het,' zeg ik, en ik haal mijn schouders op. 'Ik ben een gek mens.'

Hij glimlacht alsof hij zich herinnert dat ik ook een wilde kant had. We zijn net twee vrienden die elkaar na jaren weer zien. We hebben zoveel te bespreken maar geen flauw idee waar we moeten beginnen.

'Hebt u al een wijn gekozen?' vraagt de kelner aan Conor.

Vlug grijp ik de menukaart. 'Ik wil graag deze bestellen, alstublieft.' Ik wijs naar de kaart.

'Sancerre 1998. Dat is een uitstekende keus, mevrouw.'

'Bedankt.' Ik heb geen idee waarom ik die heb uitgekozen.

Conor lacht. 'Heb je iene-miene-mutte gedaan?'

Ik glimlach maar begin het warm te krijgen. Ik weet niet waarom ik die wijn heb besteld. Hij is te duur en ik drink meestal geen wit, maar ik doe alsof er niks aan de hand is. Ik wil niet dat Conor denkt dat ik gek ben geworden. Dat dacht hij al toen hij zag dat ik al m'n haar af had laten knippen. Als ik wil zeggen wat ik vanavond ga zeggen moet hij denken dat ik weer helemaal de oude ben.

De kelner keert terug met de fles wijn.

'Proef jij maar,' zegt Al tegen Justin. 'Jij hebt hem uitgekozen.'

Justin pakt het glas wijn, steekt zijn neus in het glas en ademt diep in.

Ik adem diep in en laat de wijn dan door het glas wervelen. Ik kijk toe hoe de alcohol omhoogkomt en langs de zijkanten glijdt. Ik neem een slokje en hou het op mijn tong, waarna ik hem opkrul en alcohol de binnenkant van mijn mond laat verbranden. Perfect.

'Heerlijk, bedankt.' Ik zet het glas weer op tafel.

Conors glas wordt ingeschonken en het mijne bijgeschonken.

'Het is een mooie wijn.' Ik begin hem het verhaal te vertellen.

'Ik heb hem ontdekt toen Jennifer en ik jaren geleden naar Frankrijk gingen,' legt Justin uit. 'Zij moest er optreden op het Festival des Cathédrales de Picardie met het orkest. Het was een gedenkwaardige reis. In Versailles sliepen we in het Hôtel du Berry, een elegant herenhuis uit 1634 vol meubels uit die tijd. Het is praktisch een museum van regionale geschiedenis. Je herinnert je vast nog wel dat ik erover verteld heb. Hoe dan ook, op een van haar vrije avonden in Parijs vonden we een heerlijk visrestaurantje, helemaal weggestopt in de steegjes van Montmartre. We bestelden de vis van de dag, zeebaars, maar je weet hoe gek ik op rode wijn ben – zelfs bij vis drink ik het liefst rood, en dus stelde de kelner de sancerre voor.

Ik dacht altijd dat sancerre een witte wijn was, omdat hij beroemd is vanwege de sauvignondruif die ervoor wordt gebruikt, maar ze blijken er ook wat pinot noir voor te gebruiken. En het geweldige is dat je de rode sancerre net als de witte gekoeld kan drinken, op twaalf graden. Maar niet gekoeld is hij ook lekker bij vlees. Proost.' Hij toost met zijn broer en schoonzus.

Conor kijkt me onbeweeglijk aan. 'Montmartre? Joyce, je bent nog nooit in Parijs geweest. Hoe weet jij opeens zoveel over wijn? En wie is Jennifer in vredesnaam?'

Ik zwijg, schrik op uit mijn trance en hoor opeens de woorden van het verhaal dat ik zojuist heb verteld. Ik doe het enige wat ik kan onder de omstandigheden. Ik begin te lachen. 'Daar heb ik je!'

'Ik heb je?'

'Dat komt uit een film die ik pas heb gezien.'

'O.' Hij is zichtbaar opgelucht. 'Joyce, ik werd even bang van je. Het leek wel of je bezeten was.' Hij glimlacht. 'Welke film was het?'

'O, dat weet ik niet meer.' Ik wimpel het geringschattend af, en vraag me af wat er in vredesnaam met me aan de hand is. Heb ik de afgelopen week überhaupt wel een film gezien?

Conor onderbreekt mijn gedachten. 'Lust je nu geen ansjovis meer?' Hij kijkt naar het plukje ansjovis dat ik naar de zijkant van mijn bord heb geschoven.

'Geef maar hier, broer,' zegt Al, en hij houdt zijn bord op. 'Ik ben er gek op. Ik snap niet hoe jij een caesarsalade zonder ansjovis kunt eten. Mag ik ansjovis eten, Doris?' vraagt hij sarcastisch. 'De dokter heeft toch niet gezegd dat ik doodga van ansjovis, of wel?'

'Pas als iemand ze in je keel propt. Pas maar op,' zegt Doris knarsetandend.

'Negenendertig jaar en ik word behandeld als een kind.' Al kijkt treurig naar het hoopje ansjovis.

'Vijfendertig jaar en het enige kind dat ik heb is m'n echtgenoot,' snauwt Doris. Ze pakt een ansjovis van het hoopje en proeft hem. Ze trekt haar neus op en kijkt het restaurant rond. 'Noemen ze dit een Italiaans restaurant? Mijn moeder en haar familie zouden zich omdraaien in hun graf als ze dat hoorden.' Ze slaat vlug een kruis. 'Goed, Justin, vertel me eens over de vrouw met wie je iets hebt.'

Justin fronst zijn wenkbrauwen. 'Doris, het stelt echt niet veel voor. Ik zei al dat ik alleen maar dacht dat ik haar kende.'

'Nee, niet haar,' zegt Al hardop met een mond vol ansjovis. 'Ze heeft het over de vrouw met wie je pas van bil bent gegaan.'

'Al!' Er blijft iets in Justins keel hangen.

'Joyce,' zegt Conor bezorgd. 'Gaat het?'

Mijn ogen schieten vol terwijl ik hoestend naar adem probeer te happen.

'Hier, neem wat water.' Hij duwt een glas naar mijn gezicht.

Mensen staren ons bezorgd aan.

Ik hoest nu zo erg dat ik niet eens adem kan halen om te drinken. Conor staat op en komt om de tafel naar me toe. Hij klopt op mijn rug en ik schud hem van me af. Ik hoest nog steeds en de tranen stromen over mijn wangen. In paniek sta ik op, en op de koop toe gooi ik mijn stoel om.

'Al, Al, doe iets. O, moeder Maria nog aan toe!' Doris raakt in paniek. 'Hij loopt paars aan!'

Al maakt zijn servet los van zijn kraag en legt hem kalm op tafel. Hij staat op en plaatst zichzelf achter zijn broer. Hij slaat zijn armen om zijn middel en rukt hard zijn buik in. Bij de tweede keer schiet het eten los uit Justins keel.

Een derde persoon schiet me te hulp, of liever gezegd: voegt zich bij de paniekerige discussie over hoe je de Heimlichmanoeuvre moet uitvoeren, als ik opeens stop met hoesten. Drie gezichten staren me verbaasd aan terwijl ik verward over mijn keel wrijf.

'Gaat het?' vraagt Conor, en hij klopt me nogmaals op de rug.

'Ja,' fluister ik, opgelaten over de aandacht die we trekken. 'Het gaat prima, dank je. Heel erg bedankt voor jullie hulp.'

Langzaam lopen ze weer terug.

'Ga maar weer zitten en geniet van jullie eten. Echt, het gaat prima, bedankt.' Ik ga snel weer zitten en wrijf mijn uitgelopen mascara van mijn ogen. De starende blikken probeer ik te negeren. 'God, wat gênant.'

'Dat was vreemd; je had nog geen hap gegeten. Je zat gewoon te praten en opeens: beng! Begin je te hoesten.'

Ik haal mijn schouders op en wrijf over mijn keel. 'Ik weet het niet, er schoot iets in het verkeerde keelgat toen ik inademde.'

De kelner komt naar ons toe en haalt onze borden weg. 'Gaat het, mevrouw?'

'Ja, bedankt, het gaat prima.'

Ik voel een zachte por in mijn rug terwijl onze buurman naar ons tafeltje leunt. 'Ik dacht even dat je op het punt stond te bevallen. Hè, Margaret?' Hij kijkt naar zijn vrouw en lacht.

'Nee,' zegt Margaret. Haar glimlach sterft snel weg en ze loopt donkerrood aan. 'Nee, Pat.'

'Huh?' Hij is in de war. 'Nou, ik wel. Gefeliciteerd, Conor.' Hij geeft Conor, die opeens erg bleek ziet, een knipoog. 'Zeg maar dag tegen je nachtrust de komende twintig jaar, geloof me. Eet smakelijk.' Hij draait zich weer om en we horen fluisterend gekibbel.

Conor trekt een lang gezicht en hij steekt zijn hand naar me uit. 'Gaat het?'

'Dat is nu al een paar keer gebeurd,' leg ik uit, en instinctief leg ik mijn hand op mijn platte buik. 'Ik heb nog nauwelijks in de spiegel gekeken sinds ik thuis ben. Ik kan het niet aan om te kijken.'

Conor maakt de toepasselijke bezorgde geluiden en ik vang de woorden 'mooi' en 'knap' op, maar ik leg hem het zwijgen op. Hij moet luisteren en niet proberen iets op te lossen. Ik wil dat hij weet dat ik niet probeer mooi of aantrekkelijk te zijn, maar voor één keer gewoon te zijn zoals ik ben. Ik wil hem vertellen hoe ik me voel als ik mezelf dwing in de spiegel te kijken en mijn lichaam te bestuderen dat nu aanvoelt als een omhulsel.

'O, Joyce.' Zijn greep op mijn hand verstevigt terwijl ik spreek. Hij drukt mijn trouwring in mijn huid en het doet pijn. Een trouwring, maar geen huwelijk.

Ik wriemel een beetje met mijn hand om hem duidelijk te maken zijn greep iets te verlichten. In plaats daarvan laat hij los. Een teken.

'Conor.' Meer zeg ik niet. Ik kijk hem aan en ik weet dat hij weet wat ik ga zeggen. Hij heeft deze blik eerder gezien.

'Nee, nee, nee, nee, Joyce, niet dit gesprek. Niet nu.' Hij haalt zijn hand nu helemaal van tafel en steekt zijn handen verdedigend op. 'Je hebt deze week al genoeg meegemaakt, wij allebei.'

'Conor, we moeten wel.' Ik leun naar voren en ik klink ernstig. 'We moeten beslissen hoe het verder moet met ons, of we vragen ons over tien jaar elke dag van ons ellendige leven af hoe het had kunnen zijn.'

We hebben dit gesprek de afgelopen vijf jaar elk jaar wel een keer gevoerd, en ik wacht op de gebruikelijke reactie van Conor. Dat niemand zegt dat het huwelijk makkelijk is, dat we dat niet mogen verwachten, we hebben elkaar een belofte gedaan, een huwelijk is voor het leven en hij is vastberaden eraan te werken. Te redden wat er te redden valt, predikt mijn rondreizende echtgenoot. Ik richt me op de reflectie van het kaarslicht in mijn dessertlepel terwijl ik wacht op zijn gebruikelijke opmerkingen. Minuten later besef ik dat die niet gekomen zijn. Ik kijk op en zie hoe hij tegen de tranen vecht. Hij lijkt bevestigend te knikken.

Ik adem in. Dit is het dan.

Justin laat zijn blik over de dessertkaart gaan.

'Jij niet, Al.' Doris pakt het menu uit de handen van haar echtgenoot en klapt het dicht.

'Waarom niet? Mag ik het niet eens lezen?'

'Je cholesterol schiet al omhoog als je hem leest.'

Justins gedachten dwalen af terwijl ze kibbelen. Hij zou ook geen dessert moeten nemen. Sinds zijn scheiding heeft hij zich een beetje laten gaan en eet hij als vluchtmiddel in plaats van dagelijks te bewegen. Hij zou het niet moeten doen, maar zijn ogen blijven boven één gerecht op de kaart hangen, als een aasgier die naar zijn prooi kijkt.

'Wilt u een dessert, meneer?' vraagt de kelner.

Toe dan, houdt hij zichzelf voor.

'Ja, ik wil graag de…'

'Banaan-koffietaart, alstublieft,' flap ik eruit tegen de kelner, tot mijn eigen verrassing.

Conors mond valt open.

O jee. Er is zojuist een einde gekomen aan ons huwelijk en ik bestel een nagerecht. Ik bijt op mijn lip en onderdruk een nerveus lachje.

Op een nieuw begin. Op mijn zoektocht naar… iets.

10

Een galmende klingel heet me welkom in mijn vaders nederige stulpje. Het geluid is veel te goed voor dit eenvoudige huisje, maar dat is mijn vader eigenlijk ook.

Het geluid brengt me terug naar mijn leven tussen deze muren en hoe ik het bezoek identificeerde aan de hand van hun belgedrag. Als kind maakten korte, schelle geluidjes me duidelijk dat vriendjes die nog te klein waren omhoogsprongen om op de knop te slaan. Snelle, zwakke flarden van geluid waarschuwden me dat er buiten vriendjes stonden te rillen, doodsbang om zich kenbaar te maken, laat staan hun komst aan te kondigen bij mijn vader. Onvaste, ontelbare belgeluiden laat op de avond kondigden mijn vaders terugkomst aan uit de kroeg, zonder sleutels. Een vrolijk, speels ritme wees op familiebezoek, en korte, luide, herhaalde salvo's als van een mitrailleur waarschuwden ons voor verkopers die huis aan huis gingen.

Ik druk de bel opnieuw in. Niet alleen omdat het huis om tien uur nog stil is en niets zich verroert, maar omdat ik wil weten hoe ik aanbel.

Verontschuldigend en kort. Wil nauwelijks gehoord worden maar moet dat wel. Mijn aanbellen zegt: sorry, pa, sorry dat ik je stoor. Sorry dat de drieëndertigjarige dochter van wie je dacht dat je er allang van af was weer terug is nu haar huwelijk aan diggelen ligt.

Eindelijk hoor ik geluiden binnen en ik zie pa zigzaggend dichterbij komen, als een griezelige schaduw achter het bobbelige glas.

'Sorry,' zegt hij als hij de deur opent. 'Ik hoorde je de eerste keer niet.'

'Als je me niet hoorde hoe wist je dan dat ik had aangebeld?'

Hij kijkt me nietszeggend aan en richt zijn blik vervolgens op de koffers aan mijn voeten. 'Wat krijgen we nou?'

'Je… je zei dat ik even mocht blijven.'

'Ik dacht dat je bedoelde tot het einde van *The Weakest Link*.'

'O… nou, ik hoopte eigenlijk dat ik iets langer mocht blijven.'

'Tot ik er allang niet meer ben, als ik het zo eens zie.' Hij kijkt nogmaals naar zijn stoepje. 'Kom binnen, kom binnen. Waar is Conor? Is er iets met het huis aan de hand? Je hebt toch niet weer muizen? Het is er wel de tijd van het jaar voor, dus je had je ramen en deuren dicht moeten houden. Alle openingen afsluiten, dat doe ik altijd. Ik laat het je wel zien als we binnen zijn. Conor zou het toch wel moeten weten.'

'Pa, ik ben nog nooit komen logeren vanwege muizen.'

'Eens moet de eerste keer zijn. Je moeder deed dat altijd. Ze had een pesthekel aan die dingen. Ging dan altijd een paar dagen naar je grootmoeder terwijl ik als die kat uit de tekenfilm rondrende om ze te vangen. Tom of Jerry, toch?' Hij knijpt zijn ogen tot spleetjes om na te denken, en opent ze dan weer, niets wijzer. 'Ik wist nooit wie nou wie was, maar godsamme, óf die muizen wisten dat ik achter ze aan zat.' Hij steekt een vuist in de lucht en ziet er in gedachten verzonken even heel flink uit, tot hij opeens weer bij zinnen komt en mijn koffers het halletje in tilt.

'Pa?' zeg ik gefrustreerd. 'Ik dacht je me begreep toen ik belde. Conor en ik zijn uit elkaar.'

'Hoe bedoel je?'

'Het is voorbij.'

'Wat is voorbij?'

'Wij zijn voorbij!'

'Waar heb je het in vredesnaam over, Gracie?'

'Joyce. We zijn uit elkaar. Het is over.'

Hij zet de koffers bij de wand met foto's in het halletje, waarmee elke bezoeker die over de drempel komt direct een spoedcursus in de familiegeschiedenis van de Conways krijgt. Pa als kleine jongen, ma als klein meisje, pa en ma die verkering hebben, trouwen, mijn doop, communie, eerste avond uit dansen en bruiloft. Leg het vast, doe het in een lijst en toon het, dat was de filosofie van mijn ouders. Het is grappig hoe mensen hun leven markeren, de referentiepunten die ze kiezen als momenten die grootser en belangrijker zijn dan andere. Want het leven wordt gevormd door zulke momenten. Ik mag graag denken dat de beste zich in mijn geheugen bevinden, dat ze door mijn bloed stromen in hun eigen geheugenbank die alleen voor mij toegankelijk is.

Pa staat geen seconde stil bij het nieuws over mijn mislukte huwelijk maar begeeft zich naar de keuken. 'Thee?'

Ik blijf lang genoeg in het halletje staan om de foto's te bekijken en de geur op te snuiven. De geur die pa elke dag meevoert, zoals een slak zijn huisje meedraagt. Ik dacht altijd dat het de geur van ma's kookkunsten was die door de kamers kringelde en in elke vezel sijpelde, inclusief die van het behang, maar ma is al tien jaar geleden heengegaan. Misschien wás zij die geur, of is ze het nog steeds.

'Wat sta je daar nou aan de muren te snuffelen?'

Ik schrik op, opgelaten dat ik betrapt ben, en loop ook naar de keuken. Die is niet veranderd sinds ik hier woonde en is net zo brandschoon als de dag dat mijn moeder overleden is. Alles staat nog op dezelfde plek, ook al zou een andere plek soms handiger zijn. Ik kijk toe hoe mijn vader langzaam heen en weer loopt, op zijn linkervoet steunt om iets uit de lage kastjes te pakken, en dan de extra centimeters van zijn rechterbeen gebruikt als zijn persoonlijke voetenbankje om in een hoger kastje te reiken. De ketel fluit zo hard dat we geen gesprek kunnen voeren en daar ben ik blij om, aangezien pa het handvat zo stevig beetpakt dat zijn knokkels wit wegtrekken. Een theelepeltje zit in zijn linkerhand gestoken, die op zijn heup rust, en het doet me denken aan hoe hij vroeger altijd met een sigaret stond, verborgen in zijn gekromde hand, die gelig was van de nicotine. Hij kijkt uit over zijn onberispelijke tuin en knarsetandt. Hij is boos en ik voel me weer een tiener die wacht op het standje dat komen gaat.

'Waar denk je aan, pa?' vraag ik als de ketel eindelijk niet meer heen en weer wipt als een hyperactief konijn in een veel te klein hok.

'De tuin,' antwoordt hij, en zijn kaak verstrakt weer.

'De tuin?'

'Die rotkat van hiernaast pist steeds op de rozen van je moeder.' Kwaad schudt hij zijn hoofd. 'Fluffy,' zegt hij, en hij gooit zijn handen in de lucht. 'Zo noemt ze hem. Nou, zo pluizig is dat beest niet meer als ik hem te pakken krijg. Dan draag ik zo'n mooie bonthoed die de Russen dragen en dans ik de hopak voor de tuin van mevrouw Henderson terwijl zij binnen een deken om de rillende Kaaltje slaat.'

'Was dat echt waar je aan dacht?' vraag ik ongelovig.

'Nou, niet echt,' biecht hij op, en hij komt enigszins tot bedaren. 'Ik dacht ook aan de narcissen. Het is bijna weer tijd om die voor de lente te planten. Samen met een stel krokussen. Ik moet nog wat bollen kopen.'

Het is goed om te weten dat mijn huwelijksbreuk niet boven aan pa's prioriteitenlijstje staat. Of op de een-na-bovenste plek. Die komt na de krokussen.

'En sneeuwklokjes,' voegt hij er nog aan toe.

Het komt niet vaak voor dat ik zo vroeg al in de buurt ben. Meestal was ik op mijn werk en liet ik in het centrum mensen woningen zien. Het is zo stil nu iedereen aan het werk is, dat ik me afvraag wat pa in deze stilte in vredesnaam onderneemt.

'Wat deed je voordat ik kwam?'

'Drieëndertig jaar geleden of vandaag?'

'Vandaag.' Ik probeer niet te lachen, omdat ik weet dat hij het meent.

'Een puzzel.' Hij knikt naar de keukentafel, waar een krantenpagina vol puzzels en raadsels ligt. De helft is al ingevuld. 'Ik kwam niet uit nummer zes. Kijk jij anders even.' Hij brengt de kopjes thee naar de tafel en slaagt erin ondanks zijn zwabbergang geen druppel te knoeien. Recht zo die gaat.

Ik lees de aanwijzing hardop voor. 'Welke opera van Mozart werd niet goed ontvangen door een zeer invloedrijke criticus, die het werk samenvatte met de woorden "Te veel noten"?'

'Mozart,' zegt pa, en hij haalt zijn schouders op. 'Ik weet niks over die vent.'

'Keizer Jozef II,' zeg ik.

'Wie?' Pa's rupsen van wenkbrauwen gaan verbaasd omhoog. 'Hoe wist je dat?'

Ik frons mijn wenkbrauwen. 'Dat zal ik wel ergens geho– ruik ik rook?'

Hij gaat rechtop zitten en snuift als een jachthond in de rondte. 'Geroosterd brood. Ik had het broodrooster te hoog gezet en ik heb de laatste twee sneetjes verbrand.'

'Vreselijk is dat,' zeg ik hoofdschuddend. 'Waar is ma's foto uit het halletje?'

'Welke? Er zijn er wel dertig van haar.'

'Heb je ze geteld?' zeg ik lachend.

'Ik heb ze toch opgehangen? In totaal vierenveertig foto's, en dus had ik vierenveertig spijkertjes nodig. Ik ben naar de ijzerhandel gegaan en heb een doosje spijkertjes gekocht. Er zaten er veertig in. Ik moest een tweede pakje kopen voor vier spijkertjes.' Hij steekt vier vingers op en schudt zijn hoofd. 'Ik heb er nog zesendertig over in de gereedschapskist. Waar moet het heen met de wereld.'

Terrorisme? Het opwarmen van de aarde? Doen er niet toe. In zijn ogen wordt het bewijs dat de wereld ten onder gaat geleverd door zesendertig spijkertjes in een gereedschapskist. En hij heeft waarschijnlijk nog gelijk ook.

'Maar waar is hij?'

'Waar hij altijd is,' zegt hij, niet overtuigend.

Allebei kijken we naar de dichte keukendeur, in de richting van het tafeltje in de gang. Ik sta op en loop naar de deur. Dat soort dingen doe je als je tijd zat hebt.

'Ah,' zegt hij en hij wuift in de lucht, 'ga zitten.' Hij komt overeind. 'Ik ga wel even kijken.' Hij sluit de keukendeur achter zich, waardoor ik niet kan kijken. 'Hier is ze, hoor!' roept hij naar me. 'Hallo, Gracie, je dochter maakte zich zorgen om je. Ze dacht dat ze je niet kon zien, maar je stond hier gewoon te kijken hoe ze aan de muren stond te snuffelen, alsof het behang in brand stond. Maar ze wordt gewoon steeds gekker, ze is nu ook al weg bij haar man en heeft haar baan opgezegd.'

Ik heb nog niet tegen hem gezegd dat ik even met verlof wil van mijn werk, wat betekent dat hij Conor heeft gesproken, wat weer betekent dat pa vanaf het moment dat de bel ging donders goed wist wat ik hier deed. Ik moet het hem nageven, hij speelt heel goed dat zijn neus bloedt. Hij keert terug in de keuken en ik vang een glimp op van de foto op het tafeltje in de gang.

'Ah!' Hij kijkt geschrokken op zijn horloge. 'Vijf voor halfelf! Kom, we gaan naar hiernaast.' Hij beweegt sneller dan ik in lange tijd gezien heb. Hij grist zijn televisiegids en zijn kop thee mee en snelt naar de televisiekamer.

'Wat gaan we kijken?' Ik loop hem achterna en kijk geamuseerd toe.

'*Murder, She Wrote*. Ken je dat?'

'Ik heb het nooit gezien.'

'O, wacht maar af, Gracie. Die Jessica Fletcher komt er wel achter wie de moordenaars zijn. Daarna kijken we *Diagnosis Murder*, waarin een danser de zaken oplost.' Hij pakt een pen en omcirkelt het in de gids.

Mijn vaders opwinding fascineert me. Hij neuriet mee met de tune en maakt trompetgeluiden.

'Kom op de bank liggen, dan leg ik dit over je heen.' Hij pakt een geruit kleed van de leuning van de groenfluwelen bank en legt hem voorzichtig over me heen, waarna hij me zo stevig instopt dat ik mijn armen niet meer kan bewegen. Het is hetzelfde kleed waarop ik rondrolde als baby, hetzelfde kleed waar ze me onder stopten als ik ziek thuis was van school en televisie mocht kijken op de bank. Vol genegenheid kijk ik naar mijn vader, en ik herinner me hoe zachtmoedig hij me altijd behandelde als kind, en ik voel me weer helemaal zoals toen.

Totdat hij aan het uiteinde van de bank gaat zitten en mijn voeten plet.

11

'Wat denk je, Gracie? Is Betty aan het eind van het programma miljonair?'

Ik heb de afgelopen dagen een eindeloze hoeveelheid ochtendprogramma's van een halfuur uitgezeten en momenteel kijken we naar *Antiques Roadshow*. Betty is zeventig jaar en komt uit Warwickshire. Op dit moment wacht ze gespannen af terwijl de handelaar de oude theepot die ze heeft meegenomen taxeert. Hij neemt de theepot voorzichtig in zijn handen en ik word overspoeld door een vertrouwd gevoel. 'Sorry, Betty,' zeg ik tegen de televisie, 'hij is nagemaakt. De Fransen gebruikten deze theepotten in de achttiende eeuw, maar die van Betty is gemaakt in de twintigste eeuw. Dat kun je zien aan de vorm van de handgreep. Klungelig handwerk.'

'Is dat zo?' Pa kijkt me vol interesse aan.

We kijken gespannen naar het scherm en horen hoe de dealer mijn woorden herhaalt. Arme Betty is er kapot van maar doet net alsof het een te kostbaar geschenk van haar grootmoeder was om te verkopen.

'Leugenaar!' roept pa. 'Betty had al een cruise geboekt en een bikini gekocht. Hoe weet je dat over theepotten en fransozen, Gracie? In een van je boeken gelezen misschien?'

'Misschien.' Ik heb geen idee. Ik krijg hoofdpijn als ik nadenk over al die nieuwe kennis.

Pa ziet de blik op mijn gezicht. 'Waarom bel je geen vriendin of zo? Even kletsen.'

Daar heb ik geen zin in, ook al weet ik dat het nodig is. 'Eigenlijk zou ik Kate moeten bellen.'

'Die stevige meid? Die je volgoot met illegaal gestookte whisky toen je zestien was?'

'Dat is Kate, ja,' zeg ik lachend. Dat heeft hij haar nooit vergeven.

'Wat is dat ook voor naam. Die meid was een lastpak. Is er nog iets van haar terechtgekomen?'

'Nee, absoluut niet. Ze heeft net voor twee miljoen euro haar winkel in het centrum verkocht om thuis voor haar kind te zorgen.' Ik probeer mijn lach in te houden als ik zie hoezeer hij daarvan schrikt.

Hij is weer helemaal bij de les. 'Nou, bel 'r dan maar. Maak even een kletspraatje. Daar houden jullie van. Goed voor de ziel, zei je moeder altijd. Je moeder was gek op praten, rebbelde altijd tegen iemand over het een of ander.'

'Ik vraag me af van wie ze dat heeft,' zeg ik zachtjes, maar wonder boven wonder werken de rubberachtig ogende oren van mijn vader opeens.

'Ze had het van haar sterrenbeeld. Waterman. Ze was een spraakwaterval.'

'Pa!'

'Wat! Ik zeg toch niet dat ik een hekel aan haar heb? Nee, niks ervan. Ik hield van haar met heel mijn hart, maar ze blééf maar praten. Het was niet genoeg om gewoon over iets te praten, ik moest ook aanhoren hoe ze zich over alles vóelde. Tot tien keer toe.'

Ik por hem in zijn zij. 'Je gelooft helemaal niet in sterrenbeelden.'

'Wel. Ik ben een Weegschaal.' Hij wiegt heen en weer. 'Volmaakt in balans.'

Ik lach en vlucht naar mijn slaapkamer om Kate te bellen. Er is nauwelijks iets veranderd sinds ik er de deur achter me heb dichtgetrokken. Ook al hadden mijn ouders heel af en toe logés gehad sinds ik uit huis was gegaan, de spullen die ik had achtergelaten hebben ze nooit weggehaald. De stickers van The Cure zitten nog op de deur en op sommige plekken is het behang gescheurd door het plakband waarmee ik mijn posters had bevestigd. Als straf voor het ruïneren van de muren had pa me gedwongen het gras in de achtertuin te maaien, maar toen ik dat deed ging ik met de grasmaaier over een struik langs de zijkant. Hij weigerde de rest van de dag ook maar een woord tegen me te zeggen. Het was blijkbaar het eerste jaar dat die struik had gebloeid sinds hij hem geplant had. Destijds begreep ik niet waarom hij zo gefrustreerd was, maar na jarenlang gezwoegd te hebben om een huwelijk te cultiveren om het vervolgens te zien verleppen en sterven, begrijp ik zijn standpunt. Maar hij was vast niet zo opgelucht als ik me nu voel.

In mijn kleine slaapkamer paste niet meer dan een bed en een kast, maar het was mijn hele wereld. Mijn enige persoonlijke ruimte om na te denken en te dromen, te huilen en lachen en wachten tot ik oud genoeg was om alles te doen wat ik niet mocht. Het was destijds mijn enige plek, en nu ik drieëndertig ben is het opnieuw mijn enige plek. Wie had kunnen bedenken dat ik op een dag weer geen van de dingen zou hebben waar ik zo naar verlangd had, en erger nog, waarnaar ik nog steeds verlangde? Niet dat ik geen lid was geworden van The Cure of getrouwd met Robert Smith, maar dat ik geen baby en geen echtgenoot had. Het behang heeft een woest bloemenpatroon, volledig ongeschikt voor een ruimte om tot rust in te komen. Duizenden kleine bruine bloemetjes scharen zich om verschoten groene steeltjes. Geen wonder dat ik er posters overheen had gehangen. Het tapijt is bruin met lichtbruinere krullen, vol vlekken waar ik parfum en make-up heb geknoeid. Nieuw in de kamer zijn oude, verschoten bruine leren koffers die op de kast liggen te verstoffen sinds mijn moeder is overleden. Pa gaat nooit ergens heen. Een leven zonder mijn moeder was al een reis op zich, had hij lang geleden besloten.

De nieuwste toevoeging is het dekbedovertrek. Nieuw als in tien jaar oud. Mam had hem gekocht toen mijn kamer de logeerkamer werd. Ik was een jaar voor haar dood uit huis gegaan om bij Kate te gaan wonen, en sindsdien heb ik elke dag gewenst dat ik dat niet had gedaan. Al die kostbare dagen dat ik niet wakker was geworden en haar langgerekte geeuwen had gehoord die overgingen in liedjes en gesprekken met zichzelf terwijl ze haar dag plande met het radioprogramma van Gay Byrne op de achtergrond. Ze was gek op Gay Byrne. Ze had maar één doel in het leven: hem te ontmoeten. Ze was het dichtst bij die droom gekomen toen zij en pa tickets regelden om in het publiek van *The Late Late Show* te zitten, en ze had het er nog jaren over gehad. Volgens mij had ze een oogje op hem. Pa moest niets van hem hebben. Volgens mij wist hij van haar oogje.

Nu mag hij echter graag naar hem luisteren, als hij op de radio is. Volgens mij doet het hem denken aan de dierbare tijd die hij met mam heeft doorgebracht. Alsof hij de stem van mam hoort als wij allemaal die van Gay Byrne horen. Hij stemde elke ochtend af op Gay, keek naar mams televisieprogramma's, kocht haar lievelingskoekjes als hij zijn wekelijkse boodschappen deed, hoewel hij ze nooit at. Hij vond het fijn om ze op de plank te zien staan wanneer hij het kastje opende, vond het fijn om haar tijdschriften naast zijn krant te zien liggen. Hij vond het fijn om haar sloffen naast haar leunstoel bij de haard te zien staan. Hij mocht zichzelf er graag aan herinneren dat zijn wereld nog niet ingestort was. Soms hebben we alle lijm nodig die we nodig hebben om alleen onszelf al bijeen te houden.

Met zijn vijfenzestig jaar was hij te jong om zijn vrouw te verliezen. Met mijn drieëntwintig jaar was ik te jong om mijn moeder te verliezen. Met haar vijfenvijftig had zij niet moeten sterven, maar kanker, de dief van seconden, veel te laat ontdekt, beroofde haar van het leven en ons allemaal van haar. Pa was voor die tijd op late leeftijd getrouwd, en kreeg mij pas toen hij tweeënveertig was. Volgens mij was er iemand die destijds zijn hart heeft gebroken, over wie hij nooit gesproken heeft en naar wie ik nooit heb gevraagd. Wat hij wel zegt over die periode is dat hij meer dagen heeft gewacht op mam dan hij daadwerkelijk bij haar was, maar dat elke seconde dat hij naar haar had uitgekeken en zich haar uiteindelijke herinnerde, de momenten daartussen waard was geweest.

Mam heeft Conor nooit ontmoet maar ik betwijfel of ze hem gemogen zou hebben. Wel was ze te beleefd om dat te laten merken. Mam hield van allerlei soorten mensen, maar vooral iedereen die levendig en vol energie was, mensen die lééfden en dat ook uitstraalden.

Conor is sympathiek. Altijd sympathiek, meer niet. Nooit ontzettend opgewonden. Eigenlijk überhaupt nooit opgewonden. Gewoon sympathiek, wat een ander woord voor aardig is. Als je met een aardige man trouwt, heb je een aardig huwelijk, maar nooit eens iets meer. En aardig is prima als het een van meerdere eigenschappen is, maar niet als het de enige is.

Pa praatte met alles en iedereen en had nooit een mening over ze. Het enige negatieve wat hij ooit over Conor had gezegd was: 'Welke man houdt er nou van tennis?' Pa was een voetbalman en hij hield van GAA, en hij had het woord uitgespuugd alsof de uitspraak alleen al hem een vieze smaak bezorgde.

Ons onvermogen om een kind te verwekken droeg eraan bij dat pa bij zijn standpunt bleef. Elke keer dat een zwangerschapstest weigerde een blauwe kleur te tonen, gaf hij tennis de schuld, maar vooral de korte witte broeken die Conor soms droeg. Ik weet dat hij het zei om me aan het lachen te maken, en soms lukte dat ook, en andere keren niet, maar het was een veilige grap, omdat we allemaal wisten dat het tennisbroekje of de man die het droeg niet het probleem waren.

Ik ga op het dekbedovertrek zitten dat mam had gekocht. Ik wil het niet kreuken. Het is een overtrek met twee kussenslopen van Dunnes, met een bijpassende kaars op het raamkozijn, die nooit was aangestoken en zijn geur had verloren. Er ligt een laagje stof op, waardoor pa de verdenking op zich laadt dat hij zich niet van zijn taken kwijt, hoewel hij zich op vijfenzeventigjarige leeftijd vooral moest bekommeren om het stof dat zich langzaam in zijn hersens nestelde. Maar het stof is al neergeslagen, dus laat het maar liggen.

Ik zet mijn mobieltje aan, dat dagenlang uit heeft gestaan. Het begint te piepen als er een stuk of tien berichten binnendruppelen. Ik heb iedereen die me het dierbaarst is en iedereen die het nieuwsgierigst is al gebeld. Het is net alsof je een pleister aftrekt: niet bij nadenken, snel handelen en het doet nauwelijks pijn. Sla het telefoonboek open en beng, beng, beng, hoogstens drie minuten per keer. Vlugge, kwieke telefoontjes gepleegd door de merkwaardig opgewekte vrouw die tijdelijk in mijn lichaam is gevaren. Een ongelooflijke vrouw eigenlijk, optimistisch en levendig, maar op de juiste momenten emotioneel en wijs. Met onberispelijke timing, en gevoelige opmerkingen die zo aangrijpend zijn dat ik ze wil opschrijven. Ze deed zelfs een poging tot humor, wat sommige dierbaren en nieuwsgierigen prima konden verdragen terwijl anderen het bijna opvatten als een belediging. Niet dat het haar iets kon schelen, want ze deed wat ze wilde, en als ze wilde huilen, dan huilde ze. Ik heb haar natuurlijk al eerder ontmoet. Ze schiet op me af als er iets ergs gebeurt, stapt in mijn schoenen en neemt het moeilijke gedeelte voor haar rekening. Ze komt ongetwijfeld nog wel eens terug.

Nee, het duurt nog heel lang voor ik weer met mijn eigen stem kan praten tegen iemand anders dan de vrouw die ik nu bel. De telefoon gaat vier keer over voordat Kate opneemt.

'Hallo!' roept ze, en ik schrik op. Er klinkt hysterisch lawaai op de achtergrond, alsof er een kleine oorlog is uitgebroken.

'Joyce!' roept ze, en ik besef dat ik op de speaker sta. 'Ik heb je zo vaak gebeld. Derek, ga zitten! Mama is heel boos! Sorry, ik was vandaag aan de beurt om kinderen van school te halen. Ik moet zes kinderen naar huis brengen, dan eet ik snel wat en dan moet ik Eric naar basketbal en Jayda naar zwemles brengen. Zullen we daar om zeven uur afspreken? Jayda krijgt vandaag haar speldje voor de tien meter.'

Jayda loeit op de achtergrond dat ze tienmeterspeldjes háát.

'Hoe kun je ze nou haten als je er nooit een gehad hebt?' snauwt Kate. Jayda loeit nog harder en ik moet de hoorn van mijn oor houden. 'Jayda! Laat mama even met rust! Derek, doe je riem om! Als ik plotseling moet remmen, vlieg je dwars door de ruit heen. Wacht even, Joyce.'

Er valt een stilte en ik wacht.

'Gracie!' roept pa. In paniek ren ik naar de trap. Ik heb hem sinds mijn jeugd niet meer zo horen roepen.

'Ja? Pa! Gaat het?'

'Ik had zeven letters!' roept hij.

'Wat had je?'

'Zeven letters!'

'Wat houdt dat in?'

'In *Countdown*!'

Mijn paniek ebt weg en ik ga gefrustreerd boven aan de trap zitten. Opeens klinkt Kates stem weer en het lijkt alsof de rust is weergekeerd. 'Oké, je staat niet meer op de speaker. Ik word waarschijnlijk gearresteerd omdat ik de telefoon in m'n hand heb, en ik word van de carpoollijst gehaald, maar dat kan me geen fuck schelen.'

'Ik ga tegen m'n moeder zeggen dat u het f-woord gebruikte,' hoor ik een zacht stemmetje zeggen.

'Goed. Dat wil ik al jaren tegen haar zeggen,' mompelt Kate tegen me en ik moet lachen.

'Fuck, fuck, fuck, fuck!' hoor ik een hele groep kinderen scanderen.

'Jezus, Joyce, ik kan maar beter ophangen. Zie ik je om zeven uur in het zwembad? Dat is m'n enige pauze. Of anders morgen. Tennis om drie uur of gymnastiek om zes uur? Ik kan kijken of Frankie ook kan komen.'

Frankie. Eigenlijk Francesca, maar daar weigert ze naar te luisteren. Pa vergist zich over Kate. Zij had dan misschien wel de illegale whisky opgeduikeld, maar technisch gezien was het Frankie die mijn mond openhield en het in mijn keel goot. Omdat deze versie van het verhaal nooit verteld is, beschouwt hij Frankie als een heilige, wat Kate heel vervelend vindt.

'Ik ga voor gymnastiek morgen,' zeg ik met een glimlach, en de kinderen scanderen steeds harder. Kate hangt op en er daalt een stilte neer.

'Gracie!' roept pa weer.

'Het is Joyce, pa.'

'Ik heb het woord geraden!'

Ik loop terug naar mijn bed en steek mijn hoofd onder een kussen. Een paar minuten laten staat mijn vader opeens in de deuropening, en ik schrik me rot. 'Ik was de enige. De deelnemers hadden geen idee. Simon heeft toch gewonnen, hij komt morgen terug. Hij heeft al drie keer gewonnen en ik begin hem beu te worden. Volgens mij moet Carol ook niks van hem hebben en ze is weer heel erg afgevallen. Wil je een koekje? Ik neem nog een kop thee.'

'Nee, bedankt.' Ik doe het kussen weer over mijn hoofd. Hij gebruikt veel te veel woorden.

'Nou, ik neem er wel een. Ik moet wel iets eten bij mijn pillen. Ik moet ze eigenlijk bij de lunch nemen, maar dat ben ik vergeten.'

'Je hebt bij de lunch wel een pil genomen, weet je nog?'

'Die was voor mijn hart. Deze is voor mijn geheugen. Pillen voor het korte-termijngeheugen.'

Ik haal het kussen van mijn gezicht om te zien of hij het meent. 'En je bent hem vergeten in te nemen?'

Hij knikt.

'O, pa.' Ik begin te lachen en hij kijkt me aan alsof ik een toeval heb. 'Dankzij jou heb ík geen medicijnen nodig. Nou, je moet maar sterkere pillen nemen. Ze werken niet, hè?'

Hij draait zich om en loopt weg, mompelend dat ze wel zouden werken als hij niet vergat ze in te nemen.

'Pa!' roep ik hem na, en hij blijft boven aan de trap staan. 'Bedankt dat je geen vragen stelt over Conor.'

'Dat hoef ik ook niet. Jullie zijn vast binnen de kortste keren weer bij elkaar.'

'Nee, hoor,' zeg ik zacht.

Hij loopt weer richting mijn kamer. 'Gaat hij vreemd?'

'Nee. En ik ook niet. We houden niet van elkaar. Al heel lang niet meer.'

'Maar je bent met hem getrouwd, Joyce. Ik heb je zelf nog weggegeven.' Hij kijkt verward.

'Wat heeft dat er nou weer mee te maken?'

'Jullie hebben het elkaar beloofd in het huis van Onze Heer, ik hoor het je nog zeggen. Wat is dat toch met die jongelui van tegenwoordig? Dat gaat maar uit elkaar en trouwt opnieuw. Waarom houden jullie je belofte niet?'

Ik zucht. Wat kan ik daarop antwoorden? Hij loopt weer weg.

'Pa.'

Hij blijft staan maar draait zich niet om.

'Wat moeten we anders? Zou je liever willen dat ik mijn belofte hield om de rest van mijn leven bij Conor te blijven, en niet van hem te houden en ongelukkig te zijn?'

'Als je denkt dat je moeder en ik een perfect huwelijk hadden, vergis je je. Dat bestaat niet. Niemand is altijd maar gelukkig, lieverd.'

'Dat snap ik, maar wat als je nooit gelukkig bent? Helemaal nooit.'

Daar denkt hij even over na, zo te zien voor het eerst, en ik hou mijn adem in tot hij eindelijk antwoordt. 'Ik ga een koekje nemen.' Halverwege de trap roept hij recalcitrant: 'Een chocoládekoekje!'

12

'Ik ben op vakantie, broertje, waarom sleep je me mee naar een sportschool?'
Al loopt en huppelt naast Justin in een poging om de lange passen van zijn
magere broer bij te houden.

'Ik heb volgende week een afspraakje met Sarah,' zegt Justin, en hij beent
verder naar het metrostation, 'en ik moet weer in vorm komen.'

'Ik wist niet dat je uit vorm was,' hijgt Al, en hij veegt het zweet van zijn
voorhoofd.

'Door de scheidingswolk ging ik niet naar de sportschool.'

'De scheidingswolk?'

'Nooit van gehoord?'

Al kan geen woord meer uitbrengen en schudt zijn hoofd, waarbij zijn on-
derkinnen lillen als die van een kalkoen.

'Die wolk neemt de vorm aan van je lichaam, slaat zich om je heen als een
warme deken zodat je nauwelijks kunt bewegen. Of ademhalen. Of sporten.
Of op een afspraakje gaan, laat staan met andere vrouwen slapen.'

'Jouw scheidingswolk klinkt als mijn huwelijkswolk.'

'Ja, goed, maar die wolk is dus weer weg.' Justin kijkt op naar de grauwe
Londense hemel, sluit zijn ogen even en ademt diep in. 'Ik moet nodig weer
in actie komen.' Hij opent zijn ogen en loopt recht tegen een lantaarnpaal op.
'Jezus, Al!' Hij krimpt ineen met zijn handen om zijn hoofd geslagen. 'Bedankt voor de waarschuwing.'

Al is knalrood en hij hijgt. Hij komt moeilijk uit zijn woorden. Als die al
komen.

'Ik moet nodig sporten, maar moet je jou zien. Je dokter heeft al gezegd dat
je een paar honderd kilo moet afvallen.'

'Twintig kilo…' hijgt hij, 'dat is wel wat anders…' hijgt, 'dan een paar honderd, en begin jij niet ook al.' Hijg. 'Doris is al erg genoeg.' Puf. Kuch. 'Wat
zij allemaal weet over diëten gaat boven mijn pet. Die vrouw eet niet. Ze is
bang om nagels te bijten voor het geval die te veel calorieën bevatten.'

'Zijn de nagels van Doris echt dan?'

'Haar nagels en haar haar, dat is het wel. Ik moet iets beetpakken.' Al kijkt
verhit om zich heen.

'Dat hoefde ik niet te weten,' zegt Justin, die hem verkeerd begrijpt. 'Niet
te geloven dat Doris' haar ook echt is.'

'Op de kleur na. Ze is een brunette. Italiaans, natuurlijk. Zweverig.'

'Ja, ze is inderdaad zweverig. Al die praat over vorige levens toen we het
over die vrouw in de kapper hadden,' zegt Justin lachend. Maar hoe verklaar
je het dan, denkt hij erachteraan.

'Ik bedoel dat ik me zweverig voel.' Al kijkt hem kwaad aan en grijpt de dichtstbijzijnde reling.

'O… dat wist ik wel, ik maakte maar een grapje. We zijn er bijna. Een meter of honderd, red je dat?'

'Dat hangt ervan af hoe nauwkeurig je bent,' snauwt Al.

'Het is ongeveer net zo nauwkeurig als de week vakantie die jij en Doris in gedachten hadden. Dat lijkt een maand te worden.'

'Nou ja, we wilden je verrassen, en Doug kan prima op de zaak passen terwijl ik weg ben. De dokter zei dat ik het kalm aan moest doen, Justin. Met hartkwalen in de familie moet ik echt mijn rust nemen.'

'Heb je tegen de dokter gezegd dat we hartkwalen in de familie hebben?' vraagt Justin.

'Ja, pa is gestorven aan een hartaanval. Over wie moet ik het anders hebben?'

Justin zwijgt.

'En trouwens, je zult er geen spijt van krijgen. Doris zal je appartement zo mooi opknappen dat je blij zult zijn dat we geweest zijn. Je weet toch dat ze de hondensalon helemaal zelf heeft ingericht?'

Justin zet grote ogen op.

'Ik weet het!' Al glundert. 'Maar hoeveel van die werkgroepen geef je in Dublin? Ik en Doris willen misschien een keer meekomen, je weet wel, om te zien waar pa vandaan kwam.'

'Pa kwam uit Cork.'

'O. Heeft hij nog familie daar? We kunnen op zoek gaan naar onze wortels. Wat zeg je ervan?'

'Dat is geen slecht idee.' Justin loopt in gedachten zijn schema af. 'Ik heb nog een paar werkgroepen te gaan. Maar zo lang zijn jullie hier waarschijnlijk niet.' Hij kijkt uit zijn ooghoeken naar Al. Hij stelt hem op de proef. 'En volgende week kun je niet komen, want dan heb ik dat afspraakje met Sarah.'

'Dus je ziet die chick wel zitten?'

Het taalgebruik van zijn bijna veertigjarige broer blijft Justin verbazen. 'Of ik die chick wel zie zitten?' herhaalt hij, zowel geamuseerd als van zijn stuk gebracht. Goeie vraag. Niet echt, maar dan hoeft hij tenminste niet alleen te zijn. Is dat een acceptabel antwoord?

'Dus ze zei "Ik vil je bloe-hoed" en je ging voor de bijl?' gniffelt Al.

'Wauw, zo klinkt ze echt,' zegt Justin. 'Sarah is inderdaad een vampier uit Transsylvanië.' Hij verandert van onderwerp. 'Kom, we gaan een uurtje sporten. Volgens mij schiet je met "uitrusten" niets op. Doordat je zoveel uitgerust hebt ben je er überhaupt nu zo aan toe.'

'Een úúr?' Al ontploft zowat. 'Wat ben je van plan te gaan doen op dat afspraakje? Bergbeklimmen?'

'We gaan lunchen, meer niet.'

Al rolt met zijn ogen. 'Moet je je eten eerst opjagen en doden? En trouwens, als je morgen wakker wordt nadat je voor het eerst in een jaar weer gesport hebt, kun je niet eens lopen, laat staan naaien.'

Ik word wakker door het geluid van rammelende potten en pannen beneden. Ik verwacht in mijn eigen slaapkamer thuis te zijn en het duurt even voor ik het me herinner. En dan herinner ik me alles, van voren af aan. De dagelijkse pil die ik moet slikken, wat niet meevalt. Op een dag word ik wakker en weet ik direct waar ik ben. Ik weet niet zeker aan welk scenario ik de voorkeur geef; de momenten van vergetelheid zijn heerlijk.

Ik heb niet goed geslapen tussen de gedachten in mijn hoofd en het geluid van het toilet dat pa elk uur doortrok door. Wanneer hij sliep, deed zijn gesnurk de muren van het huis trillen.

Ondanks de onderbrekingen staan de dromen tijdens de korte plukjes slaap me nog helder voor de geest. Ze voelen bijna echt, als herinneringen, maar wie kan zeggen hoe echt díe zijn, met alle wijzigingen die onze hersens aanbrengen? Ik herinner me dat ik in een park was, hoewel ik het volgens mij niet zelf was. Ik zwierde een jong meisje met lichtblond haar rond in mijn armen en een vrouw met rood haar keek lachend toe met een camera in haar hand. Het park was heel levendig, er waren heel veel bloemen en we picknickten… Ik probeer me een liedje te herinneren dat ik de hele nacht heb gehoord, maar het lukt me niet. In plaats daarvan hoor ik pa beneden 'The Auld Triangle' zingen, een oud Iers liedje dat hij mijn hele leven op feestjes heeft gezongen en waarschijnlijk ook heel zijn leven. Hij stond daar dan met zijn ogen dicht, het toonbeeld van verrukking terwijl hij zijn liedje zong over de oude triangel die van tingeltangel ging.

Ik zwaai mijn benen uit bed en kreun van de pijn. Ik heb opeens pijn in beide benen, vanaf mijn heupen langs mijn dijen en helemaal verder, tot aan mijn kuitspieren. Ik probeer de rest van mijn lichaam te bewegen en ook dat is verlamd van de pijn: mijn schouders, biceps, triceps, rugspieren en torso. Volledig in de war masseer ik mijn spieren en neem me voor naar de dokter te gaan, voor het geval het iets is om me zorgen om te maken. Het is vast mijn hart, dat meer aandacht wil of zo veel pijn heeft dat het zijn pijn moest verspreiden over de rest van mijn lichaam om zichzelf te ontlasten. Elke stijve spier is een verlengstuk van de pijn die ik vanbinnen voel, hoewel een dokter zou zeggen dat het komt door het bed van dertig jaar waarop ik heb geslapen en dat nog gemaakt is voordat mensen nachtelijke ruggensteun opeisten als hun goed recht.

Ik gooi een kamerjas over mijn schouders en langzaam begeef ik me stijf als een plank naar beneden.

Er hangt weer een rooklucht en als ik langs het tafeltje in de hal loop merk ik dat ma's foto opnieuw weg is. Iets in me maakt dat ik het laatje onder de tafel open en daar is ze, met haar gezicht naar beneden in de la. Tranen springen in mijn ogen, kwaad dat iets wat zo dierbaar is weggestopt is. Het was altijd meer dan een foto voor ons geweest; het vertegenwoordigt haar aanwezigheid in het huis. En ze nam een prominente positie in vanwaar ze ons kon begroeten als we binnenkwamen of de trap af gingen. Ik adem diep in en uit en besluit voorlopig niets te zeggen. Pa zal zijn redenen wel hebben, hoewel ik even niets aannemelijks kan verzinnen. Ik doe de la weer dicht en laat haar liggen waar pa haar heeft neergelegd, en ik heb weer helemaal het gevoel dat ik haar begraaf.

Als ik strompelend de keuken binnenkom, word ik begroet door een chaos. Overal staan potten en pannen en liggen theedoeken, eierdoppen en zo te zien de hele inhoud van de kastjes op alle werkbladen. Pa draagt een schort met een afbeelding van een vrouw in rode lingerie en jarretels over zijn gebruikelijke trui, overhemd en broek. Aan zijn voeten heeft hij sloffen van Manchester United in de vorm van grote voetballen.

'Morgen, lieverd.' Hij ziet me en komt omhoog op zijn linkerbeen om me op het voorhoofd te kussen.

Ik besef dat dit de eerste keer in jaren is dat iemand ontbijt voor me maakt, maar het is ook de eerste keer in vele jaren dat pa iemand heeft om ontbijt voor te maken. Opeens vallen het zingen, de troep, de rammelende potten en pannen allemaal op hun plek. Hij is uitgelaten.

'Ik maak wafels!' zegt hij met een Amerikaans accent.

'Ooh, lekker.'

'Dat zegt de ezel, toch?'

'Welke ezel?'

'Die…' hij stopt met roeren in de braadpan, wat daar ook in mag zitten, en sluit zijn ogen om na te denken. 'Die uit het verhaal met die groene vent.'

'De Hulk?'

'Nee.'

'Andere groene mensen ken ik niet.'

'Je weet wel, die ene…'

'De boze heks uit het westen?'

'Nee! Daar zit geen ezel in! Denk aan verhalen met ezels.'

'Is het een bijbelverhaal?'

'Zaten er pratende ezels in de bijbel, Gracie? Denk je dat Jezus wafels at? We zaten er helemaal naast: hij brak wáfels als avondeten om te delen met de jongens, niks geen brood!'

'Ik heet Joyce.'

'Ik weet niet meer of Jezus wafels at, maar zal ik het anders op de maandag-club vragen? Misschien lees ik wel m'n hele leven al de verkeerde bijbel.' Hij lacht om zijn eigen grap.

Ik kijk over zijn schouder. 'Pa, je maakt niet eens wafels!'

Hij zucht van ergernis. 'Ben ik een ezel? Zie ik eruit als een ezel? Ezels maken wafels, ik maak een goeie *fry-up*.'

Ik zie hoe hij worstjes heen en weer schuift en ze aan alle kanten even bruin probeert te bakken. 'Ik neem ook een paar worstjes.'

'Maar je bent zo'n vegetarist.'

'Vegetariër. En dat ben ik niet meer.'

'Natuurlijk wel. Je bent het al sinds je op je vijftiende dat programma over zeehonden hebt gezien. Morgen word ik wakker en vertel je me dat je een man bent. Heb ik een keer op tv gezien. Die vrouw, ongeveer net zo oud als jij, liet haar echtgenoot op tv opdraven voor een publiek om tegen hem te zeggen dat ze had besloten dat ze haar–'

Ik voel me gefrustreerd en ik flap het eruit: 'Ma's foto staat niet op het tafeltje in de gang.'

Pa verstart, een reactie uit schuldgevoel, en dat maakt me een beetje boos, alsof ik mezelf er eerder van overtuigd had dat de mysterieuze fotoverplaat-ser die 's nachts toeslaat had ingebroken en het smerige zaakje zelf had opge-knapt. Dat zou ik bijna liever willen.

'Waarom is dat?' is het enige wat ik zeg.

Hij houdt zichzelf bezig en rommelt nu met borden en bestek. 'Waarom wat? Waarom loop je zo, wil ik wel eens weten.' Pa kijkt me nieuwsgierig aan.

'Dat weet ik niet,' snauw ik, en ik trekkebeen door de kamer en ga aan de tafel zitten. 'Misschien zit het in de familie.'

Pa buldert het uit. 'Ha ha ha!' Hij kijkt op naar het plafond. 'We hebben er weer eentje, baas! Wees een brave meid en dek de tafel.'

Hij brengt me weer helemaal bij de les en ik lach, ik kan niet anders. En dus dek ik de tafel en pa maakt het ontbijt en we hompelen allebei door de keuken en doen alsof alles bij het oude is en voor altijd zo zal blijven. Tot in de eeuwen der eeuwen.

13

'En pa, wat ga je doen vandaag? Heb je het druk?'

Een vork vol worst, ei, bacon, champignon en tomaat blijft hangen op weg naar pa's mond. Geamuseerde ogen staren me aan van onder zijn onstuimige, borstelige wenkbrauwen.

'Of ik het druk heb? Even kijken, Gracie. Ik zal het schema van vandaag even langslopen. Ik dacht dat ik als ik over een kwartiertje ben uitgegeten nog wel een bakkie lust. Dat drink ik dan hier in deze stoel aan deze tafel, of de stoel waar jij op zit, de precieze locatie staat nog niet vast. Dan bekijk ik de oplossing van de kruiswoordpuzzel van gisteren om te kijken wat ik goed had en wat fout was, en dan vul ik in wat ik gisteren niet wist. Dan doe ik de sudoku, en dan de woordzoeker. Ik zie dat we vandaag termen uit de scheepvaart moeten zoeken. Zeevaart, maritiem, zeiljacht, ja, dat lukt me wel, ik zie het woord "bootjevaren" al op de eerste regel staan. Dan knip ik mijn kortingsbonnen uit en dan loopt de vroege ochtend toch wel op zijn einde, Gracie. Ik denk dat ik daarna nog een bakkie neem en dan beginnen mijn programma's. Als je een afspraak wilt maken moet je Maggie hebben.' Hij steekt eindelijk de hap in zijn mond en er druipt ei langs zijn kin. Hij merkt het niet.

Ik lach. 'Wie is Maggie?'

Hij slikt en glimlacht geamuseerd om zichzelf. 'Ik weet ook niet waarom ik dat zei.' Hij denkt diep na en lacht dan. 'Ik kende een vent in Cavan, dit is zestig jaar geleden. Brendan Brady heette hij. Als we plannen probeerden te maken, zei hij…' Pa verlaagt zijn stem. '"Dan moet je Maggie hebben", alsof hij vreselijk belangrijk was. Ze was zijn vrouw of secretaresse, ik heb geen idee.'

'"Dan moet je Maggie hebben,"' zegt hij nogmaals. 'Waarschijnlijk was Maggie z'n moeder,' zegt hij lachend, en hij eet verder.

'Dus volgens je schema doe je eigenlijk gewoon hetzelfde als gisteren.'

'O nee, hoor, het is helemaal niet hetzelfde.' Hij bladert door de tv-gids en drukt een vettige vinger op de pagina voor vandaag. Hij kijkt op zijn horloge en zijn vinger glijdt over de pagina. Hij pakt zijn markeerstift en streept een programma aan. 'We hebben vandaag *Animal Hospital* in plaats van de *Antiques Roadshow*. Absoluut niet dezelfde dag als gisteren, wat ik je zeg. Vandaag hebben we hondjes en konijntjes in plaats van Betty's namaaktheepotten. Misschien zien we haar vandaag voor een paar centen de hond van de familie verkopen. Misschien krijg je die bikini alsnog, Betty.' Hij blijft droedelen rondom zijn programma's. Zijn tong likt zijn mondhoekjes terwijl hij zich concentreert, alsof hij een manuscript van tekeningen voorzag.

'Het Book of Kells,' flap ik er opeens uit, hoewel dat tegenwoordig niets bijzonders meer is. Mijn willekeurige gewauwel lijkt wel de norm te worden.

'Waar heb je het nu weer over?' Pa houdt op met kleuren en gaat verder met eten.

'Laten we vandaag de stad in gaan. We maken een toer door de stad en gaan naar Trinity College om het Book of Kells te bekijken.'

Pa kijkt me kauwend aan. Ik weet niet wat er in hem omgaat. Hij denkt waarschijnlijk hetzelfde over mij.

'Je wilt naar Trinity College. Het meisje dat er met geen stok naartoe te krijgen was, niet om te studeren en niet als uitstapje met mij en je moeder, wil er opeens als donderslag bij heldere hemel heen. Zijn "opeens" en "als donderslag bij heldere hemel" hetzelfde? Die moet je niet samen in één zin gebruiken, Henry,' corrigeert hij zichzelf.

'Ja, ik wil erheen.' Opeens en als een donderslag bij heldere hemel wil ik heel graag naar Trinity College.

'Als je *Animal Hospital* niet wilt zien, moet je dat gewoon zeggen. Dan hoef je nog niet weg te stormen naar de stad. Je kunt ook een andere zender opzetten.'

'Je hebt gelijk, pa, en dat is precies wat ik de laatste tijd gedaan heb.'

'Is dat zo? Het was me niet opgevallen. Je huwelijk is voorbij, je bent geen vegetarist meer, je hebt het met geen woord over je baan en je bent hier ingetrokken. Er gebeurt hier zoveel, hoe weet een man nou of er een andere zender opstaat of dat er net een nieuw programma is begonnen?'

'Ik moet iets nieuws doen,' leg ik uit. 'Ik heb tijd voor Frankie en Kate en voor iedereen… maar ik ben er nog niet klaar voor. We moeten ons programma aanpassen, pa. Ik heb de grote afstandsbediening van het leven in handen en ik ben er klaar voor om een paar knoppen in te drukken.'

Hij staart me even aan en steekt bij wijze van antwoord een worstje in zijn mond.

'We nemen een taxi naar het centrum en stappen in zo'n toerbus. Wat zeg je ervan?'

'MAGGIE!' schreeuw ik zo hard als ik kan, en pa schrikt op. 'MAGGIE, PA GAAT MET ME NAAR DE STAD OM EVEN ROND TE KIJKEN. IS DAT GOED?'

Ik hou mijn hoofd schuin en wacht op een antwoord. Blij dat het gekomen is, knik ik, en ik sta op. 'Goed, pa, we zijn eruit. Maggie vindt het prima als je de stad in gaat. Ik kleed me aan en over een uur kunnen we gaan. Ha! Dat rijmt.' Ik strompel de keuken uit en laat mijn vader verbouwereerd achter met ei op zijn kin.

'Ik betwijfel of Maggie ja zou hebben gezegd als ze wist dat we zo snel zouden lopen, Gracie,' zegt pa. Hij probeert me bij te houden terwijl we voetgangers ontwijken op Grafton Street.

'Sorry, pa.' Ik minder vaart en haak bij hem in. Ondanks zijn corrigerende schoeisel slingert hij nog steeds en ik slinger met hem mee. Zelfs als hij geopereerd zou worden om zijn benen even lang te maken, zou hij nog slingeren, stel ik me voor. Het maakt echt deel uit van wie hij is.

'Pa, ga je me ooit nog Joyce noemen?'

'Waar heb je het over? Tuurlijk, zo heet je toch?'

Ik kijk hem verbaasd aan. 'Merk je niet dat je me altijd Gracie noemt?'

Hij lijkt van zijn stuk gebracht maar zegt niets en blijft lopen. Omhoog en omlaag, omlaag en omhoog.

'Ik geef je vijf pond voor elke keer dat je me vandaag Joyce noemt,' zeg ik met een lach.

'Dat is een deal, Joyce, Joyce, Joyce. O, wat hou ik toch van je, Joyce,' gniffelt hij. 'Dat is al twintig euro!' Hij port me in mijn zij, en gaat serieus verder: 'Ik wist niet dat ik je zo noemde. Ik zal m'n best doen.'

'Bedankt.'

'Je doet me zo aan haar denken, wist je dat?'

'Echt waar, pa?' Ik ben geroerd. Er prikken tranen in mijn ogen. Zoiets zegt hij nooit. 'Hoe dan?'

'Jullie hebben allebei varkensneusjes.'

Ik rol met mijn ogen.

'Ik weet niet waarom we verder weg lopen van Trinity College. Daar wilde je toch heen?'

'Ja, maar de toerbussen vertrekken van Stephen's Green. We rijden er voorbij. Ik wil nog niet echt naar binnen.'

'Hoezo niet?'

'Het is lunchtijd.'

'En het Book of Kells neemt een uur pauze, zeker?' Pa slaat zijn blik ten hemel. 'Een broodje ham en een thermosfles met thee en dan komt het weer overeind in zijn vitrine, helemaal klaar voor de middag. Denk je dat het zo gaat? Want ik snap er niks van dat je niet wilt gaan omdat het lunchtijd is.'

'Nou, ik wel.' En ik weet niet waarom maar dit voelt als de juiste richting. Mijn innerlijke kompas zegt het zelf.

Justin stuift door de poort aan de voorzijde van Trinity College en beent richting Grafton Street. Lunch met Sarah. Hij wuift het zeurende stemmetje diep vanbinnen weg dat zegt dat hij moet afzeggen. Geef haar een kans, denkt hij.

Geef jezelf een kans. Hij moet het proberen, hij moet zijn draai weer vinden, hij moet weer leren dat niet elke keer dat hij een vrouw leert kennen het zo zal gaan als toen hij Jennifer in het oog kreeg. Het bonkende gevoel waardoor zijn hele lichaam trilde, de vlinders die acrobatische toeren uithaalden in zijn buik, het tintelende gevoel toen hij langs haar huid streek. Hij dacht terug aan wat hij gevoeld had tijdens zijn afspraakje met Sarah. Niets. Niets dan gevleidheid dat zij zich tot hem aangetrokken voelde en opwinding dat hij zich weer in de wereld van afspraakjes begaf. Hij voelde van alles over haar en de situatie maar niets vóór haar. Hij had een sterkere reactie gehad op de vrouw bij de kapper een paar weken geleden en dat zei toch wel iets. Geef haar een kans, dacht hij nogmaals. Geef jezelf een kans.

Grafton Street is druk rond lunchtijd, alsof de poort van de dierentuin van Dublin is opengezet en alle dieren op straat zijn gestroomd, blij om een uurtje aan hun opsluiting te ontsnappen. Hij is klaar voor vandaag en zijn werkgroep Koper als canvas, 1575-1775 was een succes gebleken bij de derdejaarsstudenten die het hadden gekozen.

Hij is er zich van bewust dat hij te laat zal aankomen bij Sarah en doet een poging te rennen, maar de spierpijn in zijn overtrainde lichaam verlamt hem bijna. Hij vindt het vreselijk dat de waarschuwingen van Al uitgekomen waren en strompelt verder, achter wat zo'n beetje de twee langzaamste mensen op Grafton Street lijken. Zijn plan om hen in te halen wordt verijdeld als tegenliggende voetgangers maken dat hij niet kan uitwijken. Vol ongeduld mindert hij vaart en hij geeft zich over aan de snelheid van de mensen voor zich, van wie er eentje blijmoedig in zichzelf zingt en heen en weer zwaait.

Nu al dronken, het is toch wat.

Pa neemt de tijd, en doolt door Grafton Street alsof hij alle tijd van de wereld heeft. Nou ja, dat heeft hij ook, vergeleken met de rest van de wereld, hoewel iemand die jonger is daar waarschijnlijk anders over denkt. Soms blijft hij staan en wijst hij dingen aan, voegt hij zich bij een groepje omstanders om naar een straatact te kijken, en als we verder lopen stapt hij opzij om de boel nog verder te verwarren. Als een rots in een rivier laat hij mensen om hem heen stromen. Hij vormt een kleine afleiding maar hij is er zich absoluut niet van bewust. Hij zingt terwijl we omhoog en omlaag gaan, omlaag en omhoog.

Grafton Street's a wonderland,
There's magic in the air,

There's diamonds in the ladies' eyes and gold dust in their hair.
And if you don't believe me,
Come and see me there,
In Dublin on a sunny summer morning.

Hij kijkt me aan, glimlacht en zingt het opnieuw, waarbij hij sommige woorden vergeet en dus maar neuriet.

Tijdens de drukste dagen op mijn werk lijkt vierentwintig uur nog niet genoeg. Ik wil bijna mijn handen in de lucht steken en proberen de seconden en minuten te grijpen, alsof ik ze kon tegenhouden, als een klein meisje dat luchtbellen probeert te vangen. Je kunt de tijd niet vastpakken, maar op de een of andere manier lijkt mijn vader het toch te doen. Ik vroeg me altijd af hoe hij in vredesnaam zijn tijd doorbracht, alsof de deuren die ik opende en de praatjes die ik maakte over zonnige hoekjes, centrale verwarming en kastruimte veel waardevoller waren dan zijn gescharrel. In werkelijkheid scharrelen we allemaal en doden we de tijd die we hier hebben. We willen onszelf alleen groter voordoen door alles wat belangrijk is op te sommen.

Dus dit is wat je doet als alles vertraagt en de minuten die voorbijgaan iets langer aanvoelen dan voorheen. Je neemt je tijd. Je ademt langzaam. Je opent je ogen iets wijder en bekijkt alles. Neemt het allemaal in je op. Je dist oude verhalen op, herinnert je mensen, tijden en gebeurtenissen uit vervlogen tijden. Je staat toe dat alles wat je ziet aan iets doet denken. Je praat over die dingen. Je blijft staan en merkt dingen op, en je zorgt ervoor dat die dingen ertoe doen. Je bekijkt welke woorden je gisteren had moeten invullen in het kruiswoordraadsel. Je vertraagt. Je probeert niet langer alles nu, nu, nu te doen. Je houdt de mensen achter je op, wat kan jou het schelen. Je voelt ze tegen je hielen trappen maar blijft gewoon doorlopen. Je laat je door niemand dicteren hoe snel je moet gaan.

Hoewel, als degene achter me nog één keer tegen mijn hielen trapt...

De zon is zo fel dat het niet meevalt recht vooruit te kijken. Hij lijkt zich aan het uiteinde van Grafton Street te bevinden, een bowlingbal die op het punt staat ons allemaal neer te maaien. Eindelijk bereiken we het einde van de straat en is het einde van de mensenstroom in zicht. Opeens blijft pa staan, betoverd door de aanblik van een mimespeler. Aangezien we arm in arm lopen, moet ik ook abrupt halt houden, waardoor degene achter me tegen me op botst. Een harde laatste trap tegen mijn hielen. Dat is de druppel.

'Hé!' roep ik, en ik draai me om. 'Uitkijken!'

Hij bromt van frustratie en beent weg. 'Kijk zelf uit,' roept hij met een

Amerikaans accent terug. Ik wil opnieuw iets roepen maar zijn stem legt me het zwijgen op.

'Moet je kijken,' zegt pa vol verwondering over de mimespeler, die gevangenzit in een onzichtbare doos. 'Moet ik hem een onzichtbare sleutel geven om uit die doos te komen?' Hij lacht opnieuw. 'Zou dat niet grappig zijn?'

'Nee, pa.' Ik bestuur de rug van mijn agressieve medevoetganger, en probeer me zijn stem te herinneren.

'Je weet toch dat De Valera uit de gevangenis is ontsnapt met een sleutel die in een verjaardagstaart binnen was gesmokkeld? Iemand zou dat verhaal aan deze knul moeten vertellen. Waar moeten we nu heen?' Hij draait zich naar me om en kijkt om zich heen. Hij loopt een andere richting uit, dwars door een groepje hare krisjna's heen, zonder het ook maar op te merken. De zandkleurige duffel draait zich opnieuw om, werpt me een laatste boze blik toe en snelt nijdig verder.

Toch blijf ik staren. Als ik de fronsende blik omdraai. Die glimlach. Komt me bekend voor.

'Gracie, hier kun je kaartjes kopen! Ik heb het gevonden!' roept pa van ver.

'Wacht even, pa.' Ik kijk de duffel na. Draai je nog één keer om en laat me je gezicht zien, smeek ik.

'Ik koop de kaartjes wel.'

'Goed, pa.' Ik blijf de duffel nakijken. Ik haal mijn blik niet van hem af. Herstel: ik kán mijn blik niet van hem afhouden. In gedachten gooi ik een cowboytouw om zijn lichaam en begin ik hem terug te trekken. Zijn passen worden kleiner en zijn snelheid neemt langzaam maar zeker af. Opeens blijft hij staan. Yee-ha!

Draai je alsjeblieft om. Ik trek aan het touw.

Hij draait zich om en zoekt de menigte af. Naar mij?

'Wie ben je?' fluister ik.

'Ik ben het!' Pa staat weer naast me. 'Je staat hier midden op straat.'

'Dat weet ik heus wel,' snauw ik. 'Hier, koop de kaartjes maar.' Ik geef hem wat geld.

Ik stap weg van de hare krisjna's en houd mijn blik op de duffel, in de hoop dat hij me zal zien. De stevige lichte wol van zijn jas gloeit bijna op tussen de donkere, sombere kleuren van de anderen om hem heen. Rond zijn mouwen en over de voorkant, als een najaarsversie van de heilige Nicolaas. Ik kuch even en strijk mijn korte haar glad.

Zijn blik blijft de straat afzoeken en dan valt hij langzaam maar zeker op mij. Ik herinner me hem in de seconde dat hij me opmerkt. Het is die man uit de kapsalon.

En nu? Misschien herkent hij me helemaal niet. Misschien is hij nog steeds boos dat ik een keel tegen hem opzette. Ik weet niet goed wat ik moet doen. Moet ik glimlachen? Zwaaien? We bewegen geen van beiden.

Hij steekt een hand op. Zwaait. Ik kijk eerst achter me, om me ervan te vergewissen dat hij zijn aandacht op mij richt. Hoewel ik het zo zeker wist dat ik mijn vader erom verwed zou hebben. Opeens is Grafton Street leeg. En stil. Hij en ik, verder niemand. Grappig hoe dat ging. Wat attent van iedereen. Ik zwaai terug. Geluidloos zegt hij iets tegen me.

Koffie? Toppie? Nee.

Sorry. Het spijt hem. Ik probeer te bedenken wat ik terug moet zeggen maar ik glimlach. Er valt niets te zeggen als er geglimlacht wordt, dat is net zo onmogelijk als fluiten en glimlachen tegelijk.

'Ik heb de kaartjes!' roept pa. 'Twintig euro per stuk. Pure diefstal. Kijken is gratis, ik snap niet hoe ze er geld voor kunnen vragen om onze ogen te gebruiken. Ik ga daar een pittige brief over schrijven. Als je me nog eens vraagt waarom ik thuisblijf en tv kijk, zal ik je eraan herinneren dat het gratis is. Twee euro voor mijn televisiegids en honderdvijftig euro per jaar aan kijkgeld is voordeliger dan een dagje uit met jou,' snuift hij verontwaardigd. 'Dure taxi's naar de stad, naar dingen kijken in een stad waarin ik heb gewoond en die ik zestig jaar lang gratis heb bekeken.'

Opeens hoor ik het verkeer weer, en zie ik de mensenmassa om me heen, voel ik de zon en het briesje op mijn gezicht, voel mijn hart tekeergaan in mijn borstkas en het bloed door mijn lichaam razen. Ik voel pa aan mijn arm trekken.

'Hij vertrekt. Kom op, Gracie, hij vertrekt. Het is nog een eindje lopen, we moeten gaan. Vlak bij het Shelbourne Hotel. Gaat het? Je ziet eruit alsof je een geest hebt gezien, en zeg dat dat niet waar is, want ik heb al genoeg te schaften gehad vandaag. Veertig euro,' mompelt hij in zichzelf.

Er verzamelt zich een gestage stroom voetgangers aan het einde van Grafton Street om over te steken, waardoor mijn zicht op hem belemmerd wordt. Ik voel pa me terugtrekken en dus loop ik achterstevoren richting Merrion Row terwijl ik de man in het oog probeer te houden.

'Verdomme! Wat is er nou? Het is maar een klein stukje. Waarom loop je in vredesnaam achterstevoren?'

'Ik kan hem niet zien.'

'Wie?'

'Een man die ik ken, geloof ik.' Ik draai me om en kom naast pa lopen, maar blijf de straat door kijken en de menigte afspeuren.

'Nou, tenzij je zeker weet dat je hem kent, zou ik in de stad niet blijven staan om een praatje te maken,' zegt pa behoedzaam. 'Wat voor soort bus is dit eigenlijk, Gracie? Hij ziet er een beetje vreemd uit. Ik weet het niet, hoor. Ik kom een paar jaar niet naar de stad en moet je kijken.'

Ik negeer hem en laat hem voorgaan de bus in, terwijl ikzelf de andere kant op kijk en verwoed door de raampjes kijk, die vreemd genoeg van plastic zijn. De menigte beweegt zich eindelijk van de plek waar hij staat en... niets.

'Hij is weg.'

'Echt? Dan kende je hem toch niet zo goed, als hij er zomaar vandoor gaat.'

Ik richt mijn aandacht op mijn vader. 'Pa, dat was echt heel vreemd.'

'Dat kan me niks schelen, niks is vreemder dan dit.' Pa kijkt verbijsterd om zich heen.

Eindelijk kijk ik de bus rond en neem ik mijn omgeving in me op. Iedereen draagt een vikinghelm, met reddingsvesten op hun schoot.

'Oké allemaal,' zegt de begeleider in de microfoon. 'Iedereen is eindelijk aan boord. Laat de laatste binnenkomers zien wat ze moeten doen. Als ik dat zeg wil ik dat jullie allemaal brullen als vikingen! Laat maar horen!'

Pa en ik schrikken zo als de hele bus het uitbrult dat we opveren en hij klampt zich aan me vast.

14

'Goeiemiddag allemaal, ik ben Olaf the White. Welkom aan boord van de Viking Splash-bus! Oorspronkelijk heetten deze bussen DUKWs, of Ducks, zoals ze liefkozend genoemd worden. We zitten nu in de amfibieversie van het voertuig dat General Motors tijdens de Tweede Wereldoorlog heeft ontwikkeld. Het is gemaakt om over stranden en tot vierenhalve meter in het water te kunnen rijden om goederen en troepen van schepen aan wal te brengen. In de VS en de UK en andere delen van de wereld worden ze nu nog gebruikt als hulpverleningsvoertuigen en om voorwerpen uit het water te halen.'

'Kunnen we er nog uit?' fluister ik in pa's oor.

Hij duwt me weg en luistert geboeid verder.

'Het voertuig waar we ons nu in bevinden weegt zeven ton en is negenenhalve meter lang en tweeënhalve meter breed. Het heeft zes wielen en kan alleen zijn achterwielen of alle wielen gebruiken. Zoals jullie kunnen zien is het verbouwd en zijn er comfortabele stoelen in aangebracht, naast een dak en plastic schermen die neergelaten kunnen worden tegen de elementen, want zoals jullie allemaal weten maken we eerst een rondje door de stad en gaan we dan het water in voor een fantastisch tripje rond de Grand Canal Docklands!'

Iedereen juicht en pa kijkt me als een klein jongetje met grote ogen aan.

'Tuurlijk, nu snap ik waarom het twintig euro was. Een bus die het water in gaat. Een bus? Die het water in gaat? Zoiets heb ik nog nooit gezien. Wacht maar tot ik dit aan de jongens van de maandagavondclub vertel. Voor één keer zal die Donal met z'n grote mond geen beter verhaal hebben.' Hij richt zijn aandacht weer op de gids, die net als iedereen in de bus een vikinghelm met hoorns draagt. Pa pakt er twee, zet er eentje op zijn hoofd en overhandigt de andere, met aan de zijkanten twee blonde vlechten, aan mij.

'Aangenaam, Olaf, ik ben Heidi.' Ik zet de helm op mijn hoofd en draai me naar pa. Zachtjes giert hij het uit.

'We rijden onder andere langs onze beroemde kathedralen, St.-Patrick's Cathedral en die van Christchurch, en langs Trinity College, de regeringsgebouwen en het Dublin uit de tijd van George de eerste, tweede en derde…'

Pa port me in de zij. 'O, dit is echt iets voor jou.'

'…en natuurlijk het Dublin van de vikingen!'

Iedereen brult het weer uit, inclusief pa, en ik kan er niets aan doen, maar ik moet lachen. 'Ik begrijp niet waarom we een stel oelewappers moeten vereren die al plunderend en verkrachtend door ons land trokken.'

'O, kom op nou, niet zo serieus. Doe toch gezellig mee.'

'En wat doen we als we een andere DUKW tegenkomen?' vraagt de gids.

Er klinkt een mengeling van boegeroep en gebrul.

'Oké, daar gaan we!' roept Olaf enthousiast.

Verwoed tuurt Justin over de geschoren hoofden van een groep hare krisjna's die langs hem heen paraderen en hem het zicht op zijn vrouw in de rode jas belemmeren. In een zee van oranje toga's lachen ze hem vrolijk toe. Ze rinkelen met bellen en slaan op trommels. Justin hupt op en neer en probeert een blik op Merrion Row te werpen.

Pal voor hem verschijnt opeens een mimespeler in een zwart gympakje. Hij heeft een wit geschminkt gezicht, rode lippen en draagt een gestreept hoedje. Ze staan tegenover elkaar en wachten allebei tot de ander iets doet. Justin hoopt uit alle macht dat de mimespeler zich al snel gaat vervelen en weer weggaat. Maar hij gaat niet weg. In plaats daarvan recht de mimespeler zijn schouders, trekt een gemeen gezicht, zet zijn benen een eindje uit elkaar en trilt met zijn vingers rond de plek van zijn holster.

Met zachte stem zegt Justin beleefd: 'Hé, ik ben hier echt niet voor in de stemming. Vind je het erg om met iemand anders te spelen?'

Met een ongelukkige blik begint de mimespeler een onzichtbare viool te bespelen.

Justin hoort gelach en beseft dat hij publiek heeft. Geweldig, denkt hij. 'Ja, heel grappig. Nu is het wel mooi geweest.' Hij negeert de capriolen van de mimespeler, loopt weg van de menigte en speurt Merrion Row weer af, op zoek naar de rode jas. De mimespeler komt naast hem staan, houdt zijn hand tegen zijn voorhoofd en tuurt in de verte alsof hij zich op zee bevindt. Zijn kudde toeschouwers volgt, mekkerend en met camera's in de aanslag. Een Japans stel van middelbare leeftijd schiet al een kiekje.

In de hoop dat alleen de mimespeler hem kan horen zegt Justin zacht: 'Hé, eikel, zie ik eruit alsof ik dit leuk vind?'

Als door de lippen van een buikspreker klinkt een nors Dublins accent: 'Hé, eikel, zie ik eruit alsof me dat ook maar ene reet kan schelen?'

'Gaan we op die toer? Prima. Ik weet niet wie je na probeert te doen, Marcel Marceau of zomaar een clown, maar dit mimegedoe op straat is voor hen allebei een belediging. Deze mensen hier vinden de nummers die je hebt gestolen uit het repertoire van Marceau misschien wel grappig, maar ik niet. In tegenstelling tot mij zijn zij zich er niet van bewust dat Marceau deze nummers opvoerde om een verhaal te vertellen of een thema of personage neer te zetten. Hij stond niet zomaar ergens op een straat te doen alsof hij uit een doos probeerde te komen die niemand kon zien. Je gebrek aan creativiteit en techniek bezorgt alle mimespelers ter wereld een slechte naam.'

De mimespeler knippert één keer met zijn ogen en doet vervolgens alsof hij tegen een onzichtbare sterke wind in loopt.

'Ik ben hier!' roept een stem van achter de menigte.

Daar heb je haar! Ze heeft me herkend! Justin schuifelt heen en weer en probeert een blik op te vangen van haar rode jas.

De menigte draait zich om en wijkt uiteen. Daar staat Sarah, die zich zichtbaar vrolijk maakt over het tafereel.

De mimespeler bootst Justins overduidelijke teleurstelling na door zijn gezicht in een wanhopige frons te plooien en zijn schouders te krommen zodat zijn armen laag hangen en zijn handen bijna langs de grond schuren.

'Ooooh,' zegt de menigte, en Sarah kijkt beteuterd.

Nerveus vervangt Justin zijn blik van teleurstelling door een glimlach. Hij baant zich een weg door de menigte, groet Sarah vluchtig en leidt haar snel weg van het voorval terwijl de menigte klapt en wat kleingeld in een bakje laat vallen.

'Is dat niet een beetje onbeleefd? Misschien had je hem wat geld moeten geven of zo,' zegt ze, en ze kijkt schuldbewust om naar de mimespeler, die zijn handen voor zijn gezicht heeft geslagen en zijn schouders op en neer laat schokken in een zogenaamde huilbui.

'Ik vond die man in dat gympakje een beetje onbeleefd.'

Ze lopen naar het restaurant waar ze gaan lunchen, maar Justin blijft afwezig om zich heen kijken of hij de rode jas ziet. Hij zou de hele lunch nu het liefst willen afzeggen.

Zeg dat je ziek bent, denkt hij. Nee, ze is een dokter, ze zal te veel vragen stellen. Zeg dat je helaas een vergissing gemaakt hebt en dat je een college hebt. Zeg het dan, zeg het dan!

Maar in plaats daarvan loopt hij verder met haar. Zijn hoofd lijkt wel een vulkaan die op uitbarsten staat en zijn ogen schieten heen en weer als een junk die dringend een shot nodig heeft. In het restaurant, dat zich in een souterrain bevindt, worden ze naar een tafeltje in een stille hoek gebracht. Justin kijkt naar de deur.

Roep 'BRAND!' en ren weg, denkt hij.

Sarah laat haar jas van haar blote schouders vallen en trekt haar stoel dichter naar de zijne.

Wat een toeval dat hij vrij letterlijk de vrouw uit de kapsalon weer tegen het lijf was gelopen. Hoewel het misschien ook weer niet zo bijzonder was: Dublin is maar een kleine stad. Hij weet inmiddels dat zo ongeveer iedereen elkaar kent, of anders wel iemand die familie van iemand is en iemand anders ooit weer gekend heeft. Maar hij moest echt ophouden haar 'de vrouw' te noemen. Hij zou haar een naam moeten geven. Angelina, denkt hij.

'Waar denk je aan?' Sarah leunt over het tafeltje en staart hem aan.

Of Lucille. 'Koffie. Ik denk aan koffie. Voor mij een koffie graag, alsjeblieft,' zegt hij tegen de serveerster die hun tafeltje leegruimt. Hij kijkt naar haar naamplaatje. Jessica. Nee, zijn vrouw was geen Jessica.

'Ga je niet eten?' vraagt Sarah, teleurgesteld en verrast.

'Nee, ik kan niet zo lang blijven als ik gehoopt had, ik moet eerder terug naar de universiteit.' Zijn been wipt op en neer tegen de onderkant van de tafel en laat het bestek rammelen. De serveerster en Sarah kijken hem verwonderd aan.

'O, oké, nou ja.' Ze bestudeert de kaart. 'Voor mij graag de huissalade en een glas witte huiswijn,' zegt ze tegen de serveerster, en vervolgens tegen Justin: 'Ik moet iets eten, anders val ik om. Ik hoop dat je het niet erg vindt.'

'Geen probleem,' zegt hij met een glimlach. Hoewel je godsamme de grootste salade van de kaart hebt besteld, denkt hij erachteraan. Maar nog even over die naam. Susan? Ziet mijn vrouw eruit als een Susan? Mijn vrouw? Wat is er in godsnaam aan de hand met me?

'We rijden nu Dawson Street in, vernoemd naar Joshua Dawson, die ook Grafton Street, Anne Street en Henry Street heeft ontworpen. Rechts zien jullie Mansion House, waar de burgemeester van Dublin woont.'

Alle gehoornde vikinghelmen draaien naar rechts. Videocamera's, digitale camera's en mobiele telefoontjes worden uit de open ramen gestoken.

'Denk je dat de vikingen dit destijds ook hebben gedaan, pa? Deden ze klik-klik met hun camera's naar gebouwen die nog niet gebouwd waren?' fluister ik.

'O, hou toch je mond,' zegt hij hardop, en de gids zwijgt geschrokken.

'Jij niet.' Pa steekt zijn hand naar hem op. 'Zij.' Hij wijst naar me en de hele bus kijkt.

'Rechts zien we St.-Anne's Church, die in 1707 werd ontworpen door Isaac Wells. Het interieur dateert uit de zeventiende eeuw,' vervolgt Olaf tegen de dertigkoppige groep vikingen aan boord.

'Eigenlijk werd de romaanse gevel pas in 1868 toegevoegd, en die is ontworpen door Thomas Newenham Deane,' fluister ik tegen pa.

'O, dat wist ik niet,' zegt pa, en zijn ogen worden groter.

Mijn eigen ogen worden ook groter bij die informatie. 'Ik ook niet.'

Pa gniffelt.

'We bevinden ons nu in Nassau Street en straks krijgen we aan de linkerkant Grafton Street.'

Pa begint 'Grafton Street's a Wonderland' te zingen. Hardop.

De Amerikaanse vrouw voor ons draait zich om en kijkt hem stralend aan. 'O, kent u dat liedje? Mijn vader zong dat vroeger altijd, hij kwam uit Ierland. O, wat zou ik dat graag nog eens horen, wilt u het voor ons zingen?'

Om ons heen klinkt het 'O ja, alstublieft...'

De man die wekelijks op de maandagclub zingt en voor wie zingen in het openbaar dus niet vreemd is, begint te zingen en de hele bus deint heen en weer. Pa's stem kringelt door de plastic opklapraampjes van de DUKW en in de oren van voorbijgangers en het voorbijrijdende verkeer. Ik prent nog een beeld in mijn geheugen, van pa die naast me zit en met zijn ogen dicht zingt met twee hoorns boven op zijn hoofd geklemd.

Met groeiend ongeduld kijkt Justin toe hoe Sarah langzaam in haar salade prikt. Speels schuift haar vork een stukje kip heen en weer. Het blijft er nu aan hangen, valt er weer af, grijpt zich vast en slaagt erin zich vast te klampen terwijl ze het rondzwaait en het gebruikt als moker om stukjes sla opzij te slaan en te kijken wat er zich onder bevindt. Ten slotte prikt ze in een stuk tomaat en wanneer ze de vork naar haar mond brengt, valt hetzelfde stukje kip er weer af. Dat is nu al de derde keer dat ze dat doet.

'Weet je zeker dat je geen honger hebt? Je bekijkt m'n bord wel heel aandachtig,' zegt ze lachend, en ze zwaait opnieuw met een vork vol eten, waardoor de rode ui en cheddar weer op het bord tuimelen. Ze deed telkens één stapje naar voren en twee stappen terug.

'Ja, inderdaad, ik lust wel wat.' Hij had al een kom soep besteld en gegeten voordat zij vijf happen had genomen.

'Zal ik je voeren?' zegt ze flirtend, en ze beweegt de vork met draaiende bewegingkjes naar zijn mond.

'Nou, om te beginnen lust ik wel wat meer.'

Ze spiest nog wat aan de vork.

'Meer,' zegt hij, met een blik op zijn horloge. Hoe meer eten hij in zijn mond kan stouwen, hoe sneller deze frustrerende ervaring voorbij is. Hij beseft dat zijn vrouw, Veronica, waarschijnlijk allang weer weg is, maar nu hij hier zit en Sarah meer calorieën verbruikt door met haar eten te spelen dan het tot zich te nemen, kan hij dat niet bevestigen.

'Goed, hier komt het vliegtuig,' zingt ze.

'Meer.' Minstens de helft is er tijdens het 'opstijgen' vanaf gevallen.

'Meer? Hoe krijg ik nou meer op de vork, laat staan in je mond?'

'Hier, ik laat het je wel zien.' Justin pakt de vork van haar en begint er zoveel als hij maar kan aan te prikken. Kip, maïs, sla, rode biet, ui, tomaat, kaas, het lukt hem allemaal. 'En als de pilote nu de landing zou willen inzetten...'

Ze giechelt. 'Dit past nooit in je mond.'

'Ik heb een behoorlijk grote mond.'

Ze schuift het lachend naar binnen en het past allemaal nauwelijks in Justins mond. Als hij het eindelijk heeft doorgeslikt, kijkt hij op zijn horloge en opnieuw naar haar bord.

'Oké, en nu jij.' Gevolgd door de gedachte: wat ben je toch een eikel, Justin.

'Echt niet,' zegt ze lachend.

'Kom op.' Hij verzamelt zo veel eten als hij maar kan, inclusief hetzelfde stukje kip dat ze al vier keer heeft laten liggen, en 'vliegt' het haar open mond in.

Ze lacht terwijl ze het allemaal kwijt probeert te raken. Nauwelijks in staat adem te halen, kauwen, slikken of glimlachen, doet ze nog steeds haar best er aantrekkelijk uit te zijn. Bijna een hele minuut kan ze geen woord uitbrengen in haar pogingen zo damesachtig mogelijk te kauwen. Vocht, dressing en stukjes eten sijpelen langs haar kin en als ze eindelijk doorslikt, lacht ze naar hem met besmeurde lippenstift, waarbij ze een groot stuk sla tussen haar tanden bloot lacht. 'Dat was grappig,' zegt ze.

Ze heet Helena, denkt Justin. Als Helena die naar Troje werd gevoerd, zo mooi dat ze een oorlog kon ontketenen.

'Zijn jullie klaar? Mag ik het bord meenemen?' vraagt de serveerster.

Sarah opent haar mond om nee te zeggen, maar Justin onderbreekt haar.

'Ja, dank je.' Hij mijdt Sarahs blik.

'Eerlijk gezegd ben ik nog niet helemaal klaar,' zegt Sarah streng. Het bord wordt teruggezet.

Justins been wipt weer op en neer onder de tafel, en hij wordt steeds ongeduldiger. Salma, denkt hij. Sexy Salma. Er valt een ongemakkelijke stilte.

'Sorry, Salma, ik wilde niet onbeleefd zijn...'

'Sarah.'

'Wat?'

'Ik heet Sarah.'

'Dat weet ik wel, Maar–'

'Je noemde me Salma.'

'O. Wat? Wie is Salma? God, sorry. Ik ken niet eens een Salma, echt niet.'

Ze eet nu sneller en wil duidelijk zo vlug mogelijk van hem af zijn.

Zachter zegt hij: 'Ik moet alleen terug naar de universiteit...'

'Eerder dan gepland. Dat zei je al.' Ze lacht even vluchtig, maar kijkt weer serieus als ze zich weer op haar bord richt. Ze prikt nu doelbewust. Het speelkwartier is voorbij. Tijd om te eten. Haar mond vult zich met voedsel in plaats van dat er woorden uit komen.

Justin krimpt ineen, hij beseft dat het niets voor hem is om zo bot te zijn, gevolgd door de gedachte: geloof je dat zelf? Hij kijkt naar haar: mooi gezicht, geweldig lichaam, intelligente vrouw. Keurig gekleed in een broekpak, lange benen, dikke lippen. Lange, elegante vingers, keurig verzorgde nagels, aan haar voeten een mooie tas die bij haar schoenen past. Professioneel, zelfverzekerd, intelligent. Er was helemaal niets mis met deze vrouw. Het probleem is Justin, die afgeleid is, het gevoel heeft dat een deel van hem zich ergens anders bevindt. Een deel van hem dat voor zijn gevoel zo dichtbij is dat hij zich bijna gedwongen voelt naar buiten te rennen en het te pakken te krijgen. Op dit moment lijkt rennen hem een goed idee, maar het probleem is dat hij niet weet wat hij precies te pakken probeert te krijgen, of wie. In een stad van één miljoen inwoners kan hij niet verwachten de deur uit te lopen en weer dezelfde vrouw op het trottoir aan te treffen. En is het de moeite waard om de mooie vrouw met wie hij in het restaurant zit achter te laten om een goed idee na te jagen?

Hij houdt zijn been stil en gaat weer makkelijker zitten. Hij zit niet langer op het puntje van zijn stoel en hij maakt geen aanstalten meer om naar de deur te sprinten zodra ze haar bestek neerlegt.

'Sarah,' zegt hij met een zucht, en deze keer meent hij het. 'Het spijt me heel erg.'

Ze houdt op eten in haar mond te stoppen, kijkt op, kauwt snel verder, dept haar lippen met een servet en slikt. Haar gezicht wordt milder. 'Oké.'

Ze veegt de kruimeltjes rondom haar bord weg en haalt haar schouders op. 'We hoeven niet meteen te trouwen, hoor, Justin.'

'Ik weet het, ik weet het.'

'Dit is een lunch, meer niet.'

'Dat weet ik.'

'Of zullen we gewoon "koffie" zeggen, aangezien je bij het woord "lunch" direct op de nooduitgang afstormt en "Brand!" schreeuwt?' Ze kijkt naar zijn lege kopje en tikt nu denkbeeldige kruimeltjes weg.

Hij pakt haar hand zodat ze daar niet meer zenuwachtig mee heen en weer kan bewegen. 'Het spijt me.'

'Oké,' zegt ze nogmaals.

De kou verdwijnt uit de lucht, de spanning vervaagt en haar bord wordt weggehaald.

'Zullen we maar om de rekening–?'

'Heb je altijd al doktor willen worden?'

'Zo hé.' Haar portemonnee blijft half geopend. 'Het is het ene of andere uiterste bij jou, hè?' zegt ze, maar ze glimlacht.

'Het spijt me.' Justin schudt zijn hoofd. 'Laten we nog een koffie nemen voordat we gaan. Hopelijk heb ik nog tijd om te voorkomen dat dit het ergste afspraakje is dat je ooit hebt gehad.'

'Dat is het niet.' Met een lachje schudt ze haar hoofd. 'Maar het scheelde niet veel. Het was bijna het ergste, maar je redde jezelf met de doktersvraag.'

'En? Wilde je altijd dokter worden?'

Ze knikt. 'Sinds James Goldin me opereerde toen ik op de kleuterschool zat. Ik was vijf jaar en hij redde mijn leven.'

'Wauw. Dat is jong voor een zware operatie. Dat moet grote indruk hebben gemaakt.'

'Een enorme indruk. Ik was tijdens de middagpauze op het schoolplein aan het hinkelen toen ik viel en mijn knie schaafde. De rest van mijn vriendjes had het al over amputeren maar James Goldin kwam aangerend en gaf me mond-op-mondbeademing. En opeens was de pijn weg. En toen wist ik het.'

'Dat je dokter wilde worden?'

'Dat ik met James Goldin wilde trouwen.'

Justin glimlachte. 'En?'

'Neu. Ik ben maar dokter geworden.'

'En je bent een goeie.'

'Ja, dat is na een injectie tijdens een bloeddonatie natuurlijk meteen duidelijk,' zegt ze lachend. 'Alles goed, trouwens?'

'M'n arm jeukt een beetje, maar het is niet erg.'

'Jeukt hij? Dat is niet de bedoeling, laat me eens kijken.'

Hij begint zijn mouw op te rollen maar stopt dan. 'Mag ik je iets vragen?' Ongemakkelijk schuift hij heen en weer op zijn stoel. 'Kan ik er op de een of andere manier achter komen waar mijn bloed heen is gegaan?'

'Waar? Als in welk ziekenhuis?'

'Ja. Of beter nog: weet je naar wíe het is gegaan?'

Ze schudt haar hoofd. 'Het mooie is dat het volledig anoniem is.'

'Maar ergens is het wel bekend, toch? In ziekenhuisgegevens of in de gegevens bij jou op kantoor.'

'Natuurlijk. Producten in een bloedbank zijn altijd terug te voeren op het individu. Tijdens het hele proces van donatie, onderzoeken, scheiding in onderdelen, opslag en toediening aan de ontvanger wordt dat bijgehouden, maar–'

'Ik heb een hekel aan dat woord, toediening.'

'Helaas voor jou mag je niet weten wie je bloed heeft gekregen.'

'Maar je zei net dat het bijgehouden wordt.'

'Die gegevens kunnen niet vrijgegeven worden. Maar al je donorgegevens worden bewaard in een beveiligde database. Onder de wet op gegevensbescherming heb je het recht om je donorgegevens in te zien.'

'En staat in die gegevens ook wie mijn bloed heeft ontvangen?'

'Nee.'

'Nou, dan hoef ik die niet te zien.'

'Justin, het bloed dat je gedoneerd hebt is niet direct overgebracht in het lichaam van iemand anders zoals het uit je aderen kwam. Het is gescheiden in rode bloedcellen, witte bloedcellen, bloedplaatjes—'

'Dat weet ik, dat weet ik, dat weet ik allemaal.'

'Het spijt me dat ik niets voor je kan doen. Waarom wil je het zo graag weten?'

Daar denkt hij even over na. Hij laat een bruin suikerklontje in zijn koffie vallen en roert het rond. 'Ik wil gewoon weten wie ik geholpen heb, of diegene er iets aan gehad heeft, en zo ja, hoe het nu gaat. Ik heb het gevoel... nee, dat klinkt stom, dan denk je nog dat ik gek ben. Het doet er niet toe.'

'Hé, doe niet zo gek,' zegt ze op sussende toon. 'Dat denk ik toch al.'

'Ik hoop niet dat dat je mening als arts is.'

'Zeg jij het maar.' Haar helderblauwe ogen kijken hem over de rand van haar kopje doordringend aan als ze van haar koffie nipt. 'Dit is de eerste keer dat ik dit hardop zeg, dus vergeef me als ik hardop nadenk. Aanvankelijk was het een belachelijke mannelijke egotrip. Ik wilde weten wie z'n leven ik had gered. Voor welke geluksvogel ik mijn kostbare bloed had opgeofferd.'

Sarah glimlacht.

'Maar de laatste dagen kan ik aan niets anders meer denken. Ik voel me anders. Echt anders. Alsof ik iets heb weggegeven. Iets kostbaars.'

'Het is ook kostbaar, Justin. We kunnen altijd nieuwe donors gebruiken.'

'Dat weet ik, maar niet... niet op die manier. Ik heb het gevoel alsof er iemand rondloopt met iets wat ik hem of haar heb gegeven en dat ik nu iets mis...'

'Het lichaam vervangt het vloeibare deel van wat je gedoneerd hebt in vierentwintig uur.'

'Nee, ik bedoel, ik heb het gevoel alsof ik iets heb weggegeven, een deel van me, en dat iemand anders nu hersteld is door dat deel van mij, en... god, dit klinkt gestoord. Ik wil gewoon weten wie diegene is. Ik heb het gevoel alsof er een deel van me ontbreekt en dat ik naar buiten moet om het te pakken.'

'Je kunt je bloed niet terugkrijgen, hoor,' grapt Sarah halfhartig, en ze raken allebei diep in gedachten verzonken. Sarah kijkt treurig in haar koffie, en

Justin probeert zijn warrige woorden voor zichzelf op een rijtje te zetten.

'Volgens mij moet ik zoiets onlogisch niet met een dokter bespreken,' zegt hij.

'Je klinkt als heel veel mensen die ik ken, Justin. Jij bent alleen de eerste die een bloeddonatie de schuld geeft.'

Stilte.

'Nou,' zegt Sarah, en ze pakt haar jas van haar stoel, 'je hebt haast, dus we moeten maar gaan.'

Ze lopen over Grafton Street in een aangename stilte die af en toe wordt onderbroken door ditjes en datjes. Als vanzelf blijven ze staan bij het standbeeld van Molly Malone, aan de overkant van de straat van Trinity College.

'Je komt te laat voor je werkgroep.'

'Nee, ik heb nog wel even voordat ik…' Hij kijkt op zijn horloge en herinnert zich dan zijn eerdere smoes. Hij voelt hoe hij rood aanloopt. 'Sorry.'

'Het geeft niet,' zegt ze nogmaals.

'Ik heb het gevoel dat ik deze hele lunchafspraak alleen maar sorry heb gezegd en jij dat het niet geeft.'

'Het geeft écht niet,' zegt ze lachend.

'Maar echt, sor–'

'Hou op!' Ze drukt haar hand op zijn mond om hem het zwijgen op te leggen. 'Genoeg.'

'Ik vond het echt heel leuk,' zegt hij ongemakkelijk. 'Zouden we… weet je, ik voel me heel ongemakkelijk nu zij toekijkt.'

Ze kijken naar rechts en Molly staart met haar bronzen ogen op hen neer.

Sarah lacht. 'Nou ja, misschien kunnen we–'

'Wrrraaaaah!'

Justin schrikt zo van het gebulder uit de bus die stilstaat bij het verkeerslicht achter hen dat hij er bijna in blijft. Sarah slaakt een kreet van schrik en haar hand vliegt naar haar borst. Naast hen zwaaien meer dan een stuk of vijftien mannen, vrouwen en kinderen, allemaal met een vikinghelm op, met hun vuisten in de lucht, en ze lachen en joelen naar voorbijgangers. Sarah en tientallen anderen om hen heen beginnen te lachen, sommigen brullen terug, maar de meesten negeren hen.

Justin, wiens adem stokt, zwijgt, want hij kan zijn ogen niet van de vrouw houden die het uitbuldert met een oude man. Ze draagt een helm waarlangs aan weerszijden lange blonde vlechten bungelen.

'Die hadden we mooi te grazen, Joyce,' zegt de oude man lachend tegen haar en hij zwaait met zijn vuist.

Aanvankelijk kijkt ze verbaasd, maar dan overhandigt ze hem een briefje van vijf euro, tot zijn grote vreugde, en ze moeten weer lachen.

Kijk naar me, dwingt Justin haar. Haar ogen blijven op de oude man gericht wanneer hij het briefje tegen het licht houdt om te kijken of het echt is. Justin kijkt naar de verkeerslichten, die nog steeds op rood staan. Hij heeft nog tijd om haar naar hem te laten kijken. Draai je om! Kijk naar me, al is het maar één keer! Het voetgangerslicht knippert en springt op oranje. Hij heeft niet veel tijd meer.

Haar hoofd blijft afgewend, ze gaat helemaal op in het gesprek.

Het licht springt op groen en de bus komt langzaam op gang en rijdt Nassau Street in. Hij begint mee te lopen en dwingt haar uit alle macht naar hem te kijken.

'Justin!' roept Sarah. 'Wat doe je?'

Hij blijft meelopen met de bus, versnelt zijn tempo en jogt ten slotte. Hij hoort Sarah hem naroepen maar hij kan niet blijven staan.

'Hé!' roept hij. Niet hard genoeg, ze hoort hem niet. De bus maakt vaart en Justins joggen gaat over in rennen, en de adrenaline giert door zijn lichaam. De bus wint het van hem en gaat nog sneller rijden. Hij raakt haar kwijt.

'Joyce!' roept hij. Het verrassende geluid van zijn eigen kreet volstaat om hem te laten stoppen. Waar is hij in 's hemelsnaam mee bezig? Hij buigt voorover en rust zijn handen op zijn knieën, probeert op adem te komen, probeert in het kalme oog van de wervelstorm te komen waarin hij verstrikt zit. Hij werpt nog een laatste blik op de bus. Er verschijnt een vikinghelm uit het raam, en blonde vlechten bewegen heen en weer, als een pendule. Het gezicht kan hij niet zien, maar met slechts één hoofd, één iemand die uit die bus naar hem omkijkt, weet hij dat zij het wel móet zijn.

De wervelwind gaat even liggen en ter begroeting steekt hij een hand op.

Er verschijnt een hand uit het raam en de bus gaat de bocht om, Kildare Street in, waardoor Justin haar opnieuw uit het zicht ziet verdwijnen met een hart dat zo snel slaat dat hij zeker weet dat het trottoir onder hem ervan trilt. Hij mag dan niet het flauwste benul hebben wat er aan de hand is, maar één ding weet hij nu zeker.

Joyce, ze heet Joyce.

Hij kijkt de lege straat in.

Maar wie ben je, Joyce?

'Waarom steek je je hoofd uit het raam?' Pa trekt me terug, buiten zichzelf van bezorgdheid. 'Je hebt misschien niet veel om voor te leven, maar christene zielen, toch ben je het aan jezelf verplicht om in leven te blijven.'

'Hoorde je iemand mijn naam roepen?' fluister ik tegen pa, en mijn hoofd tolt.

'O, ze hoort nu ook al stemmen,' bromt hij. 'Ik zei je stomme naam en je gaf me er vijf euro voor, weet je nog?' Hij wappert ermee voor haar gezicht en richt zijn aandacht weer op Olaf.

'Links ligt Leinster House, het gebouw dat nu het nationale parlement van Ierland huisvest.'

Knipperdeknip, klikkerdeklik, flits-flits, zoem.

'Leinster House heette oorspronkelijk Kildare House, aangezien de Earl of Kildare opdracht had gegeven het te bouwen. Maar toen hij Duke of Leinster werd, werd het hernoemd. Delen van het gebouw, dat voorheen het Royal College of Surgeons vormde—'

'Science,' zeg ik hardop, nog steeds in gedachten verzonken.

'Neem me niet kwalijk?' Hij stopt met praten en opnieuw draaien hoofden zich om.

Ik loop rood aan. 'Ik zei alleen maar dat het het Royal College of Science was.'

'Ja, dat zei ik.'

'Nee, je zei "Surgeons",' zegt de Amerikaanse vrouw voor me.

'O.' Olaf wordt een beetje zenuwachtig. 'Neem me niet kwalijk, mijn fout. Delen van het gebouw, dat voorheen het… het Royal College of,' en hij kijkt me doordringend aan, '*Science* was, vormden sinds 1922 de zetel van de Ierse regering…'

Ik haak af.

'Weet je nog dat ik je vertelde over de vent die het ronde ziekenhuis heeft ontworpen?' fluister ik tegen pa.

'Ja. Dick nog-wat.'

'Richard Cassells. Hij heeft dit ook ontworpen. Er wordt wel gezegd dat het model heeft gestaan voor het ontwerp van het Witte Huis.'

'Is dat zo?' zegt pa.

'Echt?' De Amerikaanse vrouw draait zich naar me om. Ze praat luid. Heel luid. Te luid. 'Hoor je dat, lieverd? Deze vrouw zegt dat de vent die dit heeft ontworpen, ook het Witte Huis heeft ontworpen.'

'Nee, dat zei ik niet, ik—' Opeens merk ik dat de gids is gestopt met praten en me aanstaart met net zo veel genegenheid als een viking naar een gat in de romp van zijn boot zou kijken. Alle ogen, oren en hoorns zijn op ons gericht.

'Ik zei dat er gezégd wordt dat het model heeft gestaan voor het ontwerp van het Witte Huis. Zeker weten doen we het niet,' zeg ik zacht. Ik wil hier niet in gesleurd worden. 'Alleen was James Hoban, die de prijsvraag voor het ontwerp van het Witte Huis in 1792 won, een Ier.'

Ze staren me vol verwachting aan.

'Hij studeerde architectuur in Dublin en zou hoogstwaarschijnlijk het ontwerp van Leinster House hebben bestudeerd,' rond ik snel af.

De mensen om me heen lijken onder de indruk en praten met elkaar over deze interessante informatie.

'We kunnen je niet verstaan!' roept iemand achter in de bus.

'Ga staan, Gracie.' Pa duwt me omhoog.

'Pa…' Ik tik hem weg.

'Hé, Olaf, geef de microfoon aan haar!' roept de vrouw naar de gids. Met tegenzin overhandigt hij hem en hij slaat zijn armen over elkaar.

'Eh, hallo.' Ik tik erop en blaas in de microfoon.

'Je moet "test, test" zeggen, Gracie.'

'Eh, test, test–'

'We horen je wel,' snauwt Olaf the White.

'Oké, goed.' Ik herhaal mijn opmerkingen en de mensen voorin knikken geïnteresseerd.

'En maakt dat ook allemaal deel uit van jullie regeringsgebouwen?' De Amerikaanse wijst naar de gebouwen aan weerszijden.

Ik kijk pa vragend aan en hij knikt me bemoedigend toe. 'Nou, eigenlijk niet. Het gebouw links is de National Library en rechts ligt het National Museum.' Ik maak aanstalten om weer te gaan zitten maar pa duwt mijn achterwerk weer omhoog. Ze kijken me allemaal aan en willen duidelijk meer. De gids kijkt me schaapachtig aan.

'Nou ja, het is misschien wel interessant dat in de National Library en het National Museum oorspronkelijk het Dublin Museum of Science and Art was gevestigd, dat in 1890 opende. Beide zijn ontworpen door Thomas Newenham Deane en zijn zoon Thomas Manly Deane na een prijsvraag die in 1885 werd uitgeschreven. Het is gebouwd door de Dublinse aannemers J. en W. Beckett, die in hun constructie de hoogste vorm van Iers vakmanschap lieten zien. Het museum is een van de fraaiste nog resterende voorbeelden van Iers decoratief metselwerk, houtsnijwerk en tegelwerk met keramiek. Het meest indrukwekkende onderdeel van de National Library is het ronde bouwwerk aan de voorzijde. Aan de binnenzijde komt deze ruimte uit op een indrukwekkende trap naar de prachtige leeszaal met zijn uitgestrekte koepeldak. Zoals jullie zelf kunnen zien, wordt de buitenzijde van het gebouw gekarakteriseerd door een rij kolommen en pilaren van de Korinthische orde en het ronde bouwwerk met zijn open veranda en hoekpaviljoens dat de compositie omlijst. In de–'

Mijn praatje wordt onderbroken door luid geklap. Eén iemand die luid klapt om precies te zijn: pa. De rest van de bus is stil. De stilte wordt doorbroken door een kind dat aan zijn moeder vraagt of hij weer mag brullen. Olaf the White grijnst.

'Ik, eh, was nog niet klaar,' zeg ik zacht.

Pa klapt nog luider, en één man, die alleen op de achterste rij zit, klapt nerveus mee.

'En… meer weet ik niet,' zeg ik vlug, en ik ga zitten.

'Hoe weet je dat allemaal?' vraagt de vrouw voor me.

'Ze is makelaar,' zegt pa trots.

De vrouw fronst haar wenkbrauwen, vormt het woord 'o' met haar mond en draait zich weer om, waar Olaf haar uiterst tevreden aankijkt. Hij grijpt de microfoon uit mijn handen. 'En nu allemaal: brullen maar!'

De stilte wordt weer verbroken nu iedereen weer tot leven komt, terwijl ik ineenduik in een foetushouding.

Pa leunt naar me toe en drukt me tegen het raam. Hij brengt zijn hoofd dichtbij om in mijn oor te fluisteren en onze helmen botsen tegen elkaar aan.

'Hoe wist je dat allemaal?'

Alsof ik al mijn woorden heb verbruikt voor die redevoering, gaat mijn mond open en dicht, maar er komt niets uit. Hoe wist ik dat allemaal in vredesnaam?

15

Mijn oren beginnen onmiddellijk te tuiten wanneer ik diezelfde avond de gymzaal inloop en Kate en Frankie bijeengekropen op de tribune zie zitten, zo te zien diep in gesprek verzonken, met bezorgde blikken. Kate ziet eruit alsof Frankie haar net heeft verteld dat haar vader is overleden. Het is een gezicht dat ik herken, aangezien ik haar vijf jaar eerder in de hal van Dublin Airport had aangekeken met dezelfde blik en hetzelfde nieuws. Ze had haar vakantie onderbroken om nog naar hem toe te gaan. Nu praat Kate en Frankie kijkt alsof haar hond is aangereden, een gezicht waarmee ik ook vertrouwd ben, aangezien ik niet alleen het nieuws moest vertellen, maar ook degene was die de drie gebroken poten van de dashond had veroorzaakt. Nu kijkt Kate betrapt als ze in mijn richting kijkt. Frankie verstrakt ook. Door hun blikken van verbazing en schuldgevoel, gevolgd door een lach, denk ik dat ze het over het weer hadden, in plaats van de gebeurtenissen in mijn leven, die net zo veranderlijk zijn.

Ik wacht tot de gebruikelijke rampspoeddame mijn plaats inneemt om mezelf even respijt te geven terwijl zij verstandige opmerkingen maakt die nieuwsgierige aagjes op afstand houdt. Ze stelt dat je recente verlies deel uitmaakt van een reis, en geen doodlopende straat is. En dat het je de uiterst waardevolle kans biedt om sterker te worden en jezelf beter te leren kennen, waardoor deze vreselijk tragische gebeurtenis juist iets heel positiefs wordt. De gebruikelijke rampspoeddame arriveert echter niet, want ze weet ook wel dat dit geen gemakkelijke klus wordt. Ze is zich er heel goed van bewust dat de twee mensen die me op dit moment stevig omhelzen door haar woorden heen zullen prikken en direct tot de kern doordringen.

De omhelzingen van mijn vriendinnen zijn langer en steviger en omvatten extra kneepjes en klopjes in de vorm van ronddraaiende, wrijvende bewegingen afgewisseld met vederlichte tikjes op de rug, die me allebei merkwaardig kalmeren. Het medeleven in hun ogen maakt me mijn grote verlies opnieuw pijnlijk duidelijk en mijn maag draait zich om en mijn hoofd lijkt over te lopen. Ik besef dat mezelf schuilhouden in mijn vaders huis niet de uitzonderlijk helende krachten heeft gehad waarop ik gehoopt had, want elke keer dat ik naar buiten ga en iemand tegenkom, moet ik er weer doorheen. Niet het hele onsamenhangende verhaal, maar ik moet alles opnieuw voelen, wat nog veel vermoeiender is dan woorden. In de armen van Kate en Frankie zou ik makkelijk kunnen veranderen in de baby die zij in gedachten vertroetelen, maar dat doe ik niet, want als ik daar nu mee begin, hou ik er nooit meer mee op, dat besef ik.

We zitten op de tribune, een eindje van de andere ouders die bij elkaar zitten vandaan, maar de meesten gebruiken hun kostbare tijd die ze alleen zijn om te lezen of na te denken of te kijken toe hun kinderen weinig indrukwekkend opzij vallen op de blauwe rubberen matten. Ik zie Kates kinderen, Eric van zes en mijn vijfjarige peetdochter Jayda, die zo gek is op *The Muppet Christmas Carol* en over wie ik gezworen heb dat ik haar niets ga verwijten. Ze huppelen enthousiast heen en weer en tjirpen en kwetteren als vogeltjes, trekken hun ondergoed tussen hun billen vandaan en struikelen over losgeraakte veters. Sam, die nog maar elf maanden oud is, slaapt naast ons in een kinderwagen en blaast belletjes door zijn dikke lippen. Vol genegenheid kijk ik naar hem, en dan herinner ik het me weer en kijk weg. Ja, herinneringen, die zijn altijd lastig.

'Hoe gaat het op je werk, Frankie?' vraag ik, omdat ik wil dat alles bij het oude blijft.

'Druk, zoals gewoonlijk,' antwoordt ze, en ik bespeur schuldgevoel, misschien zelfs gêne.

Ik benijd haar om hoe gewoon ze is, misschien zelfs wel saai. Ik benijd haar omdat vandaag voor haar hetzelfde is als gisteren.

'Nog steeds goedkoop inkopen, duur verkopen?' werpt Kate tussenbeide.

Frankie rolt met haar ogen. 'Twaalf jaar al, Kate.'

'Ik weet het, ik weet het.' Kate bijt op haar lip en probeert niet te lachen.

'Twaalf jaar heb ik deze baan al en je zegt dat al twaalf jaar. Het is niet eens grappig meer. Sterker nog: volgens mij is het nóóit grappig geweest, en toch blijf je het volhouden.'

Kate lacht. 'Ik heb gewoon geen idee wat je precies doet. Iets op de effectenbeurs?'

'Manager, onderdirecteur bedrijfsfinanciën en hoofd van de helpdesk voor investeerders.'

Kate staart haar nietszeggend aan en zucht. 'Zo veel woorden om te zeggen dat je achter een bureau zit.'

'O, sorry. Wat doe jij ook alweer de hele dag? Billen vegen en broodjes met biologische banaan maken?'

'Er komt wel meer kijken bij het moederschap, Frankie,' snuift Kate verontwaardigd. 'Het is mijn verantwoordelijkheid om drie mensen zo op te voeden dat als er God verhoede het wat met me mocht gebeuren, ze in staat zijn op eigen benen te staan.'

'En je prakt biologische bananen,' voegt Frankie eraan toe. 'Nee, nee, wacht even, is dat voor of na het opvoeden van drie mensen. Ervoor.' Ze knikt bij zichzelf. 'Ja, het is absoluut eerst bananen prakken en dán mensen opvoeden. Ik snap het.'

'Ik bedoel maar dat jij, wat, negen woorden nodig hebt voor de baan waarin je papieren heen en weer schuift?'

'Het zijn er in totaal tien.'

'Ik heb er één. Eentje maar.'

'Dat weet ik niet, hoor. Is carpooler wel een woord? Joyce, wat vind jij?'

Ik hou me erbuiten.

Kate klinkt nu geïrriteerd. 'Wat ik bedoel is dat het woordje "mam", een piepklein woordje dat elke vrouw met een kind wordt genoemd, niet duidelijk maakt hoeveel erbij komt kijken. Als ik in jouw bedrijf deed wat ik elke dag doe, zou ik de hele tent runnen.'

Frankie haalt nonchalant haar schouders op. 'Sorry, maar dat kan me niet schelen. En ik kan niet namens mijn collega's spreken, maar persoonlijk maak ik liever zelf broodjes banaan en veeg ik liever mijn eigen billen.'

'Echt?' Kate trekt een wenkbrauw op. 'Het verbaast me dat je nog geen man hebt opgepikt die dat voor je doet.'

'Nee. Ik zoek nog steeds naar die ene bijzondere,' riposteert Frankie met een lieve glimlach.

Dit doen ze voortdurend: tégen elkaar praten, nooit mét elkaar, in een merkwaardig ritueel waarbij ze alleen maar hechter worden, terwijl bij iedereen het tegenovergestelde het geval zou zijn.

In de stilte die volgt kunnen ze bedenken waar ze het zojuist eigenlijk over gehad hebben. Tien seconden later geeft Kate Frankie een schop. O ja. Ze hadden het over kinderen gehad.

Als er iets tragisch is gebeurd, merk je al snel dat jij degene wordt die ervoor moet zorgen dat niemand zich ongemakkelijk voelt.

Ik vul hun ongemakkelijke stilte en informeer naar Frankies hond. 'Hoe gaat het met Crapper?'

'Het gaat goed met hem, zijn poten genezen aardig. Wel jankt hij nog steeds als hij je foto ziet. Ik heb hem weg moeten halen van de schouw, sorry.'

'Dat geeft niet. Ik wilde je al vragen hem weg te halen. En mijn trouwfoto mag je ook wegdoen, Kate.'

Scheidingspraat. Eindelijk.

'O, Joyce.' Ze schudt haar hoofd en kijkt me verdrietig aan. 'Dat is mijn lievelingsfoto van mezelf. Ik zag er zo goed uit op jullie bruiloft. Kan ik Conor er niet gewoon uitknippen?'

'Of een snorretje op hem tekenen,' voegt Frankie eraan toe. 'Of beter nog, hem een persoonlijkheid geven. Welke kleur zou dat zijn?'

Schuldbewust bijt ik op mijn lip om te voorkomen dat mijn mondhoeken omhoogkrullen. Zulke praatjes ben ik niet gewend over mijn ex. Het getuigt van weinig respect en ik voel me er niet echt bij op mijn gemak. Maar het is wél grappig. Ik kijk maar weer naar de kinderen in de zaal.

'Oké, even luisteren allemaal.' De gymleraar klapt in zijn handen en het gehuppel en gekwetter van de vogeltjes ebt even weg. 'Ga languit op de mat liggen. We gaan een achterwaartse koprol doen. Zet je handen plat op de mat, wijs met je vingers naar je schouder en rol omhoog tot je op je schouders rust. Zo.'

'Nou nou, moet je onze flexibele vriend nou eens zien,' merkt Frankie op.

Eén voor één rollen de kinderen naar achteren tot ze recht overeind staan. Totdat Jayda het niet meer houdt, heel ongemakkelijk opzij valt, een ander meisje tegen de schenen schopt en dan overeind springt. Ze neemt in al haar roze, glitterende glorie zelfs een Spice Girl-houding aan en maakt zelfs een v-teken, in de overtuiging dat niemand haar fout heeft gezien. De leraar negeert haar.

'Een mens opvoeden,' herhaalt Frankie bijdehand. 'Yep. En óf jij de tent zou runnen.' Frankie wendt zich tot mij en praat zachter verder. 'Hoe gaat het nou met je, Joyce?'

Ik heb nagedacht of ik het ze moet vertellen, of ik het íemand moet vertellen. Op me afvoeren naar het gekkenhuis na heb ik geen idee hoe ook maar iemand zal kunnen reageren op wat er met me gebeurt, of hoe ze zouden moeten reageren. Maar na wat er eerder vandaag is gebeurd, schaar ik me aan die kant van mijn hersens die staat te popelen om het te vertellen.

'Dit gaat heel raar klinken, dus hou je in.'

'Dat is goed.' Kate grijpt mijn hand. 'Zeg maar wat je wilt. Laat het maar los.'

Frankie rolt met haar ogen.

'Dank je.' Langzaam trek ik mijn hand weer uit de hare. 'Ik zie steeds een man.'

Kate probeert het te bevatten. Ik zie hoe ze het aan het verlies van mijn baby of mijn dreigende scheiding probeert te koppelen, maar het lukt haar niet.

'Ik denk dat ik hem ken, maar tegelijkertijd weet ik dat dat niet zo is. Ik heb hem welgeteld drie keer gezien, vandaag voor het laatst, toen hij achter mijn vikingbus aan rende. En volgens mij riep hij mijn naam. Hoewel ik me dat misschien heb ingebeeld, want hoe kan hij in vredesnaam weten hoe ik heet? Tenzij hij me kent, maar dan ben ik weer terug bij af: ik weet zeker dat hij me niet kent. Wat denken jullie?'

Frankie probeert me te sussen. 'Wacht even, ik ben nog bij de vikingbus. Je zegt dat je een vikingbus hebt.'

'Die héb ik niet, ik zat in een vikingbus. Met pa. Die gaat ook in het water.

Je draagt helmen met hoorns en roept "Aaagh" naar iedereen.' Ik breng mijn gezicht tot vlak bij het hunne en zwaai met mijn vuisten.

Wezenloos staren ze terug.

Ik zucht en schuif weer een stukje terug. 'Maar goed, ik zie hem dus steeds.'

'Oké,' zegt Kate langzaam, en ze kijkt naar Frankie.

Er valt een ongemakkelijke stilte terwijl ze zich zorgen maken over mijn geestelijke gezondheid. Ik doe met ze mee.

Frankie kucht even. 'Dus die man… Is hij jong, oud, of een echte viking die op je toverbus over de hoge zeeën scheert?'

'Achter in de dertig, begin veertig. Hij is Amerikaan. We gingen tegelijk naar de kapper. Dat was de eerste keer dat ik hem zag.'

'Het is trouwens mooi geworden.' Voorzichtig haalt Kate een paar vingers door een paar plukjes aan de voorkant.

'Volgens pa ben ik net Peter Pan,' zeg ik lachend.

'Dus misschien herinnert hij je zich van de kapsalon,' oppert Frankie.

'Zelfs daar voelde het al vreemd. Er was een soort… herkenning of zoiets.'

Frankie glimlacht. 'Welkom in de wereld van de vrijgezel.' Ze wendt zich tot Kate, die afkeurend haar neus optrekt. 'Wanneer heeft Joyce zichzelf voor het laatst gegund een beetje te flirten? Ze is al zo lang getrouwd.'

'Alsjeblieft, zeg,' zegt Kate minzaam tegen Frankie. 'Als je denkt dat het zo gaat als je getrouwd bent, vergis je je. Geen wonder dat je bang bent om te trouwen.'

'Ik ben niet bang, ik ben het er alleen niet mee eens. Ik zag vandaag nog een programma over make-up, en–'

'O, daar gaan we.'

'Hou je mond en luister. En de make-upexpert zei dat omdat de huid rondom de ogen zo gevoelig is, je crème moet aanbrengen met je ringvinger, omdat dat de vinger met de minste kracht is.'

'Wauw,' zegt Kate droogjes. 'Dat bewijst wel dat wij die getrouwd zijn niet sporen.'

Vermoeid wrijf ik in mijn ogen. 'Ik weet dat het klinkt alsof ik gestoord ben. Ik ben moe en beeld me vast van alles in. De man met wie ik bezig zou moeten zijn is Conor, en dat ben ik niet. Echt helemaal niet. Ik weet niet of het een vertraagde reactie is en ik volgende maand instort, aan het drinken sla en alleen nog maar zwart draag–'

'Net als Frankie,' onderbreekt Kate me.

'Maar op dit moment ben ik alleen maar opgelucht,' ga ik verder. 'Is dat niet erg?'

'Vind je het goed als ik ook opgelucht ben?' vraagt Kate.

'Heb je een hekel aan hem?' vraag ik beteuterd.

'Nee. Er was niks mis met hem. Hij was aardig. Maar ik vond het vreselijk dat je niet gelukkig was.'

'Ik had wel een hekel aan hem,' meldt Frankie vrolijk.

'We hebben elkaar gisteren nog even gesproken. Het was heel vreemd. Hij wilde weten of hij het espressoapparaat kon meenemen.'

'De eikel,' snauwt Frankie.

'Dat espressoapparaat kan me gestolen worden, dat mag hij hebben.'

'Het zijn machtsspelletjes, Joyce. Je moet voorzichtig zijn. Eerst is het het espressoapparaat en dan is het het huis en dan is het je ziel. En dan is het die ring van smaragd die van zijn oma is geweest en die jij gestolen zou hebben, hoewel jij je nog heel duidelijk kan herinneren dat je voor het eerst bij hem kwam lunchen en hij "Pak maar wat je wilt" zei en daar lag hij.' Ze kijkt stuurs voor zich uit.

Ik wend me tot Kate voor hulp.

'Zo ging het met haar en Lee.'

'Ah. Nou, het zal niet zo gaan als met jou en Lee.'

Frankie bromt.

'Christian is gisteren met Conor een biertje gaan drinken,' zegt Kate. 'Ik hoop dat je het niet erg vindt.'

'Natuurlijk niet. Het zijn vrienden. Gaat het goed met hem?'

'Ja, het leek wel goed met hem te gaan. Hij is van streek over de, eh, je weet wel…'

'Baby. Je mag het wel zeggen, hoor, ik stort niet in elkaar.'

'Hij is van streek over de baby en teleurgesteld dat het huwelijk niet werkte, maar volgens mij vindt hij dat dit de juiste beslissing is. Hij gaat over een paar dagen terug naar Japan. Hij zei dat jullie het huis in de verkoop zetten.'

'Ik wil daar niet meer wonen en we hebben het samen gekocht, dus dat lijkt me het beste.'

'Maar weet je het zeker? Waar gaan jullie wonen? Word je niet gek van je vader?'

Als je een tragisch geval bent en binnenkort een gescheiden tragisch geval merk je ook dat mensen je ondervragen over de grootste beslissing die je ooit hebt genomen alsof je alles niet al overdacht hebt, alsof ze met hun twintig vragen en bedenkelijke gezichten iets aan het licht zullen brengen wat je de eerste of honderdste keer gemist hebt toen je in het diepste dal zat.

'Grappig genoeg niet,' zeg ik lachend, en ik denk aan hem. 'Sterker nog: hij heeft het tegenovergestelde effect. Hoewel hij me maar één keer per week

Joyce noemt. Ik blijf bij hem tot het huis verkocht is en ik een ander huis vind.'

'Los van dat verhaal over die man... hoe gaat het écht met je? We hebben je sinds het ziekenhuis niet meer gezien en we waren hartstikke ongerust.'

'Ik weet het, sorry.' Ik had ze niet willen zien toen ze langskwamen, en ik had pa naar de deur gestuurd om ze weg te sturen, wat hij natuurlijk niet deed, en dus hadden ze een paar minuten naast me gezeten terwijl ik naar de roze muur staarde en nadacht over het feit dat ik naar een roze muur staarde, waarna ze weer waren weggegaan. 'Maar ik vond het fijn dat jullie er waren.'

'Echt niet.'

'Oké, op dat moment niet, maar nu wel.'

Ik denk even na over hoe het nu écht met me gaat. Nou ja, ze vroegen er zelf om. 'Ik eet nu vlees. En ik drink rode wijn. Ik haat ansjovis en ik luister naar klassieke muziek. Ik hou vooral van *JK Ensemble* met John Kelly op Lyric FM, die geen Kylie draait en dat vind ik niet erg. Gisteravond heb ik voordat ik naar bed ging naar "Mi restano le lagrime" van Händel geluisterd, uit de eerste scène van het derde bedrijf van *Alcina*. Ik kende de tekst en ik heb geen idee hoe dat kan. Ik weet veel over Ierse architectuur maar niet zoveel als over Franse en Italiaanse. Ik heb *Ulysses* gelezen en kan er tot vervelens toe uit citeren terwijl ik eerst het audioboek niet eens uit kon luisteren. Ik heb vandaag nog een brief geschreven naar de gemeenteraad waarin ik ze vertelde dat als ze nog een lelijk modern huizenblok bouwen in een wijk waarin voornamelijk oudere, minder modieuze constructies staan, dat niet alleen een bedreiging vormt voor het nationale erfgoed maar ook voor de geestelijke gezondheid van de inwoners van dit land. Ik dacht dat mijn vader de enige was die brieven op hoge poten schreef. Dat is op zich niet zo bijzonder, het bijzondere is dat ik twee weken geleden niet zou kunnen wáchten om die nieuwe gebouwen te laten zien. Vandaag ben ik behoorlijk geïrriteerd over plannen om een gebouw van honderd jaar te slopen in Chicago, in Old Town om precies te zijn, en dus ben ik van plan nog een brief te schrijven. Jullie vragen je vast af hoe ik dat weet, nou, dat heb ik gelezen in het laatste nummer van *Art and Architectural Review*, het enige echt internationale tijdschrift over kunst en architectuur. Daar ben ik nu abonnee van.' Ik adem diep uit. 'Vraag me maar iets, want waarschijnlijk weet ik het antwoord wel, en ik heb geen idee hoe dat kan.'

Verbijsterd kijken Kate en Frankie elkaar aan.

'Misschien is de stress weggevallen omdat je je niet meer druk hoeft te maken over jezelf en Conor en kun je je nu beter concentreren,' oppert Frankie.

Dat overweeg ik even maar ik verwerp het al snel. 'Ik droom bijna iedere nacht over een klein meisje met witblond haar dat elke nacht groter wordt. En ik hoor muziek – een liedje dat ik niet ken. Als ik niet droom over haar droom ik levendig over plekken waar ik nooit ben geweest, eet ik dingen die ik nooit heb gegeten en word ik omringd door vreemde mensen die ik heel goed lijk te kennen. Een picknick in een park met een vrouw met rood haar. Een man met groene voeten. En een sproei-installatie.' Ik denk diep na. 'Iets over sproei-installaties. Als ik wakker word moet ik mezelf steeds weer voorhouden dat m'n dromen niet echt zijn en dat mijn werkelijkheid geen droom is. Dat vind ik bijna onmogelijk, maar niet helemaal, omdat mijn vader er is, met een glimlach op zijn gezicht en worstjes in de braadpan. Hij zit in de tuin een poes achterna die Fluffy heet en om de een of andere reden verstopt hij ma's foto in het laatje van het tafeltje in de gang. En na die eerste momenten van m'n dag, als alles klote is, zijn die dingen het enige waaraan ik nog denk. En een man die ik niet uit mijn hoofd kan krijgen, maar niet Conor, zoals je zou denken, de liefde van mijn leven, bij wie ik net weg ben. Nee, ik denk aan een Amerikaan die ik niet eens ken.'

De ogen van de meisjes glinsteren en hun blikken zijn een mengeling van medeleven, bezorgdheid en verwarring.

Ik verwacht niet dat ze iets zeggen – ze denken waarschijnlijk dat ik gek ben – en dus kijk ik maar weer naar de kinderen in de gymzaal. Eric loopt op de evenwichtsbalk, een tien centimeter brede balk met een laagje dun leer. De leraar roept dat hij vliegtuigarmen moet maken. Erics gezicht is het toonbeeld van nerveuze concentratie. Hij stopt en brengt langzaam zijn armen omhoog. De leraar moedigt hem aan en er breekt voorzichtig een trots lachje door op Erics gezicht. Hij slaat heel even zijn ogen op om te zien of zijn moeder wel kijkt en in dat ene moment verliest hij zijn evenwicht en valt recht naar beneden, waarbij de balk heel ongelukkig precies tussen zijn benen terechtkomt. Zijn gezicht is een al afschuw.

Frankie haalt haar neus weer op. Eric brult het uit. Kate rent naar haar kind. Sam blijft bellen blazen.

Ik ga weg.

16

Op de terugrit naar mijn vader probeer ik niet naar mijn huis te kijken als ik erlangs rijd. Maar mijn ogen verliezen de strijd met mijn hersens en ik zie Conors auto geparkeerd staan. Sinds onze laatste gezamenlijke maaltijd in het restaurant hebben we elkaar een paar keer gesproken, elke keer met meer of minder genegenheid voor elkaar. De laatste keer had zich aan het uiteinde van de schaal bevonden. Het eerste telefoontje kwam laat op de avond van ons laatste etentje. Conor vroeg nog één keer of wat we deden wel het beste was. Zijn gemompel en zachte stem zweefden mijn oor in. Ik lag op mijn bed in het slaapkamertje uit mijn jeugd naar het plafond te staren, net als tijdens al die nachtenlange telefoontjes toen we elkaar net kenden. Ik woonde op drieëndertigjarige leeftijd bij mijn vader na een mislukt huwelijk en aan de andere kant van de lijn bevond zich een kwetsbare echtgenoot... op dat moment was het zo makkelijk om de beste tijden die we hadden gekend te herinneren en terug te komen op ons besluit. Maar makkelijke beslissingen zijn vaker wel dan niet de verkeerde, en soms hebben we het gevoel dat we teruggaan, hoewel we in werkelijkheid voorwaarts bewegen.

Het volgende telefoontje was iets norser, hij had zich opgelaten verontschuldigd en een opmerking gemaakt over iets juridisch. In het volgende gesprek vroeg hij gefrustreerd waarom mijn advocaat niet had geantwoord op zijn advocaat. In het volgende meldde hij dat zijn zus, die net zwanger was, de kinderwagen zou nemen, waardoor ik na afloop woedend van jaloezie werd en de telefoon in de vuilnisbak smeet. Het laatste was om te vertellen dat hij alles had ingepakt, over een paar dagen zou hij naar Japan vertrekken. En mocht hij het espressoapparaat meenemen?

Maar elke keer dat ik ophing, had ik het gevoel dat mijn zwakke afscheid geen echt afscheid was. Het was meer een ik-zie-je-nog-wel. Ik wist dat er altijd een kans bestond dat we nog bij elkaar zouden komen, dat hij nog even in de buurt zou blijven, dat onze woorden niet echt onherroepelijk waren.

Ik zet de auto aan de kant en staar omhoog naar het huis waarin we bijna tien jaar hebben gewoond. Was het niet meer waard dan een paar halfhartige afscheidsgroeten?

Ik bel aan, maar er wordt niet opengedaan. Door het raam zie ik alles in dozen staan. De muren zijn kaal, de oppervlaktes leeg, het podium is helemaal klaar voor een nieuw gezin dat zijn intrek neemt en voor het voetlicht treedt. Ik open de deur met mijn sleutel, stap naar binnen en maak een geluidje, zodat hij niet opschrikt. Ik wil net zijn naam roepen als ik van boven zacht getingel van muziek hoor komen zweven. Eenmaal boven in de half ingerichte kinderkamer tref ik Conor aan op het zachte tapijt. Tranen stromen over zijn wangen terwijl hij ziet hoe de muis achter de kaas aan zit. Ik loop de kamer door en omhels hem. Op de grond trek ik hem stevig tegen me aan en wieg hem zachtjes heen en weer. Ik sluit mijn ogen en drijf weg.

Hij houdt op met huilen en kijkt langzaam op naar me. 'Wat?'

'Hmm?' Ik schiet uit mijn trance.

'Je zei iets. In het Latijn.'

'Nee, hoor.'

'Jawel. Nu net.' Hij droogt zijn ogen. 'Sinds wanneer spreek jij Latijn?'

'Ik spreek geen Latijn.'

'Juist,' zegt hij bits. 'Wat betekent het ene zinnetje dat je kent dan?'

'Dat weet ik niet.'

'Dat moet wel, je zei het net.'

'Conor, ik herinner me niet dat ik iets gezegd heb.'

Hij kijkt me kwaad aan. Zijn blik ligt niet ver van haat verwijderd en ik slik moeizaam. Een vreemdeling staart in gespannen stilte terug naar me.

'Oké.' Hij staat op en loopt naar de deur. Geen vragen meer, geen pogingen tot begrip. Het kan hem niet meer schelen. 'Patrick is vanaf nu mijn advocaat.'

Geweldig, zijn klootzak van een broer.

'Oké,' fluister ik.

Bij de deur blijft hij staan en hij draait zich om en zijn kaak verstrakt als hij de kamer nog één keer opneemt. Een laatste blik op alles, inclusief mij, en hij is weg.

Het laatste afscheid.

Ik breng een onrustige nacht door in het huis van mijn vader. Steeds meer beelden schieten als bliksemschichten door mijn hoofd, zo snel en scherp dat ze mijn hoofd oplichten met een flits en dan verdwijnen, waarna het beeld weer op zwart gaat.

Een kerk. Klokken die luiden. Een sproei-installatie. Een vloedgolf aan rode wijn. Oude gebouwen met winkelpuien. Glas-in-loodramen.

Door trapleuningen heen een blik op een man met groene voeten die een deur achter zich sluit. Een baby in mijn armen. Een meisje met witblond haar. Een vertrouwd liedje.

Een doodskist. Tranen. In het zwart gehulde familie.

Een schommel in een park. Hoger en hoger. Mijn handen duwen een kind op een schommel. Een wip. Een mollige jongen die maakt dat ik omhoog ga wanneer hij richting de grond gaat. Weer een sproei-installatie. Gelach. Ik en dezelfde jongen in zwemkleren. Een buitenwijk. Muziek. Klokken. Een vrouw in een witte jurk. Keienstraatjes. Kathedralen. Confetti. Handen, vingers, ringen. Geschreeuw. Geknal. De man met groene voeten die de deur sluit.

Opnieuw een sproei-installatie. Een mollige jongen zit me lachend achterna. Een glas drinken in mijn hand. Mijn hoofd in een toilet. Collegezalen. Zon en groen gras. Muziek.

De man met groene voeten buiten met een tuinslang in zijn hand. Gelach. Het meisje met het witblonde haar dat in het zand speelt. Het meisje lachend op een schommel. Opnieuw klokken.

Door de trapleuning heen een blik op de man met groene voeten die een deur sluit. Een fles in zijn hand.

Een pizzarestaurant. Softijsjes.

Ook pillen in zijn hand. Onze blikken kruisen elkaar voordat de deur dichtgaat. Mijn hand op een deurkruk. De deur die opengaat. Lege fles op de grond. Blote voeten met groene voetzolen. Een doodskist.

Een sproei-installatie. Heen en weer deinen. Dat liedje neuriën. Lang blond haar dat over mijn gezicht en in mijn kleine hand valt. Gefluisterde woorden...

Naar adem happend open ik mijn ogen; mijn hart bonkt in mijn borstkas. De lakens onder me zijn nat, ik drijf van het zweet. In het donker tast ik rond naar het lampje naast mijn bed. Met tranen in mijn ogen die ik niet toesta over mijn wangen te rollen, pak ik mijn mobieltje en met trillende vingers toets ik het nummer in.

'Conor?' Mijn stem klinkt onvast.

Hij mompelt iets onsamenhangends tot hij wakker wordt. 'Joyce, het is drie uur 's nachts,' zegt hij met schorre stem.

'Dat weet ik, sorry.'

'Wat is er, gaat het wel goed met je?'

'Ja, ja, het gaat wel, ik heb alleen... een droom gehad. Of een nachtmerrie, of misschien geen van beide, het waren meer beelden van... nou ja, heel veel plekken en mensen en dingen en...' Ik leg mezelf het zwijgen op en probeer mijn gedachten op een rijtje te krijgen. '*Perfer et obdura; dolor hic tibi proderit olim?*'

'Wat?' zegt hij slaapdronken.

'Het Latijn wat ik toen zei, was dat het?'

'Ja, zo klonk het wel. Jezus, Joyce–'

'Verdraag en duld; dit lijden zal je eens zijn nut brengen,' flap ik eruit. 'Dat betekent het.'

Hij zwijgt even en slaakt dan een zucht. 'Goed, bedankt.'

'Dat heeft iemand tegen me gezegd. Niet toen ik een kind was, maar van-nacht.'

'Je hoeft het niet uit te leggen.'

Stilte.

'Ik ga weer slapen.'

'Oké.'

'Gaat het wel goed, Joyce? Wil je dat ik iemand voor je bel, of…?'

'Nee, het gaat prima. Kan niet beter.' Mijn stem slaat over. 'Welterusten.'

Hij hangt op.

Er rolt een enkele traan over mijn wang en ik veeg hem weg voor hij mijn kin bereikt. Nu niet beginnen, Joyce. Waag het niet nu te beginnen.

17

Wanneer ik de volgende ochtend naar beneden loop, zie ik pa ma's foto terugzetten op het tafeltje in de gang. Hij hoort me naderen, trekt zijn zakdoek uit zijn zak en doet alsof hij hem afstoft.

'Ah, daar heb je haar. Mevrouw is opgestaan uit de dood.'

'Ja, nou ja, ik kon niet slapen door het toilet dat om het kwartier werd doorgetrokken.' Ik kus hem op zijn grotendeels kale hoofd en loop naar de keuken. Ik ruik de rokerige geur weer.

'Het spijt me heel erg dat mijn prostaat je slaap verpest.' Hij bestudeert mijn gezicht. 'Wat is er aan de hand met je ogen?'

'Mijn huwelijk is voorbij, dus ik heb besloten een nachtje te huilen,' leg ik hem nuchter uit, met mijn handen in de zij en snuffelend.

Hij kijkt me welwillender aan maar gaat toch verder. 'Ik dacht dat je dat juist wilde.'

'Ja, pa, je hebt helemaal gelijk, de afgelopen weken zijn de droom van elk meisje.'

Hij begeeft zich naar de keukentafel, omhoog en omlaag, omlaag en omhoog, neemt zijn gebruikelijke plek in de baan van de zonnestralen in, trekt zijn bril naar het puntje van zijn neus en gaat verder met zijn sudoku. Ik kijk een tijdje naar hem, betoverd door zijn eenvoud, en snuffel dan weer verder.

'Heb je weer toast verbrand?' Hij hoort me niet en krabbelt verder. Ik loop naar het broodrooster. 'Hij staat op de goeie stand. Ik begrijp niet hoe het kan verbranden.' Ik kijk in het apparaat. Geen kruimels. Ik kijk in de vuilnisbak, geen weggegooide toast. Ik snuffel weer en hou pa vanuit mijn ogen achterdochtig in de gaten. Hij speelt zenuwachtig met zijn pen.

'Je bent net die Fletcher, zoals je rondsnuffelt. Je vindt hier heus geen lijken, hoor,' zegt hij zonder op te kijken van zijn puzzel.

'Maar ik vind wel íets, of niet?'

Zijn hoofd schiet omhoog. Nerveus. Aha. Ik knijp mijn ogen tot spleetjes.

'Wat ben je nou aan het doen?'

Ik negeer hem en ren de keuken rond. Ik open apparaten en kastjes en kijk erin.

Bezorgd kijkt hij toe. 'Ben je gek geworden? Wat doe je?'

'Heb je je pillen ingenomen?' vraag ik als ik op het medicijnkastje stuit.

'Welke pillen?'

Met zo'n antwoord is er zéker iets aan de hand. 'Je hartpillen, geheugenpillen, vitaminepillen.'

'Nee, nee en…' – hij denkt even na – 'nee.'

Ik breng ze naar hem toe en zet ze op tafel. Hij ontspant een beetje. Dan zoek ik verder in de kastjes en ik voel hem weer verstrakken. Ik wil net het kastje met ontbijtspullen opentrekken, als–

'Water!' roept hij. Ik schrik en sla het deurtje weer dicht.

'Gaat het?'

'Ja,' zegt hij kalm. 'Ik heb alleen een glas water nodig voor mijn pillen. Glazen staan in dat kastje daar.' Hij wijst naar de andere hoek van de keuken.

Achterdochtig vul ik een glas water en breng het naar hem toe. Ik loop terug naar het kastje met ontbijtspullen.

'Thee!' roept hij. 'Ja, we nemen een kop thee. Ga maar zitten, ik zet het wel. Je hebt zo'n zware tijd achter de rug en je hebt je zo goed gehouden. Zo kranig. Kranig als een kraanvogel. Ga nu maar zitten, dan zet ik thee voor je. Lekker stukje cake erbij. Battenbergcake, daar was je vroeger gek op. Je probeerde altijd het marsepein eraf te eten als niemand keek, veelvraat dat je er was.' Hij probeert me weg te loodsen.

'Pa,' waarschuw ik. Hij houdt op met zijn zenuwachtige gedoe en zucht. Hij geeft het op.

Ik open het kastje en kijk erin. Er is niets vreemd of ongebruikelijks te zien, alleen de havermout die ik elke ochtend eet en de Sugar Puffs die ik nooit aanraak. Pa kijkt tevreden, slaakt een hartgrondige kreet van verontwaardiging en loopt terug naar de tafel. Wacht eens even. Ik open het kastje nogmaals en pak de Sugar Puffs die ik nooit eet en pa ook nooit zie eten. Zodra ik het pak optil weet ik dat er geen ontbijtgranen in zitten. Ik kijk erin.

'Pa!'

'Wat?'

'Je had het beloofd!' Ik houd het pakje sigaretten voor zijn neus.

'Ik heb er maar één gerookt.'

'Je hebt er niet maar één gerookt. De geur van rook elke ochtend is geen verbrande toast. Je hebt tegen me gelogen!'

'Van eentje per dag ga ik echt niet dood.'

'Dat ga je nou juist wel. Je hebt al een bypassoperatie gehad, je moet helemáál niet meer roken. Ik knijp een oogje toe bij de eieren en worstjes die je 's ochtends opbakt, maar dit kan echt niet.'

Pa rolt met zijn ogen en houdt zijn hand omhoog alsof het de mond van een pop is, en opent en sluit hem terwijl ik praat.

'Goed, dan bel ik je dokter.'

Zijn mond valt open en hij springt van zijn stoel. 'Nee, niet doen.'

Ik been naar de gang en hij komt achter me aan. Omhoog, omlaag, omlaag, omhoog, omhoog, omlaag. Naar beneden op zijn rechterbeen, buigt zijn linkerbeen.

'Dat zou je me niet aandoen. Als ik niet doodga door de sigaretten, vermoordt dat manwijf me wel.'

Ik pak de telefoon naast de foto van mijn moeder op en toets het nummer voor noodgevallen in dat ik vanbuiten heb geleerd. Het eerste nummer dat me te binnen schiet als ik de belangrijkste persoon in mijn leven moet helpen.

'Als ma wist waar je mee bezig was zou ze doordraaien. O...' Ik stop even. 'Is dat waarom je de foto verstopt?'

Pa kijkt naar zijn handen en knikt treurig. 'Ze heeft me laten beloven dat ik zou stoppen. Als het niet voor mij was, dan toch voor haar. Ik wilde niet dat ze het zag.' Hij fluistert alsof ze ons kan horen.

'Hallo?' Aan de andere kant van de lijn klinkt een stem. 'Hallo? Pa, ben jij dat?' zegt een jong meisje met een Amerikaans accent.

'O,' zeg ik geschrokken en pa kijkt me smekend aan. 'Neem me niet kwalijk,' zeg ik in de hoorn. 'Hallo?'

'O, sorry. Ik zag een Iers nummer en dacht dat je mijn vader was,' legt de stem aan de andere kant uit.

'Dat geeft niet,' zeg ik verbijsterd.

Pa staat met zijn handen gevouwen voor me, alsof hij gaat bidden.

'Ik was op zoek naar...' Pa schudt wild met zijn hoofd en ik val stil.

'Kaartjes voor de voorstelling?' vraagt het meisje.

Ik frons mijn wenkbrauwen. 'Welke voorstelling?'

'In het Royal Opera House.'

'Sorry, met wie spreek ik? Ik snap het niet.'

Pa slaat zijn ogen ten hemel en gaat op de onderste trede zitten.

'Met Bea.'

'Bea.' Ik kijk pa vragend aan en hij haalt zijn schouders op. 'Bea hoe?'

'Eh, met wie spreek ik?' Haar toon is scherper.

'Met Joyce. Sorry, Bea, volgens mij heb ik het verkeerde nummer gedraaid. Je zei dat je een Iers nummer zag, heb ik naar Amerika gebeld?'

'Nee, maak je geen zorgen.' Ze is duidelijk blij dat het geen stalker is en ze klinkt weer vriendelijk. 'Je hebt naar Londen gebeld,' legt ze uit. 'Ik zag het Ierse nummer en dacht dat je mijn vader was. Hij vliegt vanavond terug om naar mijn voorstelling te komen kijken en ik was ongerust. Ik ben nog maar een student en het is nogal wat en ik dacht dat hij... Sorry, ik heb geen flauw idee waarom ik je dit allemaal vertel, maar ik ben zo zenuwachtig,' zegt ze lachend en ze ademt diep in. 'Eigenlijk is dit zijn nummer voor noodgevallen.'

'Grappig, ik heb ook mijn nummer voor noodgevallen gedraaid,' zeg ik zwakjes.

We moeten allebei lachen.

'Wat vreemd,' zegt ze.

'Je stem komt me bekend voor, Bea. Ken ik je?'

'Ik denk het niet. Op mijn vader na ken ik niemand in Ierland, en hij is een man en een Amerikaan, dus tenzij je mijn vader bent en een grap uithaalt...'

'Nee, nee, ik ben niet...' Ik heb slappe knieën. 'Dit is misschien een stomme vraag, maar ben je blond?'

Pa slaat zijn handen voor zijn gezicht en ik hoor hem kreunen.

'Ja! Hoezo, klink ik blond? Dat is misschien niet best,' lacht ze.

Ik heb een brok in mijn keel en moet mijn mond houden. 'Ik raad maar wat,' breng ik met moeite uit.

'Goed geraden,' zegt ze, en ze klinkt een beetje verbaasd. 'Nou, ik hoop dat het allemaal goed komt. Je zei dat je je nummer voor noodgevallen had gedraaid?'

'Ja, dank je, er is niks aan de hand.'

Pa kijkt opgelucht.

Ze lacht. 'Nou, dit is wel vreemd. Ik moet gaan. Leuk je gesproken te hebben, Joyce.'

'Ook leuk om jou gesproken te hebben, Bea. Veel succes met je balletvoorstelling.'

'O, wat lief, dank je.'

We nemen afscheid en met een bevende hand leg ik de hoorn terug.

'Gekkie, heb je nou Amerika gebeld?' zegt pa. Hij zet zijn bril op en drukt op een knop op de telefoon. 'Joseph van een paar huizen verderop heeft me laten zien hoe dit werkt toen ik die vreemde telefoontjes kreeg. Je kunt zien wie jou gebeld heeft en ook wie jij gebeld hebt. Het bleek Fran te zijn die haar handtelefoon op de grond liet vallen. Haar kleinkinderen hebben hem haar voor kerst gegeven en het enige wat ze ermee doet is mij diep in de nacht wakker maken. Maar goed, hier is het. De eerste getallen zijn 0044. Waar is dat?'

'Dat is Groot-Brittannië.'

'Waarom deed je dat in vredesnaam? Probeerde je me voor de gek te houden? Jezus, dat was al genoeg om me een hartaanval te bezorgen.'

'Sorry, pa.' Ik laat mezelf beverig op de onderste trede zakken. 'Ik weet niet hoe ik aan dat nummer kom.'

'Nou, ik heb mijn lesje wel geleerd,' zegt hij, maar het klinkt onoprecht. 'Ik rook nooit meer. Nee, meneertje. Geef me die sigaretten maar, dan gooi ik ze weg.'

Versuft steek ik mijn hand uit.

Hij grist het pakje eruit en steekt het diep in zijn broekzak. 'Ik hoop dat je dat telefoontje wilt betalen, want van mijn pensioen betaal ik het niet.' Hij knijpt zijn ogen weer tot spleetjes. 'Wat is er met je?'

'Ik ga naar Londen,' flap ik eruit.

'Wat?' Zijn ogen puilen uit. 'Godallemachtig, Gracie, ik heb geen moment rust met jou.'

'Ik wil een paar dingen... uitzoeken. Ik moet naar Londen. Ga met me mee,' zeg ik smekend, en ik sta op en loop op hem af. Hij begint achteruit te lopen met zijn hand beschermend over de zak waarin de sigaretten zitten.

'Ik kan niet,' zegt hij nerveus.

'Waarom niet?'

'Ik ben hier nog nooit van mijn leven weg geweest!'

'Des te meer reden om te gaan,' dring ik aan. 'Als je weer gaat roken, kun je net zo goed een kijkje buiten Ierland nemen voor je jezelf van kant maakt.'

'Er zijn nummers die ik kan bellen als je zo tegen me praat. Ik weet alles over dat gedoe met kinderen die hun bejaarde ouders misbruiken.'

'Niet zo zielig doen, je weet best dat ik goed voor je zorg. Kom mee naar Londen, pa. Alsjeblieft.'

'Maar, maar...' Hij deinst nog steeds achteruit, met wijde ogen. 'Ik kan de maandagclub niet missen.'

'Dan gaan we morgenochtend, zijn we voor maandag weer terug, beloofd.'

'Maar ik heb geen paspoort.'

'Je hoeft alleen maar iets met je foto te laten zien.'

We zijn nu bijna bij de keuken.

'Maar ik heb nergens om te slapen.' Hij gaat door de deur.

'We boeken een hotel.'

'Dat is te duur.'

'We delen een kamer.'

'Maar ik ken de weg niet in Londen.'

'Ik wel, ik ben er vaak genoeg geweest.'

'Maar... maar.' Hij stoot tegen de keukentafel en kan geen kant meer op. Zijn gezicht straalt doodsangst uit. 'Ik heb nog nooit gevlogen.'

'Er is niets aan. Je vindt het vast hartstikke leuk. En ik zit naast je, ik zal je de hele tijd aan de praat houden.'

Onzeker kijkt hij me aan.

'Wat is er?' vraag ik vriendelijk.

'Wat moet ik meenemen? Wat heb ik daar nodig? Je moeder pakte vroeger altijd onze koffers.'

'Ik help je pakken,' zeg ik, en ik begin opgewonden te worden. 'Dit wordt heel leuk, jij en ik die voor het eerst naar het buitenland vliegen!'

Even lijkt ook mijn vader opgewonden, maar de opwinding ebt meteen weer weg. 'Nee, ik ga niet. Ik kan niet zwemmen. Als het vliegtuig neerstort, kan ik niet zwemmen. Ik wil niet over zee vliegen. Ik vlieg wel met je mee, maar niet over zee.'

'Pa, we wonen op een eiland. Als we dit land uit willen, moet je over zee. En in het vliegtuig hebben we reddingsvesten.'

'Is dat zo?'

'Ja, er gebeurt je niks,' verzeker ik hem. 'Ze laten je zien wat je moet doen in een noodgeval, maar geloof me: dat gebeurt niet. Ik heb tientallen keren gevlogen zonder ook maar één probleempje. En bedenk eens wat je de jongens maandag allemaal kan vertellen! Ze zullen hun oren nauwelijks geloven, je zult de hele dag verhalen moeten vertellen.'

Langzaam verschijnt er een lach op pa's gezicht en hij geeft zich gewonnen. 'Donal met z'n grote mond zal eindelijk eens naar een interessanter verhaal moeten luisteren. Ja, ik denk dat Maggie nog wel een gaatje kan vinden in mijn agenda.'

18

'Fran staat al voor de deur, pa, we moeten gaan!'

'Wacht even, ik controleer alles nog een keer.'

'Dat is niet nodig,' verzeker ik hem. 'Je hebt alles al vijf keer gecontroleerd.'

'Je weet het maar nooit. Je hoort van die verhalen over televisies die haperen en broodroosters die ontploffen en mensen die terugkomen van vakantie en in plaats van hun huis een smeulend hoopje as aantreffen.' Voor de zoveelste keer controleert hij de contactdozen in de keuken.

Fran toetert weer.

'Ik zweer het je, op een dag wurg ik die vrouw nog. Toet toet. Toeter toch op!' roept hij terug, en ik moet lachen.

'Pa, we moeten nu echt gaan.' Ik neem hem bij de hand. 'Er gebeurt niks met het huis. Al je vrienden hier in de buurt houden een oogje in het zeil. Bij het minste of geringste geluid staan ze met hun neus tegen het raam gedrukt. Dat weet je best.'

Hij knikt en kijkt met tranen in zijn ogen om zich heen.

'Het wordt heel erg leuk, echt. Waar maak je je zorgen om?'

'Om die rotkat Fluffy die m'n tuin in komt en op m'n planten pist. Ik ben bang dat de slingerplanten mijn arme petunia's en leeuwenbek wurgen en dat er niemand is om mijn chrysanten in de gaten te houden. En als het nou waait en regent terwijl we weg zijn? Ik heb ze nog niet gestokt en dan worden de bloemen zwaar en breken misschien af. Weet je hoe lang het geduurd heeft tot de magnolia's zo groot waren? Ik heb ze geplant toen je nog maar een ukkie was en je moeder lag te zonnen. Ze lachte naar meneer Henderson die door de gordijnen naar haar koekeloerde. God hebbe zijn ziel.'

Toet tooooeet. Fran houdt de claxon ingedrukt.

'Het is maar een paar dagen, pa. Dat overleeft de tuin wel. Zodra je terug bent kun je weer aan de slag.'

'Oké, goed.' Hij kijkt een laatste keer rond en loopt naar de deur.

Ik zie hem slingeren, gekleed in zijn zondagse kleren: een driedelig pak, overhemd en stropdas, extra zorgvuldig gepoetste schoenen en zijn tweedpet natuurlijk, die hij buitenshuis altijd draagt. Hij ziet eruit alsof hij zo uit de foto's aan de muur is gesprongen. Hij blijft staan bij het tafeltje in de gang en pakt de foto van mijn moeder.

'Weet je nog dat je moeder altijd zei dat ik haar mee moest nemen naar Londen?' Hij doet alsof hij een vlekje van het glas wegveegt maar eigenlijk streelt hij haar gezicht.

'Neem haar mee, pa.'

'O nee, dat zou gek zijn,' zegt hij vastberaden, maar hij kijkt me weifelend aan. 'Toch?'

'Ik vind het een geweldig idee. We gaan ons met z'n drieën enorm vermaken.'

Zijn ogen schieten weer vol en met een eenvoudig knikje laat hij de foto in de zak van zijn overjas glijden. Hij loopt naar buiten en naar Fran, die nog steeds toetert.

'Ah, ben je daar eindelijk!' roept hij naar haar terwijl hij over het tuinpad slingert. 'Je bent laat, we wachten al een eeuw op je.'

'Ik toeterde, Henry, hoorde je me niet?'

'Echt?' Hij stapt in. 'De volgende keer moet je hem iets harder indrukken, we hebben binnen niks gehoord.'

Ik steek de sleutel net in de deur als de telefoon in de gang begint te rinkelen. Ik kijk op mijn horloge. Zeven uur. Wie belt er in vredesnaam om zeven uur 's ochtends?

Fran toetert opnieuw en ik draai me boos om. Pa zit over Frans schouder gebogen en hij drukt op het stuur.

'Zo doe je dat, Fran. Dan horen we je de volgende keer. Kom op, liever, we moeten het vliegtuig halen!' en hij buldert het uit.

Ik negeer de rinkelende telefoon en haast me met de koffers naar de auto.

'Er wordt niet opgenomen.' Paniekerig ijsbeert Justin door de kamer. Hij probeert het opnieuw. 'Waarom heb je me dit gisteren niet verteld, Bea?'

Bea rolt met haar ogen. 'Omdat ik niet dacht dat het zo belangrijk was. Mensen draaien zo vaak een verkeerd nummer.'

'Maar het wás geen verkeerd nummer.' Hij blijft staan en tikt met zijn voet ongedurig mee met de telefoon die overgaat.

'Dat was het wel.'

Een antwoordapparaat. Verdomme! Justin vraagt zich of hij een bericht moet inspreken.

Hij hangt op en belt verwoed nogmaals.

Bea begint zich te vervelen. Ze gaat op de tuinmeubels in de woonkamer zitten en kijkt de kamer rond. Overal hangen doeken over en de muren hangen vol met kleurstalen.

'Hoe lang heeft Doris hier nog nodig?'

'Tot het af is,' snauwt Justin, en hij belt opnieuw.

'Wat hoor ik daar,' zingt Doris, en ze verschijnt in de deuropening in een overall met luipaardprint, zoals gewoonlijk zwaar opgemaakt. 'Deze zag ik gisteren hangen, is-ie niet geweldig? Bea, liefje, wat leuk om je te zien!' Ze snelt naar haar nichtje en ze omhelzen elkaar. 'We kijken zo uit naar je voorstelling vanavond, echt. Bea de Pea die helemaal volwassen optreedt in het Royal Opera House!' Ze krijst nu bijna. 'O wat zijn we trots, hè, Al?'

Al komt binnen met een kippenpoot in zijn hand. 'Mmm hhm.'

Doris neemt hem vol weerzin op en wendt zich weer tot haar nichtje. 'Er is gisteren een bed voor de logeerkamer bezorgd, dan heb je iets om op te slapen als je hier logeert, is dat niet heerlijk?' Ze werpt Justin een boze blik toe. 'Ik heb ook stalen voor verf en stoffen gehaald, dus we kunnen je kamer gaan ontwerpen. Ik hou me alleen wel aan de regels van feng shui. Graag of niet.'

Bea verstart. 'O, geweldig.'

'Het wordt echt hartstikke leuk!'

Justin kijkt zijn dochter kwaad aan. 'Dat krijg je als je informatie achterhoudt.'

'Welke informatie? Wat is er aan de hand?' Doris bindt haar haar met een kersenrood sjaaltje boven op haar hoofd.

'Pa is niet helemaal lekker,' legt Bea uit.

'Ik heb hem al gezegd dat hij naar de tandarts moet gaan. Hij heeft een gezwel, ik weet het zeker,' zegt Doris nuchter.

'Dat zei ik ook al.'

'Dat is het niet, het is die vrouw,' zegt Justin gespannen. 'Weet je nog dat ik het over die vrouw had?'

'Sarah?' vraagt Al.

'Nee!' Justin klinkt alsof dat het belachelijkste antwoord aller tijden was.

'Wie kan jou nog bijhouden?' zegt Al schouderophalend. 'Vooral Sarah niet, als je achter bussen aan sprint en haar laat staan.'

Justin krimpt ineen. 'Ik heb mijn verontschuldigingen aangeboden.'

'Op haar voicemail,' gniffelt hij. 'Ze neemt nooit meer op als jij belt.'

Dat zou ik ook niet doen als ik haar was, denkt Justin.

'De déjà-vuvrouw?' vraagt Doris opgewonden.

'Ja. Ze heet Joyce en ze heeft Bea gisteren gebeld.'

'Dat heeft ze misschien wel níet gedaan.' Bea's tegenwerping vindt geen gehoor. 'Er belde gisteren een vrouw die Joyce heette. Maar volgens mij zijn er wel meer vrouwen die Joyce heten.'

Doris negeert haar. 'Hoe kan dat? Hoe weet je hoe ze heet?'

'Ik hoorde iemand haar zo noemen in een vikingbus. En gisteren kreeg Bea een telefoontje, op haar nummer voor noodgevallen, dat alleen ik heb, van een vrouw in Ierland.' Justin zwijgt even om de spanning te laten stijgen. 'Die Joyce heette.'

Er valt een stilte. Justin knikt veelbetekenend. 'Ja, ik weet het, Doris. Griezelig, hè?'

Doris staat als aan de grond genageld en zet grote ogen op. 'Inderdaad, griezelig. Naast die vikingbus dan.' Ze wendt zich tot Bea. 'Je bent achttien jaar en je hebt je vader een nummer voor noodgevallen gegeven?'

Justin zucht van frustratie en draait opnieuw het nummer.

Bea loopt rood aan. 'Voordat hij hierheen verhuisde, liet ma hem op sommige tijden niet bellen vanwege het tijdverschil. Dus heb ik een ander nummer genomen. Technisch gezien is het geen nummer voor noodgevallen, maar hij is de enige die het heeft en elke keer dat hij belt lijkt hij iets verkeerd gedaan te hebben.'

'Niet waar,' werpt Justin tegen.

'Tuurlijk niet,' reageert Bea luchtig, en ze bladert verder door een tijdschrift. 'En ik trek niet bij Peter in.'

'Inderdaad niet. Peter,' en hij spuugt de naam bijna uit, 'plukt aardbeien voor de kost.'

'Ik ben toevallig gek op aardbeien,' meldt Al bij wijze van steunbetuiging. 'Als ik Petey niet kende, zou ik ze nooit eten.'

'Peter is IT-consultant.' Vertwijfeld steekt Bea haar handen uit.

Doris kiest dit moment om zich ermee te bemoeien en richt zich tot Justin. 'Lieverd, je weet dat ik dit gedoe over die déjà-vudame hartstikke leuk vind–'

'Joyce, ze heet Joyce.'

'Ook goed, maar dit is niks, dit is toeval. En toeval is ook hartstikke leuk, maar dit is... nou ja, dit is stóm toeval.'

'Dit is géén stom toeval, Doris. Ik heb een naam en ik heb nu ook een nummer.' Hij knielt voor Doris neer en knijpt in haar wangen, waardoor haar lippen naar voren bollen. 'En daar kom ik een heel eind verder mee, Doris Hitchcock!'

'Het betekent ook dat je een stalker bent,' fluistert Bea.

U VERLAAT NU DUBLIN. WE HOPEN DAT U GENOTEN HEEFT VAN UW VERBLIJF.

Pa's rubberen oren vouwen zich weer tegen zijn hoofd en zijn borstelige wenkbrauwen gaan omhoog.

'Je doet m'n hele familie de groeten, hè?' vraagt pa licht nerveus.

'Natuurlijk, Henry. Je zult je prima vermaken.' De ogen van Fran lachen me in de achteruitkijkspiegel veelbetekenend toe.

'Ik zie ze allemaal wel als ik terug ben,' voegt pa eraan toe, en hij houdt scherp een vliegtuig in de gaten dat in de lucht verdwijnt. 'Hij vliegt nu achter de wolken,' zegt hij, en hij kijkt me weifelend aan.

'Het beste stuk,' zeg ik met een glimlach.

Hij ontspant een beetje.

Fran stopt voor de terminal, waar het gonst van de mensen die weten dat ze er maar een minuut mogen staan om snel koffers uit te laden, elkaar te omhelzen, taxichauffeurs te betalen, waarna weer andere chauffeurs zich aandienen. Pa blijft weer staan als de rots in het water, en neemt alles in zich op. Ik til de koffers uit de kofferbak. Na een tijdje komt hij weer bij zinnen en richt zijn aandacht op Fran, opeens vervuld met genegenheid voor een vrouw op wie hij normaal altijd vit. Dan verrast hij ons allemaal door haar te omhelzen, hoe onhandig ook.

Als we ons eenmaal in het rumoer van een van Europa's drukste vliegvelden bevinden, houdt pa zich met één hand stevig vast aan mijn arm, en met de andere trekt hij de koffer op wieltjes mee die ik hem geleend heb. Ik had een hele dag en avond nodig om hem ervan te overtuigen dat die niets weg had van de winkelwagentjes met een Schotse ruit die Fran en alle andere vrouwen gebruiken voor hun boodschappen. Hij kijkt nu om zich heen en ik zie dat hij andere mannen opmerkt met dezelfde koffers. Hij kijkt tevreden, hoewel enigszins verward. We lopen naar de computers om in te checken.

'Wat doe je? Neem je vast ponden op?'

'Het is geen pinautomaat, pa, hier checken we in.'

'Zonder iemand te spreken?'

'Nee, dat doet de machine voor ons.'

'Ik zou dit apparaat niet vertrouwen.' Hij kijkt over de schouder van de man naast ons. 'Neem me niet kwalijk, werkt uw apparaat?'

'*Scusi?*'

Pa lacht. 'Skoezie-woezie.' Hij kijkt me grijnzend aan. 'Skoezie. Dat is een goeie.'

'*Mi dispace tanto, signore, la prego di ignorarlo, e un vecchio sciocco e non sa cosa dice,*' verontschuldig ik me tegenover de Italiaanse man, die nogal van zijn stuk lijkt door pa's opmerkingen. Ik heb geen idee wat ik zojuist zei, maar hij glimlacht terug en gaat verder met inchecken.

'Spreek je Italiaans?' Pa kijkt verbaasd maar ik heb geen tijd om te antwoorden omdat hij me het zwijgen oplegt als er iets wordt omgeroepen. 'Wacht, Gracie, misschien is het voor ons. We moeten opschieten.'

'We hebben nog twee uur.'

'Waarom zijn we zo vroeg gekomen?'

'Dat moet.' Ik begin al moe te worden, en hoe moeër ik word, hoe korter de antwoorden worden.

'Van wie?'

'Douane.'

'Welke douane?'

'Hier op het vliegveld. Daarachter.' Ik knik naar de detectiepoortjes.

'Wat gaan we nu doen?' vraagt hij als ik de instapkaarten uit het apparaat haal.

'Onze koffers inchecken.'

'Kunnen we die niet meenemen?'

'Nee.'

'Hallo,' zegt de vrouw achter de counter met een glimlach, en ze neemt mijn paspoort en pa's identiteitskaart aan.

'Hallo,' zegt pa vrolijk, en een suikerzoete glimlach perst zich door de rimpels van zijn permanent knorrige gezicht.

Ik rol met mijn ogen. Hij laat zich altijd inpakken door de vrouwtjes.

'Hoeveel koffers wilt u inchecken?'

'Twee.'

'Heeft u ze zelf ingepakt?'

'Ja.'

'Nee.' Pa port in mijn zij en fronst zijn wenkbrauwen. 'Jij hebt m'n tas ingepakt, Gracie.'

Ik zucht. 'Ja, maar je was erbij, pa. We hebben hem samen ingepakt.'

'Dat vroeg ze niet.' Hij wendt zich weer tot de vrouw. 'Is dat goed?'

'Ja.' Ze gaat verder: 'Heeft iemand u gevraagd iets mee te nemen?'

'N–'

'Ja,' onderbreekt pa me weer. 'Gracie heeft een paar schoenen in mijn tas gestopt omdat ze niet in die van haar pasten. We gaan maar een paar dagen, maar ze heeft drie paar bij zich. Drie.'

'Heeft u iets scherps of gevaarlijks in uw handbagage? Een schaar, pincet, een aansteker of iets dergelijks?'

'Nee,' zeg ik.

Pa verbijt zich en geeft geen antwoord.

'Pa.' Ik por in zijn zij. 'Zeg nee.'

'Nee,' zegt hij ten slotte.

'Goed zo,' snauw ik.

'Goeie reis.' Ze geeft ons onze identiteitspapieren terug.

'Bedankt. Mooie lippenstift heeft u,' zegt pa nog voordat ik hem wegtrek.

Ik adem diep in en uit als we de detectiepoortjes naderen en ik herinner mezelf eraan dat dit de eerste keer is dat mijn vader op een vliegveld is en dat de vragen als je ze nooit eerder hebt gehoord inderdaad vrij vreemd zijn, vooral als je vijfenzeventig bent.

'Heb je er zin in?' vraag ik in een poging de sfeer erin te houden.

'Ik sta te trappelen.'

Ik geef het op en besluit me nergens meer mee te bemoeien. Ik haal een doorzichtig plastic zakje en vul het met mijn make-up en zijn pillen, en we begeven ons door de doolhof van de veiligheidscontrole.

'Ik voel me net een muis,' merkt pa op. 'Is er aan het eind een stuk kaas?' Hij lacht piepend. Dan moeten we door de detectiepoortjes.

'Doe gewoon wat ze zeggen,' zeg ik, en ik doe mijn jas uit en mijn riem af. 'Geen problemen veroorzaken, hè?'

'Problemen? Waarom zou ik problemen veroorzaken? Wat doe je? Waarom trek je je kleren uit, Gracie?'

Ik kreun zachtjes.

'Meneer, wilt u alstublieft uw schoenen, riem en overjas uittrekken en uw pet afzetten?'

'Wat?' zegt pa lachend.

'Trek uw schoenen, riem en overjas uit en zet uw pet af.'

'Daar komt niks van in. Moet ik soms op mijn sokken lopen?'

'Doe het nou maar, pa.'

'Als ik mijn riem af doe, valt m'n broek naar beneden,' zegt hij boos.

'Je kunt hem toch ophouden?' snauw ik.

'Christene zielen,' zegt hij op luide toon.

De jongeman kijkt om naar zijn collega's.

'Pa, doe het nou gewoon,' zeg ik, iets fermer nu. Achter ons vormt zich een extreem lange rij geïrriteerde doorgewinterde reizigers die zich al hebben ontdaan van hun schoenen, riemen en jassen.

'Maak uw zakken leeg, alstublieft.' Een oudere, boos kijkende beveiligingsmedewerker stapt naar voren.

Pa aarzelt.

'Jezus, pa, dit is geen grap. Doe het nou.'

'Mag ik ze leegmaken waar zij niet bij is?'

'Nee, u moet het hier doen.'

'Ik kijk niet.' Verbijsterd draai ik me weg.

Ik hoor rinkelende geluiden als pa zijn zakken leegmaakt.

'Meneer, er is u verteld dat u deze niet kon meenemen.'

Ik draai me om. De medewerker houdt een aansteker en een nagelknipper voor teennagels omhoog. Naast de foto van ma ligt in het bakje het pakje sigaretten. En een banaan.

'Pa!'

'Houdt u zich er buiten, alstublieft.'

'Zo praat je niet tegen mijn dochter. Ik wist niet dat ik die niet mocht mee-nemen. Ze zei scharen en pincetten en water en–'

'Oké, we begrijpen het, meneer, maar we moeten ze van u afnemen.'

'Maar dat is mijn goeie aansteker, die kunnen jullie niet afpakken. En wat moet ik zonder mijn nagelknipper?'

'We kopen wel een nieuwe,' zeg ik knarsetandend. 'Doe wat ze zeggen.'

'Oké, hou ze maar,' zegt hij met een onbeleefd handgebaar.

'Meneer, doe alstublieft uw pet en uw riem af en trek uw jas en schoenen uit.'

'Hij is een oude man,' zeg ik zachtjes tegen de beveiligingsmedewerker, zodat de groeiende menigte achter ons het niet hoort. 'Hij heeft een stoel no-dig om zijn schoenen uit te trekken. En hij zou ze niet moeten uittrekken, want hij draagt een steunschoen. Kunt u hem niet gewoon doorlaten?'

'De aard van zijn rechterschoen maakt dat we hem moeten controleren,' begint de man uit te leggen, maar pa hoort hem en hij ontploft.

'Denk je dat ik een bom in mijn schoen heb? Tuurlijk, wat voor idioot doet zoiets? Denk je dat ik een bom onder mijn pet heb, of in mijn riem? Is mijn banaan eigenlijk een pistool?' Hij zwaait met de banaan naar het personeel en maakt schietgeluiden. 'Zijn jullie niet goed wijs hier?'

Pa brengt zijn hand naar zijn pet. 'Of misschien heb ik wel een granaat on-der mijn–'

Hij krijgt niet de kans zijn zin af te maken, want opeens is het een gekken-huis. Razendsnel wordt hij afgevoerd en ik word naar een klein kamertje ge-bracht, waar ik moet afwachten wat er nu gaat gebeuren.

19

Na een kwartier alleen in de kale verhoorkamer gezeten te hebben, waarin slechts een tafel en een stoel staan, hoor ik de deur in de kamer naast de mijne open en dicht gaan. Ik hoor het piepen van stoelpoten en dan pa's stem, zoals altijd luider dan die van iedereen. Ik loop naar de muur en druk mijn oor ertegen.

'Met wie reist u?'

'Gracie.'

'Weet u dat zeker, meneer Conway?'

'Natuurlijk! Ze is mijn dochter, vraag het haar zelf maar!'

'Volgens haar paspoort heet ze Joyce. Liegt ze tegen ons, meneer Conway? Of liegt u?'

'Ik lieg niet. O, ik bedoelde Joyce. Ik wilde Joyce zeggen.'

'Verandert u uw verhaal?'

'Welk verhaal? Ik had de naam verkeerd, meer niet. Mijn vrouw heet Gracie, ik raak soms in de war.'

'Waar is uw vrouw?'

'Die is niet meer bij ons. Die zit in mijn zak. Ik bedoel: haar foto zit in mijn zak. Of dat zat hij tot de jongens hier haar eruit haalden en in het bakje legden. Denkt u dat ik mijn nagelknippertje terugkrijg? Hij was behoorlijk duur.'

'Meneer Conway, er was u verteld dat u geen scherpe voorwerpen en aanstekers mee mocht nemen tijdens de vlucht.'

'Dat weet ik, maar mijn dochter Gracie, ik bedoel Joyce, werd gisteren kwaad op me toen ze mijn pakje sigaretten vond in de Sugar Puffs, en ik wilde de aansteker niet uit mijn zak halen, want dan zou ze weer doordraaien. Sorry nog daarvoor. Ik wilde het vliegtuig echt niet opblazen of zo.'

'Meneer Conway, zegt u zulke dingen alstublieft niet. Waarom wilde u uw schoenen niet uittrekken?'

'Ik heb gaten in mijn sokken!'

Er valt een stilte.

'Ik ben vijfenzeventig jaar, jongeman. Waarom moet ik in vredesnaam mijn schoenen uittrekken? Dacht je dat ik het vliegtuig wilde opblazen met een rubberen schoen? Of maken jullie je zorgen om de inlegzolen? Misschien hebben jullie gelijk, je weet nooit wat voor schade een man kan aanrichten met een degelijke inlegzool–'

'Meneer Conway, let alstublieft op uw taalgebruik en doet u niet zo bijdehand, of we laten u niet in het vliegtuig. Waarom weigerde u uw riem af te doen?'

'Dan zou mijn broek naar beneden vallen! Ik ben niet als die jongelui, ik draag geen riem om hip te zijn, zoals ze zeggen. Waar ik vandaan kom draag je een riem omdat die je broek ophoudt. En als die dat niet deed zouden jullie me voor iets veel ergers arresteren, geloof me maar.'

'U bent niet gearresteerd, meneer Conway. We moeten u alleen wat vragen stellen. Gedrag als dat van u is verboden op dit vliegveld, dus we moeten zeker weten dat u de veiligheid van onze passagiers niet in gevaar brengt.'

'Wat bedoelt u?'

De veiligheidsagent schraapt zijn keel.

'Het betekent dat we moeten uitzoeken of u lid bent van een gang of een terroristische organisatie voordat we u door kunnen laten.'

Ik hoor pa bulderen van het lachen.

'Vliegtuigen zijn besloten ruimtes en we kunnen niemand toelaten over wie we onze twijfels hebben. We hebben het recht te kiezen wie we aan boord laten.'

'De enige dreiging die ik vorm in een besloten ruimte is als ik een goeie curryschotel heb gegeten. En terroristische organisaties? Maak je geen zorgen. Ik ben alleen lid van de maandagclub. We zien elkaar elke maandag, behalve als dat een feestdag is, dan is het dinsdag. Een stel meiden en kerels komt dan bij elkaar voor een paar biertjes en we zingen wat, meer niet. Hoewel, als je iets sappigs wilt horen: de familie van Donal was vrij nauw betrokken bij de IRA.'

Ik hoor de man die hem ondervraagt zijn keel weer schrapen. 'Donal?'

'Donal McCarthy. Laat hem maar met rust, hij is zevenennegentig, en het is al lang geleden, toen zijn vader nog meevocht. De enige keren dat hij nog opstandig is, is als hij met zijn stok het schaakbord wegslaat omdat hij gefrustreerd is dat hij niet kan schaken. Artrose in beide handen. Hij kan ook wel artrose in zijn mond gebruiken, als je het mij vraagt. Hij blijft maar praten. Peter ergert zich er dood aan, maar zij kunnen het toch al niet vinden sinds hij met zijn dochter ging en haar hart brak. Ze is tweeënzeventig. Heb je ooit zoiets belachelijks gehoord? Hij had zijn ogen niet in zijn zak zitten, zei ze. Maar hij probeert wel steeds naar zijn zak te kíjken, lijkt het, want hij is zo scheel als een otter. Daar kan hij niks aan doen, maar hij heeft altijd het hoogste woord. Ik kan niet wachten tot hij een keer naar mij moet luisteren.' Pa lacht en zucht in de lange stilte die volgt. 'Denk je dat ik een kop thee kan krijgen?'

'We zijn bijna klaar, meneer Conway. Wat is de aard van uw bezoek aan Londen?'

'Ik ga erheen omdat mijn dochter me er op het laatste moment heen sleurt.

Ze hangt gisterochtend de telefoon op en kijkt me lijkbleek aan. Ik ga naar Londen, zegt ze, alsof het iets is wat je zomaar doet. Nou ja, jongelui misschien, maar ik niet. Dat ben ik helemaal niet gewend. Ik heb namelijk nog nooit gevlogen. Dus ze zegt: zou het niet leuk zijn als we samen gingen? En gewoonlijk zou ik nee hebben gezegd, ik heb genoeg te doen in mijn tuin. Ik moet nog lelies, tulpen, narcissen en hyacinten planten voor de zomer, maar ze zegt tegen me dat ik van het leven moet genieten en ik wil haar een lel verkopen, want ik geniet meer van het leven dan zij. Maar vanwege recente, eh, laten we het maar problemen noemen, besluit ik mee te gaan. En dat is toch geen misdaad?'

'Welke problemen, meneer Conway?'

'Ah, Gracie–'

'Joyce.'

'Ja, bedankt. Joyce heeft niet zo'n leuke tijd achter de rug. Ze heeft een paar weken geleden haar kindje verloren. Ze probeerde er al jaren een te krijgen met een vent die tennist in een kort wit broekje en het zag er eindelijk allemaal goed uit, maar toen had ze een ongelukje. Ze viel namelijk en toen is ze het kleintje kwijtgeraakt. En als ik eerlijk ben is ze ook een stukje van zichzelf kwijtgeraakt. Ze is vorige week ook haar man kwijtgeraakt, maar daar hoef je geen medelijden om te hebben. Ze is iets kwijtgeraakt, maar ze heeft ook iets wat ze eerder niet had. Ik kan mijn vinger er niet helemaal achter krijgen, maar wat het ook is, volgens mij kan het geen kwaad. Maar goed, het gaat dus niet goed met haar, en wat voor vader zou ik zijn als ik haar in haar eentje laat gaan nu ze er zo aan toe is? Ze heeft geen baan, geen baby, geen echtgenoot, geen moeder en binnenkort geen huis meer, en als ze er even tussenuit wil naar Londen, ook al is het op het laatste moment, dan mag ze dat, zonder dat iemand haar tegenhoudt.

Hier, neem die stomme pet maar. M'n Joyce wil naar Londen en jullie moeten haar laten gaan. Ze is een goeie meid, ze doet nog geen vlieg kwaad. Ze heeft alleen mij nog maar en dit reisje, voor zover ik kan zien. Dus hier, neem hem maar. Als ik zonder mijn pet en mijn schoenen en mijn riem en mijn jas moet gaan, prima, maar Joyce gaat niet zonder mij naar Londen.'

Alsof ik het nog niet moeilijk genoeg had…

'Meneer Conway, u weet toch wel dat u uw kleding terugkrijgt als u door de metaaldetector gaat?'

'Wat?' roept hij. 'Waarom zegt ze dat er niet bij? Godsamme, al die onzin voor niks. Echt, soms zou je denken dat ze het erom doet. Oké, jongens, jullie mogen mijn spullen hebben. Denken jullie dat we nog op tijd zijn voor de vlucht?'

Als ik al tranen in mijn ogen had, drogen die heel snel.

Eindelijk gaat de deur van mijn cel open en met een knikje ben ik weer op vrije voeten.

'Doris, je kunt de oven niet naar de keuken brengen. Al, zeg iets.'

'Waarom niet?'

'Ten eerste is-ie loodzwaar en ten tweede werkt hij op gas. Je bent niet bevoegd om keukenapparaten te verslepen,' legt Al uit en hij maakt aanstalten om zijn tanden in een donut te zetten.

Doris grist hem weg en er rest hem niets dan de jam van zijn vingers te likken. 'Volgens mij begrijpen jullie niet dat het slechte feng shui is om een oven tegenover een deur te hebben. Degene die de oven gebruikt wil instinctief wellicht een blik op de deur werpen, wat een gevoel van ongemak veroorzaakt, wat weer tot ongelukken kan leiden.'

'Misschien is het voor pa veiliger om de oven helemaal weg te halen,' zegt Bea.

'Zo kan-ie wel weer,' verzucht Justin, en hij gaat op een van de nieuwe stoelen bij de nieuwe keukentafel zitten. 'Het enige wat ik nodig heb zijn meubels en een likje verf, jullie hoeven niet de hele plek opnieuw in te richten volgens yoda.'

'Het is niet volgens yoda,' snuift Doris. 'Donald Trump doet ook aan feng shui, hoor.'

'O, dan is het goed,' zeggen Al en Justin in koor.

'Ja, dan is het goed. Als jij dat ook deed, kwam je misschien de trap op zonder halverwege een lunchpauze te moeten inlassen,' snauwt ze tegen Al. 'Dat jij banden verkoopt betekent nog niet dat je zelf altijd zwembandjes bij je moet hebben.'

Bea's mond valt open en Justin probeert niet te lachen. 'Kom op, lieferd, we gaan, voordat er klappen vallen.'

'Waar gaan jullie heen? Mag ik mee?' vraagt Al.

'Ik ga naar de tandarts en Bea heeft een repetitie voor vanavond.'

'Succes, Blondie.' Al woelt een hand door haar haar. 'We duimen voor je.'

'Dank je.' Knarsetandend fatsoeneert ze haar haar. 'O, voor ik het vergeet. Nog één ding over die vrouw aan de telefoon, Joyce?'

Wat, wat, wat, denkt Justin. 'Ja, wat?'

'Ze weet dat ik blond ben.'

'Hoe wist ze dat?' vraagt Doris verbaasd.

'Ze zei dat ze het gewoon maar raadde. Maar dat was nog niet alles. Voordat ze ophing, zei ze: "Veel succes met je balletvoorstelling."'

'Dus ze raadt maar wat en ze is nog attent ook,' zegt Al schouderophalend.

'Nou, ik dacht na afloop nog even terug en ik herinner me niet dat ik haar verteld heb dat ik een balletvoorstelling had.'

Justin kijkt onmiddellijk naar Al, iets bezorgder nu het ook zijn dochter aangaat, maar de adrenaline raast nog steeds door zijn lichaam. 'Wat denk je?'

'Ik denk dat je moet uitkijken, broertje. Misschien is ze niet helemaal lekker.' Hij staat op en loopt naar de keuken, over zijn buik wrijvend. 'Over lekker gesproken, ik lust wel wat.'

Ontmoedigd kijkt Justin naar zijn dochter. 'Klonk ze alsof ze gek was?'

'Dat weet ik niet. Hoe klinkt dat?'

Justin, Al en Bea staren alle drie naar Doris.

'Wat?!' gilt die.

'Nee.' Bea schudt verwoed haar hoofd. 'Nee, zo klonk ze absoluut niet.'

'Wat is dit, Gracie?'

'Dat is een zakje voor als je moet overgeven.'

'En waar is dat goed voor?'

'Daar kun je je jas aan ophangen.'

'Wat doet dat daar?'

'Dat is een tafeltje.'

'Hoe krijg je het naar beneden?'

'Door het knopje aan de bovenkant om te draaien.'

'Meneer, houd uw tafeltje alstublieft opgeklapt tot we zijn opgestegen.'

Stilte.

'Wat doen ze daarbuiten?'

'Ze laden de koffers in.'

'Wat is dat voor geval?'

'Een schietstoelknop voor mensen die drie miljoen vragen stellen.'

'Maar wat is het echt?'

'Om je stoel naar achteren te leunen.'

'Meneer, kunt u rechtop blijven zitten tot we zijn opgestegen?'

Stilte.

'Waar is dit goed voor?'

'Frisse lucht.'

'En dat?'

'Een lampje.'

'En dat?'

'Kan ik u helpen, meneer?'

'Eh, nee, bedankt.'

'Met die knop vraag je om hulp.'

'O, staat er daarom een klein vrouwtje op de knop? Dat wist ik niet. Mag ik wat water?'

'We serveren pas drank als we zijn opgestegen, meneer.'

'O, oké. Dat deed je goed net, trouwens. Je leek sprekend op mijn vriendin Edna toen je dat zuurstofmasker droeg. Ze rookte er vroeger namelijk zestig per dag.'

De stewardess vormt een 'o' met haar mond.

'Ik voel me heel veilig, maar wat gebeurt er als we neerstorten boven land?' Hij verheft zijn stem en de passagiers rondom ons kijken onze kant op. 'Dan zijn die reddingsvesten natuurlijk hopeloos, tenzij we op onze fluitjes blazen terwijl we door de lucht vliegen en hopen dat iemand ons hoort en opvangt. Zijn er geen parachutes?'

'U hoeft zich geen zorgen te maken, meneer, we storten niet neer boven land.'

'Oké. Dat is een hele geruststelling. Maar als het wel gebeurt moet de piloot zich maar op een hooiberg richten.'

Ik adem diep in en uit en doe of ik hem niet ken. Gelukkig heb ik mijn boek, *De Gouden Eeuw van de Nederlandse schilderkunst: Vermeer, Metsu en Terborch*, en ik hou mezelf voor dat het hele reisje niet zo'n slecht idee was als het nu blijkt te zijn.

'Waar zijn de toiletten?'

'Links voorin, maar u kunt pas gaan als we opgestegen zijn.'

Pa zet grote ogen op. 'En wanneer is dat?'

'Over een paar minuten.'

'Over een paar minuten wordt dit,' en hij pakt het zakje om in over te geven, 'niet gebruikt waar het voor bedoeld is.'

'Over een paar minuten zijn we in de lucht, ik beloof het.'

De stewardess loopt snel weg voordat hij nog een vraag stelt.

Ik zucht.

'Je mag pas zuchten als we zijn opgestegen,' zegt pa, en de man naast me lacht en doet alsof hij eigenlijk moet hoesten.

Pa kijkt uit het raampje en ik koester het moment van stilte.

'O, o, o, daar gaan we dan, Gracie,' zingt hij.

Zodra we ons hebben losgemaakt van de grond, kreunen de wielen wanneer ze omhoogkomen en dan zweven we door de lucht. Opeens valt pa stil. Hij zit opzij gedraaid in zijn stoel en zijn hoofd vult het raampje. Hij kijkt naar buiten tot we de eerste wolken bereiken, aanvankelijk niet meer dan lichte plukjes. Het vliegtuig hotst heen en weer wanneer het door de wolken scheert. Pa is opgewonden als we aan alle kanten omgeven zijn door wit. Zijn hoofd schiet heen en weer en kijkt door zo veel mogelijk raampjes en dan is het opeens blauw en kalm boven de donzige wolkenwereld. Pa slaat een kruis. Hij duwt zijn neus tegen het raampje en zijn gezicht licht op in de nabijgelegen zon, en in gedachten maak ik een kiekje voor in mijn boek van herinneringen.

Het lampje dat aangeeft dat we onze veiligheidsriemen om moeten hebben gaat uit en het cabinepersoneel roept om dat we nu elektronische apparaten mogen gebruiken, en dat ze straks langskomen met hapjes en drankjes. Pa klapt het tafeltje naar beneden en haalt de foto van mam uit zijn zak. Hij zet haar op het tafeltje met haar gezicht naar het raampje. Hij laat zijn stoel naar achteren zakken, en samen zien we de eindeloze zee van witte wolken steeds verder onder ons verdwijnen en de rest van de vlucht zeggen we geen woord meer.

20

'Ik moet zeggen dat dat fantastisch was. Echt fantastisch.' Krachtig schudt pa de hand van de piloot.

We staan bij de zojuist geopende deur van het vliegtuig, met achter ons een rij van tientallen geïrriteerde passagiers die zuchten en steunen. Ze zijn net jachthonden van wie het hokje is geopend. Het konijntje is al weggeschoten en het enige wat nog in de weg staat is, nou ja, dat is pa dus. De rots in het water.

'En het eten was uitstekend,' vervolgt pa tegen het cabinepersoneel, 'echt uitstekend.'

Hij heeft een broodje ham en een kop thee gehad.

'Ik kon bijna niet geloven dat ik in de lucht zat te eten,' lacht hij. 'Nogmaals: goed gedaan, hoor, echt fantastisch. Het was echt een wonder. Goeie god.' Opnieuw schudt hij krachtig de hand van de piloot, alsof hij zojuist is voorgesteld aan John F. Kennedy.

'Oké, pa, we moeten gaan. We houden iedereen op.'

'O, is dat zo? Nogmaals bedankt. Tot ziens. Misschien wel tot op de terugvlucht,' roept hij over zijn schouder wanneer ik hem wegtrek.

We lopen door de tunnel die het vliegtuig verbindt met de terminal en pa groet iedereen die we tegenkomen en tikt tegen zijn hoed.

'Je hoeft echt niet iedereen te begroeten, hoor.'

'Het is aardig om belangrijk te zijn, Gracie, maar het is belangrijker om aardig te zijn. Vooral in een ander land,' zegt de man die tien jaar lang niet uit de provincie Leinster is geweest.

'Schreeuw niet zo.'

'Ik kan er niks aan doen. Mijn oren voelen vreemd aan.'

'Dan moet je geeuwen of in je neus knijpen en blazen. Dan gaan je oren vanzelf open.'

Paars aangelopen staat hij bij de bagageband, met opgeblazen wangen en zijn vingers over zijn neus en mond. Hij ademt diep in en perst. Hij laat een wind. De bagageband komt schokkerig in beweging en als vliegen rond een karkas schieten mensen opeens voor ons en belemmeren ons het zicht, alsof hun koffer grijpen een kwestie van leven en dood is.

'Daar is je koffer.' Ik stap naar voren.

'Ik pak hem wel.'

'Nee, laat mij maar. Straks bezeer je je rug nog.'

'Kom hier, ik kan het best.' Hij stapt over de gele lijn en grijpt zijn koffer. Pas dan beseft hij dat hij niet zo sterk meer is als vroeger en hij moet al sjorrend meelopen. Gewoonlijk zou ik naar hem toe snellen om te helpen, maar ik lig dubbel van het lachen. Het enige wat ik hoor is pa die 'Pardon, pardon' zegt tegen mensen die achter de gele streep staan terwijl hij de bagage probeert bij te houden. Hij maakt een volledig rondje en als hij weer bij me is (ik lig nog steeds dubbel) is iemand zo verstandig de ademloze, mopperende oude man te helpen.

Met een donkerrood gezicht en hijgend trekt hij zijn koffer naar me toe.

'Pak jij je eigen koffer maar,' zegt hij, en uit gêne trekt hij zijn pet nog dieper voor zijn ogen.

Ik wacht op mijn bagage en pa kuiert rond door de bagageafhaalruimte om 'zich vertrouwd te maken met Londen'. Na het incident op het vliegveld van Dublin heeft mijn innerlijke navigatiestem voortdurend gezeurd dat ik rechtsomkeert moest maken, maar diep vanbinnen geeft een ander deel van me het strikte bevel vol te houden, ervan overtuigd dat ik dit reisje nodig heb. Nu vraag ik me af waarom precies. Wanneer ik mijn koffer van de band haal, ben ik me ervan bewust dat dit reisje geen duidelijk doel heeft. Het was een dwaze onderneming. Door een verwarrend gesprek met een meisje dat Bea heette had mijn instinct me opgedragen naar een ander land te vliegen met mijn vijfenzeventigjarige vader, die nog nooit van zijn leven voet buiten Ierland had gezet. Verklaarde ik het gisteren nog met 'het moet wel', vandaag komt het me voor als volkomen onzinnig gedrag.

Wat betekent het als je bijna elke nacht over iemand droomt die je niet kent en diegene dan toevallig aan de lijn krijgt? Ik had het nummer voor noodgevallen van mijn vader gebeld, en zij had opgenomen op het nummer voor noodgevallen van haar vader. Wat was de boodschap daarachter? Wat moest ik hiervan leren? Is het gewoon toeval, toeval dat iemand die normaal nadenkt zou negeren of klopt mijn gevoel dat er meer achter zit? Ik hoop dat dit reisje me een paar antwoorden zal geven. Ik voel me paniekerig worden als ik pa in de rechterhoek een poster zie lezen. Ik heb geen idee wat ik met hem aan moet.

Opeens vliegt pa's hand naar zijn hoofd en vervolgens naar zijn borst en hij schiet op me af met een bezeten blik in zijn ogen. Ik grijp naar zijn pillen.

'Gracie,' hijgt hij.

'Hier, snel, neem deze.' Mijn hand trilt als ik hem de pillen en het flesje water aanreik.

'Wat krijgen we nou?'

'Nou, je zag er–'

'Hoe zag ik eruit?'

'Alsof je een hartaanval kreeg!'

'Die krijg ik ook als we er niet snel vandoor gaan.' Hij grijpt mijn arm beet en trekt me mee.

'Wat is er?'

'We gaan naar Westminster.'

'Wat? Hoezo? Nee! Pa, we moeten naar het hotel om onze bagage af te geven.'

Hij blijft staan en draait zich om. Bijna agressief duwt hij zijn gezicht tot vlak voor dat van mij. Zijn stem trilt van de adrenaline. 'Er is van halftien tot halfvijf een taxatiedag voor *Antiques Roadshow* op een plek die Banqueting House heet. Als we nu weggaan kunnen we vast in de rij gaan staan. Ik ga de uitzending niet missen om vervolgens helemaal naar Londen te komen en het in levenden lijve ook nog eens te missen. Misschien zien we Michael Aspel wel. Michael Aspel, Gracie. Godallemachtig, we moeten gaan.'

Met grote pupillen van geestdrift schiet hij door de schuifdeuren. Hij heeft niets aan te geven, of het moet tijdelijke verstandsverbijstering zijn, en vol overtuiging slaat hij linksaf.

Ik blijf in de aankomsthal staan en mannen in pakken komen van alle kanten op me af met kartonnen bordjes. Ik slaak een zucht en wacht. Pa komt zo snel mogelijk terug stommelen uit de richting waarin hij gelopen was en sleept zijn tas achter zich aan.

'Je had wel even kunnen zeggen dat dat de verkeerde kant was,' zegt hij. Hij loopt me voorbij en snelt de andere kant op.

Pa haast zich over Trafalgar Square en laat door zijn koffer een zwerm duiven alle kanten op stuiven. Hij hoeft zich niet meer vertrouwd te maken met Londen; zijn blik is alleen nog maar gericht op Michael Aspel en de schatten die de club van grijze dames ongetwijfeld bij zich heeft.

Sinds we uit het metrostation gekomen zijn, zijn we een paar keer verkeerd gelopen, maar nu zien we het Banqueting House liggen. Het is een voormalig paleis uit de zeventiende eeuw, en hoewel ik zeker weer dat ik het nooit eerder heb gezien, staat het hier voor me, oud en vertrouwd.

Als we goed en wel in de rij staan, bestudeer ik het laatje in de handen van de oude man voor ons. Achter ons rolt een vrouw een theekopje uit een stapel kranten en ze laat het aan iemand anders in de rij zien. Overal om me heen wordt opgewonden maar vrij onschuldig en beleefd gekletst, en de zon schijnt terwijl we wachten tot we de ontvangstruimte van Banqueting House binnen mogen. Er zijn televisiebusjes, camera- en geluidsmensen die het gebouw in en uit gaan, en camera's die de lange rij filmen. Een vrouw met een microfoon pikt mensen uit de menigte en stelt ze een paar vragen. Veel mensen in de rij hebben klapstoeltjes, picknickmanden met scones en sandwiches, en flessen thee en koffie bij zich. Pa kijkt met een rommelende maag rond, en ik voel me net een schuldbewuste moeder die haar kind niets heeft meegegeven. Ik ben ook bang dat we niet voorbij de deur komen.

'Pa, ik wil je niet ongerust maken, maar ik denk echt dat het de bedoeling is dat we iets bij ons hebben.'

'Hoe bedoel je?'

'Nou, eh, een voorwerp. Iedereen heeft iets bij zich om te taxeren.'

Pa kijkt om zich heen en merkt het nu pas op. Hij trekt een lang gezicht.

'Misschien maken ze voor ons een uitzondering,' voeg ik er snel aan toe, maar ik betwijfel het.

'En deze koffers?'

Ik probeer mijn lachen in te houden. 'Die heb ik gekocht bij TK Maxx. Ik denk niet dat ze die willen taxeren.'

Pa lacht. 'Anders geef ik ze mijn onderbroek wel. Wat denk je daarvan, Gracie? Die gaat al een hele tijd mee.'

Ik haal mijn neus op en hij wuift me weg.

Langzaam schuifelen we verder. Pa vermaakt zich uitstekend en maakt met iedereen een praatje over zijn leven en het spannende reisje met zijn dochter. Na anderhalf uur in de rij kunnen we op twee adressen thee komen drinken en van de meneer achter ons heeft hij geleerd hoe hij kan voorkomen dat de munt in zijn tuin de rozemarijn overwoekert. Verderop zie ik hoe vlak na de deuren een bejaard stel weggestuurd wordt omdat ze niets bij zich hebben. Pa ziet het ook en kijkt me bezorgd aan. Hierna zijn wij aan de beurt.

'Eh…' Vlug kijk ik om me heen of ik iets zie. Beide deuren staan open voor de toegestroomde menigte. Vlak na de hoofdingang, achter de open deur, staat een houten prullenmand die dienstdoet als paraplubak. Er staan een paar achtergelaten en kapotte paraplu's in. Als niemand kijkt keer ik hem om en schud de proppen papier en kapotte paraplu's eruit. Ik schop ze net achter de deur wanneer ik 'Volgende' hoor.

Ik neem hem mee naar de ontvangstbalie en pa's ogen puilen bijna uit zijn hoofd als hij me ziet.

'Welkom in Banqueting House,' begroet een jonge vrouw ons.

'Bedankt,' zeg ik met een onschuldige glimlach.

'Hoeveel voorwerpen hebt u bij zich?'

'O, eentje maar.' Ik til de prullenbak op de tafel.

'O, wauw, prachtig.' Ze laat haar vingers erlangs glijden en pa kijkt me aan met een blik die meteen weer duidelijk maakt wie van ons de ouder is.

'Hebt u eerder iets bij ons laten taxeren?'

'Nee.' Verwoed schudt pa zijn hoofd. 'Maar ik kijk altijd. Ik ben een grote fan. Zelfs toen Hugh Scully het presenteerde.'

'Mooi,' lacht ze. 'Als u straks binnenkomt zijn er meerdere rijen. Sluit u zich alstublieft aan bij de rij voor het juiste vakgebied.'

'En welke rij moeten we nemen voor dit geval?' Pa kijkt alsof er iets stinkt.

'Nou, wat is het?' zegt ze lachend.

Pa kijkt me verbijsterd aan.

'We hoopten dat u dat ons kon vertellen,' zeg ik beleefd.

'Ik zou zeggen de tafel "diversen", en hoewel dat de drukste tafel is, proberen we met vier experts de wachttijden zo kort mogelijk te houden. Als u bij de tafel van de expert bent, laat u gewoon uw voorwerp zien en dan zal hij of zij u er alles over vertellen.'

'En bij welke tafel staat Michael Aspel?'

'Michael Aspel is helaas geen expert, hij is de presentator, en hij heeft dus ook geen eigen tafeltje, maar we hebben twintig experts die uw vragen kunnen beantwoorden.'

Pa lijkt heel erg van streek.

'Er is een kans dat uw voorwerp uitgekozen wordt om gefilmd te worden,' voegt ze er snel aan toe als ze ziet hoe teleurgesteld hij is. 'De expert laat het voorwerp zien aan de televisieploeg en dan wordt besloten of er een item wordt opgenomen. Dat hangt af van de zeldzaamheid en kwaliteit, wat de expert over het voorwerp kan zeggen en natuurlijk de waarde. Als uw voorwerp uitgekozen wordt, wordt u naar onze wachtruimte gebracht en opgemaakt. Daarna bespreekt de expert uw voorwerp vijf minuten voor de camera. In dat geval ontmoet u ook Michael Aspel. En heel spannend is dat we het programma voor het eerst live uitzenden, over, even kijken...' Ze raadpleegt haar horloge. 'Over een uur.'

Pa's ogen worden groot. 'Maarre... vijf minuten om over dat ding te praten?' Hij barst in lachen uit en ze glimlacht.

'Vergeet niet dat we tweeduizend voorwerpen zien voor het programma,' zegt ze, en ze kijkt me veelbetekenend aan.

'We begrijpen het. We willen gewoon een leuke dag hebben, hè, pa?'

Hij hoort me niet, maar kijkt rond of hij Michael Aspel ziet.

'Nou, geniet er maar van,' zegt de vrouw, en ze roept de volgende persoon naar voren.

Zodra we de drukke zaal binnenstappen, kijk ik omhoog naar het plafond van de ruimte die de afmetingen van een dubbele kubus heeft: twee keer zo lang als breed en even breed als hoog. Ik weet al wat ik moet verwachten: negen enorme beschilderde doeken aan het plafond, waartoe Karel 1 opdracht heeft gegeven.

'Hier, pa.' Ik overhandig hem de prullenmand. 'Ik neem even een kijkje in dit prachtige gebouw, kijk jij maar naar de troep die iedereen hier naar binnen brengt.'

'Het is geen troep, Gracie. Ik heb ooit een aflevering gezien waar de verzameling wandelstokken van een man zestigduizend pond opleverde.'

'Wauw, in dat geval moet je ze je schoen laten zien.'

Hij houdt zijn lach in.

'Ga jij maar rondkijken, ik zie je straks wel weer.' Hij kuiert al weg voordat hij de hele zin heeft uitgesproken. Hij is me liever kwijt dan rijk.

'Veel plezier,' zeg ik met een knipoog. Met een brede lach kijkt hij de ruimte rond, en hij is zo blij dat ik in gedachten weer een foto maak.

Ik zwerf door de zalen van het enige deel van Whitehall Palace dat een brand heeft overleefd en ik word overspoeld door een gevoel dat ik hier eerder ben geweest. Ik vind een stil hoekje en haal stiekem mijn mobieltje tevoorschijn.

'Manager, afdelingshoofd bedrijfsfinanciën en helpdesk voor investeerders, met Frankie.'

'Mijn god, je meende het. Dat zijn echt belachelijk veel woorden.'

'Joyce! Hoi!' Haar stem klinkt gedempt en achter haar klinkt de aandelenhandel die plaatsvindt in het Irish Financial Services Centre als een kermis.

'Heb je even?'

'Ja, heel even. Hoe gaat het?'

'Goed, ik ben in Londen. Met pa.'

'Wat? Met je vader? Joyce, ik heb toch al gezegd dat het onbeleefd is je vader vast te binden en te knevelen? Wat doe je daar?'

'Ik heb gewoon besloten te gaan.' Waarom weet ik ook niet. 'We zijn momenteel bij de *Antiques Roadshow*. Vraag maar niet waarom.'

Ik laat de stille zalen achter me en loop de galerij boven de grote zaal op. Onder me zie ik pa met de bak in zijn handen rondkuieren in de drukke zaal. Ik glimlach.

'Zijn wij ooit naar Banqueting House geweest?'

'Help me even. Waar is het, wat is het en hoe ziet het eruit?'

'Het is aan de Trafalgar Square-zijde van Whitehall. Het is een zeventiende-eeuws voormalig paleis, in 1619 ontworpen door Inigo Jones. Karel 1 is hier op een schavot voor het gebouw geëxecuteerd. Ik sta nu in een ruimte met negen doeken aan het plafond.' Hoe het eruitziet? Ik sluit mijn ogen. 'Uit mijn hoofd: de dakrand heeft een balustrade. De gevel aan de straatkant heeft twee ordes van halfzuilen, Korinthisch en Ionisch, boven een souterrain in rustica, vervlochten tot een harmonieus geheel.'

'Joyce?'

'Ja?' Ik kom weer bij zinnen.

'Lees je een reisgids voor?'

'Nee.'

'Tijdens ons laatste reisje gingen we naar Madame Tussaud en daarna hebben we gedanst in een gayclub en zijn we naar een feestje geweest van een man die Gloria heette. Het is weer zover, hè? Dat waar je het eerder over had?'

'Ja.' Ik laat me op een stoel in de hoek zakken, voel een touw onder me en spring weer op. Snel loop ik weg van de antieke stoel en ik kijk rond of ik beveiligingscamera's zie hangen.

'Heeft dat je in Londen bent iets met die Amerikaan te maken?'

'Ja,' fluister ik.

'O, Joyce–'

'Nee, Frankie, luister, dan begrijp je het wel. Hoop ik. Gisteren raakte ik in paniek over iets en ik belde pa's dokter, een nummer dat in mijn heugen staat gegrift, zoals dat hoort. Ik kan onmogelijk een verkeerd nummer bellen, toch?'

'Ja.'

'Nee dus. Ik belde een nummer in Engeland en een meisje dat Bea heette nam op. Ze had een Iers nummer gezien en dacht dat het haar vader was. Dus uit ons korte gesprekje blijkt dat haar vader een Amerikaan is die in Dublin woont en gisteravond naar Londen is gevlogen om haar vandaag in een voorstelling te zien. En ze heeft blond haar. Volgens mij is Bea het meisje dat ik in mijn dromen steeds zie schommelen en in het zand zie spelen, op verschillende leeftijden.'

Frankie zwijgt.

'Ik weet dat het gestoord klinkt, Frankie, maar zo is het nu eenmaal. Ik heb er ook geen verklaring voor.'

'Ik weet het, ik weet het,' zegt ze vlug. 'Ik ken je bijna mijn hele leven al, en dit is niet iets wat je zomaar verzint. Maar ook al neem ik je serieus, vergeet niet dat je een traumatische ervaring achter de rug hebt en dat wat je nu meemaakt ook veroorzaakt kan worden door stress.'

'Dat had ik al bedacht.' Ik kreun en sla mijn hand voor mijn gezicht. 'Ik heb hulp nodig.'

'We gaan er pas op het laatst van uit dat je gestoord bent. Laat me even nadenken.' Ze klinkt alsof ze het opschrijft. 'Dus je hebt dit meisje, Bea, eerder gezien–'

'Misschíen eerder gezien.'

'Oké, oké, laten we zeggen dat het Bea is. Je hebt haar zien opgroeien?'

'Ja.'

'Tot welke leeftijd?'

'Van haar geboorte tot ik weet het niet...'

'Tiener, twintiger, dertiger?'

'Tiener.'

'Goed, wie zie je nog meer in die dromen met Bea?'

'Een andere vrouw. Met een camera.'

'Maar nooit je Amerikaan?'

'Nee. Dus hij heeft hier waarschijnlijk niks mee te maken.'

'Laten we niks uitsluiten. Als je Bea en de vrouw met de camera ziet, maak je dan deel uit van het tafereel of bekijk je het als een buitenstaander?'

Ik sluit mijn ogen en denk diep na. Ik zie mijn handen de schommel duwen, een andere hand vasthouden, in het park een foto van het meisje en haar moeder maken, ik zie water van de sproei-installatie opstuiven en voel het mijn huid kietelen... 'Nee, ik maak er deel van uit. Ze kunnen me zien.'

'Oké.' Ze zwijgt.

'Wat, Frankie?'

'Ik denk na. Wacht even. Oké. Dus je ziet een kind en een moeder en allebei zien ze jou?'

'Ja.'

'Zou je zeggen dat je dat meisje in je dromen ziet opgroeien door de ogen van een vader?'

Op mijn armen verschijnt kippenvel. 'O god,' fluister ik. 'De Amerikaan?'

'Ik neem aan dat je ja bedoelt,' zegt Frankie. 'Oké, nu komen we ergens. Wat het is weet ik nog niet, maar het is heel vreemd, en ik kan nauwelijks geloven dat ik hierin meega. Maar goed, ik heb toch maar honderdduizend andere dingen te doen. Waar droom je nog meer over?'

'Het gaat allemaal heel snel, het zijn beelden die voorbijflitsen.'

'Denk goed na.'

'Een sproei-installatie in een tuin. Een mollige jongen. Een vrouw met lang rood haar. Ik hoor klokken en zie oude gebouwen met winkelpuien. Een kerk. Een strand. Ik ben op een begrafenis. Dan op een universiteit. Dan weer met de vrouw en het jonge meisje. Soms glimlacht ze en houdt ze mijn hand vast, soms schreeuwt ze en slaat ze met deuren.'

'Hmmm... dat moet je vrouw zijn.'

Opnieuw laat ik mijn hoofd in mijn handen zakken.

'Frankie, dit klinkt echt belachelijk.'

'Nou en? Het leven is nooit logisch, toch? Ga verder.'

'Ik weet het niet, de beelden zijn allemaal heel abstract. Ik kan er niks van maken.'

'Je moet het opschrijven als je iets te binnen schiet, of iets begrijpt wat je nog niet wist, en het dan aan mij vertellen. Dan help ik je wel er iets van te maken.'

'Dank je.'

'Dus behalve de plek waar je nu bent... over wat voor dingen weet je nog meer opeens van alles?'

'Eh... voornamelijk gebouwen.' Ik kijk om me heen en omhoog naar het plafond. 'En kunst. Ik sprak Italiaans tegen een man op het vliegveld. En Latijn. Ik zei pas iets in het Latijn tegen Conor.'

'O god.'

'Ik weet het. Volgens mij wil hij me laten opsluiten.'

'Nou, dat staan we niet toe. Nog niet. Goed, gebouwen, kunst, talen. Wauw, Joyce, het is net alsof je in een stoomcursus meerdere universitaire opleidingen hebt gevolgd. Waar is het meisje dat niks van cultuur wist en op wie ik zo gek was?'

Ik glimlach. 'Die is er nog, hoor.'

'Goed, nog één ding. Mijn baas wil vanmiddag iets met me bespreken. Waar gaat dat over?'

'Frankie, ik ben niet paranormaal of zo!'

De deur van de zaal gaat open en een meisje met een headset komt nerveus binnenrennen. Ze spreekt bijna elke vrouw aan en vraagt naar mij. 'Joyce Conway?' vraagt ze me buiten adem.

'Ja.' Mijn hart gaat als een bezetene tekeer. Zeg alsjeblieft dat er niks met pa is. Alsjeblieft.

'Heet je vader Henry?'

'Ja.'

'Hij wil dat je naar hem toe komt in de wachtruimte.'

'Wat wil hij? Waar?'

'Hij is in de wachtruimte. Hij komt over een paar minuten in de uitzending met Michael Aspel en hij wil dat je meekomt omdat jij er volgens hem meer over weet. We moeten echt opschieten, we hebben niet veel tijd meer en je moet opgemaakt worden.'

'In de uitzending met Michael Aspel...' Mijn stem sterft weg. Ik besef dat ik de telefoon nog in mijn hand heb. 'Frankie,' zeg ik versuft, 'zet de BBC op, snel. Dan kun je zien hoe ik mezelf volledig voor schut zet.'

21

Half lopend, half rennend volg ik het meisje met de headset naar de foyer. Hijgend en nerveus strompel ik binnen en ik zie pa op een make-upstoel zitten, voor een spiegel met gloeilampen om de randen. In zijn boord zitten tissues gestoken, hij heeft een kop en schotel in zijn hand en zijn stompe neus wordt bepoederd voor zijn close-up.

'Ah, daar ben je,' zegt pa gewichtig. 'Mag ik even jullie aandacht? Dit is mijn dochter en zij gaat ons allemaal vertellen over het prachtige voorwerp hier dat de aandacht van Michael Aspel trok.' Hij gniffelt en neemt een slokje van zijn thee. 'Ze hebben ook koekjes als je er een wilt.'

Vals mannetje dat hij er is.

Ik kijk om me heen naar alle geïnteresseerde, knikkende hoofden en dwing mezelf te glimlachen.

Justin kronkelt ongemakkelijk in zijn stoel in de wachtkamer van de tandarts. Zijn gezwollen nek gonst en hij zit ingeklemd tussen twee oude besjes die een gesprek voeren over iemand die ze kennen die Rebecca heet, die weg zou moeten gaan bij een man die Timothy heet.

Hou op, hou op, hou op, denkt hij.

De televisie uit de jaren zeventig in de hoek, waarop een kanten lapje ligt met een vaasje met kunstbloemen erop, meldt dat *Antiques Roadshow* elk moment kan beginnen.

Justin kreunt. 'Vinden jullie het goed als ik een andere zender opzet?'

'Ik kijk hiernaar,' zegt een jongen van hoogstens zeven.

'Prachtig.' Justin lacht hem vol afkeer toe en zoekt dan hulp bij zijn moeder.

Ze haalt haar schouders op. 'Hij kijkt ernaar.'

Justin bromt van frustratie.

'Neem me niet kwalijk.' Eindelijk onderbreekt Justin de vrouwen links en rechts van hem. 'Wil een van jullie misschien van plek ruilen met me, zodat jullie dit gesprek met z'n tweeën kunnen voeren?'

'Nee hoor, lieverd, we hebben geen geheimen, geloof me maar. Luister maar lekker mee.'

De geur van haar adem tippelt weer naar zijn neusvleugels, kietelt hem met een plumeau en gaat er gemeen giechelend weer vandoor.

'Ik luisterde niet. Uw lippen zaten letterlijk tegen mijn oor en ik weet niet zeker of Charlie of Graham of Rebecca dat op prijs zou stellen.' Hij wendt zijn neus af.

'O. Ethel,' zegt een van hen lachend, 'hij denkt dat we het over echte mensen hebben.'

Wat ben ik toch een dwaas, denkt Justin. Hij richt zijn aandacht weer op de televisie in de hoek, waar de andere zes mensen hun blik niet van af kunnen houden.

'...en welkom bij de eerste live-uitzending van *Antiques Roadshow*...'

Justin slaakt weer een luide zucht.

De kleine jongen knijpt zijn ogen samen naar hem en zet het volume harder met de afstandsbediening die hij stevig vasthoudt.

'...rechtstreeks vanuit Banqueting House in Londen.'

O, daar ben ik geweest, denkt Justin. Een mooi voorbeeld van Korinthische en Ionische elementen vervlochten tot een harmonieus geheel.

'Sinds halftien vanochtend zijn er meer dan tweeduizend mensen langsgekomen en de deuren zijn zojuist gesloten. En we kunnen u thuis nu de beste stukken laten zien. Onze eerste gast komt uit–'

Ethel leunt over Justin heen en rust haar elleboog op zijn dij. 'Maar goed, Margaret–'

Hij richt zich op de televisie om te voorkomen dat hij hun hoofden beetpakt en ze tegen elkaar beukt.

'En wat hebben we hier?' vraagt Michael Aspel. 'Het ziet eruit als een dure prullenbak,' zegt hij, en de camera toont een close-up van het voorwerp dat op de tafel staat. Justins hart begint te bonzen.

'Zal ik nu een andere zender opzetten, meneer?' De jongen zapt razendsnel langs de kanalen.

'Nee!' roept hij. Hij onderbreekt Margaret en Ethels gesprek en steekt dramatisch zijn hand in de ijle lucht, alsof hij zo kan voorkomen dat de ethergolven overgaan op een andere zender. Hij valt op zijn knieën voor de televisie. Margaret en Ethel schrikken op en zwijgen. 'Ga terug, ga terug!' roept hij naar de jongen.

De onderlip van de jongen begint te trillen en hij kijkt naar zijn moeder.

'U hoeft niet te schreeuwen tegen hem.' Beschermend drukt ze zijn hoofd tegen haar borst.

Hij grist de afstandsbediening uit de handen van de jongen en zapt razendsnel de zenders af. Hij stop bij de close-up op Joyce, die onzeker van links naar rechts kijkt, alsof ze rond voertijd in de kooi van een tijger is beland.

In het Irish Financial Services Centre rent Frankie langs de kantoren, op zoek naar een televisie. Ze vindt er eentje, omgeven door tientallen maatpakken die de voorbijflitsende cijfers bestuderen.

'Neem me niet kwalijk! Mag ik er even langs?' roept ze, en ze baant zich een weg naar voren. Ze rent naar de tv en begint aan de knoppen te rommelen met om haar heen verontwaardigde kreten van de mannen en vrouwen.

'Een minuutje maar, de markt stort heus niet in in die twee minuten.' Ze gaat de kanalen af tot ze Joyce en Henry live op de bbc ziet. Ze hapt naar adem en haar hand schiet naar haar mond. Ze stoot haar vuist naar het scherm. 'Zet hem op, Joyce!'

Het team om haar heen schiet weg, op zoek naar een ander scherm, op één man na die de nieuwe zender wel lijkt te waarderen en blijft kijken.

'O, wat een mooi ding,' merkt hij op. Hij leunt over de tafel en slaat zijn armen over elkaar.

'Eh...' zegt Joyce. 'Nou, we hebben het gevonden... Ik bedoel, we hebben deze mooie... buitengewone... eh, houten... emmer voor ons huis gezet. Nou ja, niet buiten,' zegt ze snel als ze de blik van de taxateur ziet. 'Binnen. We hebben hem in ons portiek gezet zodat hij droog staat. Voor paraplu's.'

'Ja, en daar werd hij vroeger misschien ook wel voor gebruikt,' zegt hij. 'Hoe komt u eraan?'

De mond van Joyce gaat open en dicht en Henry mengt zich tussenbeide. Hij staat rechtop met zijn handen over zijn buik gevouwen. Zijn kin steekt recht naar voren en zijn ogen glinsteren. Hij negeert de expert en met een deftig accent richt hij zich tot Michael Aspel, die hij toespreekt alsof hij de paus is. 'Wel, Michael, hij is me geschonken door mijn betovergrootvader Joseph Conway, een boer uit Tipperary. Hij schonk hem aan mijn grootvader, die ook boer was. Mijn grootvader gaf hem weer aan mijn vader, Paddy-Joe, die ook boer was, in Canvan, en van hem heb ik hem geërfd.'

'Juist, en hebt u enig idee hoe uw betovergrootvader eraan is gekomen?'

'Hij heeft hem waarschijnlijk van de Britten gestolen,' grapt Henry, en hij is de enige die lacht. Joyce port haar vader in de zij, Frankie snuift en op de vloer voor een televisie in een wachtkamer van een Londense tandarts gooit Justin lachend zijn hoofd naar achteren.

'De reden dat ik dit vraag is omdat dit een prachtig voorwerp is. Het is een zeldzame victoriaanse jardinière uit de negentiende eeuw –'

'Ik ben dol op tuinieren, Michael,' onderbreekt Michael de expert. 'En jij?'

Michael glimlacht beleefd naar hem en de expert gaat verder. 'Hij heeft in de zwart gepolitoerde ebben omlijsting aan de vier zijden prachtige handgesneden panelen met decoraties in Black Forest-stijl.'

'Landelijk Engels of Frans decoratief?' vraagt Frankies collega. Ze negeert hem en concentreert zich op Joyce.

'Aan de binnenkant heeft hij zo te zien een originele, decoratief beschilderde voering van zink. De hele jardinière is in uitstekende conditie, en in de panelen uit één stuk zijn sierlijke patronen gegraveerd. Twee van de zijkanten hebben een bloemmotief en de andere zijn figuratief, eentje met een leeuwenkop en de andere met griffioenfiguren. Het is echt een markant voorwerp, en prachtig om bij uw voordeur te hebben.'

'Het is dus wel wat waard?' vraagt Henry, die zijn deftige accent laat varen.

'Daar komen we nog op,' zegt de expert.

'Hoewel hij in goede conditie is, lijkt het alsof hij eerder op pootjes stond, waarschijnlijk ook van hout. De zijkanten vertonen geen barsten en het hout is niet kromgetrokken, hij heeft een uitneembare zinken voering en de ringvormige handgrepen zijn nog intact. Dat alles in aanmerking genomen: hoeveel denkt u dat hij waard is?'

'Frankie!' Frankie hoort haar baas van achter in de kamer roepen. 'Hoor ik het goed dat je aan de schermen rommelt?'

Frankie staat op, draait zich om en terwijl ze het beeld blokkeert, probeert ze het juiste kanaal weer op te zoeken.

'Ah,' mompelt haar collega afkeurend. 'Ze gingen net vertellen hoeveel hij waard is. Dat is het leukste deel.'

'Ga opzij,' zegt haar baas nors.

Frankie stapt opzij en de aandelencijfers vliegen weer over het scherm. Ze lacht haar tanden bloot en sprint terug naar haar bureau.

In de wachtkamer van de tandarts zit Justin aan de buis gekluisterd, aan het gezicht van Joyce om precies te zijn.

'Is dat een vriendin van je?' vraagt Ethel.

Justin bestudeert Joyce en glimlacht. 'Ja. Ze heet Joyce.'

Margaret en Ethel gaan van ooh en aah.

Op het scherm wendt de vader van Joyce – Justin vermoedt in elk geval dat hij dat is – zich tot Joyce en haalt zijn schouders op.

'Wat zou jij denken? Hoeveel poen zou-ie doen?'

Joyce glimlacht zuinigjes. 'Ik zou echt geen flauw idee hebben.'

'Hoe klinkt tussen de vijftienhonderd en zeventienhonderd pond?' vraagt de expert.

'Zei u nou pónd?' vraagt de oude man verbijsterd.

Justin lacht.

De camera zoomt in op Joyce en het gezicht van haar vader. Ze zijn allebei zo stomverbaasd, staan zo met hun mond vol tanden, dat ze letterlijk geen woord kunnen uitbrengen.

'Dat is nog eens een indrukwekkende reactie,' lacht Michael.

'Goed nieuws dus aan deze tafel; laten we eens kijken bij de porseleintafel of andere verzamelaars hier in Londen net zo veel geluk hebben.'

'Justin Hitchcock,' zegt de receptioniste.

De wachtkamer valt stil. Iedereen kijkt elkaar aan.

'Justin,' zegt ze nogmaals, iets luider nu.

'Dat moet hij daar op de grond zijn,' zegt Ethel. 'Joehoe!' zingt ze, en ze schopt zachtjes tegen hem aan. 'Ben jij Justin?'

'Er is iemand verliefd!' zegt Margaret vrolijk en Ethel maakt kusgeluidjes. 'Louise,' zegt Ethel tegen de receptioniste, 'waarom ga ik anders niet eerst, dan kan deze jongeman naar Banqueting House rennen om die vrouw te zien. Ik ben het wachten beu.' Ze steekt haar been uit en trekt een gepijnigd gezicht.

Justin staat op en veegt de tapijtvezels van zijn broek. 'Ik weet sowieso niet waar jullie hier op jullie leeftijd nog op wachten. Ik zou mijn tanden gewoon hier achterlaten en terugkomen als de tandarts er klaar mee is.' Hij loopt de wachtkamer uit en krijgt nog een vergeeld tijdschrift nagesmeten.

22

'Dat is niet eens zo'n slecht idee.' Justin volgt de receptioniste door de gang naar de behandelkamer maar blijft opeens staan. De adrenaline giert weer door zijn lijf. 'Dat ga ik doen.'

'Wat, je tanden hier achterlaten?' zegt ze droog, met een sterk Liverpools accent.

'Nee, ik ga naar Banqueting House,' zegt hij, heen en weer huppend van opwinding.

'Geweldig, Dick. Mag Anne ook mee? Wel eerst aan tante Fanny vragen.' Ze kijkt hem kwaad aan en zijn opwinding ebt weg. 'Ik weet niet wat er met u aan de hand is, maar u ontsnapt niet nog een keer. Kom mee. Dokter Montgomery is niet blij als u weer niet komt opdagen op uw afspraak.' Met zachte dwang duwt ze hem verder.

'Goed, goed, wacht even. Het gaat nu prima met mijn tand.' Hij steekt zijn handen uit en haalt zijn schouders op alsof het allemaal niks voorstelt. 'Helemaal weg, geen centje pijn meer. Sterker nog…' en hij klappert met zijn tanden. 'Zie je, ik heb nergens last meer van. Wat doe ik hier nog? Ik voel niks.'

'U hebt tranen in uw ogen.'

'Ik ben emotioneel.'

'U bent niet goed wijs. Kom op.' Ze neemt hem weer mee door de gang.

Dokter Montgomery begroet hem met een boor in zijn hand. 'Hallo, Clarisse,' zegt hij, en hij klapt dubbel van het lachen. 'Grapje, ik heb gisteravond *The Silence of the Lambs* weer gekeken. Probeer je er weer vandoor te gaan, Justin?'

'Nee. Of nou… ja. Nou ja, ik probeer er niet vandoor te gaan, maar ik besef net dat ik ergens anders moet zijn, en…'

Terwijl Justin verder praat slagen de stevige dokter Montgomery en zijn net zo sterke assistente erin hem naar de stoel te leiden, en wanneer hij klaar is met zijn smoes beseft hij dat hij een schort om heeft en achteroverleunt.

'Ik ben bang dat ik alleen maar bla bla bla hoorde, Justin,' zegt dokter Montgomery vrolijk.

Hij zucht.

'Je gaat toch niet tegensputteren vandaag, hè?' Dokter Montgomery trekt twee chirurgische handschoenen aan.

'Als je me maar niet vraagt te kuchen.'

Dokter Montgomery lacht en met tegenzin opent Justin zijn mond.

Het rode lampje op de camera gaat uit en ik grijp pa's arm.

'Pa, we moeten weg,' zeg ik gespannen.

'Nog niet,' antwoordt pa op veel te luide fluistertoon. 'Daar heb je Michael Aspel weer. Hij staat daar achter de porseleintafel. Hij is knapper dan ik dacht. Hij kijkt of hij iemand ziet om een praatje mee te maken.'

'Michael Aspel is heel druk in zijn natuurlijke omgeving: het presenteren van een live televisieprogramma.' Ik druk mijn nagels in pa's arm. 'Ik denk niet dat hij staat te trappelen om een praatje met jou te maken.'

Pa kijkt enigszins gekwetst, en dat komt niet door mijn nagels. Hij steekt zijn kin omhoog. Uit jarenlange ervaring weet ik dat die met een onzichtbaar draadje verbonden is met zijn trots. Hij maakt aanstalten om op Michael Aspel af te stappen, die met zijn vinger in zijn oor alleen bij de porseleintafel staat.

'Hij zal wel oorsmeer hebben, net als ik,' fluistert pa. 'Hij moet dat spul gebruiken dat jij gekocht hebt. Plop! Het komt er zo uit.'

'Hij heeft een oordopje, pa. Hij luistert naar de mensen in de regiekamer.'

'Nee, volgens mij is het een gehoorapparaat. Laten we naar hem toe gaan, en denk eraan: hard en duidelijk praten. Ik heb hier ervaring mee.'

Ik verper zijn weg en kijk hem zo intimiderend mogelijk aan. Pa duwt zich omhoog op zijn linkerbeen en komt onmiddellijk tot aan mijn ogen.

'Pa, als we niet direct weggaan, zitten we straks in een cel. Alweer.'

Pa lacht. 'Ah, overdrijf toch niet zo, Gracie.'

'Godsamme, ik ben Joyce!' fluister ik woedend.

'Goed, Joyce, overdrijf niet zo.'

'Volgens mij zie je de ernst van de situatie niet in. We hebben net een victoriaanse prullenbak van zeventienhonderd pond uit een voormalig koninklijk paleis gestolen en er in een live-uitzending over gepraat.'

Pa kijkt me aan met zijn borstelige wenkbrauwen opgetrokken tot halverwege zijn voorhoofd. Voor het eerst in lange tijd kan ik zijn ogen zien. Die kijken geschrokken. En in de hoeken zijn ze nogal waterig en geel. Ik neem me voor daarnaar te vragen als we aan de arm der wet zijn ontsnapt. Of die van de BBC.

Het meisje van de productie met wie ik naar pa ben gerend kijkt me aan de andere kant van de zaal met grote ogen aan. Mijn hart slaat een paar slagen over en ik kijk snel om me heen. Hoofden draaien zich om en staren ons aan. Ze weten het.

'Oké, we moeten nu echt gaan. Volgens mij hebben ze ons door.'

'Het stelt niks voor. We zetten hem gewoon terug.' Hij zegt het alsof het niks bijzonders is. 'We hebben hem niet eens meegenomen uit het pand, dat is geen misdaad.'

'Oké, het is nu of nooit. Pak hem snel, dan zetten we hem terug en smeren we 'm.'

Ik speur de menigte af om me ervan te vergewissen dat er geen kleerkast op ons afkomt die zijn knokkels laat kraken en met een honkbalknuppel zwaait. Ik zie alleen het meisje met de headset, en ik weet zeker dat ik haar wel aankan, en zo niet, dan kan pa haar wel op haar hoofd slaan met zijn lompe orthopedische schoen.

Pa grijpt de prullenbak van de tafel en probeert hem te verbergen in zijn jas. De jas bedekt hem nauwelijks voor een derde. Ik kijk hem vragend aan en hij haalt hem weer tevoorschijn. We schuifelen door de menigte en negeren gelukwensen en felicitaties van mensen die denken dat we de loterij hebben gewonnen. Ik zie het jonge meisje met de headset zich ook een weg door de menigte banen.

'Snel, pa, snel.'

'Ik ga zo snel als ik kan.'

We bereiken de deur van de zaal, laten de menigte achter ons en begeven ons naar de hoofdingang. Ik kijk achterom voor ik de deur sluit en zie het meisje met de headset dringend iets in haar microfoontje zeggen. Ze begint te rennen maar haar weg wordt versperd door twee mannen met bruine overalls die met een kast voorbijkomen. Ik grijp de houten bak uit pa's handen en meteen gaan we sneller. Onder aan de trap graaien we onze jassen uit de garderobe en daar gaan we, omhoog en omlaag, omlaag en omhoog over de marmeren vloer van de gang. Pa pakt de bovenmaatse goudkleurige deurkruk en we horen een mannenstem 'Stop! Wacht!' roepen.

Abrupt blijven we staan en we kijken elkaar angstig aan. 'Rennen,' fluister ik tegen pa. Hij zucht dramatisch, rolt met zijn ogen en laat zich zakken op zijn rechterbeen en buigt zijn linker alsof hij me eraan wil herinneren hoeveel moeite lopen kost, laat staan rennen.

'Waar gaan jullie heen, hebben jullie haast?' vraagt de man, en hij komt onze richting uit. Langzaam draaien we ons om, en ik bereid me erop voor onze eer hoog te houden.

'Zij heeft het gedaan,' zegt pa meteen, en hij wijst met zijn duim naar mij.

Mijn mond valt open.

'Jullie hebben het allebei gedaan, ben ik bang,' zegt hij met een lachje. 'Jullie hebben jullie microfoons en zenders nog om. Die zijn nogal duur.' Hij rommelt aan de achterkant van pa's broek en maakt het apparaatje los. 'Jullie hadden in de problemen kunnen komen als jullie hiermee weg waren gegaan.'

Pa kijkt opgelucht, tot ik nerveus vraag: 'Stonden ze de hele tijd ook aan?'

'Eh.' Hij kijkt naar het apparaatje en zet het uit. 'Ja.'

'Wie hebben ons gehoord?'

'Maak je geen zorgen, ze hebben het geluid niet uitgezonden vanaf het moment dat ze naar het volgende voorwerp gingen.'

Ik slaak een zucht van opluchting.

'Maar iedereen die op de vloer een koptelefoontje draagt heeft jullie gehoord,' legt hij uit, en hij trekt pa's microfoontje los. 'O, en de regiekamer,' voegt hij er nog aan toe.

Hij wendt zich tot mij en we raken verstrikt in een gênante worsteling wanneer hij het apparaat van mijn broekband haalt en daarbij aan mijn string trekt, waar hij per ongeluk aan vast zit gemaakt. 'Aaaauu!' gil ik, en mijn kreet galmt door de gang.

'Sorry.'

De man van het geluid loopt rood aan en ik trek alles weer goed. 'Dat is het nadeel van dit werk.'

'Voordeel juist, vriend, voordeel,' lacht pa.

De man slentert terug naar de zaal. Als niemand kijkt, zetten we de paraplubak terug bij de deur, vullen hem weer met kapotte paraplu's en laten de plaats van het misdrijf achter ons.

'En, Justin, nog nieuws?' vraagt dokter Montgomery.

Justin, die achterover in de stoel ligt, met twee in chirurgische handschoenen gestoken handen en een apparaat in zijn mond geduwd, weet niet goed hoe hij moet antwoorden. Hij besluit te knipperen, want dat heeft hij een keer op tv gezien. Maar wat betekende dat ook alweer? Om de zaak nog ingewikkelder te maken knippert hij twee keer.

Dokter Montgomery mist de code en gniffelt. 'Heb je je tong verloren?'

Justin rolt met zijn ogen.

'Ik word nog een keer kwaad als iedereen me blijft negeren als ik een vraag stel.' Hij gniffelt nogmaals en buigt zich over Justin, waardoor die recht in zijn neus kan kijken.

'Arrgggh.' Hij deinst achteruit als het koele uitsteeksel zijn zere plek raakt.

'Ik zeg het niet graag, maar ik heb je gewaarschuwd. Het gaatje waar je me de vorige keer niet naar liet kijken is geïnfecteerd en nu is het weefsel ontstoken.'

Hij tikt nog wat verder.

'Aaaah!' Justin maakt sputterende geluiden achter in zijn keel.

'Ik moet een boek schrijven over de taal van tandheelkunde. Iedereen maakt allerlei geluiden die alleen ik kan verstaan. Wat denk jij, Rita?'

Het lijkt Rita met de glanzende lippen weinig te kunnen schelen. Justin sputtert enkele krachttermen.

'Nou nou.' Even verdwijnt dokter Montgomery's glimlach. 'Niet zo onbeleefd.'

Verbijsterd concentreert Justin zich op de televisie die in de hoek van de ruimte hangt. De rode balk onder aan Sky News schreeuwt dat er weer belangrijk nieuws is, en hoewel het geluid uit staat en de televisie te ver hangt om te kunnen lezen wat er precies staat, vormt het een welkome afleiding van dokter Montgomery's afschuwelijke grapjes. De aandrang om uit de stoel te springen en de eerste de beste taxi naar Banqueting House te pakken zakt weg.

De verslaggever staat voor Westminster, maar aangezien Justin niets kan horen, heeft hij geen idee waar het over gaat. Hij bestudeert het gezicht van de man en probeert te liplezen als dokter Montgomery op hem afkomt met iets wat eruitziet als een naald. Zijn ogen worden groter als hij iets op het scherm ziet. Zijn pupillen kleuren bijna heel zijn ogen zwart.

Dokter Montgomery glimlacht als hij hem voor Justins gezicht houdt. 'Maak je geen zorgen, Justin. Ik weet dat je een hekel aan naalden hebt, maar het is nodig om je te verdoven. Je hebt een vulling nodig in een andere kies voordat die ook een abces krijgt. Het doet geen pijn, het voelt alleen een beetje vreemd.'

Justins ogen worden nog groter als hij overeind probeert te komen en naar de televisie kijkt. Deze ene keer kan de naald Justin niets schelen. Hij moet dit zo goed mogelijk duidelijk maken. Niet in staat zich te verroeren of zijn mond te bewegen begint hij van achter uit zijn keel diepe geluiden te maken.

'Oké, niet in paniek raken. Een minuutje nog. Ik ben bijna klaar.' Hij buigt zich over Justin heen en blokkeert zijn zicht op de televisie. Justin schuift heen en weer in zijn stoel in zijn poging het scherm te zien.

'Goeie genade, Justin, hou alsjeblieft op. Je gaat echt niet dood van een naald, maar ik vermoord je nog als je niet ophoudt met dat gekronkel.' Gniffel, gniffel.

'Misschien moeten we even stoppen, Ted,' zegt zijn assistente, en Justin kijkt haar dankbaar aan.

'Heeft hij een toeval of zo?' vraagt dokter Montgomery haar, en hij verheft vervolgens zijn stem tegen Justin alsof die opeens slechthorend is. 'Zeg, heb je een toeval of zo?'

Justin rolt met zijn ogen en maakt nog meer keelgeluiden.

'Tv? Waar heb je het over?' Dokter Montgomery kijkt op naar Sky News en haalt eindelijk zijn vingers uit Justins mond.

Alle drie wenden ze hun blik tot het televisiescherm. De andere twee concentreren zich op het nieuws, maar Justin kijkt naar de achtergrond, waar Joyce en haar vader in de baan van de camera zijn gelopen, met achter hen de Big Ben. Kennelijk zonder het te beseffen voeren ze een verhitte discussie, met wilde handgebaren.

'Moet je die twee gekken op de achtergrond zien,' zegt dokter Montgomery lachend.

Plotseling duwt Joyce' vader zijn koffer naar Joyce en stormt de andere kant op. Joyce blijft achter met twee koffers en gooit gefrustreerd haar armen in de lucht.

'Ja, bedankt, heel volwassen!' roep ik pa na, die zojuist is weggestormd en zijn koffer bij mij heeft laten staan. Hij gaat de verkeerde kant op. Alweer. Dat gaat hij al sinds Banqueting House, maar hij weigert het toe te geven en weigert ook een taxi te nemen naar het hotel, omdat hij geld wil besparen.

Ik kan hem nog steeds zien, dus ga ik op mijn koffer zitten en wacht ik tot hij zijn fout inziet en terugkomt. Het is nu avond en ik wil alleen nog maar naar het hotel en in bad. Mijn telefoon gaat.

'Hoi, Kate.'

Ze lacht hysterisch.

'Wat is er met jou aan de hand? Nou ja, het is goed om te horen dat er nog iemand in een goed humeur is.'

'O, Joyce.' Ze snakt naar adem en ik stel me voor dat ze haar ogen droog veegt. 'Jij bent echt het beste medicijn.'

'Wat bedoel je?'

Op de achtergrond hoor ik kinderen lachen.

'Doe me een plezier en steek je rechterhand op.'

'Hoezo?'

'Doe het maar. Het is een spelletje dat de kinderen me hebben geleerd,' giechelt ze.

'Oké,' verzucht ik, en ik steek mijn rechterhand op.

Op de achtergrond hoor ik de kinderen het uitbrullen.

'Zeg dat ze met haar rechtervoet moet wiebelen,' roept Jayda.

'Oké,' lach ik. Hier word ik een stuk vrolijker van. Ik wiebel met mijn rechtervoet en ze lachen weer. Ik hoor zelfs Kates echtgenoot het uitgieren, waardoor ik me plotseling weer ongemakkelijk voel.

'Kate, wat is dit?'

Kate kan niet antwoorden, ze lacht te hard.

'Zeg dat ze op en neer moet huppen!' schreeuwt Eric.

'Nee.' Ik begin me nu te ergeren.

'Voor Jayda deed ze het wel,' begint hij te klagen, en ik voorvoel tranen. Vlug hup ik op en neer.

Ze gillen het weer uit.

'Is er daar toevallig ook iemand die weet hoe laat het is?' piept Kate door het lachen heen.

'Waar heb je het over?' Ik frons mijn wenkbrauwen en kijk achter me. Ik zie de Big Ben en snap de grap nog steeds niet. Tot ik me omdraai en in de verte de cameraploeg zie. Ik hou op met huppen.

'Wat doet die vrouw in vredesnaam?' Dokter Montgomery stapt dichter naar de televisie. 'Danst ze?'

'Uh u haa ie?' vraagt Justin, en hij voelt de gevolgen van zijn verdoofde mond.

'Natuurlijk kan ik haar zien. Volgens mij doet ze de horlepiep. Zie je?' Hij begint rond te dansen. Rita rolt met haar ogen.

Justin is opgelucht dat hij zich Joyce niet heeft ingebeeld, begint ongeduldig op en neer te wippen in zijn stoel. Schiet op, denkt hij. Ik moet naar haar toe.

Dokter Montgomery kijkt Justin vreemd aan, duwt hem terug in de stoel en plaatst de instrumenten weer in zijn mond. Justin sputtert en maakt keelgeluiden.

'Het heeft geen zin het uit te leggen, Justin. Je gaat nergens heen voor ik dit gaatje heb gevuld. Je moet antibiotica nemen voor het abces, en als je terugkomt trek ik hem eruit of ik doe een endodontologische behandeling. Ik zie wel waar ik zin in heb,' zegt hij en hij lacht meisjesachtig. 'En wie die Joyce ook is, je mag haar wel bedanken, want ze heeft je genezen van je angst voor naalden. Je merkte niet eens dat ik je een injectie gaf.'

'Ih è oe e-o-èè.'

'O, wat goed van je. Ik ben ook bloeddonor. Geeft je een tevreden gevoel, hè?'

'Aa. Ie ee uh uh-e-uh.'

Dokter Montgomery gooit zijn hoofd in zijn nek en lacht. 'Doe niet zo raar, ze vertellen je niet wie het gekregen heeft. En trouwens: het is opgedeeld in verschillende delen, bloedplaatjes, rode bloedcellen en wat nog allemaal.'

Justin sputtert nogmaals.

De tandarts lacht nogmaals. 'Wat voor muffins wil je?'

'Aa.'

'Banaan.' Daar denkt hij even over na.

'Doe mij maar chocola. Lucht alsjeblieft, Rita.'

Een verbijsterde Rita steekt de slang in Justins mond.

23

Ik slaag erin een taxi aan te houden en stuur de chauffeur in de richting van het kwieke oude mannetje dat makkelijk te lokaliseren is op het trottoir: hij zwenkt van links naar rechts, als een dronken matroos in de stroom mensen die recht vooruit gaat. Als een zalm zwemt hij tegen de stroom in, tegen de mensenmassa in die de andere richting op gaat. Niet omdat hij daar zin in heeft, niet om doelbewust anders te zijn. Hij mérkt niet eens dat hij opvalt.

Nu ik hem zo zie moet ik denken aan een verhaaltje dat hij me vertelde toen ik zo klein was dat hij me net zo'n reus leek als de eik van onze buren die aan de andere kant van de tuinmuur stond en eikels op ons gras liet regenen. Dat was in de maanden dat buiten spelen onderbroken werd door middagen die je al starend naar de grijze wereld doorbracht bij het raam, en ik buiten wanten droeg die met touwtjes vastgemaakt waren aan de mouwen van mijn jas. De huilende wind liet de takken van de gigantische eik heen en weer bewegen, bladeren ruisten en gingen van links naar rechts, net als mijn vader, een kegel die wankelde aan het einde van een bowlingbaan. Maar geen van beide werd omgeblazen door de kracht van de wind. In tegenstelling tot de eikels, die van de takken sprongen als paniekerige parachutisten die onverhoeds naar buiten werden geduwd of opgewonden windaanbidders die op hun knieën vallen.

Toen mijn vader zo robuust als een eik was en ik op school gepest werd omdat ik duimde, haalde hij de Ierse mythe aan over een doodgewone zalm die hazelnoten had gegeten die in de bron der wijsheid waren gevallen. Zodoende vergaarde de zalm alle kennis ter wereld, en de eerste die het vlees van de zalm zou eten, zou op zijn beurt die kennis weer vergaren. De dichter Finneces deed er zeven lange jaren over om de zalm te vangen en toen hij hem eindelijk te pakken had, droeg hij zijn jonge leerling Fionn op hem voor hem klaar te maken. Toen er heet vet van de zalm die gebakken werd spatte, zoog Fionn onmiddellijk op zijn verbrande duim om zijn pijn te verzachten. Door dat te doen vergaarde hij ongelooflijk veel kennis en wijsheid. Wanneer hij de rest van zijn leven niet wist wat hij moest doen, hoefde hij alleen maar op zijn duim te zuigen en dan kwam de kennis vanzelf.

Hij vertelde me dat verhaal lang geleden, toen ik nog duimde en hij zo groot als een eik was. Toen ma's geeuwen klonken als liedjes. Toen we nog samen waren. Toen ik nog geen idee had dat er een tijd zou komen dat dat niet zo zou zijn. Toen we nog kletsten in de tuin, onder de treurwilg. Waar ik me altijd verstopte en waar hij me altijd vond. Toen niets onmogelijk was en wij drieën, voor altijd samen, een gegeven waren.

Ik glimlach nu als ik mijn grote wijze zalm stroomopwaarts zie gaan, door de voetgangers heen slingerend die op het trottoir op hem af benen.

Pa kijkt op, ziet me, steekt zijn middelvinger op en loopt verder.

Ah.

'Pa,' roep ik door het open raampje, 'kom hier, stap in.'

Hij negeert me en brengt een sigaret naar zijn mond en inhaleert lang en diep, zozeer dat zijn wangen hol trekken.

'Pa, doe nou niet zo. Stap in, dan gaan we naar het hotel.'

Hij blijft lopen, kijkt strak voor zich uit, koppig als een ezel. Ik heb dit gezicht zo vaak gezien, wanneer hij ruziede met ma over zijn late en frequente pubbezoek, meningsverschillen had met leden van zijn maandagclub over de politieke toestand van hun land, in een restaurant wanneer hem zijn rundvlees werd voorgezet en het niet op een stuk houtskool leek, zoals hij het wil. De ik-heb-gelijk-en-jij-hebt-het-mis-blik waardoor zijn kin zo'n tartende houding heeft aangenomen, naar voren steekt als de grillige kustlijn van Cork en Kerry tegenover de rest van het land. Een tartende kin, een gekweld hoofd.

'We hoeven niet eens te praten. Je mag me ook in de taxi negeren. En in het hotel. Praat de hele avond niet tegen me als je je daar beter door voelt.'

'Dat zou je wel willen, hè?' snuift hij.

'Moet ik het eerlijk zeggen?'

Hij kijkt me aan.

'Ja.'

Hij probeert niet te lachen en krabt aan zijn mondhoek met zijn gele sigarettenvingers om te verhullen dat zijn boze humeur verdwijnt. De rook kringelt in zijn ogen en ik denk aan zijn gele ogen, aan hoe doordringend blauw die vroeger waren wanneer ik hem als klein meisje met bungelende benen en mijn kin in mijn handen aan de keukentafel zag zitten terwijl hij een radio, een klok of een contactdoos uit elkaar haalde. Doordringend blauwe ogen, alert, beweeglijk, als een CT-scan op zoek naar een tumor. Zijn sigaret tussen zijn lippen geklemd, aan de zijkant van zijn mond, als Popeye, waarbij de rook naar zijn toegeknepen ogen zweefde en wellicht bezoedelde met de gele kleur waar hij nu doorheen moet kijken. De kleur van ouderdom, als oude kranten die in een verfbad van de tijd zijn gedoopt.

Ik keek dan naar hem, als aan de grond genageld, bang om te praten, bang om adem te halen, bang om zijn betovering van het apparaat te verbreken. Net als de chirurg die tien jaar geleden de bypassoperatie had uitgevoerd, was hij daar, met de jeugd aan zijn zij, en verbond hij draadjes, maakte hij verstoppingen vrij, met zijn mouwen opgerold tot net onder zijn ellebogen, zijn armen gebruind van het tuinieren en zijn spieren die spanden en ontspanden terwijl zijn vingers het probleem aanpakten. Zijn nagels, altijd met een spoortje vuil onder het oppervlak. Zijn rechterwijsvinger en -middelvinger geel van de nicotine. Geel, maar deel uitmakend van een vaste hand.

Eindelijk blijft hij staan. Hij gooit zijn sigaret op de grond en stampt hem uit met zijn plompe schoen. De taxi stopt. Ik gooi de reddingsboei om zijn lichaam en we trekken hem uit zijn stroom van minachting de boot in. Hij was altijd al een opportunist en had altijd geluk: hij zou nog in een rivier vallen en er droog weer uit komen met vissen in zijn zakken. Hij stapt in zonder een woord tegen me te zeggen. Zijn kleren, adem en vingers ruiken naar rook. Ik bijt op mijn lip om maar niets te zeggen en bereid me erop voor mijn duim te verbranden.

Hij zwijgt langer dan ooit. Tien minuten of misschien wel een kwartier. Uiteindelijk stromen de woorden uit zijn mond, alsof die tijdens de zeldzame stilte achter zijn gesloten lippen ongeduldig in de rij hadden gestaan. Alsof ze rechtstreeks worden afgevuurd uit zijn hart en zoals gewoonlijk niet uit zijn hoofd, naar zijn mond waren geslingerd, om deze keer af te kaatsen op de muren van zijn gesloten lippen. In plaats van de wereld in te mogen, verzamelen ze zich als paranoïde vetcellen, bang dat het voedsel nooit zal komen. Maar nu openen de lippen zich, en de woorden worden alle kanten uit gebraakt.

'Je hebt dan misschien wel een *sherbert*, maar ik hoop dat je weet dat ik geen *sausage* heb.'

Hij steekt zijn kin naar voren, waardoor het touwtje naar zijn trots strak komt te staan. Hij lijkt tevreden met de reeks woorden die zich in dit specifieke geval aan elkaar hebben geregen.

'Wat?'

'Je hoorde me wel.'

'Ja, maar…'

'*Sherbert dab* is een *cab*, een taxi, en *mash* is cash,' legt hij uit. 'Het is de goeie ouwe Chitty Chitty.'

Die probeer ik uit te vogelen.

'Chitty Chitty Bang Bang, *rhyming slang*. Praten in rijm. Hij weet wel waar ik het over heb.' Hij knikt naar de chauffeur.

'Hij hoort je niet.'

'Hoezo, is hij *Mutt and Jeff*?'

'Wat?'

'*Deaf.*'

'Nee.' Ik schud mijn hoofd en voel me versuft en moe. 'Als het rode lichtje uit is, kan hij je niet horen.'

'Net als het gehoorapparaat van Joe.' Hij leunt naar voren en zet het knopje om. 'Kun je me horen?' roept hij.

'Ja, vriend.' De chauffeur kijkt hem aan in de spiegel. 'Luid en duidelijk.'

Pa glimlacht en zet het knopje weer om. 'En nu?'

Er volgt geen antwoord, maar de chauffeur kijkt hem met een bezorgde frons op zijn voorhoofd aan in de achteruitkijkspiegel terwijl hij zijn blik op de weg probeert te houden.

Pa gniffelt.

Ik sla mijn handen voor mijn ogen.

'Dit doen we ook met Joe,' zegt hij ondeugend. 'Soms heeft hij een hele dag niet door dat we zijn gehoorapparaat uit hebben gezet. Dan denkt hij gewoon dat niemand iets zegt. Om het halfuur roept hij dan: "JEZUS, WAT IS HET STIL HIER!"'

Pa lacht en zet het knopje weer om. 'Hoe gaat-ie, makker,' zegt pa vriendelijk.

'Alles kits, Pat,' reageert de chauffeur.

Pat is een niet zo vriendelijke bijnaam voor Ieren, en ik wacht tot pa zijn knoestige vuist door de gleuf in het raam ramt. Dat gebeurt niet. In plaats daarvan lacht hij.

'Ik heb zin om *on my tod* te zijn vanavond. Weet jij een goeie *jack* in de buurt van m'n hotel, zodat ik zonder m'n *teapot* een *pig* kan krijgen?'

De jonge chauffeur bestudeert pa's onschuldige gezicht in de spiegel, die altijd het beste met iedereen voorheeft en nooit iemand wil beledigen. Maar de chauffeur geeft geen antwoord en rijdt verder.

Ik kijk weg opdat pa zich niet geneert, maar ik voel me behoorlijk superieur en haat mezelf erom. Even later, voor een stoplicht, gaat de gleuf open en de chauffeur steekt er een stuk papier door.

'Dit zijn er een paar, vriend. De eerste kan ik je aanraden, dat is mijn favoriet. Serveren rond deze tijd goeie *loop* en *tucker*, als je begrijpt wat ik bedoel,' zegt hij met een glimlach en hij knipoogt.

'Dank je.' Pa klaart zichtbaar op. Hij bestudeert het vel papier nauwkeurig, alsof hij nog nooit zoiets kostbaars heeft ontvangen, waarna hij het zorgvuldig opvouwt en vol trots in zijn borstzakje laat glijden.

'Dit hier is gewoon een *merry ol' soul*, als je begrijpt wat ík bedoel. Zorg dat ze je genoeg *rifle* geeft.'

De chauffeur lacht en zet ons af voor ons hotel. Ik bekijk het vanuit de taxi en ben aangenaam verrast. Het driesterrenhotel bevindt zich pal in het centrum, maar tien minuten van de grote theaters, Oxford Street, Piccadilly Circus en Soho. Genoeg voor ons allebei om de tijd zorgeloos door te komen. Of juist niet.

Pa stapt uit en trekt zijn koffer naar de draaideuren bij de ingang. Ik wacht op mijn wisselgeld en kijk hem na. De deuren gaan zo snel dat ik zie dat hij zijn binnenkomst probeert te timen. Als een hond die niet in de koude zee durft te springen schuifelt hij naar voren, blijft staan, schiet weer naar voren en stopt dan weer. Ten slotte waagt hij het erop en zijn koffer blijft buiten achter, waardoor de draaideur vastloopt en hij erin gevangenzit.

Ik maak geen haast om uit te stappen. Ik leun weer naar het passagiersraampje en hoor pa achter me op het glas roffelen. 'Help!' hoor ik hem roepen.

'Wat noemde hij me trouwens?' vraag ik de chauffeur, en onverstoord negeer ik de kreten achter me.

'Een *merry old soul*?' vraagt hij met een grijns. 'Dat wil je niet weten.'

'Zeg op,' zeg ik glimlachend.

'Dat betekent *arsehole*,' zegt hij lachend, en hij rijdt weer weg. Met mijn mond open blijf ik achter.

Ik merk dat het geroffel afgenomen is en draai me om. Pa is eindelijk vrijgelaten. Ik snel naar binnen.

'Ik kan je geen creditcard geven, maar wel mijn woord,' zegt pa langzaam en op luide toon tegen de vrouw achter de balie. 'En ik ben een man van mijn woord.'

'Laat maar, hier.' Ik schuif de jonge vrouw mijn creditcard toe.

'Waarom kunnen mensen tegenwoordig niet gewoon met papiergeld betalen?' zegt pa, en hij leunt verder over de balie. 'Het is een groot probleem dat de jeugd van tegenwoordig zich in de nesten werkt en schuld op schuld stapelt omdat ze dit en dat willen, maar ze willen er niet voor werken en dus gebruiken ze die plastic gevallen. Nou, dat geld is niet gratis, dat kan ik je wel vertellen.' Hij knikt heel beslist. 'Met zo'n kaart verlies je alleen maar.'

Niemand reageert.

De receptioniste lacht hem beleefd toe en tikt wat in. 'Jullie delen een kamer?' vraagt ze.

'Ja,' antwoord ik bevreesd.

'Wel met twee bedden, hoop ik?'

'Ja, het zijn lits-jumeauxs.'

'Is het en suite?' Hij leunt naar voren en probeert haar naambordje te lezen. 'Heet je Breda?' vraagt hij.

'Aakaanksha. En ja, meneer, al onze kamers zijn en suite,' zegt ze beleefd.

'O.' Hij lijkt onder de indruk. 'Nou, ik hoop maar dat de liften het doen, want de trap lukt me niet, ik heb last van m'n rug.'

'Ze werken prima, meneer Conway.'

Ik neem de sleutel aan en loop naar de lift. In mijn hoofd hoor ik zijn stemmetje steeds opnieuw de vraag herhalen terwijl hij me volgt door de foyer. Ik druk op de knop voor de derde verdieping en de liftdeuren sluiten.

Het is een heel gewone kamer en hij is schoon, en dat is goed genoeg voor mij. Onze bedden staan wat mij betreft ver genoeg van elkaar, er is een televisie en een minibar, waar pa zijn aandacht op vestigt wanneer ik het bad laat vollopen.

'Ik lust wel een neut,' zegt hij, en zijn hoofd verdwijnt erin.

Eindelijk laat ik me in het warme, kalmerende badwater zaken. De bubbels komen omhoog als het schuim van een koel biertje dat wordt ingeschonken. Ze prikkelen in mijn neus, bedekken mijn lichaam, stromen over de rand en zweven naar de grond, waar ze met een knisperend geluid langzaamaan verdwijnen. Ik leun naar achteren en sluit mijn ogen en voel over mijn hele lichaam piepkleine belletjes zachtjes knappen zodra ze mijn huid raken… Er wordt op de deur geklopt.

Ik doe of ik niets hoor.

Dan opnieuw, iets luider nu.

Nog steeds geef ik geen antwoord.

BENG! BENG!

'Wat?' roep ik.

'O, sorry, ik dacht dat je in slaap was gevallen.'

'Ik lig in bad.'

'Dat weet ik. Daar moet je heel voorzichtig in zijn. Voor je het weet doezel je weg en glij je onder het water en verdrink je. Da's een nichtje van Amelia overkomen. Je kent Amelia wel. Ze komt soms langs bij Joseph, een paar huizen verderop. Maar ze komt niet zo vaak meer vanwege dat ongeluk in het bad.'

'Pa, lief dat je bezorgd bent, maar er is niks aan de hand.'

'Oké.'

Stilte.

'Dat is het eigenlijk niet, Gracie. Ik vraag me alleen af of hoe lang je nog nodig hebt.'

Ik grijp het gele eendje dat op de rand van het bad ligt en wurg het.

'Lieverd?' zegt hij met een bedeesd stemmetje.

Ik houd het eendje onder water en probeer het te verdrinken. Dan laat ik het los en het wipt weer omhoog en dezelfde onnozele ogen staren me weer aan. Ik adem diep in en langzaam weer uit.

'Een minuut of twintig, is dat goed?'

Stilte. Ik sluit mijn ogen weer.

'Maar, eh. Je bent er al twintig minuten en je weet hoe mijn prostaat–'

Meer hoor ik niet, want ik klauter al uit bad met de gratie van een piranha rond voedertijd. Mijn voeten piepen op de vloer van de badkamer en water spettert alle kanten op.

'Alles goed daar, Flipper?' Pa buldert het uit om zijn eigen grap.

Ik sla een handdoek om me heen en open de deur.

'Kijk nou, *Free Willy*.'

Ik buig en gebaar richting het toilet. 'Hij is geheel de uwe, meneer.'

Gegeneerd schuifelt hij naar binnen en hij sluit de deur. Die wordt op slot gedraaid.

Nat en rillend bekijk ik de flesjes rode wijn in de minibar. Ik kies er een uit en bestudeer het etiket. Onmiddellijk schiet er een beeld door mijn hoofd, zo levendig dat het lijkt alsof mijn hele lichaam getransporteerd is.

Een picknickmand met een fles erin, een identiek etiket, een rood-wit geruit tafelkleed uitgespreid op het gras, een klein meisje met blond haar dat maar rondjes draait in een roze tutu. De wijn die maar rondjes draait in een glas. Het geluid van haar lach. Vogels die kwetteren. Ver weg kindergelach, een hond die blaft. Ik lig op het geruite kleed, met blote voeten en een broek die is opgerold tot boven mijn enkels. Hárige enkels. Ik voel een hete zon op mijn huid branden, het meisje danst en draait rondjes voor de zon, waardoor de felheid van het licht soms tegengehouden wordt, en soms beweegt ze in de andere richting, waardoor het helle licht recht in mijn ogen komt. Er verschijnt een hand met een glas rode wijn voor me. Ik kijk naar haar gezicht. Rood haar, een beetje sproeterig, liefdevolle glimlach. Naar mij.

'Justin,' zingt ze. 'Justin, hoor je me?'

Het meisje lacht en draait rondjes, de wijn wervelt, het lange rode haar waait op in het lichte briesje…

En dan is het weg. Ik bevind me weer in de hotelkamer, en sta voor de minibar met haar waaruit badwater op de vloerbedekking drupt. Pa kijkt me aan met een vragende blik. Zijn hand hangt in de lucht, alsof hij niet weet of hij me moet aanraken.

'Joyce, hoor je me?' zingt hij.

Ik kuch even. 'Ben je klaar?'

Pa knikt en zijn blik volgt me tot de badkamer. Onderweg blijf ik even staan en draai me om.

'Ik heb trouwens gereserveerd voor een balletvoorstelling, als je mee wilt. We moeten over een uur weg.'

'Goed, lieverd,' zegt hij met een flauw knikje, en hij kijkt me na met een bezorgde blik die ik maar al te goed ken. Die blik heb ik gezien als kind, als volwassene en duizenden keren daartussenin. Het is alsof ik voor de eerste keer de zijwielen van mijn fiets heb gehaald en hij met me mee rent, me stevig beet houdt, bang om me los te laten.

24

Mijn vader loopt hijgend naast me en hij pakt mijn arm stevig beet. Langzaam lopen we naar Covent Garden. Met mijn andere hand klop ik op mijn zakken om te kijken of ik zijn hartpillen wel bij me heb.

'Pa, we nemen een taxi terug naar het hotel, en je gaat niet weigeren.'

Pa blijft staan en staart voor zich uit. Hij ademt diep in en uit.

'Gaat het? Is het je hart? Zullen we gaan zitten? Even uitrusten? Terug naar het hotel?'

'Hou je mond en draai je om, Gracie. Het is niet alleen mijn hart waar ik ademloos van ben, hoor.'

Ik draai me om en daar ligt het, het Royal Opera House. De zuilen zijn verlicht voor de avondvoorstelling, over het trottoir ligt een rood tapijt en de bezoekers stromen binnen.

'Soms moet je even stil blijven staan, liever,' zegt pa, en hij neemt wat voor hem ligt eens goed op. 'Je moet niet overal maar op afstormen als een stier op een rode lap.'

We hebben onze kaartjes heel laat besteld, dus we zitten bijna helemaal boven in het prachtige theater. Het is een ongelukkige plek, maar we hadden geluk dat we überhaupt kaartjes konden krijgen. Het zicht op het podium is beperkt, maar het zicht op de loges aan weerszijden is perfect. Met toegeknepen ogen tuur ik door de verrekijker die naast de stoel hing en ik bespioneer de mensen die de loges vullen. Mijn Amerikaan is nergens te bekennen. Justin, hoor je me? Ik hoor de stem van de vrouw in mijn hoofd en vraag me af of Frankies theorie klopt en ik de wereld door zijn ogen zie.

Pa is betoverd door ons zicht. 'We hebben de beste plekken in de zaal, kijk.' Hij leunt over de balustrade en zijn tweedpet valt bijna van zijn hoofd. Ik grijp zijn arm en trek hem terug. Hij haalt de foto van mam uit zijn zak en plaatst haar op de velours rand van het balkon. 'Inderdaad, het beste plekje in de zaal,' zegt hij, en hij schiet vol.

Een stem meldt over de intercom dat laatkomers moeten opschieten en eindelijk sterft de kakofonie van het orkest weg, dimmen de lichten en valt er een stilte voor de magie aanvangt. De dirigent tikt met zijn stokje en het orkest speelt de eerste akkoorden van Tsjaikovski's ballet. Op pa na, die luidruchtig snuift wanneer de eerste danser ten tonele verschijnt in een maillot, verloopt alles probleemloos en we laten ons allebei meeslepen door het verhaal over het zwanenmeer. Ik kijk weg van het feest ter ere van de prins die volwassen is geworden en bestudeer de bezoekers in de loges. Hun gezichten zijn verlicht en hun ogen dansen mee met de dansers die ze volgen. Het is alsof er een speeldoos is geopend waaruit muziek en licht stroomt en die iedereen die ernaar kijkt betovert, meevoert door zijn magie. Ik blijf door mijn toneelkijker turen, van links naar rechts, een rij onbekende gezichten, totdat... Mijn ogen worden groot als ik het bekende gezicht zie, de man uit de kapsalon van wie ik dankzij Bea's biografietje in het programmaboekje nu weet dat hij meneer Hitchcock is. Justin Hitchcock? Hij kijkt in vervoering naar het toneel, en leunt zo ver over de balustrade dat het lijkt alsof hij er elk moment overheen kan tuimelen.

Pa port me in de zij. 'Kijk niet zo rond de hele tijd, het podium is dáár. Hij kan haar elk moment doden.'

Ik draai me om naar het podium en probeer mijn blik op de prins te houden die rondspringt met zijn kruisboog, maar het lukt me niet. Een magnetische kracht draait mijn gezicht weer naar de loge, vol spanning over wie er naast meneer Hitchcock zit. Mijn hart gaat zo tekeer dat ik nu pas besef dat het niet deel uitmaakt van Tsjaikovski's partituur. Naast hem zit de vrouw met het lange rode haar en lichte sproeten die in mijn dromen de camera vasthoudt. Naast haar zit een lief uitziende man en achter hem zitten, tegen elkaar gedrukt, een man die ongemakkelijk aan zijn das trekt, een vrouw met een grote bos rode krullen en een kogelronde man. Ik ga de bestanden van mijn geheugen af alsof het een reeks kiekjes is. De mollige jongen van de sproei-installatie en de wip? Misschien. Maar de andere twee ken ik niet. Ik richt me weer op Justin Hitchcock en glimlach. Ik vind zijn gezicht nog vermakelijker dan de handelingen op het toneel.

Opeens verandert de muziek, het licht dat van zijn gezicht weerkaatst flikkert en zijn uitdrukking verandert. Ik weet onmiddellijk dat Bea op het toneel is, en ik draai me om om te kijken. Daar is ze, in de zwerm zwanen die zich zo gracieus voortbewegen, in volmaakte harmonie, in een strak wit korset met daaronder een rafelige lange witte tutu, waardoor het lijkt of ze veren heeft. Haar lange blonde haar zit in een knot, met daarop weer een mooie hoofdtooi. Ik herinner me het beeld van haar in het park als klein meisje, rondjes draaiend in haar tutu, en ik ben vervuld met trots. Wat is ze ver gekomen. Wat is ze volwassen nu. Tranen schieten me in de ogen.

'O, kijk, Justin,' fluistert Jennifer hees naast hem.

Hij kijkt. Hij kan zijn ogen niet van zijn dochter houden, een droom in wit, die in volmaakte harmonie met de zwerm zwanen danst. Geen beweging is misplaatst. Ze ziet er zo volwassen uit, hoe kan dat? Het leek nog maar gisteren dat ze rondjes draaide voor hem en Jennifer in het park tegenover hun huis, een klein meisje met een tutu en een droom, en nu... Tranen schieten hem in de ogen en hij kijkt opzij naar Jennifer om het moment met haar te delen, maar net op dat moment pakt ze de hand van Laurence. Snel kijkt hij weer naar zijn dochter. Er valt een traan en hij haalt zijn zakdoek uit zijn borstzakje.

Er wordt een zakdoek naar mijn gezicht gebracht die de traan opvangt voor hij van mijn kin valt.

'Waar huil je om?' zegt pa hardop, en hij dept mijn kin nogal hardhandig wanneer het doek valt voor de pauze.

'Ik ben zo trots op Bea.'

'Wie?'

'O, laat maar. Het is zo'n mooi verhaal. Wat vind je ervan?'

'Ik weet zeker dat die knullen sokken in hun maillots hebben.'

Ik lach en droog mijn ogen. 'Denk je dat ma het mooi vindt?'

Hij glimlacht en staart naar de foto. 'Dat moet wel, ze heeft zich nog niet één keer omgedraaid. Nee, dan jij, je hebt geen rust in je kont. Als ik had geweten dat je zo gek was op verrekijkers was ik lang geleden wel vogels met je gaan spotten.'

Hij zucht en draait zich weer om. 'De jongens van de maandagclub geloven hun oren niet. Donal McCarthy, maak je borst maar nat,' gniffelt hij.

'Mis je haar?'

'Het is al tien jaar geleden, lieverd.'

Het doet pijn dat hij zo geringschattend kan doen. Ik sla mijn armen over elkaar en kijk weg, inwendig kokend.

Pa leunt naar me toe en port me weer in de zij. 'En elke dag mis ik haar meer dan de dag ervoor.'

O. Onmiddellijk voel ik me schuldig dat ik hem iets naars had toegewenst.

'Het is net als mijn tuin. Alles groeit. Inclusief liefde. En als dat elke dag groeit, hoe kun je dan verwachten dat ik haar minder zou missen? Alles wordt groter, inclusief ons vermogen ermee om te gaan. Op die manier houden we het vol.'

Ik schud mijn hoofd, vol ontzag over de dingen die hij soms zegt. Filosofisch of anderszins. En dat van een man die me al sinds we geland zijn z'n *teapot* noemt, via *teapot lid* naar *kid*, z'n meisje.

'En ik dacht dat je er alleen maar van hield om rond te scharrelen,' zeg ik lachend.

'O, maar rondscharrelen ís ook leuk. Wist je dat Thomas Berry heeft gezegd dat tuinieren neerkomt op actief deelnemen aan de diepste geheimen van het universum? Er valt heel wat te leren door rond te scharrelen.'

'Zoals?' Ik probeer niet te lachen.

'Nou, zelfs in een tuin groeien planten die andere verstikken. Die groeien helemaal vanzelf. Ze komen langzaam op en wurgen de planten die in dezelfde grond groeien als zij. We hebben allemaal onze demonen, onze zelfvernietigingsknop. Zelfs in tuinen. Hoe mooi die ook kunnen zijn. Als je niet rondscharrelt merk je ze niet op.'

Hij neemt me op en ik kijk weg, ik moet dringend mijn keel schrapen, ook al valt er niets te schrapen.

Soms zou ik willen dat hij mannen in maillots uitlachte en het daarbij hield.

'Justin, we gaan naar de bar, kom je mee?' vraagt Doris.

'Nee,' zegt hij, op zijn teentjes getrapt als een klein kind, en hij slaat zijn armen over elkaar.

'Waarom niet?' Al schuift nog verder de loge in en gaat naast hem zitten.

'Gewoon, geen zin.' Hij pakt de toneelkijker en begint ermee te spelen.

'Maar dan zit je hier in je eentje.'

'En?'

'Meneer Hitchcock, zal ik iets te drinken voor u meenemen?' vraagt Bea's vriend Peter.

'Meneer Hitchcock was mijn vader, noem me maar Al. Net als in dat liedje van Paul Simon.' Hij stoot Peter speels tegen de schouder maar die tuimelt een paar passen terug.

'Goed, Al, maar ik had het eigenlijk tegen Justin.'

'Noem mij maar meneer Hitchcock.' Justin kijkt hem aan alsof er een luchtje in de zaal hangt.

'We hoeven niet bij Laurence en Jennifer te zitten, hoor.'

Laurence, Laurence of A-hernia, denkt Justin, Laurence met z'n misvormde–

'Dat moeten we wel, Al, doe niet zo belachelijk,' onderbreekt Doris zijn gedachten.

Al zucht. 'Nou, geef Peter eens antwoord, moeten we iets te drinken meenemen?'

Ja, denkt Justin. Maar hij kan zich er niet toe brengen het te zeggen en schudt nukkig zijn hoofd.

'Goed, we zijn over een kwartiertje terug.' Al geeft hem een broederlijk schouderklopje en ze laten hem alleen achter in de loge om zich op te winden over Laurence en Jennifer en Bea en Chicago en Londen en Dublin en nu Peter, en wat er van zijn leven is geworden.

Twee minuten later is hij zijn zelfmedelijden al beu en hij kijkt door de toneelkijker naar de plukjes mensen onder hem die zijn blijven zitten in de pauze. Hij ziet een stel bekvechten en een ander stel zoenen, hun jassen pakken en zich snel uit de voeten maken naar de uitgang. Hij bespiedt een vrouw die haar zoon een uitbrander geeft. Een groepje vrouwen dat lacht. Een stel dat niets tegen elkaar zegt of niets tegen elkaar te zeggen heeft. Hij hoopt het eerste. Niets bijzonders. Hij richt zich op de tegenoverliggende loges. Die zijn leeg, iedereen geeft er de voorkeur aan hun van tevoren bestelde drankjes te nuttigen in de bar. Hij kijkt nog verder omhoog.

Hoe kun je vanaf die plek in vredesnaam iets zien?

Er zitten nog een paar mensen die net als iedereen maar wat kletsen. Hij gaat van rechts naar links. En stopt dan. Wrijft in zijn ogen. Weet zeker dat hij het zich inbeeldt. Hij tuurt weer door de toneelkijker en ja hoor, daar zit ze. Met de oude man. Elke gebeurtenis uit zijn leven leek inmiddels wel een pagina uit *Waar is Wally?*

Zij kijkt ook door haar toneelkijker en tuurt de zaal onder hen af. Dan brengt ze hem omhoog, beweegt langzaam naar rechts en… allebei verstarren ze, en ze kijken elkaar aan door de lenzen. Langzaam steekt hij zijn arm op. En zwaait.

Langzaam doet ze hetzelfde. De oude man naast haar zet zijn bril op en tuurt in zijn richting, en zijn mond gaat voortdurend open en dicht.

Justin houdt zijn hand omhoog, wil een 'wacht'-teken maken: blijf zitten, ik kom naar jullie toe. Hij steekt zijn wijsvinger op, alsof hij net een idee heeft gekregen. Eén minuutje. Blijf zitten, ik ben er over één minuutje, wil hij duidelijk maken.

Ze steekt haar duim op en er verschijnt een brede glimlach op zijn gezicht.

Hij laat de toneelkijker zakken, staat onmiddellijk op en probeert te bepalen waar ze precies zit. De deur van de loge gaat open en Laurence komt binnen.

'Justin, ik wil even met je praten,' zegt hij beleefd, en hij trommelt met zijn vingers op de rug van de stoel die hen scheidt.

'Nee, Laurence, niet nu, sorry.' Hij probeert langs hem te schuifelen.

'Het duurt maar even, ik beloof het. Een paar minuten maar, nu we alleen zijn. Om de kou uit de lucht te halen.' Hij opent het knoopje van zijn blazer, strijkt zijn das glad en sluit het knoopje weer.

'Ja, dat waardeer ik, vriend, echt, maar ik heb echt heel erg haast nu.' Hij probeert zich langs Laurence te wurmen maar hij verspert hem de weg.

'Haast?' zegt hij met opgetrokken wenkbrauwen. 'Maar de pauze is bijna voorbij, en… ah.' Hij zwijgt wanneer het kwartje valt. 'Juist. Nou ja, ik heb het geprobeerd. Als je nog niet klaar bent voor dit gesprek begrijp ik dat.'

'Nee, dat is het niet.' Justin kijkt paniekerig omhoog door zijn toneelkijker naar Joyce. Ze zit er nog. 'Ik moet alleen dringend iemand bereiken. Ik moet echt weg, Laurence.'

Jennifer komt net binnen lopen als hij dat zegt. Ze kijkt hem kil aan.

'Echt, Justin. Laurence wilde fatsoenlijk zijn en als een volwassene met je praten. Maar jij weet kennelijk niet meer wat dat inhoudt. Hoewel ik eigenlijk niet weet waarom dat me verrast.'

'Nee, nee, luister, Jennifer.' Vroeger noemde ik je Jen, denkt hij. Wat formeel, lichtjaren verwijderd van die gedenkwaardige dag in het park toen ze allemaal zo gelukkig waren, zo verliefd. 'Ik heb hier nu écht geen tijd voor. Je begrijpt het niet, ik moet weg.'

'Je kunt niet weg. Het ballet gaat over een paar minuten weer verder en je dochter staat op het podium. Zeg me niet dat je ook bij haar wegloopt uit een belachelijk soort mannelijke trots.'

Doris en Al komen de loge binnen, waarbij Als omvang de kleine ruimte lijkt te vullen en hem de weg naar de deur verspert. Hij heeft een enorm glas cola en een grote zak chips in zijn hand.

'Zeg het tegen hem, Justin.' Doris slaat haar armen over elkaar en tikt met haar lange roze nepnagels tegen haar dunne armen.

Justin kreunt. 'Wat?'

'Herinner hem aan de hartaandoeningen in je familie, dan bedenkt hij zich misschien nog voordat hij die troep eet en drinkt.'

'Welke hartaandoeningen?' Justin slaat zijn handen voor zijn hoofd terwijl aan de andere kant Jennifer maar blijft dooremmeren. 'Wawawa' is het enige wat hij hoort.

'Je váder, die gestorven is aan een hártaanval,' zegt ze ongeduldig.

Justin verstart.

'De dokter heeft niet gezegd dat mij dat ook per se zou overkomen,' kermt Al tegen zijn vrouw.

'Hij zei dat er een goede kans was. Als het in de familie zit.'

Justins eigen stem lijkt nu wel van ergens anders te komen. 'Nee, nee, ik denk echt niet dat je je daar zorgen om hoeft te maken, Al.'

'Zie je wel?' Hij kijkt naar Doris.

'De dokter zei iets anders, schat. We moeten voorzichtiger zijn als het in de familie zit.'

'Nee, het zit niet in de–' Justin valt stil. 'Luister, ik moet echt gaan.' Hij probeert vooruit te komen in de volle loge.

'Niks ervan.' Jennifer gaat voor hem staan. 'Je gaat pas weg als je tegen Laurence hebt gezegd dat het je spijt.'

'Echt, het geeft niet, Jen,' zegt Laurence opgelaten.

Ik noem haar Jen, niet jij, denkt Justin verontwaardigd.

'Het geeft wel, schat.'

Ik ben haar schat, niet jij!

Van alle kanten klinken nu stemmen, wawawa, hij kan er niets van verstaan. Hij heeft het warm, hij zweet en raakt bevangen door duizeligheid.

Opeens dimmen de lichten en zwelt de muziek aan, en er zit niets anders op dan weer te gaan zitten, naast een kokende Jennifer, een verbolgen Laurence, een zwijgende Peter, een ongeruste Doris en een hongerige Al, die besluit luidruchtig chips te kauwen in zijn linkeroor.

Hij zucht en kijkt op naar Joyce.

Help, denkt hij.

Het lijkt erop alsof het gekibbel in de loge van meneer Hitchcock voorbij is, maar als de lichten dimmen staan ze allemaal nog. Als de lichten weer opkomen, zitten ze allemaal. Ze kijken kil voor zich uit, behalve de forse man achterin, die een grote zak chips eet. Ik heb pa de afgelopen minuten genegeerd, ik gaf er de voorkeur aan mijn tijd te investeren in een spoedcursus liplezen. Als ik geslaagd ben, ging hun gesprek over Kermit de Kikker en geroosterde bananen.

Diep vanbinnen gaat mijn hart tekeer als een djembé, en de diepe slagen dreunen door tot in mijn borst. Ik voel het onder in mijn keel bonzen, en alleen omdat hij me gezien heeft, hij wilde naar me toe komen. Ik ben opgelucht dat het de moeite waard is geweest mijn instincten te volgen, hoe wispelturig ze ook waren. Het kost me een paar minuten om me weer op iets anders dan Justin te richten, maar wanneer ik enigszins tot bedaren kom kijk ik weer naar het podium, waarop Bea me de ademt beneemt. Tijdens haar hele optreden snif ik als een trotse tante. Opeens valt me iets heel sterk in: de enige mensen die deze heerlijke herinneringen uit het park hebben zijn Bea, haar moeder, haar vader en… ik.

Ik leun opzij en fluister: 'Pa, mag ik je iets vragen?'

'Hij heeft dat meisje net verteld dat hij van haar houdt, maar ze is het verkeerde meisje.' Hij rolt met zijn ogen. 'Stomkop. Het zwanenmeisje droeg wit en deze is in het zwart. Ze líjken niet eens op elkaar.'

'Misschien heeft ze zich omgekleed. Niemand draagt elke dag hetzelfde.'

Hij neemt me eens goed op. 'Jij hebt vorige week maar één dag je badjas uitgetrokken. Maar goed, wat is er?'

'Nou ja, ik, eh… Er is iets gebeurd, en, eh…'

'Vooruit met de geit, voor ik nog een stuk mis.'

Ik geef het fluisteren op en draai me naar hem om. 'Ik heb iets gekregen, of beter nog: iemand heeft iets heel bijzonders met me gedeeld. Ik kan het absoluut niet verklaren en het is volkomen onlogisch, zoals de verschijning van Maria in Knock, weet je wel?' Ik lach nerveus maar houd daar meteen mee op als ik zijn gezicht zie.

Nee, dat weet hij niet. Pa kijkt me kwaad aan. Ik had Maria's verschijning in County Mayo in de jaren zeventig van de negentiende eeuw niet als voorbeeld van onzin moeten gebruiken.

'Goed, dat was misschien een slecht voorbeeld. Wat ik bedoel is dat alles op zijn kop is komen te staan. Ik begrijp het gewoon niet.'

'Gracie.' Pa steekt zijn kin vooruit. 'Knock heeft net als de rest van Ierland door de eeuwen heen veel ellende meegemaakt, door invasies, verdrijvingen en hongersnoden, en Onze Heer heeft Zijn Moeder gestuurd, de Heilige Maagd, om een bezoek te brengen aan Zijn onderdrukte kinderen.'

'Nee.' Ik sla mijn handen voor mijn gezicht. 'Ik bedoelde niet dat ik niet begreep waarom Mary verschenen is, ik bedoel waarom... waarom moet mij dit overkomen, wat het ook is dat ik gekregen heb.'

'O, nou, doet het iemand kwaad? Want als dat niet zo is en je het gekregen hebt, zou ik het geen "ding" meer noemen en het voortaan over een "geschenk" hebben. Kijk ze nou dansen. Hij denkt dat zij het zwanenmeisje is. Hij kan haar gezicht toch wel zien? Of is het net als Superman wanneer hij zijn bril afzet en opeens heel anders is, hoewel het overduidelijk is dat ze een en dezelfde zijn?'

Een geschenk. Zo had ik het nog niet bekeken. Ik kijk naar Bea's ouders die glunderen van trots, en ik denk aan de Bea van voor de pauze, rondzwevend in haar zwerm zwanen. Ik schud mijn hoofd. Nee. Het doet niemand kwaad.

'Nou dan.' Pa haalt zijn schouders op.

'Maar ik begrijp niet waarom en hoe en–'

'Wat is dat toch met iedereen tegenwoordig?' fluistert hij kwaad, en de man naast me draait zich om. Ik fluister dat het me spijt.

'In mijn tijd was iets gewoon wat het was. Niet dat eindeloze geanalyseer. Geen universitaire opleidingen met mensen die afstuderen in Waarom, Hoe en Omdat. Soms moet je die woorden gewoon vergeten en je inschrijven voor een cursusje dat "Bedankt" heet. Kijk maar naar dit verhaal,' en hij wijst naar het podium. 'Hoor je iemand hier klagen over het feit dat zij, een vrouw, is veranderd in een zwaan? Heb je ooit zoiets belachelijks gehoord?'

Glimlachend schud ik mijn hoofd.

'Heb je de laatste tijd nog iemand ontmoet die in een zwaan is veranderd?'
Ik lach en fluister van niet.

'En moet je eens kijken. Dit stomme gedoe is al eeuwenlang wereld-beroemd. We hebben ongelovigen, atheïsten, intellectuelen, cynici, hem.' Hij knikt naar de man die ons het zwijgen oplegde. 'Er zit hier vanavond van alles, maar iedereen wil zien dat die knul in z'n maillot eindigt met dat zwa-nenmeisje, zodat ze uit dat meer kan komen. De betovering kan alleen ver-broken worden met de liefde van iemand die nog nooit heeft liefgehad, en waarom? Wat kan jou het schelen. Denk je dat die vrouw met de veren gaat vragen waarom? Nee. Ze zegt bedankt, want eindelijk kan ze bewegen en mooie jurken aantrekken en wandelen, in plaats van de rest van haar leven elke dag naar zompig brood in een stinkend meer te pikken.'

Ik ben met stomheid geslagen.

'En nu stil, we missen de voorstelling. Kijk, ze wil zichzelf van kant maken. Over dramatisch gesproken.' Hij legt zijn ellebogen op de balustrade, leunt dichter naar het podium en draait zijn oor naar het podium, oude luistervink dat hij er is.

25

Tijdens de staande ovatie ziet Justin hoe de vader van Joyce haar in een rode jas helpt, dezelfde die ze droeg toen hij op Grafron Street tegen haar op liep. Ze begeeft zich naar de dichtstbijzijnde uitgang, met haar vader in haar kielzog.

'Justin,' sist Jennifer naar haar ex-man, die het er drukker mee heeft door zijn toneelkijker naar het plafond te staren dan naar zijn dochter te kijken die op het podium een buiging maakt.

Hij legt de toneelkijker neer en klapt luid en joelt.

'Hé, jongens, ik ga vast naar de bar om een goed plekje voor ons te regelen.' Hij maakt aanstalten naar de deur te lopen.

'Die zijn al gereserveerd!' roept Jennifer hem boven het applaus uit na.

Hij brengt zijn hand naar zijn oor en schudt zijn hoofd. 'Ik versta je niet.'

Hij weet te ontsnappen en rent door de gangen, op zoek naar een trap om bij de hoogste rangen te komen. Het doek moet voor de laatste keer gevallen zijn, want mensen stromen uit de loges en de gangen vullen zich, waardoor Justin er onmogelijk nog langs kan.

Hij verzint iets anders: hij rent naar de uitgang en wacht haar daar wel op. Op die manier kan hij haar niet missen.

'Kom, laten we wat gaan drinken,' zegt pa als we langzaam achter de menigte aan stommelen die het theater verlaat. 'Ik heb op deze verdieping een bar gezien.'

We blijven staan om te kijken waar we heen moeten. 'De Amphitheatre Bar is deze kant op,' zeg ik, en ik kijk voortdurend of ik Justin Hitchcock zie.

Een vrouwelijke medewerkster verkondigt dat de bar alleen geopend is voor de cast, medewerkers en familieleden.

'Mooi, dan zal het niet zo druk zijn,' zegt pa tegen haar, en hij tikt tegen zijn pet als hij langsloopt. 'O, u had mijn kleindochter moeten zien. Ik ben nog nooit zo trots geweest,' zegt hij, en hij drukt zijn hand op zijn hart.

De vrouw glimlacht en laat ons binnen.

'Kom op, pa.' Nadat we een drankje hebben gekocht, sleur ik hem naar een tafeltje in de verste hoek van de zaal, ver van de menigte, die steeds groter wordt.

'Als ze ons eruit proberen te gooien drink ik eerst m'n bier op, Gracie. Ik zit net.'

Ik wrijf nerveus in mijn handen en zit op het puntje van mijn stoel. Ik kijk rond of ik hem zie. Justin. Zijn naam golft door mijn hoofd, speelt rond mijn tong als een varken dat vrolijk in de modder wroet.

Mensen druppelen de bar weer uit, tot alleen familie, medewerkers en de dansers nog over zijn. Niemand komt naar ons toe om ons weg te sturen, wellicht een van de voordelen van het gezelschap van een oude man. Bea's moeder komt binnen met de twee onbekenden uit de loge, en de mollige man die ik herken. Maar geen meneer Hitchcock. Mijn ogen schieten de zaal rond.

'Daar heb je haar,' fluister ik.

'Wie?'

'Een van de danseressen. Ze was een van de zwanen.'

'Hoe weet je dat? Ze zagen er allemaal hetzelfde uit. Zelfs die nichterige knul dacht dat ze allemaal dezelfde waren. Heeft hij niet de verkeerde vrouw de liefde verklaard? De stomkop.'

Justin is nergens te bekennen en ik begin bezorgd te worden dat dit weer een gemiste kans is. Misschien is hij eerder weggegaan en komt hij helemaal niet naar de bar.

'Pa,' zeg ik gespannen, 'ik ga even iemand zoeken. Blijf alsjeblieft op deze stoel zitten. Ik ben zo terug.'

'Ik zal maar één beweging maken.' Hij pakt zijn glas op en brengt het naar zijn lippen. Hij neemt een slok Guinness, sluit zijn ogen en koestert de smaak. Rond zijn lippen blijft een witte snor over.

Ik snel de bar uit en loop rond door het enorme theater, niet goed wetend waar ik moet beginnen. Ik blijf even bij het dichtstbijzijnde herentoilet staan maar hij komt niet tevoorschijn. Ik kijk naar het balkon waar hij zat maar dat is leeg.

Wanneer de laatste mensen langs hem druppelen geeft Justin het op om bij de uitgang te wachten. Hij moet haar gemist hebben en het was nogal dom om te denken dat er maar één uitgang was. Gefrustreerd slaakt hij een zucht. Hij zou willen dat hij terug in de tijd kon reizen naar de dag in de kapsalon om die gebeurtenis nu bewust te beleven. De zak van zijn colbert trilt en hij schrikt op uit de dagdroom.

'Broertje, waar ben je nou?'

'Hé, Al. Ik heb die vrouw weer gezien.'

'Die van Sky News?'

'Ja!'

'De vikingvrouw?'

'Ja, ja, die.'

'De vrouw van de *Antiques Roadsh–*'

'JA! Jezus, moeten we echt het hele rijtje af?'

'Hé, heb je ooit bedacht dat ze misschien wel een stalker is?'

'Als zij een stalker is, waarom zit ik dan altijd achter háár aan?'

'O ja. Nou ja, misschien ben jij de stalker en weet je het nog niet.'

'Al…' Kwaad klemt Justin zijn tanden op elkaar.

'Hoe dan ook: kom snel terug, of Jennifer gaat over de rooie. Alweer.'

Justin zucht. 'Ik kom eraan.'

Hij klapt zijn telefoontje dicht en kijkt een laatste keer de straat af. Iets trekt zijn blik in de menigte, een rode jas. Zijn adrenalinegehalte schiet omhoog. Hij schiet naar buiten, baant zich met bonkend hart een weg door de mensenmassa en verliest de jas geen moment uit het oog.

'Joyce!' roept hij. 'Joyce, wacht!' schreeuwt hij nog harder.

Ze blijft lopen, niet in staat hem te horen.

Duwend en trekkend gaat hij verder. Hij wordt uitgefoeterd en in zijn zij geperd tot ze eindelijk maar een paar centimeter van hem vandaan is.

'Joyce,' zegt hij buiten adem, en hij grijpt haar arm. Ze draait zich om, een gezicht dat vetrokken is van verrassing en angst. Het gezicht van een vreemdeling.

Ze slaat hem met haar leren tas op zijn hoofd.

'Au! Hé! Jezus!' Zich verontschuldigend loopt hij terug naar het theater, en hij probeert op adem te komen en wrijft in zichzelf vloekend en mompelend over zijn zere hoofd. Hij bereikte de hoofdingang. De deur gaat niet open. Hij probeert het nogmaals, en rammelt hem dan een paar keer heen en weer. Een paar seconden later trekt en duwt hij uit alle macht, en schopt hij gefrustreerd tegen de deur.

'Hé, hé, hé! We zijn gesloten! Het theater is gesloten!' deelt een medewerker hem van achter het glas mee.

Wanneer ik terugkeer in de bar zit pa gelukkig nog in de hoek waar ik hem heb achtergelaten. Alleen is hij deze keer niet alleen. Op de stoel naast hem, met haar hoofd vlak bij het zijne, alsof ze diep in gesprek zijn, zit Bea. In paniek ren ik naar ze toe.

'Hoi.' Ik ben als de dood voor de spraakwaterval die hij misschien wel over haar heeft uitgestort.

'Ha, daar ben je. Ik dacht dat je me in de steek had gelaten. Dit lieve meisje kwam kijken of alles goed me was, omdat iemand me er weer uit probeerde te gooien.'

'Ik ben Bea,' zegt ze, en onwillekeurig merk ik weer op hoe groot ze is geworden. Hoe zelfverzekerd. Ik wil bijna zeggen dat ze de laatste keer dat ik haar zag al 'hee groo' was, maar ik hou me toch maar in over haar buitengewone transformatie tot een volwassen vrouw.

'Hallo, Bea.'

'Ken ik jou?' Er verschijnen verontruste rimpeltjes op haar porseleinen voorhoofd.

'Eh...'

'Dit is mijn dochter, Gracie,' onderbreekt pa ons, en deze ene keer verbeter ik hem maar niet.

'O, Gracie.' Bea schudt haar hoofd.

'Nee. Ik dacht aan iemand anders. Aangenaam.'

We schudden elkaar de hand en ik hou de hare misschien iets te lang beet, betoverd door de aanraking van haar echte huid, niet slechts een herinnering. Vlug laat ik weer los.

'Je was echt heel goed vanavond, ik was zo trots.'

'Trots? O ja, je vader zei dat jij de kostuums hebt ontworpen. Ze waren prachtig. Ik vond het vreemd dat ik je niet eerder had ontmoet, tijdens het passen hadden we steeds met Linda te maken.'

Mijn mond valt open. Pa haalt nerveus zijn schouders op en nipt van wat eruitziet als een nieuw biertje. Een vers leugentje voor een vers biertje. De prijs van zijn ziel.

'O, ik heb ze niet ontworpen. Ik heb alleen...' Wat heb je gedaan, Joyce? 'Ik had alleen de leiding,' zeg ik schaapachtig. 'Wat heeft hij je nog meer verteld?'

Nerveus ga ik zitten en ik kijk rond of ik haar vader zie, in de hoop dat hij niet dit moment heeft uitgekozen en me komt begroeten terwijl ik een belachelijke leugen volhoud.

'Toen je aankwam vertelde hij me net hoe hij het leven van een zwaan had gered,' zegt ze met een lach.

'Eigenhandig,' voegen ze er in koor en lachend aan toe.

'Ha ha,' weet ik met moeite uit te brengen en het klinkt gekunsteld. 'Is dat echt waar?' vraag ik hem weifelend.

'O, gij ongelovigen.' Hij neemt nog een slok en hij heeft al een cognac en een biertje op: hij ligt vast binnen de kortste keren op één oor. God mag weten wat hij dan allemaal zegt. We moeten er snel vandoor.

'Weet je, meiden, het is geweldig om een leven te redden, echt waar,' zegt pa uit de hoogte. 'Je weet niet hoe het is als je het nooit gedaan hebt.'

'Mijn vader de held,' zeg ik glimlachend.

Bea lacht naar pa. 'U klinkt net als mijn vader.'

Ik spits mijn oren. 'Is hij hier ook?'

Ze kijkt om zich heen. 'Nee, nog niet. Ik weet niet waar hij is. Hij verstopt zich waarschijnlijk voor mijn moeder en haar nieuwe vriend, om over míjn vriend nog maar te zwijgen,' zegt ze lachend. 'Maar dat is een ander verhaal. Hoe dan ook: hij beschouwt zichzelf als Superman–'

'Hoezo?' onderbreek ik haar, hoewel ik mezelf probeer in te houden.

'Ongeveer een maand geleden heeft hij bloed gedoneerd,' zegt ze, en ze houdt haar handen op. 'Tada! Dat was het!' Ze lacht. 'Maar hij denkt dat hij een soort held is omdat hij iemands leven heeft gered. Ik bedoel, ik weet het niet, misschien heeft hij dat ook wel. Hij heeft het over niks anders meer. Hij heeft het gegeven tijdens een inzamelingsactie op de universiteit waar hij een werkgroep gaf. Jullie kennen die vast wel, het is in Dublin. Trinity College? Maar goed, dat is allemaal prima, maar hij deed het alleen maar omdat hij de arts leuk vond en om dat Chinese gedoe, hoe heet het ook alweer? Dat je iemands leven redt en zij voor altijd bij je in het krijt staan?'

Pa haalt zijn schouders op. 'Ik spreek geen Chinees. En ken ook geen Chinezen. Zij eet het wel altijd.' Hij knikt naar mij. 'Rijst met eieren of zo.' Hij trekt zijn neus op.

Bea lacht. 'Nou ja, hij dacht dat als hij iemands leven redde hij het verdiende de rest van zijn leven elke dag bedankt te worden door degene die hij gered heeft.'

'En hoe moeten ze dat doen dan?' Pa leunt naar voren.

'Door een mandje met muffins te bezorgen, door zijn kleding te laten stomen, elke ochtend een krant en koffie aan zijn deur te brengen, een auto met chauffeur te regelen, kaartjes voor de eerste rij van de opera...' Ze rolt met haar ogen en fronst dan haar wenkbrauwen. 'De rest herinner ik me niet maar het waren belachelijke dingen. Ik zei tegen hem dat hij net zo goed een slaaf kon nemen als hij zo'n behandeling wenste, in plaats van iemands leven te redden.'

Ze lacht en pa doet mee.

Ik vorm een 'o' met mijn mond maar er komt geen geluid uit.

'Begrijp me niet verkeerd, hij is heel aardig,' voegt Bea, die mijn stilte verkeerd begrijpt, er snel aan toe. 'En ik was er trots op dat hij bloed had gedoneerd omdat hij als de dood is voor naalden. Het is echt een fobie,' legt ze pa uit, die instemmend knikt. 'Dit is hem.' Ze opent het medaillon om haar hals en als ik mijn spraakvermogen al hervonden had, ben ik het nu weer kwijt.

Aan één kant van het medaillon bevindt zich een foto van Bea en haar moeder, aan de andere kant de foto van haar en haar vader toen ze een klein meisje was, in het park op die zomerdag die zo duidelijk in mijn geheugen is geprent. Ik herinner me hoe ze op en neer sprong van opwinding en hoe lang het duurde voor ze stilzat. Ik herinner me de geur van haar haar toen ze op mijn schoot zat en haar hoofd omhoogduwde tegen dat van mij en zo hard 'Cheeeese' riep dat ik bijna doof werd. Dat had ze helemaal niet met mij gedaan natuurlijk, maar ik herinner het me met net zo veel genegenheid als een dagje vissen met mijn vader toen ik een kind was, ik ervaar alle indrukken van die dag net zo duidelijk als de drank die ik nu in mijn mond proef en door mijn keel voel stromen. De kou van het ijs, de zoetheid van de mineralen. Ze komen me net zo echt voor als de momenten met Bea in het park.

'Hier moet ik mijn bril even voor opzetten,' zegt pa, die dichterbij komt en het gouden medaillon in zijn oude vingers neemt. 'Waar was dit?'

'Het park waar we vroeger in de buurt woonden. In Chicago. Ik ben daar vijf jaar en mijn vader staat er ook op, maar ik ben gek op deze foto. Het was zo'n bijzondere dag.' Ze kijkt er vertederd naar. 'Een van de beste.'

Ik glimlach ook en herinner het me.

'Foto!' roept iemand bij de bar.

'Kom op, pa, we gaan,' fluister ik als Bea afgeleid is door de commotie.

'Goed, als ik m'n biertje op heb–'

'Nee, nu!' fluister ik kwaad.

'Groepsfoto! Kom op!' zegt Bea, en ze grijpt pa bij de arm.

'O!' Pa kijkt vergenoegd.

'Nee nee nee nee nee nee.'

Ik probeer te glimlachen om mijn paniek te verhullen. 'We moeten nu echt gaan.'

'Eén foto maar, Gracie,' zegt ze glimlachend. 'We moeten toch een foto hebben van de vrouw die verantwoordelijk is voor al die mooie kostuums.'

'Nee, ik ben niet–'

'Sorry, het hoofd kostuums,' verbetert Bea zichzelf schuldbewust. Een vrouw aan de andere kant van de groep werpt me bij die woorden een blik vol afschuw toe. Pa lacht. Ik sta stijfjes naast Bea, die een arm om me heen slaat en de andere om haar moeder.

'En nu allemaal: Tsjaikovski!' roept pa.

'Tsjaikovski!' Iedereen juicht en lacht.

Ik sla mijn ogen ten hemel.

De camera flitst.

Justin komt binnen.

De groep verspreidt zich.

Ik grijp pa beet en zet het op een rennen.

26

Weer in onze hotelkamer is het de hoogste tijd voor pa, die in zijn bruine wollen pyjama in bed kruipt, en ook voor mezelf, om naar bed te gaan. Het is lang geleden dat ik met zo veel kleren aan in bed ben gekropen.

De kamer is donker en hangt vol met schaduwen. Er beweegt niets, op de rode cijfers na die de tijd aangeven in het schermpje onder aan de televisie. Ik lig roerloos op mijn rug en probeer de gebeurtenissen van de dag te verwerken. Mijn lichaam vult zich weer met Zoeloegetrommel naarmate mijn hartslag versnelt. Ik voel het bonken weerkaatsen van de veren in de matras onder me. Daarna begint mijn hartslag zo snel te vibreren in mijn hals dat mijn oren zich erbij voegen. Onder mijn ribbenkast voelt het aan alsof twee vuisten zich een weg naar buiten rammen, en ik kijk naar de deur van de slaapkamer, waar elk moment een Afrikaanse stam binnen kan komen die zich aan het voeteneinde posteert om een potje ritmisch te gaan stampen.

De reden voor deze inwendige oorlogstrommen? Keer op keer gaan mijn gedachten naar de bom die Bea een paar uur geleden had laten vallen. De woorden vielen uit haar mond als twee cimbalen die tegen elkaar worden geslagen. Sinds dat moment hebben die woorden rondgezweefd en nu pas vallen ze met een knal op de grond, waarmee ze mijn Afrikaanse orkest het zwijgen opleggen. De onthulling dat Bea's vader, Justin, een maand geleden in Dublin bloed heeft gedoneerd, dezelfde maand waarin ik van de trap viel en mijn leven voorgoed veranderde, schiet voortdurend door mijn hoofd. Toeval? Een hartgrondig ja. Meer dan dat? Een voorzichtige mogelijkheid. Een hoopgevende mogelijkheid.

Maar wanneer is toeval gewoon toeval? En wanneer moet je het zien als iets meer, als dat überhaupt al mogelijk is? In dit geval? Nu ik verloren en wanhopig ben, rouw om een kind dat nooit geboren is, en mijn wonden lik na een gestrand huwelijk? Ik heb gemerkt dat dit de tijd is waarin wat ooit duidelijk was opeens troebel is geworden, en wat ooit bizar werd gevonden nu een mogelijkheid is geworden. In moeilijke tijden als deze zien mensen alles helder, hoewel anderen bezorgd toekijken en hen ervan proberen te overtuigen dat ze dat helemaal niet kunnen. Door alle nieuwe gedachten hebben ze er een hard hoofd in. Wanneer mensen hun moeilijkheden achter zich laten en hun nieuwe inzichten vol overgave omarmen, wordt dat door anderen met cynisme aanschouwd. Waarom? Omdat je, wanneer je overhoop ligt, harder op zoek gaat naar antwoorden dan anderen, en het zijn die antwoorden die je erdoorheen slepen.

Deze bloedtransfusie, is die hét antwoord of niet meer dan een antwoord waar ik naar op zoek ben? In mijn ervaring dienen antwoorden zich meestal aan. Ze liggen niet verborgen onder stenen en houden zich niet schuil tussen bomen. De antwoorden bevinden zich pal voor onze ogen. Maar als je geen reden hebt om ernaar te kijken, vind je ze waarschijnlijk nooit.

En ik voel de verklaring voor de plotselinge vreemde herinneringen en de reden voor mijn intense band met Justin dus door mijn aderen stromen. Gaat mijn hart zo tekeer om me in te laten zien dat dit het antwoord is? Het hupt nu op en neer als een skippybal en probeert mijn aandacht te trekken, me op een probleem te wijzen. Ik adem langzaam in door mijn neus en weer uit door mijn mond. Rustig sluit ik mijn ogen en ik leg mijn handen over mijn borst. Ik voel het gebonk dat binnen in me raast. Het is nu tijd om alles te vertragen, tijd om antwoorden te krijgen.

Even neem ik aan dat het bizarre gegeven een feit is, zoals mensen die in moeilijkheden zijn dat doen: als ik inderdaad Justins bloed heb gekregen tijdens de transfusie, dan stuurt mijn hart nu zijn bloed rond door mijn lichaam. Bloed dat ooit door zijn aderen stroomde, hem in leven hield, raast nu door de mijne en helpt me in leven te blijven. Iets wat recht uit zijn hart kwam, wat door zijn lichaam ging en hem maakt wie hij is, vormt nu een deel van mij.

Aanvankelijk ril ik bij de gedachte en ik krijg kippenvel, maar als ik er langer over nadenk, wentel ik me gerieflijker in het bed en sla mijn armen om me heen. Opeens voel ik me niet zo eenzaam meer en ben ik blij met het gezelschap binnen in me. Is dit de reden voor de connectie die ik met hem voel? Dat het door van hem naar mij te stromen me in staat stelde af te stemmen op zijn golflengte en zodoende zijn persoonlijke herinneringen en passies te ervaren?

Ik zucht vermoeid en weet dat niets in mijn leven nog hout snijdt, en niet alleen sinds de dag dat ik van de trap ben gevallen. Ik voel het al geruime tijd. Die dag... dat was de dag dat ik landde. De eerste dag van de rest van mijn leven en er was best kans dat ik dat te danken had aan Justin Hitchcock.

Het is een lange dag geweest. Het gedoe op de luchthaven, de *Antiques Roadshow*, en ten slotte het schokkende nieuws in het Royal Opera House. In vierentwintig uur ben ik overweldigd door een stortvloed van emoties. Ik glimlach nu bij de herinnering aan de gebeurtenissen, de kostbare momenten met pa, van thee aan zijn keukentafel tot een miniavontuur in Londen. Ik grijns breeduit naar het plafond en stuur een bedankje naar wat er zich boven het plafond bevindt.

Uit het donker hoor ik gepiep, raspende geluidjes die de lucht in zweven. 'Pa?' fluister ik. 'Gaat het?'

Het gepiep wordt luider en ik verstar. 'Pa?'

Dan volgt er een snuivend geluid. En een bulderende lach. 'Michael Aspel,' proest hij al lachend. 'Goeie god, Gracie.'

Ik glimlach van opluchting terwijl hij steeds harder lacht, zo hard dat hij het nauwelijks aankan. Ik giechel bij het geluid van zijn lachen. Hij lacht nog harder als hij mij hoort, en ik om hem. Onze geluiden voeden elkaar. De veren onder me piepen door het schudden van mijn lichaam, waardoor we het nog harder uitbrullen. We denken aan de paraplubak, de live-uitzending met Michael Aspel, de groep die 'Tsjaikovski!' roept naar de camera, bij elk beeld neemt de hilariteit toe.

'O, mijn buik,' buldert hij.

Ik rol op mijn zij met mijn handen op mijn buik. Pa blijft piepen en slaat met zijn hand op het kastje tussen ons in. Ik probeer te stoppen, paniekerig om mijn buik die verkrampt, hoewel dat tegelijkertijd hilarisch is. Ik kan niet ophouden en pa's hoge gepiep maakt het nog erger. Ik geloof niet dat ik hem ooit zo lang en hard heb horen lachen. Uit het flauwe licht dat door het raam aan pa's kant binnensijpelt, zie ik hem zijn benen in de lucht steken en vrolijk heen en weer trappelen.

'O. Jee. Ik. Kan. Niet. Meer. Stoppen.'

We bulderen het uit en lachen ons slap, gaan weer liggen, rollen om en proberen weer op adem te komen. Even stoppen we en proberen we tot bedaren te komen, maar het neemt weer bezit van onze lichamen, we blijven maar lachen in de duisternis, om alles en niets tegelijk.

Dan komen we weer tot rust en er daalt een stilte neer. Pa laat een wind en daar gaan we weer.

Hete tranen rollen uit mijn ogen en over mijn opgezwollen wangen, die pijn doen van het lachen, en ik knijp erin om te stoppen. Ik besef nu hoe dicht geluk en verdriet bij elkaar liggen. Zo nauw verbonden. Zo'n dunne lijn te midden van emoties, een grens in de vorm van een trillend draadje dat de definities van de tegenpolen vertroebelt. De beweging is miniem, als het ragfijne draadje van een spinnenweb dat trilt onder een regendruppel. In dit moment van onbedaarlijk lachen waardoor mijn wangen en buik pijn doen, terwijl ik heen en weer rol, met samengeknepen maag en al mijn spieren gespannen, schokt mijn lichaam heen en weer en wordt het gekweld door emoties, waardoor ik heel voorzichtig over de grens stap en weer overga op verdriet. Tranen van verdriet stromen over mijn wangen terwijl mijn maag blijft schudden en pijn doet van geluk.

Ik denk aan Conor en mij, hoe snel een moment van liefde weggerukt werd en in een moment van haat veranderde. Eén opmerking die alles ongedaan maakte. Over hoe liefde en oorlog dezelfde grondvesten hebben. Hoe mijn donkerste momenten, mijn angstigste tijden mijn dapperste werden toen ik ze onder ogen zag. Dat wanneer je je het zwakst voelt, je uiteindelijk meer kracht toont, wanneer je je op het dieptepunt bevindt, je opeens boven jezelf uitstijgt, hoger dan ooit. Al die tegenstellingen grenzen aan elkaar, en hoe snel kunnen we veranderen. Wanhoop kan door een eenvoudige glimlach van een vreemdeling veranderen, zelfvertrouwen kan omslaan in angst door de komst van iemand bij wie je je ongemakkelijk voelt. Net zoals de zoon van Kate had geaarzeld op de evenwichtsbalk en zijn opwinding in een oogwenk was overgegaan in pijn. Alles bevindt zich op het randje, borrelt onder het oppervlak, en een lichte rilling, een huivering en alles valt om. Wat liggen emoties toch dicht bij elkaar.

Pa houdt zo abrupt op met lachen dat het me zorgen baart en ik steek mijn hand uit naar de lamp.

Aardedonker verandert razendsnel in licht.

Hij kijkt me aan alsof hij iets verkeerd heeft gedaan maar het niet durft toe te geven. Hij slaat de dekens weg en schuifelt naar de badkamer. Onderweg grist hij zijn toilettas mee, hij knalt tegen alles op zijn pad aan en weigert me aan te kijken. Ik kijk weg. Wat kan vertrouwdheid met iemand toch snel overgaan in ongemakkelijkheid. In de seconde dat je op een dood spoor komt verandert het moment waarop je zeker weet dat je precies weet waar je heen gaat. Een besef in minder dan een seconde. Een flikkering.

Pa komt terug naar bed met een andere pyjamabroek aan en een handdoek onder zijn arm gestoken. Ik knip het licht uit en we zwijgen nu. Licht verandert razendsnel weer in duisternis. Ik blijf naar het plafond staren en ik voel me verloren terwijl ik mezelf net nog hervonden had. De antwoorden die ik enkele minuten geleden nog had zijn weer veranderd in vragen.

'Ik kan niet slapen, pa.' Mijn stem klinkt kinderlijk.

'Sluit je ogen en staar in het donker, lieverd,' antwoordt pa slaperig, en hij klinkt ook dertig jaar jonger.

Even later hoor ik hem zachtjes snurken.

Wakker en dan... weg. Er hangt een sluier tussen de twee tegenpolen, een dun, transparant gevalletje om ons te waarschuwen of troosten. Je zit nu vol haat, maar kijk door deze sluier en zie de mogelijkheid van liefde; je bent nu verdrietig maar kijk naar de andere kant en zie geluk. Van volledige beheersing tot een volkomen puinhoop – het gebeurt allemaal zo snel, in een oogwenk.

27

'Goed, we zijn hier vandaag omdat–'

'Er iemand gestorven is.'

'Nee, Kate,' verzucht ik.

'Nou, het klinkt alsof... Au!' roept ze als Frankie haar – naar ik aanneem – fysiek pijn doet om haar tactloosheid.

'En, ben je al die rode bussen al zat?' vraagt Frankie.

Ik zit aan het bureau in mijn hotelkamer en bel met de meiden die om de telefoon bij Kate thuis zitten geschaard, met mij op de speaker. Ik had de hele ochtend rondgelopen in Londen en foto's gemaakt van pa die ongemakkelijk poseerde voor alles wat maar Engels leek: rode bussen, brievenbussen, politiepaarden, pubs, Buckingham Palace, en een travestiet die niets doorhad. Pa vond het namelijk spannend om 'een echte' te zien die niets weg had van de lokale priester die gek was geworden en in een jurk over straat had gelopen toen mijn vader nog jong was, in zijn geboortedorp Cavan.

Nu ik aan het bureau zit, ligt hij op bed een herhaling van *Strictly Come Dancing* te kijken. Hij drinkt een cognac en likt het smaakje van zure room en ui van de Pringles, waarna hij de zacht geworden chips in de prullenbak gooit.

'Mooi!' roept hij naar de televisie, als antwoord op iets wat de presentator zegt.

Ik heb een telefonische bespreking belegd om het laatste nieuws te delen, of eigenlijk meer om hulp en geestelijke bijstand te vragen. Dat laatste is misschien ijdele hoop, maar dromen staat vrij.

'Een van je kinderen heeft net op me gekotst,' zegt Frankie. 'Je kínd heeft net op me gekotst.'

'O, dat is geen kots, dat is een beetje kwijl.'

'Nee, dít is kwijl...'

Er valt een stilte.

'Frankie, je bent echt walgelijk.'

'Meiden, kunnen jullie alsjeblieft één keer ophouden?'

'Sorry, Joyce, maar ik kan pas verder praten als het weg is. Het kruipt rond en bijt, klimt op dingen, kwijlt op dingen. Het leidt heel erg af. Kan Christian er niet op passen?'

Ik hou mijn lachen in.

'Noem mijn kind geen "het". En nee, Christian heeft het druk.'

'Hij kijkt voetbal.'

'Hij houdt er niet van om gestoord te worden, vooral niet door jou. Ooit.'

'Maar jij hebt het ook druk. Hoe krijg ik het met me mee?'

Opnieuw stilte.

'Kom hier, jongetje,' zegt Frankie ongemakkelijk.

'Hij heet Sam, en jij bent zijn peetmoeder, of ben je dat ook vergeten?'

'Nee, dat ben ik niet vergeten. Alleen zijn naam.' Haar stem klinkt gespannen, alsof ze gewichten heft. 'Wauw, wat geef je het te eten?'

Sam knort als een varken.

Frankie snuift terug.

'Frankie, geef hem maar aan mij. Ik breng hem wel naar Christian.'

'Goed, Joyce,' zegt Frankie als Kate weg is, 'ik heb wat onderzoek gedaan met de informatie die je me gisteren gaf en ik heb hier wat papieren, wacht even.' Ik hoor papieren ritselen.

'Waar gaat dit over?' vraagt Kate wanneer ze terugkomt.

'Dit gaat over Joyce die in de hersens van de Amerikaan is gedoken, waardoor ze nu zijn herinneringen en intelligentie heeft en kan wat hij kan,' antwoordt Frankie.

'Wat?' gilt Kate.

'Ik ben erachter dat hij Justin Hitchcock heet,' zeg ik opgewonden.

'Hoe?' vraagt Kate.

'Zijn achternaam stond in het biografietje van zijn dochter in het programmaboekje van de balletvoorstelling van gisteravond, en zijn voornaam… Nou ja, die heb ik uit een droom.'

Stilte.

Ik sla mijn ogen ten hemel en zie voor me hoe ze elkaar aankijken.

'Waar hebben jullie het in godsnaam over?' vraagt Kate verbijsterd.

'Googel hem, Kate,' gebiedt Frankie. 'Laten we eens kijken of hij bestaat.'

'Hij bestaat, geloof me maar.'

'Nee, lieverd, dit werkt meestal als volgt: wij moeten een tijdje denken dat je gestoord bent en je dan uiteindelijk geloven. Dus laat ons hem maar opzoeken en dan zien we wel verder.'

Ik rust mijn kin op mijn hand en wacht af.

'Terwijl Kate daarmee bezig is… Ik heb wat uitgezocht over het delen van herinneringen–'

'Wat?' gilt Kate opnieuw. 'Herinneringen delen? Zijn jullie allebei gek geworden?'

'Nee, alleen ik,' antwoord ik vermoeid en ik leg mijn hoofd op het bureau.

'Nou, vreemd genoeg blijk je niet geestelijk gestoord te zijn. Op dat punt dan. Ik ben online gegaan en heb wat research gedaan. Je blijkt niet de enige te zijn die zoiets voelt.'

Ik ga overeind zitten, plotseling een en al aandacht.

'Ik kwam op websites terecht met andere mensen die toegaven dat ze de herinneringen van iemand anders ervoeren en ook konden wat zij konden en hun smaak overnamen.'

'O, jullie houden me voor de gek. Ik wist het wel. Ik vond het al niks voor jou om langs te komen, Frankie.'

'We houden je niet voor de gek,' verzeker ik Kate.

'Dus je wilt me laten geloven dat je als bij toverslag opeens kunt wat iemand anders kan.'

'Ze spreekt Latijn, Frans en Italiaans,' legt Frankie uit. 'Maar we hebben niet gezegd dat er tovenarij bij kwam kijken. Dat is belachelijk.'

'En hoe zit het dan met smaak?' Kate is niet onder de indruk.

'Ze eet nu vlees,' zegt Frankie zakelijk.

'Maar waarom denken jullie dat het dingen van iemand anders zijn? Waarom kan ze niet gewoon zelf Latijn, Frans en Italiaans hebben geleerd en helemaal zelf hebben besloten dat ze van vlees houdt, als een normaal iemand? Ik hou opeens van olijven en moet niks van kaas hebben, betekent dat dat een olijfboom bezit heeft genomen van mijn lichaam?'

'Volgens mij snap je het niet helemaal. Hoezo denk je dat een olijfboom niet van kaas houdt?'

Stilte.

'Luister, Kate, ik ben het met je eens dat andere eetgewoontes natuurlijk kunnen zijn, maar zeg nou zelf: Joyce kent van de ene op de andere dag opeens drie talen zonder ze ook geleerd te hebben.'

'O.'

'En ik heb dromen over persoonlijke momenten uit Justin Hitchcocks jeugd.'

'En waar was ik toen dit allemaal gebeurde?'

'Je liet me de horlepiep dansen op Sky News,' snuif ik verontwaardigd.

Ik zet de telefoon op de luidspreker en ijsbeer geduldig door de kamer en zie de minuten verstrijken op het schermpje onder aan de televisie terwijl Frankie en Kate hartgrondig lachen.

Pa's tong blijft halverwege een lik aan een Pringle hangen en zijn ogen volgen me. 'Wat is dat voor lawaai?' vraagt hij ten slotte.

'Kate en Frankie die lachen.'

Hij rolt met zijn ogen, likt verder aan zijn chips en richt zijn aandacht op een nieuwslezer van middelbare leeftijd die de rumba doet.

Na drie minuten houdt het lachen op en ik zet de luidspreker weer af.

'Maar goed, zoals ik al zei...' zegt Frankie, en ze komt weer op adem, alsof er niets is gebeurd, 'wat je meemaakt is vrij normaal. Nou ja, niet normaal, maar er zijn dus andere, eh...'

'Freaks?' oppert Kate.

'...gevallen waarbij mensen het over vergelijkbare dingen hebben. Het enige is dat dat allemaal mensen zijn die een harttransplantatie hebben gehad, wat niets te maken heeft met wat jij hebt meegemaakt, dus dat haalt die theorie weer onderuit.'

Bonk-bonk, bonk-bonk. Opnieuw in mijn keel.

'Wacht even,' onderbreekt Kate haar. 'Hier zegt iemand dat het komt omdat ze ontvoerd is door buitenaardse wezens.'

'Niet mijn aantekeningen lezen, Kate,' sist Frankie. 'Die wilde ik niet noemen.'

Ik onderbreek hun gekibbel. 'Luister, hij heeft bloed gedoneerd. Dezelfde maand dat ik in het ziekenhuis lag.'

'En dus?' zegt Kate.

'Ze heeft een bloedtransfusie gehad,' legt Frankie uit. 'Dat verschilt niet veel van de theorie over harttransplantaties die ik net noemde.'

Alle drie vallen we stil.

Kate is de eerste die het woord weer neemt. 'Oké, ik snap het nog steeds niet. Kan iemand het uitleggen?'

'Nou, het is praktisch hetzelfde, toch?' zeg ik. 'Bloed komt uit het hart.'

Kate hapt naar adem. 'Het kwam recht uit zijn hart,' zegt ze dromerig.

'O, dus nu zijn bloedtransfusies opeens romantisch,' merkt Frankie op. 'Ik zal even oplezen wat ik van het net heb geplukt. Na berichten van verscheidene ontvangers van een donorhart over onverwachte neveneffecten heeft Channel Four een documentaire gemaakt over de vraag of het mogelijk is dat een patiënt die een donororgaan ontvangt ook herinneringen, smaken, verlangens en gewoontes van zijn donor meekrijgt. De documentaire volgt deze mensen wanneer ze in contact komen met de families van de donor aan hun poging het nieuwe leven in hen te bevatten. Het zet vraagtekens bij de wetenschappelijke kennis over het geheugen, en er komen wetenschappers aan het woord die baanbrekend onderzoek verrichten naar de intelligentie van het hart en de biochemische mogelijkheid dat onze cellen een geheugen hebben.'

'Dus als ze denken dat het hart meer intelligentie bevat dan we denken, zou het bloed dat uit iemands hart wordt gepompt die intelligentie met zich kunnen meevoeren. En dus worden bij een bloedtransfusie ook zijn herinneringen overgebracht?' vraagt Kate. 'En zijn liefde voor vlees en talen,' voegt ze er enigszins sarcastisch aan toe.

Niemand wil die vraag bevestigend beantwoorden. We willen alle drie nee zeggen. Of ik toch niet, ik heb immers al een nacht aan het idee kunnen wennen.

'Had *Star Trek* daar niet een keer een aflevering over?' vraagt Frankie. 'Want als dat niet zo is moeten ze dat alsnog doen.'

'Dit kan makkelijk worden opgelost,' zegt Kate opgewonden. 'Je moet gewoon uitzoeken wie je bloeddonor was.'

Zoals gewoonlijk ontmoedigt Frankie haar. 'Dat kan niet. Die informatie is vertrouwelijk. En trouwens, ze heeft niet al zijn bloed gekregen. Hij kan hoogstens een halve liter hebben gegeven, en daarna wordt het opgedeeld in witte bloedcellen, rode bloedcellen, plasma en bloedplaatjes. Als Joyce al iets heeft gekregen is het maar een deel van zijn bloed. Het kan zelfs vermengd zijn met dat van iemand anders.'

'Zijn bloed stroomt nog steeds door mijn lichaam. Het maakt niet uit hoeveel het is. En ik herinner me duidelijk dat ik me heel vreemd voelde toen ik in het ziekenhuis mijn ogen opende.'

Mijn belachelijke opmerking wordt gevolgd door stilte en we denken alle drie na over het feit dat mijn 'heel vreemde' gevoel niets met de bloedtransfusie te maken heeft en alles met de onbeschrijflijke tragedie dat ik mijn kind ben kwijtgeraakt.

Kate verbreekt de stilte. 'Google geeft treffers voor Justin Hitchcock,' zegt Kate.

Mijn hart gaat tekeer. Zeg alsjeblieft dat ik het niet verzin, dat hij bestaat, dat hij geen hersenspinsel is. Dat de plannen die ik in werking heb gesteld niet zomaar iemand zullen afschrikken.

'Oké, Justin Hitchcock was een hoedenmaker in Massachusetts. Hmm. Nou ja, hij is in elk geval Amerikaan. Je weet niets van hoeden toch, Joyce?'

Ik denk diep na. 'Baretten, strohoeden, gleufhoeden, baseballpetten, zuidwesters, tweedpetten.'

Pa stopt weer met likken en kijkt naar me. 'Panamahoeden.'

'Panamahoeden,' herhaal ik voor de meiden.

'Sombrero's, keppeltjes,' voegt Kate er nog aan toe.

'Hoge hoed,' zegt pa, en ook dit geef ik weer door.

'Cowboyhoed,' zegt Frankie, in gedachten verzonken, maar dan komt ze weer bij zinnen. 'Wacht even, waar zijn we mee bezig? Iedereen kan hoeden opnoemen.'

'Je hebt gelijk, het voelt niet goed. Ga verder.'

'Justin Hitchcock verhuisde in 1774 naar Deerfield, waar hij in dienst ging en tijdens de Revolutie fluitspeler was… Ik denk dat ik maar beter kan stoppen. Tweehonderd jaar oud is misschien wat te veel van het goede.'

Frankie neemt het woord. 'Wacht.' Ze wil niet dat ik de moed opgeef. 'Er is nog een Justin Hitchcock. Die werkt voor de gemeentereiniging van New York–'

'Nee,' zeg ik teleurgesteld. 'Ik wéét dat hij bestaat. Dit is belachelijk. Voeg "Trinity College" toe aan de zoekopdracht, hij gaf daar een werkgroep.'

Tik-tik-tik.

'Nee. Niets voor Trinity College.'

'Weet je zeker dat je zijn dochter hebt gesproken?' vraagt Kate.

'Ja,' zeg ik met opeengeklemde tanden.

'En heeft iemand je met dat meisje zien praten?' vraagt ze heel innemend. Ik negeer haar.

'Ik voeg de woorden "kunst", "architectuur", "Frans", "Latijn" en "Italiaans" toe aan de zoekopdracht,' zegt Frankie en ik hoor haar tikken.

'Aha! Bingo, Justin Hitchcock! Gastdocent aan het Trinity College van Dublin. Letterenfaculteit. Afdeling kunst en architectuur. Afgestudeerd in Chicago, doctoraaldiploma in Chicago, proefschrift aan de Sorbonne. Zijn specialisatie is geschiedenis van de Italiaanse renaissance, barokbeeldhouwkunst en Europese schilderkunst van 1600 tot 1900. Daarnaast is hij oprichter en hoofdredacteur van *Art and Architectural Review*. Hij is coauteur van *De Gouden Eeuw van de Nederlandse schilderkunst: Vermeer, Metsu en Terborch*, en auteur van *Koper als canvas. Schilderijen op koper 1575-1775*. Hij heeft meer dan vijftig artikelen geschreven in boeken, tijdschriften, wetenschappelijke woordenboeken en conferentieverslagen.'

'Hij bestaat dus,' zegt Kate, alsof ze zojuist de heilige graal heeft gevonden.

Ik voel me iets zekerder en zeg: 'Probeer zijn naam eens met de London National Gallery.'

'Hoezo?'

'Ik heb een voorgevoel.'

'Jij en je voorgevoel.' Kate leest verder. 'Hij is curator van de Europese kunst in de National Gallery in Londen. O god, Joyce, hij werkt in Londen. Je moet langsgaan.'

'Rustig aan, Kate. Voor hetzelfde geld schrikt hij zich dood en eindigt ze in een isoleercel. En misschien is hij de donor niet eens,' werpt Frankie tegen. 'En al is hij het wel, dat verklaart nog niks.'

'Hij is het,' zeg ik vol overtuiging. 'En als hij mijn donor was, betekent dat iets voor mij.'

'We moeten een manier vinden om erachter te komen,' oppert Kate.

'Hij is het,' zeg ik nogmaals.

'En wat ga je eraan doen?' vraagt Kate.

Ik glimlach flauw en kijk weer naar de klok. 'Hoe kom je erbij dat ik niet al iets gedaan heb?'

Justin houdt de hoorn bij zijn oor en ijsbeert door zijn kantoortje in de National Gallery, voor zover dat mogelijk is, en bij elke pas rekt hij de telefoonkabel zo ver mogelijk uit, wat niet erg ver is. Drieënhalve stap omhoog, vijf naar beneden.

'Nee, nee, Simon, ik zei Néderlandse portretten,' zegt hij lachend. 'Uit de tijd van Rembrandt en Frans Hals,' vervolgt hij. 'Ik heb een boek over dat onderwerp geschreven, dus ik ben er heel vertrouwd mee.' Leugenaar, denkt hij, je hebt de helft geschreven en bent twee jaar geleden gestopt.

'De tentoonstelling zal zestig werken omvatten, allemaal geschilderd tussen 1600 en 1800.'

Er wordt op de deur geklopt.

'Even wachten,' roept hij.

De deur gaat toch open en zijn collega Roberta komt binnen. Hoewel ze jong is, in de dertig, loopt ze voorovergebogen met haar kin op haar borst, alsof ze tientallen jaren ouder is. Haar ogen, die meestal neergeslagen zijn, schieten af en toe omhoog naar de zijne, waarna ze weer naar de grond kijkt. Ze verontschuldigt zich tegenover alles en iedereen, zegt voortdurend sorry tegen de hele wereld, alsof alleen al haar aanwezigheid een belediging is. Ze probeert zich door de hindernisbaan van zijn overvolle kantoor een weg te banen naar zijn bureau. Dat doet ze op dezelfde manier als ze door het leven gaat, zo stil en onzichtbaar mogelijk, wat Justin bewonderenswaardig zou vinden als het niet zo treurig was.

'Sorry, Justin,' fluistert ze. Ze heeft een klein mandje in haar hand. 'Ik wist niet dat je aan de telefoon was, sorry. Dit stond voor je bij de receptie. Ik zet het hier wel neer. Sorry.' Ze draait zich om en tippelt bijna zonder een geluid te maken de kamer uit en trekt de deur stilletjes achter zich dicht. Een stille wervelwind die zo gracieus en langzaam ronddraait dat hij nauwelijks lijkt te bewegen en niets wegrukt wat eromheen ligt. Hij knikt slechts naar haar en probeert zich weer op het gesprek te concentreren, de draad weer op te pakken.

'Het zal gaan van kleine individuele huiskamerportretten tot de grootschalige groepsportretten van leden van liefdadigheidsinstellingen en de burgerwacht.'

Hij stopt met ijsberen en kijkt achterdochtig naar het mandje. Hij heeft het gevoel dat er elk moment iets uit kan springen.

'Ja, Simon, in de Sainsbury-vleugel. Als je nog meer wilt weten, bel me dan vooral hier op kantoor.'

Snel rondt hij het gesprek met zijn collega af en hij hangt op. Zijn hand blijft op de hoorn liggen; hij twijfelt of hij de beveiliging moet bellen. Het mandje ziet er vreemd en lief uit in zijn muffe kantoor, als een pasgeboren baby in een mandje dat is achtergelaten op de smoezelige treden van een weeshuis. Onder het rieten handvat wordt de inhoud bedekt door een lapje geruite stof. Hij leunt naar achteren en trekt het langzaam omhoog, klaar om elk moment weg te springen.

Een stuk of tien muffins staren hem aan.

Zijn hart bonst en hij kijkt snel zijn kantoortje rond. Hij weet dat er niemand is, maar door zijn ongemak over deze verrassing hangt er opeens een griezelige sfeer. Hij zoekt in het mandje naar een kaart. Aan de andere kant zit een kleine witte envelop geplakt. Met trillende handen, die hij nu pas opmerkt, scheurt hij het nogal onhandig los van de mand. De envelop is niet dichtgemaakt en Justin trekt het kaartje eruit. Midden op de kaart staat in een keurig handschrift eenvoudigweg:

Bedankt...

28

Justin beent door de zalen van de National Gallery. Een deel van hem gehoorzaamt de regel dat in de zalen niet gerend mag worden en het andere overtreedt hem terwijl hij drie passen rent, dan weer drie passen loopt, dan weer drie passen rent en zijn pas weer vertraagt. De brave hendrik en de waaghals in hem voeren een verbeten strijd.

Hij ziet Roberta stilletjes als een schaduw door de gang lopen, richting de bibliotheek, waar ze nu vijf jaar werkt.

'Roberta!' Zijn waaghals wordt ontketend: hij negeert de regel dat in de zalen niet geschreeuwd mag worden en zijn stem echoot en weerkaatst van de wanden en de hoge plafonds, en maakt iedereen op de portretten doof, het is luid genoeg om de zonnebloemen van Van Gogh te laten verwelken en in de spiegel op het portret van Arnolfini een barst te laten schieten.

Het is ook genoeg voor Roberta om te verstarren en zich langzaam om te draaien, met grote ogen en doodsbang. Ze bloost als het handjevol bezoekers zich omdraait en haar aanstaart. Vanaf zijn plek ziet Justin haar zichtbaar slikken en hij heeft er onmiddellijk spijt van dat hij haar code heeft gebroken door de aandacht op haar te vestigen terwijl ze onzichtbaar wilde zijn. Hij beent niet langer en probeert nu stilletjes over de vloer te lopen, te glijden zoals zij, in een poging het geluid dat hij heeft geproduceerd ongedaan te maken. Ze staat daar stijf als een plank, en zo dicht mogelijk bij de muur, als een elegante bergbeklimmer die zich vastklampt aan muren en hekken en de voorkeur geeft aan beschutting in plaats van de schoonheid om zich heen op te merken. Justin vraagt zich af of haar gedrag een gevolg is van haar carrière, of dat de vacature bibliothecaris in de National Gallery haar had aangesproken vanwege haar karakter. Hij denkt het laatste.

'Ja?' fluistert ze met grote ogen en bang.

'Sorry dat ik je naam schreeuwde,' zegt hij zo zacht mogelijk. Ze kijkt opgelucht en haar schouders ontspannen enigszins.

'Hoe kwam je aan dit mandje?' Hij steekt het naar haar uit.

'Bij de receptie. Ik kwam terug van mijn pauze en Charlie vroeg aan me of ik het aan je kon geven. Is er iets mis?'

'Charlie.' Hij denkt diep na. 'Zit hij bij de Sir Paul Getty-ingang?'

Ze knikt. 'Oké, bedankt, Roberta. Sorry dat ik schreeuwde.'

Hij snelt naar de oostvleugel en zijn innerlijke waaghals en brave kant botsen opnieuw als hij heel ongemakkelijk half rent en half loopt, met het mandje dat in zijn hand bungelt.

'Klaar voor vandaag, Roodkapje?' Hij hoort schor gegniffel.

Justin, die bedenkt dat hij inderdaad húppelde met het mandje, blijft abrupt staan en draait zich om. Het is Charlie, een beveiligingsmedewerker van bijna twee meter.

'Gossie, oma, wat hebt u een lelijk hoofd.'

'Wat wil je?'

'Ik vroeg me af wie je dit mandje heeft gegeven.'

'Een bezorger van…' Charlie loopt achter zijn kleine bureau en bladert door een stel papieren en pakt een klembord. 'Harrods. Zang Wei,' leest hij op. 'Hoezo? Is er iets mis met de muffins?' Hij laat zijn tong langs zijn tanden glijden en schraapt zijn keel.

Justin knijpt zijn ogen tot spleetjes. 'Hoe wist je dat het muffins waren?'

Charlie weigert hem aan te kijken. 'Ik moest het wel controleren. Dit is de National Gallery. Ik mag niet zomaar een pakketje aannemen zonder te weten wat het is.'

Justin neemt Charlie eens op, die rood is aangelopen. Hij ziet kruimeltjes in zijn mondhoeken en lichte vlekjes op zijn uniform. Hij haalt het geruite lapje van zijn mandje en telt. Elf muffins.

'Vind je het niet vreemd om iemand elf muffins te sturen?'

'Vreemd?' Ogen schieten heen en weer, schouders bewegen onrustig. 'Dat weet ik niet, vriend. Ik heb nog nooit iemand muffins gestuurd.'

'Zou het niet logischer zijn om een dozijn muffins te sturen?'

Schouders worden opgetrokken. Vingers bewegen onrustig. Ogen bestuderen iedereen die de galerie binnenkomt, veel aandachtiger dan gewoonlijk. Zijn lichaamstaal maakt Justin duidelijk dat het gesprek wat hem betreft voorbij is.

Justin pakt zijn mobieltje en loopt Trafalgar Square op.

'Hallo?'

'Bea, met pa.'

'Ik praat niet met jou.'

'Hoezo niet?'

'Peter heeft me verteld wat je gisteren tijdens de voorstelling allemaal hebt gezegd,' snauwt ze.

'Ja, en?'

'Je hebt hem de hele avond uitgehoord over zijn plannen.'

'Ik ben je vader, dat is mijn taak.'

'Nee, wat jij deed is de taak van de Gestapo!' briest ze. 'Ik zweer het je: ik praat pas weer met je als je zegt dat het je spijt.'

'Spijt?' zegt hij lachend. 'Waarvoor? Ik heb een paar inlichtingen ingewonnen over zijn verleden om te bepalen wat zijn bedoelingen zijn.'

'Bedoelingen? Hij heeft geen bedoelingen!'

'Goed, ik heb hem een paar vragen gesteld, wat dan nog? Hij is niet goed genoeg voor je, Bea.'

'Nee, hij is niet goed genoeg voor jóu. Nou, het kan me niet schelen wat je van hem vindt, ik ben degene die gelukkig moet zijn.'

'Hij is aardbeienplukker.'

'Hij is een it-consultant!'

'Wie plukt er dan aardbeien?' Íemand plukt aardbeien, denkt hij. 'Nou, lieverd, je weet hoe ik over consultants denk. Als ze ergens zo goed in zijn, waarom doen ze het zelf dan niet, in plaats van geld te verdienen door mensen er van alles over te vertellen.'

'Jij geeft les, je bent curator en je schrijft recensies. Als je zoveel weet, waarom bouw je dan zelf geen gebouw of maak je zelf geen schilderij?' schreeuwt ze. 'In plaats van tegen iedereen op te scheppen hoeveel je ervan af weet!'

Hmm.

'Lieverd, laten we nu niet overdrijven.'

'Nee, jij bent degene die overdrijft. Je zegt tegen Peter dat het je spijt en als je dat niet doet neem ik niet meer op als je belt en zoek je je dramaatjes zelf maar uit.'

'Wacht, wacht, wacht. Ik heb maar één vraag.'

'Pa, ik–'

'Heb-je-me-een-mandje-met-twaalf-kaneelmuffins-gestuurd?' flapt hij eruit.

'Wat? Nee!'

'Nee?'

'Geen muffins! Geen gesprekken meer, geen niks–'

'Ho ho, er is geen reden voor dubbele ontkenningen.'

'Ik wil geen contact meer met je tot je je verontschuldigingen aanbiedt.'

'Oké,' verzucht hij. 'Sorry.'

'Niet tegen mij. Tegen Peter.'

'Oké, maar betekent dat dat je morgen niet mijn kleding meeneemt van de stomerij? Je weet waar hij zit, naast het metrostation–'

De telefoon klikt. Verbaasd staart hij ernaar. Hangt mijn eigen dochter nou op? Ik wist wel dat deze Peter een lastpak was.

Hij denkt weer aan de muffins en toetst opnieuw een nummer in. Hij schraapt zijn keel.

'Hallo.'

'Jennifer, met Justin.'

'Hallo, Justin.' Haar stem klinkt kil.

Vroeger klonk hij warm. Als honing. Nee, als hete karamel. Hij ging van octaaf naar octaaf wanneer ze zijn naam hoorde, net als de pianomuziek die ze op zondagochtend speelde in de serre en waarmee ze hem wekte. Maar nu?

Hij luistert naar de stilte aan de andere kant.

IJs.

'Ik bel alleen maar om te vragen of je me een mandje met muffins hebt gestuurd.' Zodra hij het zegt beseft hij hoe belachelijk dit telefoontje is. Natuurlijk heeft ze hem niets gestuurd. Waarom zou ze?

'Pardon?'

'Ik heb vandaag een mandje met muffins gekregen op kantoor, met een bedankkaartje, maar er stond niet op wie de afzender was. Ik vroeg me af of jij het was.'

'Waar zou ik jou voor moeten bedanken, Justin?' Ze klink nu geamuseerd. Nee, niet geamuseerd, spottend.

Het is een eenvoudige vraag, maar hij kent haar, en er zit veel meer achter de woorden, en dus hapt Justin gretig toe. Het haakje snijdt door zijn lip en de verbitterde Justin is terug, de stem waarmee hij zo vertrouwd is geworden tijdens de ondergang van hun… nou ja, tijdens hun ondergang. Ze heeft hem weer binnengehaald als een vis.

'O, ik weet het niet, twintig jaar huwelijk misschien. Een dochter. Een goed leven. Een dak boven je hoofd.' Hij weet dat die laatste opmerking nergens op slaat. Dat ze voor hem, na hem en zelfs zonder hem altijd een dak boven haar hoofd had en zou hebben, maar het stroomt er nu allemaal uit en hij kan het niet tegenhouden, dat wil hij niet, want hij heeft gelijk en zij heeft het mis en woede spoort elk woord aan, als een jockey die zijn paard vlak voor de finish opzweept. 'Reizen over de hele wereld.' Zwiep! 'Kleren, kleren en nog meer kleren.' Zwiep! 'Een nieuwe keuken die we niet nodig hadden, godsamme, een serre…' En hij gaat verder, als een man uit de negentiende eeuw die zijn vrouw een goed leven bezorgde dat ze anders niet gehad zou hebben, en daarbij negeerde dat ze al een goed leven had door te spelen in een orkest dat de hele wereld over reisde, en verschillende reizen te maken waarop hij haar begeleid had.

Aan het begin van hun huwelijk moesten ze wel intrekken bij Justins moeder. Ze waren jong en moesten een baby opvoeden, de reden voor hun overhaaste huwelijk, en terwijl Justin nog steeds overdag studeerde en 's avonds in een bar werkte en in het weekend in een kunstmuseum, had Jennifer geld verdiend door piano te spelen in een chic restaurant in Chicago. In het weekend kwam ze diep in de nacht thuis met een zere rug en een stijve middelvinger, maar dat alles was hij vergeten toen ze hem zojuist die ogenschijnlijk onschuldige vraag had voorgehouden. Ze had geweten dat deze tirade zou volgen en hij blijft maar kauwen op het aas in zijn mond. Uiteindelijk valt hij stil als hij geen dingen meer kan noemen die ze de afgelopen twintig jaar samen hebben gedaan.

Jennifer zwijgt.

'Jennifer?'

'Ja, Justin.' Kil.

Justin zucht van uitputting. 'Dus, was je het?'

'Het moet een van je andere vrouwen zijn geweest, want ik was het niet.' Een klik en ze is weg.

Woede borrelt in hem op. Andere vrouwen. Andere vrouwen! Eén affaire toen hij twintig was, wat gerommel in het donker met Mary-Beth Dursoa op de universiteit, nog voordat zij en Justin getrouwd waren, en ze laat het klinken alsof hij Don Juan was. In hun slaapkamer had hij zelfs een print opgehangen van *Een sater die rouwt om een nimf* van Piero di Cosimo, waar Jennifer altijd een bloedhekel aan had gehad, maar hij hoopte dat het haar op een onderbewust niveau boodschappen zou sturen. Op het schilderij is een jong, half ontkleed meisje te zien dat op het eerste gezicht lijkt te slapen maar bij wie bij nadere inspectie bloed uit de keel sijpelt. Een sater rouwt om haar. Justins interpretatie van het schilderij is dat de vrouw twijfelt aan de trouw van haar echtgenoot en hem het bos in volgt. Hij was gaan jagen en niet het slechte pad op gegaan, zoals ze gedacht had, en hij schoot haar per ongeluk neer toen ze ritselde in de bosjes en hij dacht dat ze een beest was. In hun slechtste tijden, wanneer ze razend tekeergingen tegen elkaar, toen ze hun kelen rauw hadden geschreeuwd en hun ogen prikten van de tranen, hun harten braken van de pijn, hun hoofd tolde van het analyseren, bestudeerde Justin het schilderij en was hij jaloers op de sater.

Ziedend stormt hij de treden van het North Terrace af, gaat bij een van de fonteinen zitten, zet het mandje aan zijn voeten en bijt in een muffin. Hij verorbert hem zo snel dat hij nauwelijks tijd heeft om hem te proeven. Kruimels vallen aan zijn voeten en trekken een zwerm duiven met vastberaden zwarte kraaloogjes aan. Hij wil nog een muffin pakken maar een horde duiven pikt al gretig naar de inhoud van zijn mandje. Pik, pik, pik – hij kijkt toe hoe nog tientallen duiven op hem af zwermen, en landen als gevechtsvliegtuigen. Hij is bang voor projectielen van de duiven die rond zijn hoofd cirkelen, pakt zijn mandje op en jaagt ze weg met de stoerheid van een elfjarige.

Even later snelt hij zijn voordeur door en laat hem open staan. Onmiddellijk wordt hij begroet door Doris met een palet in haar hand.

'Oké, ik heb de keuze teruggebracht,' flapt ze er meteen uit, en ze duwt tientallen kleuren naar zijn gezicht. Haar lange nagels met luipaardprint zijn elk versierd met een nepjuweeltje. Ze draagt een jumpsuit van slangenleer en haar voeten wiebelen vervaarlijk heen en weer in lakleren, enkelhoge stiletto's. Haar haar is de gebruikelijke wilde rode dos, haar ogen hebben iets katachtigs door inktachtige eyeliner met een veeg omhoog bij haar ooghoeken. Haar lippen, die gestift zijn in de kleur van haar haar, doen hem aan Ronald McDonald denken. Hevig geïrriteerd kijkt hij toe hoe ze open en dicht gaan.

De willekeurige kleuren die hij hoort zijn 'Crazy Kruisbes, Keltisch Woud, Engelse Mist en Bosparel, allemaal rústige kleuren, zouden het goed doen in deze kamer, of Wilde Paddenstoel, Nomadische Gloed en Sultana Spice. Cappuccino Candy is een van mijn favorieten, maar ik denk niet dat die bij dat gordijn past. Wat denk jij?'

Ze wappert een stofje voor zijn gezicht en het kietelt zijn neus, die zo hevig kriebelt dat hij de ruzie aan voelt komen die op elk moment kan losbarsten. Hij geeft geen antwoord maar ademt diep in en uit en telt tot tien. En als dat niet werkt en ze nog steeds verfkleuren opdreunt, gaat hij verder tot twintig.

'Hallo? Justin?' Vlak voor zijn gezicht knipt ze met haar vingers. 'Hal-lo-o?'

'Misschien moet je Justin even met rust laten, Doris. Hij ziet er moe uit.' Al kijkt zijn broer nerveus aan.

'Maar–'

'Kom hier met die wilde-paddenstoelenkont van je,' zegt hij plagerig en ze joelt het uit.

'Oké, maar nog één ding. Bea vindt haar kamer in ivoorwit straks geweldig. En Petey ook. Moet je je voorstellen hoe romantisch dat zal zijn voor–'

'GENOEG!' schreeuwt Justin zo hard als hij kan. Hij wil niet dat de naam van zijn dochter en het woord 'romantisch' in één zin gebruikt worden.

Doris deinst achteruit en houdt onmiddellijk haar mond. Haar hand vliegt naar haar borst. Al stopt met drinken, zijn fles blijft vlak onder zijn lippen hangen en zijn hijgende ademhaling boven de rand veroorzaakt een fluitend geluid. Verder heerst er absolute stilte.

'Doris.' Justin haalt diep adem en probeert zo kalm mogelijk te spreken. 'Genoeg hierover, alsjeblieft. Genoeg over Cappuccino Nights–'

'Candy,' onderbreekt ze hem, en ze zwijgt snel weer.

'Het zal wel. Dit is een victoriaans huis uit de negentiende eeuw, geen huis uit zo'n programma waar buren elkaars huis even komen verbouwen.' Hij probeert zijn emoties te onderdrukken, hij is beledigd namens het pand. 'Als je Cappuccino Chocola–'

'Candy,' fluistert ze.

'Wat dan ook! Als je dat destijds tegen iemand had gezegd, was je direct op de brandstapel gegooid!'

Ze slaakt een beledigde kreet.

'Het heeft verfijning nodig, het moet onderzocht worden, het heeft meubels uit die periode nodig, kleuren uit die periode, geen kamer die klinkt als het avondmenu van Al.'

'Hé!' roert Al zich.

'Volgens mij…' Justin haalt diep adem en zegt vriendelijk: 'Volgens mij moet iemand anders het doen. Het is misschien omvangrijker dan jij gedacht had, maar ik waardeer je hulp, echt. Zeg alsjeblieft dat je het begrijpt.'

Ze knikt langzaam en hij slaakt een zucht van opluchting.

Plotseling vliegt het palet door de kamer en Doris ontploft zowat. 'Jij pretentieuze klootzak!'

'Doris!' Al springt op uit zijn stoel, of doet daar althans een poging toe.

Justin stapt naar achter wanneer ze agressief op hem af loopt, en met haar glinsterende nagel met dierenprint naar hem wijst als een wapen.

'Nou moet je eens goed luisteren, mannetje. Ik heb de afgelopen twee weken research gedaan naar deze ellendige kelder in bibliotheken en plekken die jij niet eens ként. Ik ben naar donkere, groezelige kerkers geweest waar mensen naar oude… dingen ruiken.' Haar neusvleugels trillen en haar stem wordt lager en klinkt nu dreigend. 'Ik heb elke historische verfbrochure gekocht waar ik de hand op kon leggen en heb de kleuren toegepast in overeenkomst met de kleurenregels aan het einde van de negentiende eeuw. Ik heb de handen geschud van mensen over wie je niet eens wilt weten, ik heb delen van Londen gezien waarover ik niet eens wilde weten. Ik heb door boeken gebladerd die zo oud waren dat de stofmijten ze zelf konden aangeven uit de boekenkasten. Ik heb zo nauwkeurig mogelijk kleuren van Dulux uitgezocht die bij je historische verf passen, en ik ben naar tweedehands-, derdehands- en zelfs antiekwinkels geweest en heb meubels gezien in zo'n erbarmelijke toestand dat ik bijna een hulporganisatie heb opgericht. Ik heb dingen zien rondkruipen over eettafels en in zulke gammele stoelen gezeten dat ik de Zwarte Dood nog kon ruiken die de laatste persoon die erop had gezeten om had gelegd. Ik heb zo veel grenen geschuurd dat ik splinters heb op plekken die je niet wilt zien. Dus.'

Met haar zwaard van een nagel port ze in zijn borst om elk woord te benadrukken waarmee ze hem ten slotte tegen de muur drukt. 'Vertel. Me. Niet. Dat dit te omvangrijk voor me is.'

Ze kucht even en recht haar schouders. De woede in haar stem wordt vervangen door een kwetsbare trilling die 'arme ik' zegt. 'Maar desondanks zal ik dit project afmaken. Ik laat me niet ontmoedigen. Ik doe het, of je het nu wilt of niet, en ik doe het voor je broer, die volgende maand wel dood kan zijn, wat je niks kan schelen.'

'Dood?' Justin zet grote ogen op.

Met die woorden draait ze zich om en ze stormt naar haar slaapkamer.

Ze steekt haar hoofd om de hoek. 'En even voor de duidelijkheid: ik zou HEEL HARD met de deur hebben geslagen om duidelijk te maken hoe boos ik ben, maar die staat momenteel in de achtertuin om geschuurd en gelakt te worden, voordat ik hem...' en de laatste woorden spuugt ze uit, 'ivoorwit schilder.'

Dan verdwijnt ze opnieuw, zonder knal.

Ik schuifel nerveus heen en weer voor de open deur van Justins huis. Moet ik nu aanbellen? Gewoon zijn naam roepen? Zou hij de politie bellen en me laten arresteren voor inbraak? O, dit was zo'n slecht idee. Frankie en Kate hadden me overgehaald hierheen te gaan, mezelf aan hem voor te stellen. Ze hadden me zo opgejut dat ik in de eerste de beste taxi was gesprongen en me naar Trafalgar Square had laten rijden om hem te treffen in de National Gallery voor hij wegging. Ik was zo dichtbij geweest toen hij aan de telefoon was, hoorde zijn telefoontjes naar mensen die hij ondervroeg over het mandje. Het voelde merkwaardig ontspannen aan om gewoon naar hem te kijken, zonder dat hij het wist, niet in staat mijn ogen van hem af te houden, genietend van de spanning hem te zien zoals hij was, in plaats van zijn leven te bezien vanuit zijn eigen herinneringen.

Zijn boosheid tegen wie hij aan de lijn had – waarschijnlijk zijn ex-vrouw, de vrouw met rood haar en sproeten – overtuigde me ervan dat dit niet het goede moment was om hem te benaderen en dus was ik hem gevolgd. Gevólgd, ik had hem niet gestalkt. Ik had mijn tijd genomen terwijl ik moed verzamelde om hem aan te spreken. Zou ik wel of niet over de transfusie beginnen?

Zou hij denken dat ik gek was of zou hij er open voor staan om te luisteren, of beter nog, me te geloven?

Maar eenmaal in de metro was de timing weer niet goed. Hij was overvol, mensen duwden en porden en meden oogcontact, laat staan dat er ruimte was voor een eerste kennismaking of gesprekken over onderzoeken naar de mogelijke intelligentie van bloed. En dus had ik heen en weer gelopen door zijn straat, en me zowel een verliefde bakvis als een stalker gevoeld, en nu bevind ik me voor zijn deur, met een plan. Maar mijn plan wordt weer gedwarsboomd als Justin en zijn broer Al beginnen te praten over iets wat ik niet zou moeten horen, over een familiegeheim waar ik al meer dan vertrouwd mee ben. Ik haal mijn vinger van de bel, houd me uit het zicht van alle ramen en wacht mijn tijd af.

29

Justin kijkt paniekerig naar zijn broer en zoekt snel iets om op te zitten. Hij trekt een enorme verfbus naar zich toe en laat zich zakken, waarbij hij de natte witte ring van verf om de rand niet opmerkt.

'Al, waar had ze het over? Dat je over een maand dood zou zijn.'

'Nee, nee, nee,' lacht Al. 'Ze zei dood zou kúnnen zijn. Dat is iets heel anders. Hé, je komt er nog goed van af, broertje. Volgens mij helpt die valium haar echt. Proost.' Hij houdt zijn fles omhoog en drinkt het laatste slokje.

'Wacht even, wacht even. Al, waar heb je het over? Is er iets wat je me niet verteld hebt? Wat heeft de dokter gezegd?'

'De dokter zei precies wat ik je de afgelopen twee weken al vertel. Als naaste familieleden van iemand op jonge leeftijd hartklachten hebben, zoals mannen van onder de vijfenvijftig, heeft diegene ook een verhoogde kans op hartklachten.'

'Heb je hoge bloeddruk?'

'Een beetje.'

'Hoe hoog is je cholesterol?'

'Heel hoog.'

'Dan moet je gewoon een paar dingen in je leven veranderen, Al. Dat wil niet zeggen dat je opeens gevloerd wordt zoals... zoals...'

'Pa?'

'Nee.' Hij fronst zijn wenkbrauwen en schudt zijn hoofd.

'Hartaandoeningen zijn de belangrijkste doodsoorzaak onder Amerikaanse mannen én vrouwen. Elke drieëndertig seconden krijgt een Amerikaan iets aan zijn hart, en bijna elke tien minuten sterft er iemand aan.' Hij kijkt naar de staande klok van hun moeder, die half bedekt wordt door een stoflaken. De grote wijzer beweegt langzaam. Al grijpt zijn hart en begint te kreunen. Zijn geluiden veranderen al snel in lachen.

Justin rolt met zijn ogen. 'Wie heeft je die onzin verteld?'

'Het stond in een folder van de dokter.'

'Al, jij krijgt geen hartaanval.'

'Volgende week word ik veertig.'

'Ja, ik weet het.' Justin tikt hem speels op de knie. 'Zo mag ik het horen, we maken er een groot feest van.'

'Op die leeftijd stierf pa.' Al slaat zijn blik neer en pulkt het etiket van zijn bierflesje.

'Gaat het hierover?' Justins stem klinkt nu milder. 'Godsamme, Al, gaat het hierover? Waarom ben je er niet eerder over begonnen?'

'Ik wilde gewoon nog wat tijd met je doorbrengen. Je weet wel, voor het geval dat…' Zijn ogen schieten vol en hij kijkt weg.

Vertel hem de waarheid, denkt Justin.

'Luister, Al, er is iets wat je moet weten.' Zijn stem trilt en hij schraapt zijn keel in een poging hem onder controle te krijgen. Je hebt het nog nooit iemand verteld, denkt hij. 'Pa stond onder grote druk op z'n werk. Hij had het heel zwaar, financieel en ook op andere gebieden, waarover hij niemand iets heeft verteld. Zelfs ma niet.'

'Ik weet het, Justin. Ik weet het.'

'Weet je het?'

'Ja, ik snap het al. Hij viel niet zomaar dood neer. Hij was zwaar gestrest. En dat ben ik niet, dat weet ik. Maar al sinds ik een kind was heb ik het gevoel dat het mij ook zal overkomen. Het houdt me al bezig zolang ik me kan herinneren, en nu ik volgende week jarig ben en m'n conditie niet best is… Het is heel druk op de zaak en ik zorg niet zo goed voor mezelf. Dat kon ik nooit zo goed als jij, snap je?'

'Hé, je hoeft het niet uit te leggen.'

'Herinner je je die dag in de tuin nog? Met de sproei-installatie? Een paar uur voordat ma hem vond… Nou ja, weet je nog dat we allemaal ronddolden?'

'Dat was leuk, ja,' zegt Justin met een glimlach en hij vecht tegen de tranen.

'Weet je het nog?' Al lacht.

'Als de dag van gisteren,' zegt Justin.

'Pa spoot ons allebei nat met de tuinslang. Hij leek zo vrolijk.' Al fronst zijn wenkbrauwen en denkt even na, en dan keert de glimlach weer terug. 'Hij had een grote bos bloemen meegebracht voor ma. Weet je nog dat ze die grote bloem in haar haar stak?'

'De zonnebloem.' Justin knikt.

'En het was heel warm. Weet je nog hoe warm het was?'

'Ja.'

'En pa had zijn broek opgerold tot zijn knieën en zijn schoenen en sokken uitgetrokken. En het gras werd nat en zijn voeten zaten helemaal onder het gras, en hij bleef maar achter ons aan zitten…' Hij glimlacht afwezig. 'Dat was de laatste keer dat ik hem gezien heb.'

Voor mij niet, denkt Justin. Hij ziet voor zich hoe zijn vader de deur van de woonkamer dichttrok. Justin was het huis in gerend om naar de badkamer te gaan. Door al dat geklier met water moest hij ontzettend nodig plassen. Voor zover hij wist, was iedereen nog buiten aan het spelen. Hij hoorde zijn moeder joelend achter Al aan zitten, en Al, die nog maar vijf was, gilde van het lachen. Maar toen hij naar beneden kwam, zag hij zijn vader uit de keuken komen en door de gang lopen. Justin wilde tevoorschijn springen en hem verrassen. Hij hurkte en keek naar hem door de spijlen van de trap.

Maar toen zag hij wat hij in zijn hand had. Hij zag de fles met vloeistof die altijd weggestopt stond in het keukenkastje en alleen tevoorschijn werd gehaald bij bijzondere gebeurtenissen wanneer zijn familie overkwam uit Ierland. Wanneer ze allemaal uit die fles dronken veranderden ze, ze zongen liedjes die Justin nooit eerder had gehoord en zijn vader kende ze woord voor woord, en ze lachten en vertelden verhalen en soms huilden ze. Hij begreep niet goed waarom zijn vader die fles nu in zijn handen had. Wilde hij vandaag zingen en lachen en verhalen vertalen? Wilde hij huilen?

Toen zag Justin de pot met pillen in zijn hand. Hij wist dat het pillen waren, ze zaten in dezelfde pot als het medicijn dat pap en mam namen als ze misselijk waren. Hij hoopte maar dat zijn vader niet misselijk was, en hij hoopte dat hij niet wilde huilen. Justin zag hoe hij de deur achter hem dichttrok met de pillen en fles met alcohol in zijn handen. Hij had moeten weten wat zijn vader van plan was, maar dat wist hij niet. Hij speelt dat moment keer op keer af en probeert zichzelf te dwingen iets te roepen en hem tegen te houden. Maar de negenjarige Justin doet niets. Hij blijft gehurkt op de trap zitten en wacht tot zijn vader weer tevoorschijn komt zodat hij kan opspringen en hem verrassen. Naarmate de tijd verstreek begon hij het gevoel te krijgen dat er iets niet klopte, maar hij wist niet goed waarom hij dat gevoel had, en hij wilde de grote verrassing niet verpesten door te kijken waar zijn vader bleef.

Na minuten die aanvoelden als uren, met achter de deur niets dan stilte, slikte Justin en stond hij op. Buiten hoorde hij Al gillen van de lach. Hij hoorde Al nog steeds lachen toen hij naar binnen gingen en de groene voeten zag. Hij herinnert zich de aanblik van die voeten heel levendig, pa die als een grote groene reus op de grond lag. Hij herinnert zich dat hij de voeten volgde en zijn vader op de grond aantrof, levenloos naar het plafond starend.

Hij zei niets. Schreeuwde niet, raakte hem niet aan, kuste hem niet, probeerde hem niet te helpen, omdat hij er op dat moment niet veel van begreep, maar wel dat hulp te laat zou komen. Hij liep langzaam achteruit, de kamer uit, sloot de deur achter zich en rende naar de tuin, naar zijn moeder en jongere broertje.

Vijf minuten hadden ze. Nog vijf minuten waarin alles precies hetzelfde was. Hij was negen jaar en het was een zonnige dag. Hij had een moeder en een vader en een broertje, en hij was blij en mam was blij en de buren glimlachten heel gewoon naar hem, zoals ze naar alle andere kinderen deden, en al het eten dat ze 's avonds aten werd gemaakt door zijn moeder en wanneer hij ondeugend was op school gingen de leraren tekeer tegen hem, zoals het hoorde. Nog vijf minuten waarin alles hetzelfde was, tot zijn moeder het huis binnenging, en daarna was alles anders, op dat moment veranderde alles. Vijf minuten later was hij niet negen jaar en hij had geen moeder, vader en een broer. Hij was niet gelukkig, en mam ook niet, en de buren glimlachten zo treurig naar hem dat hij wilde dat ze zich de moeite bespaarden. Alles wat ze aten kwam uit dozen en bakjes die langsgebracht werden door vrouwen die in dezelfde straat woonden en ook altijd treurig keken, en wanneer hij drukte maakte op school keken de leraren hem met dezelfde blik aan. Iedereen had hetzelfde gezicht. De vijf extra minuten waren niet lang genoeg.

Mam vertelde hun dat pap een hartaanval had gehad. Dat vertelde ze de hele familie en iedereen die langskwam met een zelf gekookt maaltje of tussendoortje.

Justin kon zich er nooit toe brengen iemand te vertellen dat hij de waarheid kende, voor een deel omdat hij de leugen wilde geloven en voor een deel omdat hij dacht dat zijn moeder het ook was gaan geloven. En dus hield hij het voor zichzelf. Hij vertelde het zelfs niet aan Jennifer, want als hij het hardop zei zou het werkelijkheid worden en hij wilde niet bevestigen dat zijn vader op die manier was gestorven. En nu hun moeder er niet meer was, was hij de enige die de waarheid over zijn vader kende. Het verhaal over hun vaders dood dat verzonnen was om hen te helpen hing uiteindelijk als een donkere wolk boven Al en drukte op Justin.

Hij wilde Al nu meteen de waarheid vertellen, dat wilde hij echt. Maar hoe zou dat hem helpen? De waarheid kennen zou veel erger zijn, en hij zou moeten uitleggen hoe en wat, en waarom hij het al die jaren voor hem verzwegen had… Maar dan zou hij die last niet meer hoeven dragen. Misschien zou er voor hem eindelijk een soort bevrijding zijn. Het kon helpen bij zijn angst voor hartklachten en dan konden ze het samen doorstaan.

'Al, ik moet je iets vertellen,' begint Justin.

Opeens gaat de bel. Een schel gerinkel waardoor ze allebei opschrikken uit hun gedachten en dat de stilte verbrijzelt als een hamer die een glazen ruit stukslaat. Hun gedachten vallen in duigen op de grond.

'Gaat iemand nog opendoen?' roept Doris, die de stilte verbreekt.

Justin loopt naar de deur met een witte cirkel van verf op zijn achterwerk. De deur staat op een kiertje en hij trekt hem nog verder open. Op de balustrade hangt zijn gestoomde kleding. Zijn pakken, overhemden en truien, allemaal met een laagje plastic eroverheen. Er is niemand te zien. Hij stapt naar buiten en rent de treden van het souterrain op om te kijken wie ze heeft achtergelaten, maar op de afvalcontainer na is de voortuin leeg.

'Wie is het?' roept Doris.

'Niemand!' roept Justin verbaasd terug. Hij haalt zijn kleren van de balustrade en neemt ze mee naar binnen.

'Dus dat goedkope pak belde zelf aan?' vraagt ze, nog steeds boos over wat er eerder was voorgevallen.

'Ik weet het niet. Het is vreemd, Bea zou ze morgen ophalen. Ik had niet afgesproken dat ze bezorgd zouden worden.'

'Misschien is het een cadeautje omdat je zo'n goeie klant bent. Zo te zien hebben ze je hele garderobe gestoomd.'

Afkeurend laat ze haar blik over zijn kleding gaan.

'Ja, maar dan is het vast wel een cadeautje waar een flink prijskaartje aan hangt,' moppert hij. 'Ik heb net ruzie gemaakt met Bea, misschien wil ze hiermee zeggen dat het haar spijt.'

'O, wat ben je toch koppig.' Doris slaat haar ogen ten hemel. 'Is het geen seconde bij je opgekomen dat jij degene zou kunnen zijn die moet zeggen dat het hem spijt?'

Justin knijpt zijn ogen tot spleetjes. 'Heb je Bea gesproken?'

'Hé, kijk, er zit een envelop aan de zijkant,' zegt Al wijzend, en hij voorkomt zo een nieuwe ruzie.

'Dat zal je rekening zijn,' lacht Doris.

Justins hart bonst direct in zijn keel bij de aanblik van de bekende envelop. Hij gooit de kleren neer op het stoflaken en scheurt de envelop open.

'Voorzichtig! Die zijn net geperst.' Doris pakt ze op en hangt ze aan de deurpost.

Hij opent de envelop en slikt moeizaam als hij het briefje leest.

'Wat staat er?' vraagt Al.

'Het is vast een dreigbrief, moet je zijn gezicht zien,' zegt Doris uitgelaten. 'Of een bedelbrief. Sommige zijn zó leuk. Wat is er mis met ze en hoeveel willen ze?' giechelt ze.

Justin pakt het kaartje dat eerder aan het mandje muffins zat, en hij houdt de twee kaartjes naast elkaar zodat ze een hele zin vormen.

Bedankt... dat je mijn leven hebt gered.

30

Ik lig met ingehouden adem in de vuilcontainer en mijn hart klopt met de snelheid van de vleugels van een kolibrie. Ik ben net een kind dat verstoppertje speelt, en een gevoel van nerveuze opwinding schiet door mijn maag, als een hond op zijn rug die van vlooien probeert af te komen. Vind me alsjeblieft niet, Justin, vind me niet op deze manier, in de vuilcontainer in je tuin, helemaal onder de pleisterkalk en stof. Ik hoor zijn voetstappen verwijderen, de treden naar zijn souterrain weer af, en de deur gaat weer dicht.

Wat ben ik in vredesnaam geworden? Een lafaard. Ik was geschrokken en had aangebeld om te voorkomen dat Justin Al het verhaal over zijn vader zou vertellen en vervolgens was ik bang geworden omdat ik bij twee vreemdelingen voor God had gespeeld. Ik was weggerend, had een sprong gewaagd en kwam terecht op de bodem van een vuilcontainer. Mooie metafoor. Ik weet niet of ik hem ooit nog onder ogen durf te komen. Er zijn geen woorden om uit te leggen hoe ik me voel. De wereld kent weinig geduld: een verhaal als dit staat meestal in een sensatieblaadje of er wordt een artikel aan gewijd in bepaalde vrouwenbladen. Naast mijn verhaal staat dan een foto van me, in de keuken van mijn vader. Ellendig kijk ik in de camera. Zonder make-up. Nee, Justin zou me nooit geloven wanneer ik het hem vertelde, maar zeggen en doen is twee.

Liggend op mijn rug staar ik omhoog naar de lucht. De wolken kijken op me neer. Ze drijven nieuwsgierig over de vrouw in de vuilcontainer, en roepen naar de achterblijvers dat ze moeten komen kijken. Er verzamelen zich meer wolken die maar wat graag willen zien waar de andere zo over brommen. Dan drijven ook zij voorbij, en ik staar weer naar de blauwe hemel, met af en toe een wit pluimpje. Ik kan mijn moeder bijna hardop horen lachen, en stel me voor dat ze haar vrienden zachtjes aanstoot: kijk, daar heb je mijn dochter. Ik stel me voor dat ze me vanachter een wolk begluurt, en net als pa over de balustrade in het Royal Opera House veel te ver vooroverleunt. Ik glimlach en geniet nu van de situatie.

Ik veeg stof, opgedroogde verf en houtsplinters van mijn kleren en klauter uit de container, en probeer me te herinneren wat Bea's vader volgens haar nog meer wilde van degene die hij gered had.

'Justin, rustig nou, ik krijg de kriebels van je.' Doris zit op een trapje en kijkt toe hoe Justin door de kamer ijsbeert.

'Ik kan niet rustig aan doen. Begrijp je niet wat dit betekent?' Hij overhandigt haar de twee kaartjes.

Ze zet grote ogen op. 'Heb jij iemands leven gered?'

'Ja.' Hij haalt zijn schouders op en blijft staan. 'Het stelt niet veel voor. Soms doe je gewoon wat je moet doen.'

'Hij heeft bloed gegeven,' onderbreekt Al de mislukte poging tot bescheidenheid van zijn broer.

'Heb jíj bloed gegeven?'

'Zo heeft hij Vampira leren kennen, weet je nog?' zegt Al om haar geheugen op te frissen. 'En nu kan ze zijn bloed wel drinken.'

'Ze heet Sarah, niet Vampira.'

'Dus je hebt bloed gegeven om een afspraakje te kunnen maken.' Doris slaat haar armen over elkaar. 'Is er dan niets wat je doet voor de mensheid, of draait het echt alleen maar om jezelf?'

'Hé, ik heb een groot hart, hoor.'

'Hoewel een halve liter lichter dan voorheen,' voegt Al eraan toe.

'Ik heb genoeg tijd geschonken aan organisaties die mijn expertise nodig hebben: universiteiten, hogescholen en musea. Dat hoef ik niet te doen, maar dat heb ik met ze afgesproken.'

'Ja, en je rekent vast eén woordprijs. Daarom zegt hij ook "O, nee toch" in plaats van "shit" wanneer hij zijn teen stoot.'

Al en Doris barsten in lachen uit en stompen en slaan elkaar in hun lachbui.

Justin ademt diep in. 'Laten we het hele geval eens bekijken. Wie stuurt me deze kaartjes en doet deze dingen voor me?' Hij begint weer te ijsberen en bijt op zijn nagels. 'Misschien is dit Bea's idee van een grap. Met haar heb ik het erover gehad dat je het verdient om bedankt te worden als je iemands leven redt.'

Laat het alsjeblieft Bea niet zijn, denkt hij.

'Man, wat ben jij egoïstisch,' zegt Al lachend.

'Nee.' Doris schudt haar hoofd, waarbij haar lange oorbellen bij elke beweging tegen haar wangen zwiepen, maar haar getoupeerde haar geen millimeter wijkt.

'Bea wil niks met je te maken hebben tot je zegt dat het je spijt. Woorden kunnen niet beschrijven hoe erg ze je nu haat.'

'Godzijdank.' Justin ijsbeert verder. 'Maar ze moet het aan iemand verteld hebben, anders zou dit niet gebeuren. Doris, vraag aan Bea met wie ze het hierover heeft gehad.'

'Hm.' Doris steekt haar kin naar voren en kijkt weg. 'Je hebt heel gemene dingen tegen me gezegd. Ik weet niet of ik je wel kan helpen.'

Justin valt op zijn knieën en schuifelt naar haar toe. 'Alsjeblieft, Doris, ik smeek het je. Het spijt me heel, heel erg. Ik had geen idee hoeveel tijd en moeite je in het huis stak. Ik heb je onderschat. Zonder jou dronk ik nog uit een beker voor tandenborstels en at ik uit een bakje voor kattenvoer.'

'Ja, daar wilde ik het nog over hebben,' onderbreekt Al zijn smeekbede. 'Je hebt niet eens een kat.'

'Dus ben ik een goede interieurontwerper?' Doris steekt opnieuw haar kin naar voren.

'Een geweldige ontwerper.'

'Hoe geweldig?'

'Beter dan…' Hij aarzelt. 'Andrea Palladio.'

Haar ogen gaan van links naar rechts. 'Is hij beter dan Ty Pennington?'

'Hij was een Italiaanse architect uit de zestiende eeuw, en wordt algemeen beschouwd als de meest invloedrijke persoon in de geschiedenis van de westerse architectuur.'

'O. Oké. Ik vergeef het je.' Ze steekt haar hand uit. 'Geef me je telefoon maar, dan bel ik Bea.'

Even later zitten ze rond de keukentafel en Justin en Al luisteren naar Doris' aandeel in het telefoongesprek.

'Oké, Bea heeft het aan Petey verteld, en aan het hoofd kostuums van *Het Zwanenmeer*. En haar vader.'

'Het hoofd kostuums? Hebben jullie het programmaboekje nog?'

Doris verdwijnt naar de slaapkamer en keert terug met het boekje. Ze bladert erdoorheen.

'Nee.' Justin schudt zijn hoofd wanneer hij haar biografietje leest. 'Deze vrouw heb ik die avond ontmoet, en ze is het niet. Maar was haar vader er ook? Die heb ik niet gezien.'

Al haalt zijn schouders op.

'Nou, deze mensen hebben er niets mee te maken. Ik heb haar leven of dat van haar vader absoluut niet gered. Hij of zij moet Iers zijn of behandeld zijn in een Iers ziekenhuis.'

'Misschien komt haar vader uit Ierland, of was hij daar.'

'Geef me dat programmaboekje eens, ik bel het theater.'

'Justin, je kunt haar niet zomaar bellen.'

Doris duikt op het boekje in zijn hand af, maar hij trekt het net op tijd weg. 'Wat ga je zeggen?'

'Ik hoef alleen maar te weten of haar vader Iers is of de afgelopen maand in Ierland is geweest. De rest verzin ik wel.'

Al en Doris kijken elkaar bezorgd aan. Justin loopt de keuken uit om het telefoontje te plegen.

'Heb jij dit gedaan?' vraagt Doris zachtjes aan Al.

'Absoluut niet.' Al schudt zijn hoofd en zijn kinnen zwaaien heen en weer.

Vijf minuten later keert Justin terug.

'Ze herinnerde me zich nog van gisteravond, en nee, zij of haar vader is het niet. Dus of Bea heeft het aan iemand anders verteld, of... het is Peter die een geintje uithaalt. Ik krijg dat rotventje nog–'

'Word toch eens volwassen, Justin. Hij is het niet,' zegt Doris streng. 'Je moet het ergens anders zoeken. Bel de stomerij, bel de jongen die de muffins heeft bezorgd.'

'Dat heb ik al gedaan. Ze zijn betaald met een creditcard en ze mogen me niet vertellen van wie die was.'

'Jouw leven is één groot mysterie. Je hebt die Joyce en er worden heel mysterieuze dingen bezorgd. Je moet een privédetective inschakelen,' antwoordt Doris. 'O! Voor ik het vergeet.' Ze steekt haar hand in haar zak en haalt er een stukje papier uit. 'Over privédetectives gesproken. Ik heb dit voor je gevonden. Het is al een paar dagen geleden maar ik heb niks gezegd omdat ik niet wilde dat je op een dwaze zoektocht ging en jezelf voor gek zette. Maar aangezien je dat toch al doet, hier.'

Ze overhandigt hem het papiertje met de gegevens van Joyce.

'Ik heb internationale inlichtingen gebeld en ze het nummer gegeven van die Joyce die vorige week opeens naar Bea's telefoon belde. Ze hebben me het bijbehorende adres gegeven. Het lijkt me een beter idee om deze vrouw te zoeken, Justin. Vergeet die andere. Die gedraagt zich wel heel raar. Wie weet wie je deze briefjes stuurt. Concentreer je op de vrouw, je kunt wel een goeie, gezonde relatie gebruiken.'

Hij leest het briefje amper voor hij het volkomen ongeïnteresseerd in zijn borstzakje steekt. Hij is ergens anders met zijn gedachten.

'Je stapt gewoon van de ene vrouw over op de andere, hè?' Doris neemt hem eens goed op.

'Hé, misschien stuurt die Joyce je die berichtjes wel,' oppert Al.

Doris en Justin kijken hem aan en rollen met hun ogen.

'Doe niet zo belachelijk Al. Ik heb haar ontmoet in een kapsalon. En trouwens: wie zegt dat dit een vrouw is?'

'Nou, dat is wel duidelijk,' antwoordt Al. 'Je hebt namelijk een mandje met muffins gekregen.' Hij trekt zijn neus op. 'Alleen een vrouw zou het in haar hoofd halen een mandje met muffins te sturen. Of een homo. En wie het ook is: hij of zij, of misschien wel hij-zij, weet iets van kalligrafie, wat mijn theorie nog aannemelijker maakt. Een vrouw, een homo of een travo,' somt hij op.

'Ik was degene die het mandje met muffins had verzonnen!' snuift Justin verontwaardigd. 'En ik doe aan kalligrafie.'

'Ja, zoals ik al zei: een vrouw, een homo of een travo,' zegt hij grijnzend.

Geërgerd gooit Justin zijn handen in de lucht en hij laat zich weer op zijn stoel vallen. 'Ik heb ook niks aan jullie.'

'Hé, ik weet wie je zou kunnen helpen.' Al gaat rechtop zitten.

'Wie?' Verveeld laat Justin zijn hoofd op zijn hand rusten.

'Vampira,' zegt hij op griezelige toon.

'Ik heb haar al om hulp gevraagd. Het enige wat ik kon zien waren de gegevens van mijn bloed in de databank. Niets over wie mijn bloed heeft gekregen. Ze wil me niet vertellen waar mijn bloed heen is gegaan en ze wil me sowieso nooit meer spreken.'

'Omdat je van haar weg rende en een vikingbus achternaging?'

'Dat had er iets mee te maken, ja.'

'Jee, Justin, je weet wel hoe je vrouwen moet behandelen.'

'Nou, er denkt in elk geval íemand dat ik iets goeds doe.'

Hij staart naar de twee kaartjes die hij midden op de tafel heeft gelegd. Wie ben je, denkt hij.

'Je hoeft het Sarah niet op de man af te vragen. Misschien kun je een beetje rondsnuffelen op haar kantoor.' Al ziet het duidelijk al voor zich.

'Nee, dat kan echt niet,' zegt Justin halfhartig. 'Dan kan ik in de problemen komen. Dan kan zíj in de problemen komen, en ik heb haar al zo slecht behandeld.'

'Dus het zou heel lief zijn,' zegt Doris sluw, 'om bij haar langs te gaan en te zeggen dat je spijt hebt. Gewoon, als vriend.'

Op hun gezichten verschijnt langzaam een glimlach.

Doris verbreekt het snode moment. 'Maar kun je volgende week een dag vrij nemen om naar Dublin te gaan?'

'Ik heb al ja gezegd tegen een uitnodiging van de National Gallery in Dublin om een praatje te houden over *De briefschrijfster* van Terborch,' zegt Justin opgewonden.

'Hoe ziet dat schilderij eruit?' vraagt Al.

'Het is een vrouw die een brief schrijft, Sherlock Holmes,' grinnikt Doris.

'Wat een saai verhaal.' Al trekt zijn neus op. Hij en Doris leunen naar achteren en kijken toe hoe Justin keer op keer de briefjes leest, in de hoop een verborgen code te ontcijferen.

Man die een briefje leest,' zegt Al op gedragen toon.

Hij en Doris schieten weer in de lach en Justin verlaat de kamer.

'Hé, waar ga je heen?'

Man die een vlucht boekt,' zegt hij met een knipoog.

31

Om kwart over zeven de volgende ochtend blijft Justin voor hij naar zijn werk vertrekt gespannen bij de voordeur staan, met zijn hand op de deurkruk.

'Justin, waar is Al? Hij lag niet in bed toen ik wakker werd.' Doris komt haar slaapkamer uit schuifelen op haar slippers en in een badjas. 'Wat doe je nu weer, gek mannetje?'

Justin drukt een vinger tegen zijn lippen en knikt in de richting van de deur.

'Is dat bloedmens er weer?' fluistert ze opgewonden. Ze schopt haar slippers uit en tippelt als een tekenfilmfiguur naar de deur.

Hij knikt verwoed.

Ze drukken hun oor tegen de deur en Doris' ogen worden groter. 'Ik hoor het!' zegt ze zonder geluid te maken.

'Oké, ik tel tot drie,' fluistert hij, en samen tellen ze af: één, twee– Met een ruk trekt hij de deur open. 'Ha! Hebbes!' roept hij, en hij neemt een aanvalshouding aan. Hij priemt zijn wijsvinger met meer agressie dan hij van plan was geweest.

'Aaah!' roept de postbode geschrokken, en hij laat enveloppen aan Justins voeten vallen. Hij smijt Justin een pakje toe en houdt een ander pakje voor zijn hoofd.

'Aaah!' roept Doris.

Het pakje komt terecht in Justins kruis en hij klapt dubbel. Hij valt op zijn knieën, loopt rood aan hapt naar adem.

Alle drie brengen ze hun hand naar hun borst en ze hijgen.

De postbode blijft ineengedoken staan, met zijn knieën gebogen en een pakje boven zijn hoofd.

'Justin.' Doris raapt een envelop op en slaat Justin ermee tegen de arm. 'Idioot! Het is de postbode.'

'Ja,' hijgt hij, en hij klinkt alsof hij stikt. 'Dat zie ik.' Hij komt tot bedaren. 'Het is al goed, meneer, laat uw pakje maar zakken. Sorry dat ik u heb laten schrikken.'

Langzaam laat de postbode het pakje zakken. In zijn ogen zijn angst en verwarring te lezen.

'Waarom deed u dat?'

'Ik dacht dat u iemand anders was. Sorry, ik verwachtte… iets anders.' Hij kijkt naar de enveloppen op de grond. Rekeningen. 'Hebt u niks anders voor me?'

Zijn linkerarm begint weer te kriebelen. Te tintelen alsof hij gebeten is door een mug. Hij begint te krabben. Eerst zachtjes en dan klopt hij in de holte van zijn elleboog, in een poging de jeuk weg te slaan. Het gekriebel wordt sterker en hij boort zijn nagels in zijn huid en blijft maar krabben. Op zijn voorhoofd verschijnen zweetdruppeltjes.

De postbode schudt zijn hoofd en begint achteruit te lopen.

'Heeft niemand u gevraagd iets af te geven aan me?' Justin komt weer overeind en stapt naar voren, wat onbedoeld dreigend overkomt.

'Nee, echt niet.' De postman rent de treden op.

Justin kijkt hem verbaasd na.

'Laat die man toch. Je bezorgde hem zowat een hartaanval.' Doris raapt nog meer enveloppen op. 'Als je straks zo reageert op de echte, jaag je hem of haar ook weg. Als het ooit zover komt, zou ik over dat hele "Ha! Hebbes!" eerst nog eens goed nadenken.'

Justin trekt de mouw van zijn overhemd omhoog en bestudeert zijn arm. Hij verwacht rode bultjes te zien of uitslag, maar op de striemen na die hij zojuist zelf heeft veroorzaakt is er niets te zien.

Doris knijpt haar ogen tot spleetjes. 'Ben je aan de drugs?'

'Nee!'

Ze schuifelt terug naar de keuken. 'Al!' haar stem weergalmt door de keuken. 'Waar ben je?'

'Help! Help me! Alsjeblieft!'

In de verte horen ze Als stem, gedempt alsof er een sok in zijn mond zit gepropt.

Doris hapt naar adem. 'Schat?' Justin hoort de deur van de koelkast opengaan. 'Al?' Ze steekt haar hoofd in de koelkast. Hoofdschuddend keert ze terug naar de woonkamer, waaruit Justin afleidt dat haar echtgenoot niet in de koelkast zat.

Justin slaat zijn ogen ten hemel. 'Hij is buiten, Doris.'

'Blijf daar dan niet staan en kom mee, we moeten hem helpen!'

Hij opent de deur en Al zit onderuitgezakt onder aan de treden. Om zijn zweterige hoofd zit een van Doris' feloranje hoofdbanden, alsof hij Rambo is. Zijn T-shirt is drijfnat en druppeltjes zweet lopen over zijn gezicht. Hij draagt een spandexbroek en zijn benen zitten nog onder hem gevouwen zoals hij gevallen is.

Doris duwt Justin agressief opzij en schiet op Al af. Ze valt op haar knieën. 'Schat? Gaat het? Ben je van de trap gevallen?'

'Nee,' zegt hij zwakjes, met zijn kin op zijn borst.

'Nee, het gaat niet, of nee, ben je niet van de trap gevallen?' vraagt ze.

'Het eerste,' zegt hij uitgeput. 'Nee, het tweede. Wacht even, wat was het eerste ook alweer?'

Ze schreeuwt tegen hem alsof hij doof is. 'Het eerste was: gaat het? En het tweede was of je van de trap bent gevallen.'

'Nee,' antwoordt hij, en hij laat zijn hoofd naar achteren rollen, waar het tegen de muur rust.

'Welke is het nou? Moet ik een ambulance bellen? Heb je een dokter nodig?'

'Nee.'

'Wat nee, schat? Kom op, niet in slaap vallen, waag het niet ertussenuit te knijpen.' Ze slaat hem in het gezicht. 'Je moet bij bewustzijn blijven.'

Justin leunt tegen de deurpost, slaat zijn armen over elkaar en kijkt op hen neer. Hij weet dat er niets aan de hand is met zijn broer, dat zijn enige probleem gebrek aan conditie is. Hij loopt naar de keuken en haalt een glas water voor Al.

'Mijn hart…' Al is in paniek wanneer Justin terugkeert. Hij krast over zijn borstkas, steekt zijn nek omhoog en hapt naar lucht, als een goudvis naar visvoer aan het oppervlak.

'Heb je een hartaanval?' gilt Doris.

Justin slaakt een zucht. 'Hij heeft geen–'

'Hou op, Al!' Justin wordt onderbroken door een krijsende Doris. 'Waag het niet een hartaanval te hebben, hoor je me?' Ze pakt een krant van de grond en slaat Al met elk woord tegen zijn arm. 'Waag. Het. Niet. Er. Ook. Maar. Aan. Te. Denken. Om. Eerder. Dood. Te. Gaan. Dan. Ik. Hitchcock.'

'Au!' Hij wrijft over zijn arm. 'Dat doet pijn.'

Justin komt tussenbeide. 'Hé, hé, hé. Geef hier die krant, Doris.'

'Nee!'

'Hoe kom je daaraan?' Hij probeert hem uit haar handen te rukken maar ze weet hem steeds weer te ontwijken.

'Die lag er al, naast Al,' zegt ze schouderophalend. 'De krantenjongen heeft hem bezorgd.'

'Er zijn hier geen krantenjongens,' legt hij uit.

'Dan zal hij wel van Al zijn.'

'Er staat ook een beker koffie naast,' weet Al, die eindelijk weer op adem komt, uit te brengen.

'Een beker WAT?' Doris krijst zo hard dat een bovenbuurman met een knal een raampje dichttrekt. Doris laat zich niet ontmoedigen. 'Heb je koffie gekocht?' Opnieuw slaat ze hem met de krant. 'Geen wonder dat je doodgaat!'

'Hé, hij is niet van mij.' Ter bescherming slaat hij zijn armen om zich heen. 'Hij stond al voor de deur toen ik terugkwam, bij de krant.'

'Hij is voor mij.' Justin grist de krant uit Doris' handen en pakt de koffie die naast Al staat.

'Er zit geen briefje aan.' Haar blik gaat van de ene broer naar de andere en weer terug. 'Ook al verdedig je je broer, hij gaat uiteindelijk alsnog dood, hoor.'

'Dan doe ik het misschien nog vaker,' mompelt hij. Hij schudt de krant uit in de hoop dat er een briefje uit valt en kijkt of er op de beker koffie een boodschap staat. Niets. Toch weet hij zeker dat het voor hem is, en degene die het heeft achtergelaten kan nog niet lang weg zijn. Hij bekijkt de voorpagina. Boven de kop staat in de hoek een opdracht: 'P. 42'.

Hij weet niet hoe snel hij hem moet openslaan en worstelt met de grote pagina's tot hij op de juiste plek is. Eindelijk slaat hij hem open bij de kleine annonces. Vluchtig leest hij de advertenties en verjaardagswensen door en hij staat op het punt de krant weer dicht te slaan en samen met Doris Al te berispen om zijn cafeïneverslaving, als hij het ziet.

Eeuwig dankbare ontvanger wil Justin Hitchcock, donor en held, graag bedanken voor redden van leven. Bedankt.

Hij gooit zijn hoofd naar achteren en giert van het lachen. Doris en Al kijken hem verbaasd aan.

'Al.' Justin hurkt neer naast zijn broer. 'Ik heb je hulp nodig.' Zijn stem klinkt gespannen en onvast van opwinding. 'Heb je iemand gezien toen je terug naar huis jogde?'

'Nee.' Al laat zijn hoofd vermoeid naar de andere kant rollen. 'Ik weet het niet meer.'

'Denk na.' Doris tikt zachtjes tegen zijn wangen.

'Dat is echt niet nodig, Doris.'

'Dat doen ze in films als ze informatie nodig hebben. Kom op, zeg het maar, schat.' Ze port hem nog een keer in zijn zij.

'Ik weet het niet,' zegt Al klagerig.

'Ik word misselijk van je,' gromt ze in zijn oor.

'Echt, Doris, dat helpt niet.'

'Prima.' Ze slaat haar armen over elkaar. 'Maar het werkt wel voor Horatio.'

'Toen ik thuiskwam kon ik geen adem meer halen, laat staan zien. Ik herinner me niemand meer. Sorry, broertje. Man, wat was ik bang. Ik had van die zwarte stippen voor mijn ogen en ik zag echt niks meer. Ik was zo duizelig, en–'

'Oké.' Justin springt op en rent de trap op naar de voortuin. Hij rent naar de inrit en kijkt links en rechts de straat af. Het is nu drukker, om halfacht is er meer bedrijvigheid van mensen die naar hun werk gaan en er is meer lawaai van verkeer.

'DANK JE!' schreeuwt Justin zo hard als hij kan, en zijn stem doorbreekt de stilte. Een paar mensen draaien zich om, maar de meeste houden hun blik op de grond gericht nu er een lichte Londense motregen begint te vallen en er op een maandagochtend blijkbaar weer iemand doordraait.

'IK KAN NIET WACHTEN OM DIT TE LEZEN!' Hij zwaait met de krant en schreeuwt van links naar rechts de straat door, zodat hij van alle kanten te horen is.

Wat zeg je tegen iemand wiens leven je hebt gered? Zeg iets diepzinnigs. Zeg iets grappigs. Zeg iets filosofisch.

'IK BEN BLIJ DAT JE NOG LEEFT!' roept hij.

'Eh, bedankt.' Een vrouw rept zich met voorovergebogen hoofd voorbij.

'IK BEN ER MORGEN NIET.' Een korte stilte. 'VOOR HET GEVAL JE NOG IETS VAN PLAN WAS.' Hij houdt de beker in de lucht en beweegt hem heen en weer, waardoor druppeltjes uit het drinkgaatje springen en zijn hand branden. De koffie is nog heet. Wie het ook was, hij of zij was hier net nog.

'IK NEEM MORGEN DE EERSTE VLUCHT NAAR DUBLIN. KOM JE DAARVANDAAN?' schreeuwt hij tegen de wind in. Door het briesje zweven nog meer knisperende herfstblaadjes van hun takken als parachutes naar de grond. Ze landen met een tikje en schrapen langs de grond tot het veilig is om te stoppen.

'HOE DAN OOK, NOGMAALS BEDANKT.'

Hij zwaait opnieuw met de krant en wendt zich weer tot het huis. Doris en Al staan boven aan de trap, met hun armen over elkaar en met een bezorgde blik. Al is weer op adem gekomen maar leunt nog wel tegen de ijzeren balustrade. Justin steekt de krant onder zijn arm, recht zijn rug en neemt een zo waardig mogelijke houding aan. Hij steekt zijn hand in zijn zak en kuiert terug naar huis. Hij voelt een stuk papier in zijn hand, haalt het tevoorschijn, leest het vluchtig, verfrommelt het en gooit het in de container. Hij heeft iemands leven gered, zoals hij al dacht, en hij moet zich nu op belangrijker zaken richten. Zo achtenswaardig mogelijk loopt hij naar zijn appartement.

Op de bodem van de container, onder muffe opgerolde tapijten, gebroken tegels, verfbussen en gipsplaten, lig ik in de afgedankte badkuip en luister naar de stemmen die wegsterven tot de deur eindelijk dichtgaat.

Vlak bij me is een prop papier terechtgekomen. Ik steek mijn hand uit om hem te pakken en mijn schouder stoot een stoel met twee poten omver die op me terecht was gekomen toen ik als een gek in de container sprong. Ik pak het papier, vouw het open en strijk de randen glad. Mijn hart begint weer het ritme van een rumba te slaan wanneer ik er mijn voornaam, pa's adres en zijn telefoonnummer op gekrabbeld zie staan.

32

'Waar ben je in vredesnaam geweest? Wat is er met je gebeurd, Gracie?'

'Joyce,' is mijn reactie wanneer ik de hotelkamer binnenstorm, ademloos en onder de verf en het stof. 'Geen tijd om het uit te leggen.' Ik ren door de kamer, gooi mijn kleren in mijn koffer, pak schone kleren en snel langs pa, die op het bed zit, naar de badkamer.

'Ik probeerde je nog te bellen op je handtelefoon!' roept pa me na.

'Ja? Ik heb hem niet horen overgaan.' Ik probeer me in mijn spijkerbroek te wurmen en hup rond op één voet terwijl ik hem omhoogtrek en tegelijkertijd mijn tanden poets. Ik hoor hem iets zeggen. Het klinkt als gemompel, niet als woorden. 'Ik hoor je niet, ik poets m'n tanden!'

Stilte tot ik klaar ben, en wanneer ik de kamer weer in loop gaat hij verder alsof we niet net vijf minuten gezwegen hebben.

'Dat komt omdat ik je belde en hem hier in de slaapkamer hoorde overgaan. Hij lag boven op je kussen. Als een van die chocolaatjes die die aardige vrouwen hier achterlaten.'

'O. Oké.' Ik spring over zijn benen om naar de toilettafel te lopen en mijn make-up te fatsoeneren.

'Ik maakte me zorgen om je,' zegt hij zacht.

'Dat was niet nodig.' Ik hop rond met één schoen en zoek de andere.

'Dus ik belde naar de receptie om te kijken of zij wisten waar je was.'

'Ja?' Ik geef het op mijn schoen te zoeken en concentreer me op mijn oorbellen. Mijn vingers trillen van de adrenaline over de hele situatie met Justin en mijn vingers worden te groot voor de taak die ze moeten uitvoeren. Het achterstuk van een mijn oorbellen valt op de grond. Ik laat me op mijn handen en voeten zakken om het te zoeken.

'Dus toen liep ik de straat op en af en ging ik naar alle winkels waarvan ik weet dat jij ze leuk vindt, en ik vroeg aan iedereen of ze je gezien hadden.'

'Echt?' vraag ik afwezig. Ik voel het tapijt door mijn spijkerbroek heen schuren terwijl ik op mijn knieën rondkruip.

'Ja,' zegt hij, opnieuw zacht.

'Ha! Hebbes!' Ik vind het achter de prullenbak onder de toilettafel. 'Maar waar is m'n schoen?'

'En onderweg,' gaat pa verder, en ik onderdruk mijn ergernis, 'kwam ik een politieagent tegen en ik zei dat ik heel erg bezorgd was, en hij bracht me terug naar het hotel en zei dat ik hier op je moest wachten, maar dat ik dit nummer moest bellen als je niet binnen vierentwintig uur terug was.'

'O, wat aardig van hem.' Ik open de kast, nog steeds op zoek naar mijn schoen, en zie al pa's kleren nog hangen. 'Pa!' roep ik uit. 'Je hebt je andere pak vergeten. En je goeie trui!' Ik kijk naar hem en besef dat het de eerste keer is sinds ik ben binnengekomen. Ik zie nu pas hoe bleek hij is. Hoe oud hij eruitziet in deze nieuwe, zielloze hotelkamer. Hij zit op het randje van zijn bed, gekleed in zijn driedelige pak, met zijn pet naast hem op het bed, zijn koffer gepakt of half gepakt rechtop naast zich. In één hand houdt hij de foto van ma, in de andere het kaartje dat de politieagent hem heeft gegeven. De vingers die het beethouden trillen, zijn ogen zijn rood en zien er geïrriteerd uit.

'Pa,' zeg ik paniekerig, 'gaat het wel?'

'Ik maakte me zorgen,' zegt hij nogmaals met het kleine stemmetje dat ik vrijwel genegeerd heb sinds ik binnenkwam. Hij slikt moeizaam. 'Ik wist niet waar je was.'

'Ik was op bezoek bij een vriend,' zeg ik zacht, en ik ga naast hem op het bed zitten.

'O. Nou, deze vriend hier was bezorgd,' zegt hij met een flauw lachje, en ik schrik ervan hoe breekbaar hij eruitziet. Hij ziet eruit als een oude man. Zijn gebruikelijke gedrag, zijn joviale karakter is verdwenen. Zijn lachje verdwijnt als sneeuw voor de zon en zijn trillende handen, normaal zo vast als maar kan, steken de fotolijst met ma en het kaartje van de politieman moeizaam in zijn jaszak. Ik kijk naar zijn koffer.

'Heb je die zelf ingepakt?'

'Ik heb het geprobeerd. Ik dacht dat ik alles had.' Opgelaten kijkt hij weg van de kast.

'Goed, laten we even kijken wat we allemaal hebben.' Ik hoor mijn stem en het verbaast me dat ik tegen hem praat alsof hij een kind is.

'Komen we niet te laat?' vraagt hij. Zijn stem klinkt zo zacht dat ik ook zachter moet praten, anders breekt hij nog.

'Nee.' Ik schiet vol en ik praat harder dan ik van plan was. 'We hebben alle tijd van de wereld, pa.'

Ik kijk weg en voorkom dat mijn tranen vallen door de koffer op het bed te tillen en mezelf weer tot de orde te roepen. De dingen van alledag, heel gewone, normale dingen houden de motor draaiende. Wat is het gewone toch buitengewoon, een middel dat we allemaal gebruiken om dóór te gaan, een sjabloon voor geestelijke gezondheid.

Wanneer ik de koffer open voel ik mijn zelfbeheersing weer wegglippen, maar ik blijf praten, ik klink als zo'n manische televisiemoeder uit de jaren zestig die de hypnotiserende mantra herhaalt dat alles pico bello in orde is. Ik 'jemig' en 'gossie' me een weg door zijn koffer, die een puinhoop is, hoewel me dat niet zou moeten verbazen, aangezien pa nog nooit in zijn leven een koffer heeft hoeven pakken. Wat me van streek maakt is de mogelijkheid dat hij op vijfenzeventigjarige leeftijd en na tien jaar zonder zijn vrouw gewoonweg niet weet hoe het moet, of dat hij er ondanks mijn afwezigheid van een paar uur niet in geslaagd is. Zoiets eenvoudigs als dit krijgt mijn vader, groot als een eik en onwrikbaar, niet voor elkaar. In plaats daarvan zit hij op de rand van het bed en draait hij zijn pet rond in zijn knoestige vingers met levervlekken als de huid van een giraffe, en met vingers die trillen alsof ze heen en weer wiebelen op een onzichtbaar klavier en het vibrato in mijn hoofd beheersen.

Hij heeft geprobeerd dingen op te vouwen, maar tevergeefs, ze zijn opgefrommeld tot kleine ballen zonder enige ordening, alsof ze ingepakt zijn door een kind. Ik vind mijn schoen in een paar handdoeken. Ik haal hem eruit en trek hem aan zonder iets te zeggen, alsof het de gewoonste zaak van de wereld is. De handdoeken gaan terug op hun plek. Ik begin alles alsnog te vouwen en in te pakken. Zijn vieze ondergoed, sokken, pyjama's, hemden, zijn toilettas. Ik draai me om om zijn kleren uit de kast te pakken en haal diep adem. 'We hebben alle tijd van de wereld, pa,' zeg ik nogmaals. Hoewel het deze keer meer tegen mezelf is.

In de metro op weg naar het vliegveld kijkt pa voortdurend op zijn horloge en schuift hij onrustig heen en weer op zijn zitplaats. Elke keer dat de metro stopt op een station, duwt hij ongeduldig tegen de bank voor hem, alsof hij hem zelf vooruit wil duwen.

'Moet je ergens zijn?'

'De maandagclub.' Hij kijkt me bezorgd aan. Hij heeft geen week overgeslagen, zelfs niet toen ik in het ziekenhuis lag.

'Maar het is vandaag maandag.'

Hij kan niet stilzitten. 'Ik wil gewoon onze vlucht niet missen. Straks komen we hier vast te zitten.'

'Volgens mij halen we het wel.' Ik doe mijn best om niet te lachen. 'En er zijn meer vluchten per dag, hoor.'

'Goed.' Hij lijkt opgelucht en zelfs onder de indruk. 'Misschien red ik zelfs de avondmis nog wel. Ze zullen niet geloven wat ik ze vanavond allemaal vertel. Donal valt dood neer als iedereen straks voor de verandering een keer naar mij luistert in plaats van naar hem.' Hij leunt achterover en kijkt uit het raampje naar de donkere tunnels die voorbijsnellen. Hij staart in de duisternis en ziet niet zijn eigen weerspiegeling, maar iets anders, veel verder weg, lang geleden. En terwijl hij zich in een andere wereld bevindt, of dezelfde wereld maar in een andere tijd, pak ik mijn mobieltje en maak ik plannen voor mijn volgende zet.

'Frankie, met mij. Justin Hitchcock neemt morgenochtend het eerste vliegtuig naar Dublin en ik moet weten wat hij daar gaat doen.'

'En hoe moet ik dat weten, dokter Conway?'

'Ik dacht dat jij zo je trucjes had.'

'Inderdaad. Maar ik dacht dat jij de paranormale was.'

'Ik ben absoluut niet paranormaal en ik krijg niet door waar hij naartoe zou kunnen gaan.'

'Nemen je krachten af?'

'Ik heb geen krachten.'

'Het zal wel. Ik bel je over een uurtje terug.'

Twee uur later willen pa en ik net aan boord gaan wanneer ik een telefoontje van Frankie krijg.

'Hij is morgenochtend om halfelf in de National Gallery. Hij houdt een lezing over een schilderij dat *De briefschrijfster* heet. Klinkt fascinerend.'

'O, dat is een van Terborchs beste werken. Vind ik dan.' Stilte. 'Dat was sarcastisch, hè? Nou ja. Heeft je oom Tom dat bedrijf nog?' Ik glimlach schalks en pa kijkt me eigenaardig aan.

'Wat ben je van plan?' vraagt hij achterdochtig als ik heb opgehangen.

'Gewoon, een lolletje.'

'Moet je niet weer aan het werk? Het is nu al weken geleden. Conor belde je op je handtelefoon toen je vanochtend weg was, dat ben ik je nog vergeten te vertellen. Hij is in Japan, maar ik kon hem heel duidelijk verstaan,' zegt hij, onder de indruk van Conor of de telefoonmaatschappij, ik weet het niet. 'Hij wilde weten waarom er nog geen bordje met TE KOOP hing. Hij zei dat jij dat zou regelen.' Hij kijkt bezorgd, alsof ik een eeuwenoude regel heb gebroken en het huis zal ontploffen als er niet snel een bordje met TE KOOP komt te hangen.

'O, dat ben ik niet vergeten, hoor.' Conors telefoontje verontrust me. 'Ik verkoop het zelf. De eerste mensen komen morgen kijken.'

Hij kijkt weifelend en hij heeft gelijk omdat ik lieg of het gedrukt staat, maar ik hoef mijn boeken maar open te slaan en mijn cliënten te bellen die op zoek zijn naar een vergelijkbare woning. Ik kan er zo een paar bedenken.

Hij knijpt zijn ogen toe. 'En weten ze dat op je werk?'

'Ja,' zeg ik met een gespannen lachje. 'Ze kunnen binnen een paar uur foto's maken en het bordje aanbrengen. Ik ken wel een paar mensen in de makelaarswereld.'

Hij rolt met zijn ogen.

We kijken allebei verontwaardigd weg, en wanneer we in een rij naar het vliegtuig schuifelen sms ik een paar klanten die ik vóór mijn verlof woningen heb laten zien of ze het huis willen zien, om toch maar niet het gevoel te hebben dat ik lieg. Vervolgens vraag ik mijn trouwe fotograaf of hij foto's van het huis wil maken. Vlak voordat we onze plek innemen in het vliegtuig heb ik al geregeld dat de foto's gemaakt worden, later vandaag een bordje opgehangen wordt en ik heb een afspraak gemaakt om het huis morgen te laten zien. Twee leraren van de plaatselijke school, een vrouw en haar echtgenoot, komen het huis in hun lunchpauze bekijken. Onder aan het sms'je staat het verplichte 'Ik vind het zo erg voor je wat er gebeurd is. Ik heb aan je gedacht. Tot morgen, Linda xx.'

Ik wis het bericht meteen.

Pa ziet mijn duim razendsnel over de toetsen gaan. 'Schrijf je een boek?'

Ik negeer hem.

'Je krijgt nog artrose in je duim en dat is geen pretje, hoor, dat kan ik je wel vertellen.'

Ik kies 'verzenden' en zet de telefoon uit.

'Loog je echt niet over het huis?' vraagt hij.

'Nee,' zeg ik, vol zelfvertrouwen nu.

'O, nou, dat wist ik niet.'

Eén punt voor mij.

'Dat is goed, pa, je hoeft je er niet mee te bemoeien.'

'Maar dat moet ik wél.'

Eén punt voor hem.

'Maar dat had niet gehoeven als je mijn telefoon niet had beantwoord.'

Twee-één.

'Je was de hele ochtend zoek. Wat moest ik dan doen, hem maar laten gaan?'

Twee-twee.

'Hij maakte zich zorgen om je. Hij vond dat je hulp moest zoeken. Bij een professional.'

Oneindig veel punten voor hem.

'Is dat zo?' Ik sla mijn armen over elkaar. Ik wil Conor direct bellen en uitvaren over alles wat ik aan hem haat en waaraan ik me altijd heb geërgerd. Het knippen van zijn teennagels in bed, het elke ochtend zijn neus snuiten, waardoor het huis bijna trilde op zijn grondvesten, zijn onvermogen om mensen hun zinnen af te laten maken, zijn stomme trucje op feestjes met een muntje waarbij ik elke keer net deed of ik lachte, inclusief de eerste keer, zijn onvermogen om te gaan zitten en een volwassen gesprek te voeren over onze problemen, het voortdurende weglopen tijdens onze ruzies... Pa onderbreekt mijn innerlijke marteling van Conor.

'Hij zei dat je hem midden in de nacht belde en Latijn brabbelde.'

'Echt?' Ik voel woede opborrelen. 'Wat heb je gezegd?'

Hij kijkt uit het raam terwijl we vaart maken op de startbaan.

'Ik zei dat je ook een puike viking was die vloeiend Italiaans spreekt.' Ik zie zijn wangen opbollen en ik barst in lachen uit.

We staan weer gelijk.

Plotseling grijpt hij mijn hand vast. 'Dankjewel hiervoor, lieverd. Ik heb me uitstekend vermaakt.' Hij knijpt even in mijn hand en kijkt weer uit het raampje. De groene velden langs de startbaan schieten voorbij.

Hij laat mijn hand niet los, dus rust ik mijn hoofd op zijn schouder en sluit mijn ogen.

33

Op dinsdagochtend loopt Justin door de aankomsthal van de luchthaven van Dublin, met zijn mobieltje tegen zijn oor geklemd, en hij luistert opnieuw naar de tekst van Bea's voicemail. Hij slaakt een zucht wanneer de pieptoon klinkt. Hij is haar kinderachtige gedrag meer dan zat.

'Hoi, schat, met mij. Pa. Alweer. Luister, ik weet dat je boos op me bent, en op jouw leeftijd is alles o zo dramatisch, maar als je even luistert naar wat ik te zeggen heb, is de kans groot dat je het met me eens bent en zul je me er nog voor bedanken als je oud en grijs bent. Ik wil alleen het beste voor je en hang pas op als ik je overgehaald heb om…' Hij hangt op.

Achter het hek in de aankomsthal staat een man in een donker pak. Hij houdt een groot wit bord omhoog met in grote letters Justins achternaam. Eronder dat magische woord: BEDANKT.

Dat woord had de hele dag en elke dag sinds het eerste kaartje was bezorgd zijn aandacht getrokken, op billboards, in kranten, radiospotjes en televisiereclames. Wanneer het woord over de lippen van een voorbijganger kwam, draaide hij zich om en volgde hij diegene alsof hij gehypnotiseerd was, alsof diegene een speciale, versleutelde boodschap voor hem had. Het woord zweefde door de lucht als de geur van vers gemaaid gras op een zomerdag. Meer dan de geur voerde het een gevoel mee, een plek, een tijd van het jaar, een geluksgevoel, een viering van verandering, van voortgang. Het voert hem mee zoals het horen van een bijzonder liedje uit je jeugd je meevoert, wanneer nostalgie komt opzetten als de vloed en je te grazen neemt op het strand, je meesleurt wanneer je het het minst verwacht, vaak ook wanneer je het het minst wilt.

Het woord speelde voortdurend door zijn hoofd, bedankt, bedankt, bedankt. Hoe vaker hij het hoorde en de kaartjes opnieuw las, hoe vreemder het werd, alsof hij die letters voor het eerst in zijn leven in die volgorde zag, als bepaalde muzieknoten, zo vertrouwd, zo eenvoudig, maar die op een andere manier gerangschikt pure meesterwerken vormden.

Deze transformatie van alledaagse, heel gewone dingen tot iets magisch, dit groeiende besef dat er meer was dan hij waarnam, deed hem terugdenken aan de momenten in zijn jeugd waarop hij lang en zwijgend in de spiegel naar zijn gezicht had gestaard. Hij stond op een krukje zodat hij erbij kon, en hoe intenser hij staarde, hoe meer zijn gezicht begon te veranderen in een gezicht dat hij helemaal niet kende. Het was niet het gezicht waarover zijn hersens hem zo koppig wijsmaakten dat het van hem was, maar in plaats daarvan zag hij zijn échte zelf: ogen iets verder van elkaar dan hij had gedacht, het ene ooglid lager dan het andere, één neusgat iets lager, één mondhoek naar beneden gekeerd, alsof er een lijn door het midden van zijn gezicht liep en door die lijn te trekken alles naar beneden werd getrokken, als een mes dat door kleverige chocoladetaart ging. Het oppervlak, eens glad, droop nu naar beneden. Een vlugge blik en het was onzichtbaar. Maar bij zorgvuldige inspectie, voordat hij 's avonds zijn tanden poetste, werd onthuld dat hij het gezicht van een vreemdeling had.

Nu doet hij een stap naar achteren van het woord, loopt er een paar keer omheen en bekijkt het van alle kanten. Net als met schilderijen in een galerie dicteert het woord zelf op welke hoogte het getoond moest worden, vanuit welke hoek het benaderd moest worden en vanuit welke positie het het best beschouwd kon worden. Hij heeft nu de volmaakte hoek gevonden. Nu kan hij het volle gewicht ervan zien, als duiven en de boodschappen die ze met zich meedragen, oesters met hun parels, bijen op wacht bij hun koningin en de honing, met hun scherpe angels in de aanslag. Het heeft een doel, de kracht van schoonheid en munitie. Het is niet langer een beleefde opmerking die je honderden keren per dag hoort, 'Bedankt' heeft nu betekenis.

Zonder nog aan Bea te denken klapt hij zijn telefoontje dicht en loopt naar de man met het bord toe. 'Hallo.'

'Meneer Hitchcock?' De wenkbrauwen van de lange man zijn zo donker en dik dat Justin zijn ogen nauwelijks kan zien.

'Ja,' zegt hij achterdochtig. 'Is deze auto voor een Justin Hitchcock?'

De man raadpleegt een vel papier in zijn zak. 'Ja, meneer. Bent u dat of verandert dat de zaak?'

'Ja-a,' zegt hij langzaam, bedachtzaam. 'Dat ben ik.'

'U lijkt niet erg zeker van uw zaak,' zegt de chauffeur, en hij laat het bord zakken. 'Waar moet u heen?'

'Hoort u dat niet te weten?'

'Ja. Maar de laatste keer dat ik iemand in mijn auto liet die zo twijfelde als u bracht ik een dierenactivist zo naar een vergadering van de IMFHA.'

Justin weet niet wat de initialen betekenen en vraagt: 'Is dat erg?'

'De voorzitter van de Irish Masters of Fox Hounds Association vond van wel. Hij stond op het vliegveld zonder auto, terwijl de gek die ik ophaalde rode verf rondspatte in de conferentiezaal. Laten we zeggen dat ik wat de fooi betreft die dag net als die honden "honds" werd behandeld.'

'O, dus dát willen die honden duidelijk maken als ze zo janken,' grapt Justin. Hij steekt zijn kin de lucht in en jankt.

De chauffeur staart hem wezenloos aan.

Justin loopt rood aan. 'Ik ga naar de National Gallery.' Korte stilte. 'Ik ben heel erg vóór de National Gallery. Ik ga over schilderkunst praten, geen mensen villen en hun huid als schildersdoek gebruiken om mijn frustratie te uiten. Alhoewel, als mijn ex zou komen, zou ik met een kwast achter haar aan gaan,' zegt hij lachend, maar de chauffeur blijft hem nietszeggend aanstaren.

'Ik had niet verwacht dat ik opgehaald zou worden,' kakelt Justin buiten tegen de rug van de chauffeur. Het is een grauwe oktoberdag. 'Niemand van de Gallery heeft me verteld dat u er zou zijn,' probeert hij nog wanneer ze over het voetgangersgedeelte door de regendruppels heen lopen die als parachutisten neerkomen en aan hun noodkoord trekken terwijl ze pijlsnel richting Justins hoofd en schouders vallen.

'Ik kreeg gisteravond pas een telefoontje. Ik had vandaag eigenlijk naar de begrafenis van de tante van m'n vrouw gemoeten.' Hij rommelt in zijn zakken, op zoek naar het parkeerkaartje, en haalt hem door het apparaat.

'O, het spijt me dat te horen.' Justin geeft het op de gesneuvelde regendruppels die met een pets op de schouders van zijn bruine corduroyjasje landen weg te vegen en werpt de chauffeur uit respect een neerslachtige blik toe.

'Mij ook. Ik haat begrafenissen.'

Merkwaardig antwoord. 'Nou, u bent niet de enige.'

Hij blijft staan en wendt zich tot Justin met een blik van diepe ernst op zijn gezicht. 'Ik krijg er altijd de slappe lach van,' zegt hij. 'Overkomt u dat ook wel eens?'

Justin weet niet goed of hij hem serieus moet nemen, maar de chauffeur toont nog niet het flauwste glimlachje. Justin denkt terug aan de begrafenis van zijn vader, toen hij negen was. De twee families die beschutting bij elkaar zochten op de begraafplaats, allemaal van top tot teen in het zwart gehuld, als mestkevers rond het open gat in de grond waarin de kist werd geplaatst. De familie van zijn vader was overgevlogen uit Ierland, en had de regen meegebracht, die ongebruikelijk was voor een hete zomer in Chicago. Ze stonden onder paraplu's, hij dicht bij zijn tante Emelda, die de paraplu in een hand hield en de andere strak om zijn schouder. Al en zijn moeder stonden naast hem onder een andere paraplu. Al had een brandweerauto meegenomen, waarmee hij speelde terwijl de priester over het leven van hun vader sprak. Dat vond Justin vervelend. Sterker nog: Justin vond die middag alles en iedereen vervelend.

Hij haatte de hand van tante Emelda op zijn schouder, ook al begreep hij dat ze behulpzaam wilde zijn. De hand voelde zwaar en strak aan, alsof ze hem tegenhield, bang dat hij zou ontsnappen, bang dat hij in het grote gat in de grond zou kelderen waar zijn vader in verdween.

Hij had haar die ochtend begroet, gekleed in zijn beste pak, zoals zijn moeder op haar nieuwe zachte toon had verzocht. Justin moest zijn oor tot haar lippen brengen om het te verstaan. Tante Emelda had gedaan of ze paranormaal begaafd was, wat ze altijd deed wanneer ze elkaar na een lange tussenpauze weer zagen.

'Ik weet precies wat jij wilt, soldaatje,' zei ze met haar sterke Ierse accent, dat Justin nauwelijks kon verstaan. Hij wist nooit zeker of ze in een lied was uitgebarsten of tegen hem praatte. Ze had in haar grote handtas gerommeld en een soldaatje met een plastic glimlach en een plastic saluut tevoorschijn gehaald, vlug het prijsje eraf gepulkt, waarbij ze ook de naam van de soldaat eraf trok, en die aan hem overhandigd. Justin staarde naar kolonel Blanco, die met één hand naar hem salueerde en in de andere een geweer had, en wantrouwde hem direct. Het plastic geweer dat alleen losse floddes schoot raakte zoek in de dikke stapel zwarte jassen bij de voordeur zodra hij het pakje had opengetrokken. Zoals gewoonlijk waren de paranormale gaven van tante Emelda afgestemd op de verkeerde jongen van negen, want Justin wilde uitgerekend op deze dag geen plastic soldaat, en hij stelde zich onwillekeurig een andere jongen in de stad voor die hoopte op een plastic soldaat voor zijn verjaardag en in plaats daarvan Justins vader kreeg aangereikt, aan zijn gitzwarte haar. Hij nam haar attente cadeautje echter aan met een glimlach die net zo breed en oprecht was als die van kolonel Blanco. Toen hij later die dag naast het gat in de grond stond, kon tante Emelda misschien voor één keer daadwerkelijk zijn gedachten lezen toen haar hand hem steviger beetgreep en haar nagels zich in zijn knokige schouders groeven, alsof ze hem tegen wilde houden. Want Justin had inderdaad overwogen in het vochtige zwarte gat te springen.

Hij had nagedacht hoe de wereld daarbeneden zou zijn. Als hij aan de sterke hand van zijn tante uit Cork kon ontsnappen en in het gat kon springen voordat iemand hem kon grijpen, zou de grond zich misschien wel boven hen sluiten, als een grastapijt dat omgekeerd wordt, en dan zouden ze samen zijn. Hij vroeg zich af of ze onder de grond hun eigen gezellige wereldje zouden hebben. Hij zou hem helemaal voor zichzelf kunnen hebben, zonder hem met ma of Al te hoeven delen, en ze zouden samen spelen en lachen op de plek waar het donkerder was. Misschien hield pa gewoon niet van het licht, misschien wilde hij alleen maar dat het licht wegging zodat hij zijn ogen niet zou hoeven toeknijpen en zijn lichte huid niet zou verbranden of jeuken of sproeten kreeg, wat altijd gebeurde wanneer de zon weer ging schijnen. Wanneer die zon brandde vond zijn vader dat vervelend, en dan moest hij in de schaduw gaan zitten, terwijl hij en zijn moeder en Al buiten speelden, en ma elke dag bruiner werd en zijn vader bleker werd en zich meer ergerde aan de hitte. Misschien wilde hij alleen maar even pauze van de zomer, tot de jeuk en de frustratie over het licht voorbij waren.

Toen zijn kist de grond in zakte, haalde zijn moeder gierend uit, waardoor Al ook moest huilen. Justin wist dat Al niet huilde omdat hij zijn vader miste, hij huilde omdat hij schrok van ma's reactie. Ze was begonnen te huilen toen de snikken van zijn oma, de moeder van hun vader, overgingen in luid gejammer, en toen Al begon te huilen, brak het hart van alle aanwezigen bij de aanblik van het jonge kind dat in tranen achterbleef. Zelfs pa's broer, Seamus, die er altijd uitzag alsof hij wilde lachen, had een trillende onderlip en een dikke ader die uitstak in zijn nek, als een bodybuilder, waardoor Justin dacht dat er iemand anders in oom Seamus zat die er elk moment uit kon barsten, als oom Seamus het maar toestond.

Mensen moeten nooit beginnen met huilen. Want wanneer ze eenmaal beginnen… Justin wilde uitschreeuwen dat ze allemaal niet zo stom moesten doen, dat Al niet huilde om zijn vader. Hij wilde zeggen dat Al nauwelijks begreep wat er aan de hand was. Hij had zich de hele dag al beziggehouden met zijn brandweerauto, en had Justin af en toe met zo'n vragend gezicht aangekeken dat hij telkens moest wegkijken.

Mannen in pakken hadden de kist van zijn vader naar deze plek gedragen. Mannen die niet zijn ooms of vrienden van zijn vader waren geweest. Ze huilden niet net als iedereen, maar ze lachten ook niet. Ze keken niet verveeld maar ook niet geïnteresseerd. Ze keken alsof ze pa's begrafenis al tientallen keren hadden bijgewoond en het ze weinig kon schelen dat hij opnieuw was gestorven, maar het ook niet erg vonden opnieuw een gat te graven, hem opnieuw te dragen en hem opnieuw te begraven. Hij keek toe hoe de mannen zonder glimlachen handenvol aarde op de kist gooiden, die roffelende geluiden op het hout maakte. Hij vroeg zich af of dat zijn vader zou wekken uit zijn zomerslaapje. Hij huilde niet zoals de rest, omdat hij zeker wist dat zijn vader eindelijk aan het licht was ontsnapt. Zijn vader zou niet langer alleen in de schaduw hoeven zitten.

Justin beseft dat de chauffeur hem aandachtig aanstaart. Zijn gezicht komt dichterbij alsof hij wacht op het antwoord op een heel persoonlijke vraag over huiduitslag en of Justin daar ook ooit last van had gehad.

'Nee,' zegt Justin zacht, en hij schraapt zijn keel en stelt zijn ogen weer in op de wereld van vijfendertig jaar later. Inwendig door de tijd reizen is heftig.

'Dat is hem.' De chauffeur drukt op een knopje van zijn sleutelhanger en de lichten van een Mercedes uit de s-klasse springen aan.

Justins mond valt open. 'Weet u wie dit geregeld heeft?'

'Geen idee.' De chauffeur houdt het portier voor hem open. 'Ik krijg de opdracht altijd van mijn baas. Hoewel ik nooit eerder BEDANKT op het bordje heb geschreven. Zegt dat u iets?'

'Ja, maar het… is ingewikkeld. Zou je je baas na kunnen vragen wie hiervoor betaald heeft?' Justin laat zich in de achterbank zakken en zet zijn koffertje naast zich op de vloer.

'Ik kan het proberen.'

'Dat zou geweldig zijn.' Dan heb ik je te pakken, denkt hij erachteraan. Justin maakt het zich gemakkelijk, strekt zijn benen helemaal uit en sluit zijn ogen, nauwelijks in staat zijn glimlach te onderdrukken.

'Ik heet Thomas, trouwens. Ik sta de hele dag tot uw dienst, dus waar u hierna ook heen wilt, u zegt het maar.'

'De hele dag?' Justin verslikt zich bijna in een slok uit de gratis fles koud water die voor hem klaarstond. Hij heeft het leven van een rijkaard gered. Yes! Hij had meer tegen Bea moeten zeggen dan muffins en de krant. Een villa in Zuid-Frankrijk. Wat was hij toch een idioot, hij had sneller moeten nadenken.

'Zou uw werknemer dit niet voor u organiseren?' vraagt Thomas.

'Nee.' Justin schudt zijn hoofd. 'Absoluut niet.'

'Misschien heeft u een goede fee waar u niets van weet,' zegt Thomas met een uitgestreken gezicht.

'Laten we maar afwachten wat er straks met deze pompoen gebeurt,' zegt Justin lachend.

'Heel snel gaat-ie in elk geval niet,' zegt Thomas, en ze voegen zich in het verkeer van Dublin, nog drukker dan gewoonlijk door de grijze, regenachtige ochtend.

Justin drukt op de knop voor de stoelverwarming en laat zich naar achteren zakken terwijl hij zijn rug en achterste warm voelt worden. Hij schopt zijn schoenen uit, laat zijn stoel nog verder zakken en ontspant zich. Hij ziet de ellendige gezichten van mensen in bussen die slaperig uit de beslagen ramen kijken.

'Zou je me na de Gallery naar D'Olier Street willen brengen? Ik moet even langs iemand in de bloedbank.'

'U bent de baas.'

De felle oktoberwind hijgt en puft en probeert de laatste blaadjes van de nabije bomen te blazen. Ze houden zich stevig vast, als de kinderjuffrouwen in *Mary Poppins* die zich vasthouden aan de lantaarns in Cherry Tree Lane in een wanhopige poging te voorkomen dat hun vliegende concurrente hen wegblaast van het belangrijke sollicitatiegesprek bij de familie Banks. Net als veel mensen deze herfst zijn de blaadjes nog niet klaar om los te laten. Ze klampen zich vast aan gisteren, en hoewel ze niet in staat zijn geweest hun verandering van kleur tegen te gaan, bieden ze hevig weerstand voor ze de plek opgeven die twee jaargetijden hun huis is geweest. Ik zie hoe één blaadje loslaat, ronddanst in de lucht en ten slotte op de grond valt. Ik pak het op en draai hem langzaam rond aan zijn steeltje. Ik ben niet gek op de herfst. Ik ben er niet gek op om dingen die zo stevig zijn te zien verwelken wanneer ze het afleggen tegen de natuur, de hogere macht die ze niet kunnen beïnvloeden.

'Daar heb je de auto,' zeg ik tegen Kate.

We staan aan de overkant van de weg naar de National Gallery, achter de geparkeerde auto's, in de schaduw van de bomen die boven ons en de hekken van Merrion Square uitsteken.

'Heb je dát betaald?' vraagt Kate. 'Je bent echt gek.'

'Alsof ik dat nog niet wist. Eigenlijk heb ik maar de helft betaald. Dat is Frankies oom, hij is de eigenaar van het bedrijf. Als hij kijkt moet je net doen of je hem niet kent.'

'Ik ken hem niet.'

'Goed zo, heel overtuigend.'

'Joyce, ik heb die man nog nooit van mijn leven gezien.'

'Wauw, dat is echt héél goed.'

'Hoe lang hou je dit nog vol, Joyce? Dat uitstapje naar Londen klonk heel erg leuk, maar we weten eigenlijk alleen maar dat hij bloed heeft gedoneerd.'

'Aan mij.'

'Dat weten we niet.'

'Ik wel. Dat is het grappige.'

Ze kijkt bedenkelijk en staart me zo medelijdend aan dat mijn bloed ervan kookt.

'Kate, gisteravond heb ik carpaccio en venkel gegeten, en ik heb de hele avond bijna woord voor woord meegezongen met de *Best of* van Pavarotti.'

'Ik begrijp nog steeds niet waarom je denkt dat die Justin Hitchcock daar verantwoordelijk voor is. Herinner je je die film *Phenomenon*? Daarin is John Travolta van de ene op de andere dag een genie.'

'Hij had een hersentumor, waardoor hij op de een of andere manier beter kon leren,' snauw ik.

De Mercedes stopt voor de ingang van de Gallery. De chauffeur stapt uit om het portier te openen voor Justin en hij stapt uit met een koffertje in zijn hand. Hij lacht breeduit, en ik ben blij om te zien dat de hypotheekkosten van volgende maand goed besteed zijn. Daar maak ik me later wel zorgen over, net als over al het andere in mijn leven.

Hij heeft nog steeds de aura die ik voelde toen ik hem voor het eerst zag in de kapsalon – een verschijning die maakt dat mijn maag een paar trappen opklimt en dan de laatste trap neemt naar de tienmeterplank tijdens de finale van de Olympische Spelen. Hij kijkt op naar de Gallery en werpt een blik door het park, en hij lacht met die krachtige kaaklijn, een glimlach waardoor mijn maag één keer, twee keer, drie keer opwipt en dan de moeilijkste duik van allemaal maakt, een achterwaartse anderhalve salto en dan nog één, twee, drie draaien voordat we het water ingaan, plat op de buik. Ik kom zo onhandig in het water terecht dat duidelijk is dat ik als geestelijk wrak nog een lange weg te gaan heb. De duik was angstaanjagend maar best aangenaam, en ik ben bereid de vereiste stappen te nemen.

De blaadjes om me heen ritselen wanneer een nieuw briesje opsteekt en ik weet niet zeker of ik me inbeeld dat die de geur van zijn aftershave meevoert, dezelfde geur als in de kapsalon. In een korte flits zie ik hem een pakje in smaragdgroen inpakpapier oppakken, dat glinstert onder de kerstverlichting en door de omringende kaarsen. Er zit een grote rode strik omheen en mijn handen zijn even de zijne wanneer hij het langzaam openmaakt, voorzichtig de tape van het papier haalt en zijn best doet het niet te scheuren. Ik ben getroffen door hoe voorzichtig hij met het pakje is, dat liefdevol is ingepakt, tot zijn gedachten heel even de mijne zijn, en ik deelgenoot word van zijn plannen het papier te bewaren om te gebruiken voor de nog niet ingepakte cadeautjes die hij in de auto heeft liggen. In het pakje zit een fles aftershave en een scheerset. Een kerstcadeau van Bea.

'Hij is knap,' fluistert Kate. 'Ik steun je plan om hem te stalken voor honderd procent, Joyce.'

'Ik stalk hem niet,' sis ik, 'en ik zou dit ook hebben gedaan als hij lelijk was.'

'Mag ik naar zijn lezing?' vraagt Kate.

'Nee!'

'Hoezo niet? Hij heeft mij nog nooit gezien, hij zal me niet herkennen. Alsjeblieft, Joyce. Mijn beste vriendin gelooft dat ze een band heeft met een volkomen vreemdeling. Ik kan in elk geval gaan luisteren om te kijken hoe hij is.'

'En Sam dan?'

'Wil jij even op hem passen?'

Ik verstrak.

'O, ik was het vergeten,' zegt ze vlug. 'Ik neem hem wel mee. Ik ga achterin zitten en ga weer weg als iemand zich aan hem stoort.'

'Nee, nee, het geeft niet. Ik pas wel op hem.' Ik slik en glimlach geforceerd.

'Weet je het zeker?' Ze lijkt te twijfelen. 'Ik blijf maar even. Ik wil alleen maar zien hoe hij is.'

'Ik red me wel. Ga nou maar.' Ik duw haar zachtjes weg. 'We redden ons wel, hè?'

Als antwoord steekt Sam zijn voet met sok en al in zijn mond.

'Ik ben zo terug, beloofd.' Kate buigt zich over de kinderwagen, geeft haar zoon een kus, snelt de weg over en de Gallery in.

'Zo...' Nerveus kijk ik om me heen. 'Daar zijn we dan, Sean, met z'n tweetjes.'

Hij kijkt me aan met zijn grote blauwe ogen en de mijne schieten onmiddellijk vol.

Ik kijk om me heen om me ervan te vergewissen dat niemand me gehoord heeft. Ik bedoelde Sam.

Justin neemt zijn plek in op het podium in de collegezaal in de kelder van de National Gallery. Een volle zaal staart hem aan en hij is in zijn element. Een late binnenkomer, een jonge vrouw, komt binnen, verontschuldigt zich en zoekt snel een plekje.

'Goedemorgen, dames en heren, en bedankt dat u op deze regenachtige ochtend bent gekomen. Ik ben hier om over een schilderij te praten, *De briefschrijfster* van Terborch, een Nederlandse barokschilder uit de zeventiende eeuw die voor een groot deel verantwoordelijk was voor de algemene verbreiding van de brief als thema. Dit schilderij – nou ja, niet alleen dit schilderij – dit genre over het schrijven van brieven is een persoonlijke favoriet van me, vooral in het huidige tijdperk, waar de persoonlijke brief bijna is uitgestorven.' Hij stopt.

Bijna maar niet helemaal, want er is iemand die me berichtjes stuurt, denkt hij.

Hij stapt van het podium, doet een stap naar voren en bekijkt zijn toehoorders met een blik vol achterdocht. Hij knijpt zijn ogen tot spleetjes en bestudeert hen, in de wetenschap dat iemand hier de mysterieuze berichtjes geschreven kan hebben.

Er kucht iemand en hij schrikt op uit zijn trance. Enigszins van slag gaat hij verder.

'In een tijd waarin de persoonlijke brief bijna is uitgestorven, herinnert dit werk ons eraan dat de grote meesters uit de Gouden Eeuw de subtiele reeks menselijke emoties hebben afgebeeld die werden ingegeven door zo'n ogenschijnlijk eenvoudig aspect van het dagelijks leven. Terborch was niet de enige kunstenaar die dergelijke beelden vervaardigde. Ik kan niet verdergaan over dit onderwerp zonder lippendienst te bewijzen aan Vermeer, Metsu en De Hooch, die allemaal schilderijen hebben gemaakt van mensen die lazen, schreven, brieven ontvingen en stuurden, en waarover ik heb geschreven in mijn boek *De Gouden Eeuw van de Nederlandse schilderkunst: Vermeer, Metsu en Terborch*. In zijn schilderijen gebruikt Terborch het schrijven van brieven als een spil waaromheen complexe psychologische drama's draaien, en zijn werken behoren tot de eerste die geliefden met elkaar verbindt door het thema van een brief.'

Terwijl hij dit zegt bestudeert hij de vrouw die wat later binnengekomen is, en vervolgens een andere jonge vrouw achter haar, en hij vraagt zich af of ze iets achter zijn woorden zoeken. Hij lacht bijna hardop om het idee dat degene van wie hij het leven heeft gered in deze zaal zit, dat het een jonge vrouw zou zijn, en ten slotte nog aantrekkelijk ook. Waardoor hij zichzelf weer afvraagt hoe hij eigenlijk zou willen dat dit hele drama afliep.

Ik duw Sams kinderwagen Merrion Square op, en we gaan onmiddellijk van het achttiende-eeuwse deel van de stad over in een andere wereld, in de schaduw van volwassen bomen en omringd door kleur. Vlammend oranje, rood en geel van het herfstgebladerte ligt her en der verspreid over de grond en met elk zacht briesje hupt het met ons mee, als nieuwsgierige roodborstjes. Ik kies een bankje langs een rustig gedeelte en draai Sams kinderwagen om, zodat hij naar me kijkt. In de bomen langs het voetpad hoor ik takjes knappen: er worden daarbinnen huizen gebouwd en de lunch wordt bereid.

Ik kijk een tijdje naar Sam. Hij rekt zijn nek om ver boven zich de resterende bladeren te zien die weigeren hun tak op te geven. Met een piepklein vingertje wijst hij naar de lucht en hij maakt geluidjes.

'Boom,' zeg ik tegen hem, waar hij om moet lachen en ik direct zijn moeder in hem zie.

De aanblik treft me als een schop in mijn buik. Ik moet even op adem komen.

'Sam, nu we hier toch zijn moeten we even iets bespreken,' zeg ik.

Zijn lach wordt breder.

'Ik moet me ergens voor verontschuldigen.' Ik kuch even. 'Ik heb de laatste tijd niet zo veel aandacht aan je besteed, hè? Het zit namelijk zo...' Mijn stem sterft weg tot een man voorbijgegaan is en ik zachter verderga. 'Het zit namelijk zo: ik kon het niet verdragen om naar je te kijken...' Zijn glimlach wordt nog breder.

'O, kom hier.' Ik buig voorover, haal zijn dekentje weg en druk op de knop om zijn riem los te maken. 'Kom maar bij me.' Ik haal hem uit de buggy en zet hem op mijn schoot. Zijn lichaam is warm en ik druk hem stevig tegen me aan. Ik adem op de bovenkant van zijn hoofd, zoet als snoep, zijn plukjes haar zacht als fluweel, zijn lichaam mollig en zacht in mijn armen. Ik wil hem nog steviger tegen me aan drukken. 'Het brak mijn hart om naar je te kijken, je te knuffelen zoals vroeger,' zeg ik zachtjes tegen de bovenkant van zijn hoofd, 'want elke keer dat ik je zag, herinnerde ik me weer wat ik kwijt was geraakt.' Hij kijkt op en brabbelt wat als antwoord. 'Maar hoe kon ik ooit bang zijn om naar je te kijken?' Ik kus zijn neusje. 'Ik had het niet op jou moeten afreageren, maar je bent niet van mij, en dat is zo moeilijk.' Mijn ogen schieten vol en ik laat de tranen vallen. 'Ik wil een jongetje of meisje bij wie mensen net als bij jou zeggen dat hij of zij sprekend op mij lijkt, of misschien dat de baby mijn neus of mijn ogen heeft, want dat zeggen mensen tegen mij. Ze zeggen dat ik op mijn moeder lijk. En dat vind ik heel fijn om te horen, Sam, echt, want ik mis haar en wil elke dag aan haar herinnerd worden. Maar naar jou kijken was anders. Ik wilde er niet elke dag aan herinnerd worden dat ik mijn kindje was kwijtgeraakt.'

'Ba-ba,' zegt hij.

Ik haal mijn neus op. 'Ba-ba weg, Sam. Sean als het een jongetje was, Grace voor een meisje.' Ik haal een mouw langs mijn neus.

Sam, die zich niet interesseert voor mijn tranen, kijkt weg en bestudeert een vogel. Weer wijst hij met een mollig vingertje.

'Vogel,' zeg ik door mijn tranen heen.

'Ba-ba,' antwoordt hij.

Ik glimlach en haal mijn mouw nu langs mijn ogen, waar nog meer tranen uit stromen. 'Maar er is nu geen Sean of Grace meer.' Ik trek hem steviger tegen me aan en laat mijn tranen vallen in de wetenschap dat Sam niet in staat zal zijn iemand over mijn huilbui te vertellen.

De vogel hupt een paar centimeter en vliegt dan op en verdwijnt in de lucht.

'Ba-ba weg,' zegt Sam, en hij houdt zijn handen op, met de handpalmen omhoog. Ik zie de vogel in de verte wegvliegen, nog net zichtbaar, als een plukje stof tegen de lichtblauwe hemel. Mijn tranen drogen op. 'Ba-ba weg,' herhaal ik.

'Wat zien we op dit schilderij?' vraagt Justin.

Stilte wanneer iedereen naar de geprojecteerde afbeelding kijkt.

'Laten we eerst even opnoemen wat voor de hand ligt. Een jonge vrouw zit aan een tafel in een sober interieur. Ze schrijft een brief. We zien een ganzenveer over een vel papier gaan. We weten niet wat ze schrijft, maar haar lichte glimlach suggereert dat ze iemand schrijft die haar dierbaar is, misschien wel een geliefde. Haar hoofd is naar voren gebogen, en toont zo de elegante curve van haar hals...'

Sam zit weer in de buggy, en hij tekent met zijn blauwe kleurkrijt cirkels op papier, of beter gezegd: hij ramt stippen op het papier, waardoor overal schilfers krijt in de buggy terechtkomen. Ik haal mijn eigen pen en papier uit mijn tas. Ik neem mijn kalligrafiepen in mijn hand en stel me voor dat ik Justins woorden aan de overkant van de straat hoor. Ik hoef De briefschrijfster niet op doek te zien, want het staat in mijn geheugen gegrift, aangezien Justin het tijdens zijn studie uitvoerig heeft bestudeerd en opnieuw tijdens de research voor zijn boek. Ik begin te schrijven.

Op mijn zeventiende was ik een goth. Ik had mijn haar zwart geverfd, mijn gezicht was wit en in mijn rode lippen zat een piercing. Als onderdeel van een project om een hechtere band tussen moeder en dochter te kweken had ma ons allebei opgegeven voor een cursus kalligrafie op de basisschool in onze wijk. Elke woensdagavond om zeven uur.

Ma had in een nogal new-agerig boek – waar pa niets van moest hebben – gelezen dat door deel te nemen aan activiteiten met je kinderen ze zich makkelijker en uit zichzelf zouden openstellen en dingen uit hun leven met je zouden delen. Dat was beter dan een persoonlijke confrontatie in een formele setting waarbij je ze neerzette en bijna ondervroeg, wat meer pa's manier van werken was.

De lessen hadden effect, en hoewel ik steunde en zuchtte over het suffe huiswerk, luchtte ik mijn hart en vertelde ik haar alles. Nou ja, bijna alles. De rest kon ze intuïtief wel raden. Ik hield er een dieper respect en begrip voor mijn moeder als persoon aan over, een vrouw en niet alleen een moeder. Ik hield er ook aan over dat ik goed in kalligrafie was.

Wanneer ik de pen op het papier zet en in het ritme van vlugge opwaartse haaltjes raak, zoals ons geleerd was, merk ik dat ik teruggevoerd word naar die lessen, naar de klaslokalen waarin ik met mijn moeder zat.

Ik hoor haar stem, ik ruik haar geur en ik speel onze gesprekken opnieuw af. Soms ongemakkelijk, aangezien ik zeventien ben en we om het persoonlijke heen dansen, maar we praten erover op onze eigen manier, en vinden desondanks wel een manier om tot de kern te komen. Ze had voor mij als zeventienjarige een perfecte activiteit uitgekozen, beter dan ze ooit zou beseffen. Kalligrafie had ritme, was geworteld in de gotische stijl, de karakters werden geschreven in de hitte van het moment en ze waren niet kinderachtig. Een uniforme manier van schrijven, maar eentje die uniek was. Een les om me te leren dat inschikkelijkheid toch niet helemaal betekende wat ik dacht, want er zijn veel manieren om jezelf uit te drukken in een wereld die begrensd is, zonder die grenzen te overtreden. Plotseling kijk ik op van mijn papier. 'Trompe-l'oeil,' zeg ik hardop, met een glimlach.

Sam kijkt op van het rammen met zijn krijt en kijkt me vol belangstelling aan.

'Wat betekent dat?' vraagt Kate.

'Trompe-l'oeil is een kunsttechniek met uitzonderlijk realistische beelden, waardoor de optische illusie wordt gecreëerd dat de afgebeelde voorwerpen daadwerkelijk bestaan, en geen tweedimensionale weergaven zijn. Het komt uit het Frans: *trompe* betekent "bedriegt" en *l'oeil* "het oog",' vertelt Justin de zaal. 'Het bedriegt het oog,' herhaalt hij, en hij gaat alle gezichten van zijn toehoorders af.

Waar ben je toch, denkt hij.

34

'En, hoe ging het?' vraagt Thomas de chauffeur als Justin na zijn lezing weer in de auto stapt.

'Ik zag je achter in de zaal staan. Zeg jij het maar.'

'Nou, ik weet niet veel van kunst, maar u wist in elk geval aardig wat te vertellen over een meisje dat een brief schrijft.'

Justin glimlacht en pakt nog een gratis fles water. Hij heeft geen dorst, maar het staat er, en het is gratis.

'Zocht u iemand?' vraagt Thomas.

'Hoe bedoel je?'

'In de zaal. Ik zag dat u een paar keer rondkeek. Een vrouw zeker?' Hij grijnst.

Justin lacht en schudt zijn hoofd. 'Ik heb geen idee. Als ik het je vertelde zou je denken dat ik gek ben.'

'En, wat vond je van hem?' vraag ik Kate als we rond Merrion Square lopen en ze me over Justins lezing vertelt.

'Wat ik van hem vond?' herhaalt ze, Sams buggy langzaam voortduwend. 'Volgens mij geeft het niet dat hij gisteren carpaccio en venkel at want hij lijkt me verder een heel leuke man. Wat de redenen ook zijn dat je het gevoel hebt dat jullie een band hebben, of dat je je aangetrokken voelt tot hem, het doet er niet toe. Je moet ophouden met rondrennen en jezelf gewoon voorstellen.'

Ik schud mijn hoofd. 'Dat gaat niet.'

'Hoezo niet? Hij leek geïnteresseerd in je toen hij je bus achternarende, en toen bij het ballet. Wat is er nu anders?'

'Hij wil niets met me te maken hebben.'

'Hoe weet je dat?'

'Dat weet ik.'

'Hoe? En zeg me niet dat het abracadabra is dat je in je theebladeren hebt gelezen.'

'Ik drink nu koffie.'

'Je haat koffie.'

'Hij blijkbaar niet.'

Ze doet haar best positief te blijven maar haar blik verraadt haar.

'Hij is te druk op zoek naar de vrouw van wie hij het leven heeft gered, hij heeft geen interesse meer voor mij. Hij had mijn telefoonnummer, Kate, en hij heeft nooit gebeld. Niet één keer. Sterker nog: hij gooide het in een vuilcontainer, en vraag me niet hoe ik dat weet.'

'Jou kennende lag je er waarschijnlijk in.'

Ik druk mijn lippen stevig op elkaar.

Kate slaakt een zucht. 'Hoe lang hou je dit nog vol?'

Ik haal mijn schouders op. 'Niet lang meer.'

'En je werk? En Conor?'

'Tussen Conor en mij is het voorbij. Er valt niets meer te zeggen. We hoeven maar vier jaar uit elkaar te blijven en we zijn gescheiden. En wat werk betreft: ik heb ze al gezegd dat ik volgende week terug ben. Mijn agenda staat alweer vol met afspraken. En het huis… Shit!' Ik schuif mijn mouw omhoog en kijk op mijn horloge. 'Ik moet terug. Over een uur laat ik mensen het huis zien.'

Een vlugge kus en ik ren naar de dichtstbijzijnde bus naar huis.

'Oké, hier is het.' Justin staart omhoog uit het raampje naar de tweede verdieping, waar de kliniek voor bloeddonatie is gevestigd.

'Gaat u bloed geven?' vraagt Thomas.

'Absoluut niet. Ik ga even bij iemand langs. Ik ben zo terug. Als er politiewagens aan komen, moet je de motor maar starten.' Hij glimlacht, maar het is weinig overtuigend.

Bij de balie vraagt hij nerveus naar Sarah, en hij moet op haar wachten in de wachtkamer. Om hen heen zitten mannen en vrouwen die lunchpauze hebben en de krant lezen tot ze geroepen worden om bloed te komen geven. Hij schuift dichter naar de vrouw naast hem, die door een tijdschrift bladert. Hij buigt zich over haar schouders en wanneer hij fluistert schrikt ze op. 'Weet u zeker dat u dit wilt doen?'

Iedereen in de wachtkamer laat zijn krant of tijdschrift zakken en staart hem aan. Hij kucht, wendt zijn blik af en doet net of iemand anders het zei. Op de muren om hem heen hangen posters die iedereen in de wachtkamer oproepen bloed te geven, en er hangen posters met dankwoorden van jonge kinderen en mensen die leukemie en andere ziektes hebben overleefd. Hij wacht nu al een halfuur en kijkt elke minuut op zijn horloge, zich ervan bewust dat hij een vliegtuig moet halen. Wanneer de laatste persoon de wachtkamer verlaat en hem alleen achterlaat, verschijnt Sarah in de deuropening.

'Justin.' Ze klinkt niet kil, niet gemeen of boos. Ze praat zacht. Gekwetst. Dat is erger. Hij zou liever willen dat ze boos was.

'Sarah.' Hij staat op om haar te begroeten, raakt verstrengeld in een ongemakkelijk halfhartige omhelzing en een kus op één wang, die er twee worden, gevolgd door een twijfelachtige derde die ingetrokken wordt en bijna verandert in een kus op de lippen. Ze deinst achteruit en beëindigt de kluchtige begroeting.

'Ik heb niet lang, ik moet een vlucht halen, maar ik wilde je even zien. Kunnen we even praten?'

'Ja, hoor, natuurlijk.' Ze loopt naar de receptie en gaat zitten, met haar armen nog steeds over elkaar.

'O.' Hij kijkt om zich heen. 'Heb je geen kantoor of zo?'

'Dit is een prima plek, lekker rustig.'

'Waar is je kantoor?'

Achterdochtig knijpt ze haar ogen toe, en hij geeft zijn ondervraging op en gaat snel naast haar zitten.

'Ik ben hier om me te verontschuldigen voor mijn gedrag de laatste keer. Nou ja, voor elke keer sinds we elkaar hebben leren kennen. Het spijt me echt.'

Ze knikt en wacht tot hij verdergaat.

Verdomme, meer had ik niet, denkt hij. Denk na, denk na. Het spijt je en…

'Ik wilde je niet kwetsen. Ik werd die dag heel erg afgeleid door die gestoorde vikingen. Je zou zelfs kunnen zeggen dat ik de laatste twee maanden elke dág ben afgeleid door gestoorde vikingen, en eh…'

Denk na!

'Zou ik even naar het toilet mogen? Als je het niet erg vindt. Alsjeblieft.'

Ze kijkt een beetje overdonderd maar wijst hem waar het is. 'Ja, hoor, rechtdoor aan het einde van de gang.'

Linda en haar echtgenoot Joe staan buiten, waar een nieuw bordje met TE KOOP in de muur is geslagen, en drukken hun neus tegen het raam en gapen in mijn woonkamer. Er bekruipt me een gevoel dat ik het huis moet beschermen. Maar zodra het opkomt verdwijnt het weer. Je thuis voelen hangt niet samen met een plek – in elk geval niet met deze plek.

'Joyce. Ben jij dat?' Linda laat haar zonnebril zakken.

Ik lach ze breed en beverig toe, haal de sleutelbos uit mijn zak, waar ik mijn autosleutels en het pluizige lieveheersbeestje dat vroeger aan ma's bos zat al heb afgehaald. Zelfs de sleutelbos is zijn hart kwijtgeraakt, zijn speelsheid, de sleutels hebben nu alleen nog maar een functie.

'Je haar, je ziet er heel anders uit.'

'Hoi, Linda, ha, Joe.' Ik steek mijn hand uit om ze te begroeten.

Linda heeft andere plannen en omhelst me stevig en langdurig. 'O, ik vind het zo erg voor je.' Ze knijpt nog iets harder. 'Arme meid.' Het zou een aardig gebaar zijn als ik haar iets langer kende. Nu had ik haar meer dan een maand geleden drie huizen laten zien, en toen ze hoorde dat ik zwanger was had ze hetzelfde gedaan met haar handen op mijn zo goed als platte buik. Dat mijn lichaam opeens publiek bezit werd had ik heel vervelend gevonden tijdens de enige maand dat ik erover kon praten.

Haar stem daalt tot een fluistertoon. 'Hebben ze dat in het ziekenhuis gedaan?' Ze kijkt naar mijn haar.

'Eh, nee, dat hebben ze in de kapsalon gedaan,' zeg ik op vrolijke toon. Gelukkig, mijn rampspoeddame schiet me te hulp. Ik open de deur en laat hen voorgaan.

'O,' zegt ze opgewonden en haar echtgenoot glimlacht en pakt haar hand vast. Ik heb een flashback naar Conor en ik die tien jaar geleden het huis kwamen bekijken. Het was net achtergelaten door een oude vrouw die er de voorgaande twintig jaar alleen had gewoond. Ik volg de jongere versie van mezelf en hem het huis in, en opeens zijn ze echt en ben ik de geest. Ik herinner me wat we zagen, luister naar ons gesprek en speel de hele gebeurtenis opnieuw af.

Het had gestonken, er lagen oude tapijten, het had krakende vloeren, verrotte raamkozijnen en behang dat zo oud was dat het net voor de derde keer uit de mode was. Het was walgelijk en een bodemloze geldput, maar we waren er al verliefd op toen we op dezelfde plek stonden als waar Linda en haar echtgenoot nu staan. We hadden toen alles nog voor ons, toen Conor nog de Conor was van wie ik hield en ik ook nog de oude was, helemaal voor elkaar gemaakt. En toen was Conor geworden wie hij geworden is en ik werd de Joyce van wie hij niet langer hield. Naarmate het huis mooier werd, werd onze relatie lelijker. We hadden die eerste nacht op een kleed vol kattenhaar kunnen liggen en we zouden gelukkig zijn geweest, maar vervolgens probeerden we elk detail dat niet goed was in ons huwelijk te repareren door een nieuwe bank te kopen, de deuren te herstellen, de tochtige ramen te vervangen. Hadden we maar net zo veel tijd en aandacht besteed aan onszelf, aan onszelf geklust in plaats van aan ons huis. Het kwam bij geen van ons beiden op iets aan de tocht in ons huwelijk te doen. Die floot door de groter wordende spleten en we besteedden er geen aandacht aan, tot we op een ochtend allebei wakker werden met koude voeten.

'Ik kan jullie de benedenverdieping laten zien, maar, eh...' Ik kijk omhoog naar de deur van de kinderkamer, die niet langer gonst zoals toen ik voor het eerst terugkeerde. Het is maar een deur, roerloos en stil, die doet wat een deur doet. Niets. 'Jullie mogen boven zelf rondkijken.'

'Wonen de eigenaren hier nog?' vraagt Linda.

Ik kijk rond. 'Nee. Nee, die zijn al lang geleden vertrokken.'

Justin loopt terug van het toilet en bekijkt de namen op de deuren, op zoek naar Sarahs kantoor. Hij heeft geen idee waar hij moet beginnen maar als hij de map kan vinden over het bloed dat aan het begin van de herfst is gedoneerd op Trinity College is hij weer een stapje verder.

Hij ziet haar naam op de deur en roffelt er zachtjes op. Wanneer hij geen antwoord hoort gaat hij naar binnen en doet hem voorzichtig weer dicht. Hij kijkt vlug om zich heen, en ziet in een kast stapels mappen liggen. Hij rent onmiddellijk naar de archiefkast en begint hem te doorzoeken. Enkele momenten later gaat de deurkruk naar beneden.

Hij laat de map weer in de kast vallen, wendt zich tot de deur en verstijft. Sarah kijkt hem geschokt aan.

'Justin?'

'Sarah?'

'Wat doe je in mijn kantoor?'

Je bent een intelligente man, verzin iets slims, denkt hij.

'Ik ben verkeerd gelopen.'

Ze slaat haar armen over elkaar. 'Waarom vertel je me niet hoe het werkelijk zit?'

'Ik liep terug en zag je naam op de deur staan en ik dacht: ik wip even binnen om te kijken hoe je kantoor eruitziet. Ik geloof namelijk dat een kantoor echt weergeeft hoe iemand is, en ik dacht dat als wij samen een toekomst zou–'

'Wij hebben geen toekomst.'

'O. Juist. Maar als we–'

'Nee.'

Hij laat zijn blik over haar bureau gaan en ziet een foto van Sarah met haar armen om een jong blond meisje en een man. Ze poseren vrolijk op een strand.

Sarah volgt zijn blik. 'Dat is mijn dochter, Molly.' Ze drukt haar lippen op elkaar, boos dat ze iets gezegd heeft.

'Heb je een dochter?' Hij wil de lijst pakken, aarzelt voor hij hem aanraakt en kijkt eerst naar haar of hij toestemming krijgt.

Ze knikt en haar lippen ontspannen. Hij pakt hem op.

'Wat een mooi meisje.'

'Ja.'

'Hoe oud is ze?'

'Zes.'

'Ik wist niet dat je een dochter had.'

'Je weet wel meer niet over me. Je bent nooit lang genoeg blijven zitten tijdens onze afspraakjes om over iets anders dan jezelf te praten.'

Justin krimpt ineen en de moed zinkt hem in de schoenen.

'Sarah, het spijt me echt heel erg.'

'Dat zei je al, heel oprecht, vlak voordat je mijn kantoor in ging en rond begon te neuzen.'

'Ik neusde niet–' Haar blik volstaat om te voorkomen dat hij opnieuw liegt.

Voorzichtig pakt ze de foto uit zijn hand. Niets in haar gedrag is ruw of agressief. Ze is enorm teleurgesteld; het is niet de eerste keer dat een idioot als Justin haar laat stikken.

'De man op de foto?'

Ze werpt een treurige blik op de foto en zet hem dan terug op het bureau. 'Ik zou je met plezier over hem verteld hebben,' zegt ze zacht. 'Ik weet nog dat ik het minstens twee keer heb geprobeerd.'

'Het spijt me,' zegt hij nogmaals, en hij voelt zich zo klein dat hij nauwelijks over haar bureau heen kan kijken. 'Ik luister nu.'

'En ik weet nog dat je tegen me zei dat je een vlucht moest halen,' zegt ze.

'Inderdaad,' zegt hij met een knikje, en hij loopt naar de deur. 'Het spijt me echt heel erg. Ik schaam me diep en ben teleurgesteld in mezelf.' En hij beseft dat hij het ook echt meent, uit de grond van zijn hart. 'Er gebeuren momenteel een paar vreemde dingen in mijn leven.'

'Zoek maar iemand die dat niet heeft. We hebben allemaal onze rottigheid, Justin. Maar hou mij alsjeblieft buiten die van jou.'

'Goed.' Hij knikt opnieuw, lacht haar nog eenmaal opgelaten en verontschuldigend toe, sluit de deur van haar kantoor, rent de trappen af en springt de auto in. Hij voelt zich hoogstens nog een halve meter groot.

35

'Wat is dat?'
  'Ik weet het niet.'
  'Veeg het maar weg.'
  'Nee, doe jij het maar.'
  'Heb je ooit zoiets gezien?'
  'Ja, misschien wel.'
  'Hoe bedoel je, misschien? Je hebt het of je hebt het niet.'
  'Doe niet zo bijdehand.'
  'Dat doe ik niet, ik probeer het alleen te begrijpen. Denk je dat het eraf gaat?'
  'Ik heb geen idee. Laten we het Joyce vragen.'

Ik hoor Linda en Joe mompelen in de gang. Ik heb ze aan hun lot overgelaten en heb in de achterkeuken een kop zwarte koffie staan drinken en naar de rozenstruik van mijn moeder in de achtertuin staan staren. Ik zag de schimmen van Joyce en Conor zonnebaden op het gras tijdens een hete zomer, met tussen hen in een schallende radio.

'Joyce, kunnen we je even iets laten zien?'
  'Tuurlijk.' Ik zet het koffiekopje neer, loop langs de schim van Conor die zijn lasagnespecialiteit maakt in de keuken, langs de schim van Joyce die in haar pyjama in haar lievelingsstoel zit en een Mars eet, en loop naar de gang. Ze zitten op handen en voeten en bestuderen de vlek bij de trap. Mijn vlek.

'Volgens mij is het wijn,' zegt Joe, en hij kijkt naar me op. 'Hebben de eigenaren iets over de vlek gezegd?'
  'Eh…' Mijn benen wiebelen een beetje en eventjes denk ik dat ik door mijn knieën ga. Ik leun tegen de trapleuning aan en doe net of ik vooroverbuig om het beter te kunnen zien. Ik sluit mijn ogen. 'Het is al een paar keer schoongemaakt, voor zover ik weet. Zouden jullie de vloerbedekking willen houden?'

Linda trekt een lang gezicht en denkt na, kijkt de trap op en af, door het huis, en bekijkt met opgetrokken neus mijn interieurkeuzes. 'Nee, ik denk het niet. Een houten vloer lijkt me heel mooi. En jij?' vraagt ze Joe.
  'Ja,' zegt hij knikkend. 'Mooi licht eikenhout.'
  'Ja,' stemt ze in. 'Nee, ik denk niet dat we dit tapijt zouden houden.' Weer trekt ze haar neus op.

Ik was niet van plan geweest ze de gegevens over de eigenaren bewust te onthouden. Dat heeft geen zin, die zien ze toch wel op het contract. Ik had aangenomen dat ze wisten dat de woning van mij was, maar het was hun vergissing, en aangezien ze zich nu beklagen over de inrichting, de indeling van de kamers, grappige geluidjes en geuren waaraan ze niet gewend waren maar die ik inmiddels niet meer opmerk, leek het me niet nodig ze nog ongemakkelijker te maken door ze er nu op te wijzen.

'Jullie lijken enthousiast,' zeg ik lachend, en ik zie hun gezichten gloeien van warmte en opwinding nu ze eindelijk een woning hebben gevonden waar ze zich thuis voelen.

'Ja, dat zijn we,' zegt ze grijnzend. 'We waren tot nu toe zó kieskeurig, maar dat weet je wel. Maar nu is de situatie veranderd. We moeten zo snel mogelijk uit die flat en een grotere woning vinden, aangezien we zwanger zijn, of eigenlijk alleen ik,' grapt ze met een nerveus lachje, en pas dan merk ik de lichte zwelling onder haar blouse. Haar navel is hard en drukt tegen de stof.

'O, wauw…' Brok in de keel, opnieuw trillende knieën, ogen schieten vol, laat dit moment alsjeblieft snel voorbij zijn, laat ze alsjeblieft de andere kant op kijken. Ze zijn tactvol en doen dat ook. 'Dat is geweldig, gefeliciteerd,' zegt mijn stem vrolijk, en zelf ik hoor hoe hol het klinkt, volledig onoprecht, de lege woorden bijna een echo van zichzelf.

'Dus die kamer boven zou perfect zijn.' Joe knikt naar de kinderkamer.

'O, natuurlijk, die is prachtig.' De bekrompen huisvrouw uit de jaren zestig is terug terwijl ik mezelf weer met 'gossie' en 'jeetje' door de rest van het gesprek sla.

'Ik kan er niet bij dat ze geen meubels meenemen,' zegt Linda, en ze kijkt om zich heen.

'Nou, ze gaan allebei kleiner wonen en hun spullen passen niet meer.'

'Maar nemen ze helemaal niks mee?'

'Nee,' zeg ik glimlachend, en ik kijk om me heen. 'Alleen de rozenstruik in de achtertuin.'

En een koffer vol herinneringen.

Justin duikt met een diepe zucht in de auto.

'Wat is er met u gebeurd?'

'Niks. Kun je me nu direct naar het vliegveld brengen, alsjeblieft? Ik ben een beetje laat.' Justin legt zijn elleboog op de rand onder aan het raam en slaat zijn hand voor zijn gezicht. Hij haat zichzelf, haat de egoïstische ellendeling die hij is geworden. Hij en Sarah waren niet voor elkaar gemaakt, maar wat gaf hem het recht haar op die manier te gebruiken, om haar mee te sleuren in zijn poel van wanhoop en egoïsme?

'Ik heb iets wat je zal opvrolijken,' zegt Thomas, en hij opent het handschoenenvakje.

'Nee, ik ben echt niet in de–' Justin zwijgt als hij Thomas een bekende envelop uit het vakje ziet pakken. Hij reikt hem aan.

'Hoe kom je hieraan?'

'Mijn baas heeft me gebeld en zei dat ik dit aan u moest geven voordat u bij het vliegveld was.'

'Je baas.' Justin knijpt zijn ogen tot spleetjes. 'Hoe heet hij?'

Thomas zwijgt een poosje. 'John,' zegt hij ten slotte.

'John Smith?' zegt Justin, en het sarcasme druipt van zijn stem.

'Dat is hem.'

Hij beseft dat hij verder geen informatie uit Thomas zal trekken, en hij richt zijn aandacht op de envelop. Hij draait hem langzaam rond in zijn hand, en twijfelt of hij hem zal openen of niet. Hij zou hem dicht kunnen laten en er hier en nu een eind aan kunnen maken, zijn leven weer op orde krijgen, ophouden te proberen mensen te gebruiken, ze uit te buiten. Een leuke vrouw leren kennen, haar goed behandelen.

'En? Maakt u hem niet open?' vraagt Thomas.

Justin blijft hem omdraaien in zijn hand. 'Misschien.'

Pa opent de deur voor me met de dopjes van zijn iPod in zijn oren en het apparaat in zijn hand. Hij laat zijn blik over mijn outfit gaan.

'JE ZIET ER HEEL MOOI UIT VANDAAG, GRACIE!' schreeuwt hij zo hard als hij maar kan, en een man die zijn hond uitlaat draait zich om en staart ons aan. 'HEB JE IETS BIJZONDERS?'

Ik glimlach. Eindelijk afleiding. Ik druk mijn vinger tegen mijn lippen en haal de oordopjes uit zijn oren. 'Ik heb het huis aan klanten van me laten zien.'

'Vonden ze het mooi?'

'Ze komen over een paar dagen terug om te meten. Dus dat is een goed teken. Maar toen ik er weer was besefte ik dat ik nog lang niet klaar ben.'

'Nog niet? Je hebt nu toch wel genoeg meegemaakt? Je hoeft niet wekenlang te huilen voordat je het allemaal hebt verwerkt, hoor.'

Ik glimlach opnieuw. 'Ik bedoel dat ik nog door mijn spullen moet. Dingen die ik heb achtergelaten. Ik geloof dat ze de meeste meubels niet hoeven. Vind je het goed als ik ze opsla in je garage?'

'Mijn timmermanswerkplaats?'

'Waar je al tien jaar niet geweest bent.'

'Ik ben er wel geweest,' zegt hij defensief. 'O, vooruit, zet je spullen er maar in. Kom ik ooit nog van je af?' zegt hij met een flauw lachje.

Ik ga aan de keukentafel zitten en pa gaat onmiddellijk in de weer en vult de ketel zoals hij dat voor iedereen doet die de keuken binnenkomt.

'Hoe was het gisteren op de maandagclub? Donal McCarthy kon je verhaal vast niet geloven. Hoe keek-ie?' Nieuwsgierig leun ik naar voren.

'Hij was er niet,' zegt pa, en hij draait me zijn rug toe als hij een kop en schotel voor zichzelf en een mok voor mij pakt.

'Wat? Waarom niet? En je had net zo'n goed verhaal om hem te vertellen! Wat een lef. Nou ja, volgende week is er weer een week, hè?'

Langzaam draait hij zich om. 'Hij is dit weekend gestorven. Morgen is de begrafenis. We hebben het de hele avond over hem gehad, en over al zijn verhalen die hij honderd keer heeft verteld.'

'O, pa, wat erg.'

'Nou ja. Als hij er dit weekend niet tussenuit was geknepen was hij dood neergevallen als hij had gehoord dat ik Michael Aspel heb ontmoet. Misschien was het maar goed ook,' zegt hij met een treurig lachje. 'Hij was de slechtste niet. We hebben wat afgelachen en we vonden het leuk om elkaar op de kast te jagen.'

Ik heb met pa te doen. Het is zo triviaal in vergelijking met het verlies van een vriend, maar hij had er zo naar uitgezien zijn verhaal te vertellen aan zijn grote rivaal.

We staren zwijgend voor ons uit.

'Je houdt de rozenstruik toch wel?' vraagt pa uiteindelijk.

Ik weet onmiddellijk waar hij het over heeft. 'Natuurlijk. Ik dacht dat hij heel mooi zou staan in je tuin.'

Hij kijkt uit het raam en laat zijn blik over zijn tuin gaan. Waarschijnlijk beslist hij al waar hij hem zal planten.

'Je moet wel voorzichtig zijn, Gracie. Een te grote schok en het kan heel snel achteruitgaan.'

Ik lach een treurig lachje. 'Dat is een beetje dramatisch, maar ik red me wel, pa. Bedankt voor je bezorgdheid.'

Hij blijft met zijn rug naar me toe staan. 'Ik had het over de rozen.'

Mijn telefoon gaat, trilt over de tafel en hupt bijna over de rand.

'Hallo?'

'Joyce, met Thomas. Ik heb je man afgezet bij het vliegveld.'

'O, heel erg bedankt. Heb je hem de envelop gegeven?'

'Eh, ja. Nog even daarover: ik heb hem gegeven, maar ik kijk net op de achterbank en hij ligt er nog.'

'Wat?' Ik spring op van de keukenstoel. 'Ga terug, ga terug! Maak rechtsomkeert! Je moet hem aan hem geven. Hij heeft hem vergeten.'

'Nou, hij wist eigenlijk niet of hij hem wel wilde openen.'

'Wat? Hoezo?'

'Dat weet ik niet! Ik heb hem gegeven toen hij instapte en naar het vlieg-veld wilde, precies zoals je gevraagd had. Hij leek heel erg somber, dus ik dacht dat het hem wel zou opvrolijken.'

'Somber? Hoezo? Wat was er aan de hand met hem?'

'Joyce, lieverd, ik weet het niet. Het enige wat ik weet is dat hij nogal van streek instapte, dus ik gaf hem de envelop en hij zat er maar naar te kijken en ik vroeg of hij hem nog ging openen en hij zei misschien.'

'Misschien,' herhaal ik. Had ik iets gedaan wat hem van streek had ge-maakt? Had Kate iets tegen hem gezegd? 'Was hij van streek toen hij uit de Gallery kwam?'

'Nee, niet de Gallery. We zijn eerst nog langs de kliniek voor bloeddona-tie op D'Olier Street geweest.'

'Ging hij bloed geven?'

'Nee, hij zei dat hij iemand moest spreken.'

O god, misschien had hij ontdekt dat ik degene was die zijn bloed had ge-kregen en was hij niet geïnteresseerd.

'Thomas, weet je of hij hem geopend heeft?'

'Heb je hem dichtgemaakt?'

'Nee.'

'Dan kan ik het niet weten. Ik heb hem de envelop niet zien openmaken. Het spijt me. Ik rijd nu terug van het vliegveld, zal ik hem langs komen bren-gen?'

'Graag.'

Een uur later staat Thomas voor de deur en hij geeft me de envelop. Ik voel de kaartjes er nog in zitten en de moed zakt me in de schoenen. Waarom heeft Justin hem niet geopend en meegenomen?

'Hier, pa.' Ik schuif de envelop over de keukentafel. 'Een cadeautje.'

'Wat zit erin?'

'Kaartjes voor de eerste rij van de opera voor volgend weekend,' zeg ik be-droefd, en ik leun met mijn kin op mijn hand. 'Het was een cadeautje voor ie-mand anders, maar hij wil blijkbaar niet.'

'De opera.' Pa trekt een grappig gezicht en ik moet lachen. 'Ik ben niet echt opgevoed met opera,' zegt hij, hoewel hij de envelop opent terwijl ik op-sta om nog een kop koffie te zetten. 'Ik denk dat ik maar pas voor de opera, maar toch bedankt.'

Ik draai me om. 'Maar pa, waarom? Je vond het ballet ook leuk en dat had je niet gedacht.'

'Ja, maar dat was met jou. Ik zou hier niet in mijn eentje heen gaan.'

'Dat hoeft ook niet. Er zijn twee kaartjes.'

'Nee, hoor.'

'Echt wel. Kijk nog maar eens.'

Hij keert de envelop om en schudt hem heen en weer. Er valt een los stukje papier uit dat naar de tafel dwarrelt.

Mijn hart staat even stil.

Pa schuift zijn bril naar het puntje van zijn neus en tuurt naar het briefje. 'Ga je met me mee,' zegt hij langzaam. 'Ah, dat is heel lief van je, maar–'

'Laat eens zien.'

Ik grijp het ongelovig uit zijn handen en lees het zelf. Dan lees ik het nogmaals. En nogmaals en nogmaals.

Ga je met me mee? Justin

36

'Hij wil me ontmoeten,' zeg ik nerveus tegen Kate, en ik wind een stukje draad dat losrafelt van mijn topje om mijn vinger.

'Straks knijp je de bloedtoevoer nog af,' reageert Kate moederlijk.

'Kate! Hoor je me wel? Ik zei dat hij me wil ontmoeten!'

'En gelijk heeft hij. Had je nooit bedacht dat dit uiteindelijk zou gebeuren? Je kwelt de man al weken, Joyce. En als hij je leven heeft gered, zoals je maar blijft beweren, dan wil hij toch zeker degene wel ontmoeten van wie hij het leven heeft gered? Om zijn mannelijke ego op te krikken? Kom op, het is het equivalent van een wit paard en een glimmend harnas.'

'Nee, hoor.'

'Wel in zijn mannelijke visie. Zijn mannelijke blik, die nooit maar op één vrouw is gericht,' snauwt ze agressief.

Ik knijp mijn ogen samen en bekijk haar aandachtig. 'Gaat het wel? Je begint als Frankie te klinken.'

'Bijt niet zo op je lip, hij begint te bloeden. Ja, alles is goed. Alles kits.'

'Goed, hier ben ik.' Frankie komt binnenwaaien en voegt zich bij ons op de bankjes. We zitten op een galerij boven Kates zwembad. Onder ons spetteren Eric en Jayda luidruchtig rond. Ze hebben zwemles. Naast ons zit Sam in zijn buggy. Hij kijkt om zich heen.

'Doet hij ooit wel eens iets?' Frankie bekijkt hem achterdochtig.

Katie negeert haar.

'Het eerste gespreksonderwerp voor vandaag is waarom we altijd afspreken op deze plekken waar van alles rondkruipt.' Ze kijkt naar alle peuters. 'Waar zijn de hippe bars, nieuwe restaurants, nieuwe winkels? Weet je nog dat we uitgingen en lol maakten?'

'Godsamme, ik maak genoeg lol,' zegt Kate iets te defensief en luid. 'Ik doe godsamme niks anders dan lol maken.' Ze wendt haar blik af.

Frankie hoort de ongebruikelijke toon in Kates stem niet, of ze hoort hem wel en besluit verder te gaan.

'Ja, tijdens etentjes voor andere stellen die al een maand niet uit zijn geweest. Voor mij is daar weinig lol aan.'

'Je begrijpt het wel wanneer je kinderen hebt.'

'Dat was ik niet van plan. Gaat het wel?'

'Ja, alles is "kits",' zeg ik tegen Frankie, en ik gebruik mijn vingers als dubbele aanhalingstekens.

'O, ik snap het al,' zegt Frankie tegen me, en tegen mij vormt ze geluidloos het woord 'Christian'.

Ik haal mijn schouders op.

'Is er iets wat je kwijt wilt?' vraagt Frankie.

'Eigenlijk wel, ja.' Kate wendt zich tot haar met ogen die vuur spugen. 'Ik ben je opmerkingen over mijn leven zat. Als je hier of in mijn gezelschap niet blij bent, hoepel je maar op. Ga maar lekker ergens anders heen, maar ik ga niet mee.' Ze wendt zich af, haar wangen rood van woede.

Frankie zwijgt even en observeert haar vriendin. 'Oké,' zegt ze opgewekt en ze wendt zich tot mij. 'Mijn auto staat voor, we kunnen naar die nieuwe bar een eindje verderop gaan.'

'We gaan nergens heen,' werp ik tegen.

'Sinds je weg bent bij je echtgenoot en je leven uiteen is gevallen ben je niet zo leuk meer,' zegt ze nukkig tegen me. 'En wat jou betreft, Kate, sinds jullie die Zweedse nanny hebben aangenomen en je echtgenoot naar haar lonkt, ben je niet te genieten. En wat mij betreft: ik ben het zat om van de ene nacht met vrijblijvende seks met een knappe man die ik nauwelijks ken naar de andere te hoppen, en elke avond in mijn eentje een magnetronmaaltijd te eten. Zo, ik heb mijn zegje gedaan.'

Mijn mond valt open. Die van Kate ook. Ik wéét gewoon dat we allebei ons best doen om boos op haar te zijn, maar haar opmerkingen zijn zo raak dat het eigenlijk heel grappig is. Ze port me met haar elleboog in de zij en gniffelt ondeugend in mijn oor. Kates mondhoeken bewegen ook krampachtig.

'Ik had een mannelijke nanny moeten nemen,' zegt Kate uiteindelijk.

'Neu, dan zou ik Christian nog niet vertrouwen. Je bent veel te achterdochtig, Kate,' verzekert ze haar, serieus nu. 'Ik ben erbij geweest, ik heb hem gezien. Hij is gek op je en ze is helemaal niet knap.'

'Vind je?'

'Uh-huh,' zegt ze knikkend, maar als Kate wegkijkt, vormt ze het woord 'bloedmooi' naar me.

'Meende je dat allemaal?' zegt Kate, al iets vrolijker.

'Nee.' Frankie gooit haar hoofd naar achteren en lacht. 'Ik ben gek op vrijblijvende seks. Maar aan die magnetronmaaltijden moet ik wel iets doen. Mijn dokter zegt dat ik meer ijzer nodig heb. Oké,' en ze klapt in haar handen, waardoor Sam opschrikt, 'waarom is deze bijeenkomst belegd?'

'Justin wil afspreken met Joyce,' legt Kate uit, en tegen mij snauwt ze: 'Hou op met dat bijten op je lip.'

Ik hou ermee op.

'Ooh, geweldig,' zegt Frankie opgewonden. 'Dus wat is het probleem?' Ze ziet mijn paniekerige blik.

'Hij zal begrijpen dat ik het ben.'

'In plaats van…?'

'Iemand anders.' Opnieuw bijt ik op mijn lip.

'Dit doet me echt aan vroeger denken. Je bent drieëndertig, Joyce, waarom gedraag je je als een tiener?'

'Omdat ze verliefd is,' zegt Kate verveeld, en ze wendt zich naar het zwembad en klapt voor haar proestende dochter Jayda. Haar gezicht bevindt zich half onder water.

'Ze kan niet verliefd zijn?' Vol afschuw trekt Frankie haar neus op.

'Is dat normaal, denk je?' Kate begint zich zorgen te maken over Jayda en probeert onze aandacht te trekken.

'Natuurlijk is dat niet normaal,' antwoordt Frankie. 'Ze kent die vent amper.'

'Meiden, eh, wacht even.' Kate probeert ons te onderbreken.

'Ik weet meer over hem dan wie dan ook ooit over hem zal weten,' zeg ik ter verdediging. 'Behalve hijzelf dan.'

'Eh, badjuffrouw?' Kate geeft het op met ons en roept zachtjes naar de vrouw die onder ons zit. 'Gaat het wel goed met haar, denkt u?'

'Ben je verliefd?' Frankie kijkt me aan alsof ik zojuist heb gezegd dat ik van geslacht wil veranderen.

Ik glimlach wanneer de badjuffrouw in het water duikt om Jayda te redden en een paar kinderen schreeuwen het uit.

'Je zult ons moeten meenemen naar Ierland,' zegt Doris opgewonden, en ze plaatst een vaas op het raamkozijn in de keuken. Het appartement is bijna klaar en ze brengt de finishing touches aan. 'Misschien is diegene wel gestoord, zonder dat je het weet. We moeten in de buurt zijn voor het geval er iets gebeurt. Misschien is het wel een moordenaar, een stalker die uitgaat met mensen en ze dan vermoordt. Zoiets heb ik bij *Oprah* gezien.'

Al slaat een spijker in de muur en Justin doet mee met het ritme: als reactie slaat hij zachtjes en herhaaldelijk met zijn hoofd tegen de keukentafel. 'Ik ga jullie niet meenemen naar de opera.'

'Je nam me ook mee toen je een afspraakje had met Delilah Jackson.' Al houdt op met hameren en draait zich om. 'Waarom zou dit anders zijn?'

'Al, ik was twaalf.'

'Dan nog,' zegt hij, en hij timmert verder.

'En als ze beroemd is?' zegt Doris opgetogen. 'O god, dat zou best kunnen. Volgens mij is ze beroemd! Misschien zit Jennifer Aniston wel op de eerste rij bij de opera met naast zich een lege plek. O god, dat zou wat zijn!' Ze kijkt Al met grote ogen aan. 'Justin, je móet tegen haar zeggen dat ik haar grootste fan ben.'

'Ho, ho, ho, wacht even, straks ga je nog hyperventileren. Hoe kom je daar nou in vredesnaam weer bij? We weten niet eens of het een beroemdheid is. Je bent geobsedeerd door beroemdheden,' verzucht Justin.

'Ja, Doris. Het is vast een heel gewoon iemand.'

Justin rolt met zijn ogen en imiteert de toon van zijn broer: 'Ja, want beroemdheden zijn geen gewone mensen, eigenlijk zijn het beesten uit de onderwereld met hoorns en drie poten.'

Bij die woorden stopt zowel Al als Doris met hameren en ophangen om hem aan te staren.

'We gaan morgen naar Dublin,' zegt Doris, alsof daarmee de kous af is. 'Het is je broers verjaardag en een weekendje in Dublin, in een mooi hotel als het Shelbourne… Daar heb ik, ik bedoel daar heeft Al altijd al eens willen logeren. Dat zou een perfect verjaardagscadeau voor hem zijn, van jou.'

'Ik kan het Shelbourne Hotel niet betalen, Doris.'

'Nou, als het maar dicht bij een ziekenhuis is voor het geval hij een hartaanval krijgt. Hoe dan ook: we gaan met zijn allen!' Geestdriftig klapt ze in haar handen.

37

Ik ben op weg naar de stad, waar ik heb afgesproken met Kate en Frankie om me te helpen met wat ik aan moet trekken voor de opera vanavond, wanneer mijn telefoon gaat.

'Hallo?'

'Joyce, met Steven.'

Mijn baas.

'Ik heb net weer een telefoontje gehad.'

'Dat is geweldig, maar daar hoef je me niet over te bellen, hoor.'

'Het was alweer een klacht, Joyce.'

'Van wie en waarover?'

'Dat stel aan wie je gisteren de nieuwe cottage hebt laten zien?'

'Ja?'

'Die hebben afgehaakt.'

'O, wat jammer,' zeg ik, en ik meen er geen woord van. 'Zeiden ze ook waarom?'

'Ja. Schijnbaar heeft iemand ze geadviseerd dat als ze de look van een ouderwetse cottage willen recreëren, ze van het bouwbedrijf extra werk moeten eisen. En drie keer raden. Het bouwbedrijf had weinig interesse voor hun lijstje, met onder andere...' Ik hoor papier ritselen en hij leest hardop voor: 'Een balkenzoldering, nieuw steenwerk, een houtkachel, open haarden... Nou ja, het lijstje gaat nog verder. En nu zijn ze dus teruggekrabbeld.'

'Het lijkt mij alleen maar redelijk. Het bouwbedrijf maakt ouderwetse cottages maar er is verder niets ouderwets aan. Snap jij dat?'

'Nou en? Joyce, je moest ze alleen maar binnenlaten om ze te laten meten voor hun bank. Douglas had dat huis al verkocht toen jij... ertussenuit was.'

'Blijkbaar had hij het toch niet verkocht.'

'Joyce, je moet ophouden klanten weg te jagen. Moet ik je eraan herinneren dat het je werk is om te verkopen, en doe je dat niet, dan...'

'Wat dan?' zeg ik hooghartig, en mijn hoofd begint te gloeien.

'Dan niets,' zegt hij milder. 'Ik weet dat je een moeilijke tijd achter de rug hebt,' begint hij schutterig.

'Die tijd is voorbij en heeft niets te maken met mijn bekwaamheid om een huis te verkopen,' snauw ik.

'Verkoop er dan één.'

'Prima.' Ik klap mijn telefoontje dicht en kijk boos door het raam van de bus naar de stad die voorbijtrekt. Ik ben nog maar een week weer aan het werk en ben nu alweer aan vakantie toe.

'Doris, is dit echt nodig?' jammert Justin vanuit de badkamer.

'Ja!' roept ze. 'Daarom zijn we hier. We moeten ervoor zorgen dat je er vanavond goed uitziet. Schiet op, je doet er langer over dan een vrouw om je om te kleden.'

Doris en Al zitten op het voeteneinde van hun bed in een Dublins hotel. Niet het Shelbourne, tot grote ontsteltenis van Doris. Het is eerder een soort Holiday Inn, maar het ligt centraal en vlak bij de winkelstraten en dat is goed genoeg voor haar. Zodra ze eerder die ochtend waren geland wilde Justin ze meenemen langs de bezienswaardigheden, de musea, kerken en kastelen, maar Doris en Al hadden andere plannen. Winkelen. Wat cultuur betreft waren ze niet verder gekomen dan de vikingtour, en Doris had het uitgebruld toen er water in haar gezicht was gespat toen ze rivier de Liffey in waren gereden. Uiteindelijk waren ze naar het dichtstbijzijnde toilet gesneld zodat Al de mascara uit haar oog kon spoelen.

Over een paar uur was de opera al, en dan zou hij er eindelijk achter komen wie die mysterieuze persoon was. Bij die gedachte was hij vervuld met angst en opwinding en hij bibberde van de zenuwen. Afhankelijk van zijn geluk zou de avond een pure marteling of een aaneenschakeling van plichtmatige grapjes worden. Hij moest een ontsnappingsmogelijkheid bedenken voor het geval het ergste scenario uitkwam.

'Schiet nou toch op, Justin,' roept Doris opnieuw. Hij doet zijn das goed en komt uit de badkamer. In zijn beste pak loopt hij heen en weer in de kamer en Doris joelt. Hij stopt voor het bed en schuifelt opgelaten heen en weer. Hij voelt zich net een kleine jongen in zijn communiepak.

Er valt een stilte. Al, die met een behoorlijke snelheid popcorn naar binnen werkte, stopt daarmee.

'Wat?' zegt Justin nerveus. 'Is er iets? Heb ik iets verkeerds gezegd? Zit er een vlek op?' Hij kijkt naar beneden en bekijkt zichzelf.

Doris rolt met haar ogen en schudt haar hoofd. 'Ha ha, heel grappig. Even serieus, we hebben weinig tijd. Laat ons nu het echte pak maar zien.'

'Doris! Dit is het echte pak!'

'Is dat je beste pak?' knauwt ze, en ze neemt hem van top tot teen op.

Al knijpt zijn ogen toe. 'Volgens mij herken ik dat nog van onze bruiloft.'

Doris staat op en pakt haar handtas. 'Trek uit,' zegt ze kalm.

'Hoezo? Waarom?'

Ze ademt diep in. 'Trek het uit. Nu meteen.'

'Die zijn te chic, Kate.' Ik haal mijn neus op voor de jurken die ze heeft uitgekozen. 'Het is geen bal, het moet een beetje…'

'Sexy zijn,' zegt Frankie, en ze zwaait met een kort jurkje.

'Het is de opera, geen nachtclub.' Kate rukt het uit haar handen. 'Oké, deze dan. Niet chic, niet sletterig.'

'Ja, je kunt ook een non worden,' zegt Frankie sarcastisch.

Ze draaien zich om en gaan opnieuw door de rekken.

'Aha! Hebbes,' meldt Frankie.

'Nee, ik heb de perfecte gevonden.'

Ze draaien zich allebei om met dezelfde jurk in hun hand, Kate een rode, Frankie die in het zwart. Ik kauw op mijn lip.

'Hou daarmee op!' roepen ze in koor.

'O god,' fluistert Justin.

'Wat? Heb je nog nooit een roze krijtstreep gezien? Hij is verrukkelijk. Samen met dit roze overhemd en deze roze das zou het echt perfect zijn. O, ik wou dat Al zulke pakken droeg.'

'Geef mij het blauwe maar,' zegt Al. 'Het roze is een beetje nichterig. Of misschien is het wel een goed idee voor het geval ze vreselijk blijkt te zijn. Dan kun je zeggen dat je vriend op je wacht. Dan kun je mij wel bellen,' biedt hij aan.

Doris kijkt hem vol afkeer aan. 'Maar is dit niet veel beter dan dat andere pak? Justin? Hallo, Justin? Waar kijk je nou naar? O, ze is mooi.'

'Dat is Joyce,' fluistert hij. Hij had ooit gelezen dat de kolibrie een hartslag van twaalfhonderd slagen per minuut had, en hij had zich afgevraagd hoe iets dat in vredesnaam kon overleven. Nu begreep hij het. Met elke slag pompte zijn hart bloed door zijn lichaam. Hij voelde het door zijn hele lichaam gonzen, pulseren in zijn nek, zijn polsen, zijn hart, zijn maag.

'Is dat Joyce?' vraagt Doris geschokt. 'De vrouw van de telefoon? Nou, ze ziet er heel… gewóón uit, Justin. Wat denk jij, Al?'

Al neemt haar eens op en stoot zijn broer aan. 'Ja, ze ziet er heel gewoon uit. Je moet haar nu eindelijk eens mee uit vragen.'

'Waarom zijn jullie zo verbaasd dat ze er gewoon uitziet?' Bonk bonk. Bonk bonk.

'Nou, schat, dat ze überhaupt bestaat is al een verrassing,' snuift Doris. 'En het feit dat ze ook nog knap is, is bijna een wonder. Vraag haar mee uit eten vanavond.'

'Ik kan vanavond niet.'

'Waarom niet?'

'Ik heb de opera!'

'Die opera kan me gestolen worden. Wie kan dat nou wat schelen?'

'Je hebt het al een week over niets anders. En nu kan de opera je gestolen worden?' Bonk bonk. Bonk bonk.

'Nou, ik wilde je niet van streek maken, maar ik heb er in het vliegtuig over nagedacht, en...' Ze ademt diep in en legt zachtjes haar arm op de zijne. 'Jennifer Aniston kan het niet zijn. Er zit op de eerste rij straks gewoon een oud dametje op je te wachten met een bos bloemen die je niet eens wilt, of een veel te dikke man met een slechte adem. Sorry, Al, ik heb het niet over jou.' Verontschuldigend raakt ze zijn arm even aan.

De belediging ontgaat Al, ontdaan als hij is over dit vervelende nieuws. 'Wat? En ik wilde nog wel haar handtekening vragen!'

Justins hart gaat tekeer met de snelheid van dat van een kolibrie, en zijn gedachten hebben nu de snelheid van zijn vleugels. Hij kan nauwelijks nadenken, het gaat allemaal veel te snel. Joyce is van dichtbij veel mooier dan hij zich herinnert, haar nieuwe korte haar valt zacht rondom haar gezicht. Ze maakt nu aanstalten om weg te gaan. Hij moet snel iets doen. Denk na!

'Vraag of ze morgen met je uit wil,' oppert Al.

'Dan kan ik niet, morgen is mijn tentoonstelling.'

'Dan mis je die. Bel dat je ziek bent.'

'Dat kan niet, Al! Ik werk hier al maanden aan. Godsamme, ik ben de curator, ik móet er wel zijn.' Bonk bonk, bonk bonk.

'Als jij haar niet mee uit vraagt, doe ik het.' Doris duwt hem naar voren.

'Ze heeft het druk met haar vrienden.'

Joyce loopt nu weg.

Doe iets, denkt hij.

'Joyce!' roept Doris.

'Jezus christus.' Justin probeert zich om te draaien en hem te smeren, maar zowel Al als Doris verspert hem de weg.

'Justin Hitchcock,' zegt een luide stem. Hij stopt met zijn pogingen hun barrière te doorbreken en draait zich langzaam om. De vrouw naast Joyce komt hem bekend voor. Naast haar zit een baby in een buggy.

'Justin Hitchcock.' Ze steekt haar hand uit. 'Kate McDonald.' Stevig schudt ze hem de hand. 'Ik was vorige week bij je lezing in de National Gallery. Die was heel interessant. Ik wist niet dat je Joyce kende.' Ze glimlacht opgewekt en stoot Joyce aan. 'Joyce, dat had je niet gezegd! Ik was vorige week nog bij de lezing van Justin Hitchcock! Weet je nog dat ik je dat vertelde? Het schilderij met de vrouw en de brief? En dat ze die schreef?'

Joyce heeft grote, geschrokken ogen. Ze kijkt van haar vriendin naar Justin en weer terug.

Eindelijk neemt Justin het woord, en hij voelt zijn stem licht trillen. 'Ze kent me niet echt.' Er giert zo veel adrenaline door zijn lijf dat hij het gevoel heeft dat hij elk moment als een raket door het dak van het warenhuis kan schieten. 'We zijn elkaar al regelmatig tegengekomen, maar we hebben ons nog nooit aan elkaar voorgesteld.' Hij steekt zijn hand uit. 'Joyce, ik ben Justin.'

Ze steekt haar hand uit en ze geven elkaar een stroomstoot. Allebei laten ze snel weer los. 'Zo hé!' Ze deinst achteruit en legt haar hand in de andere, alsof ze zich gebrand heeft.

'Oooh!' zegt Doris zangerig.

'Dat is statische elektriciteit. Dat wordt veroorzaakt als de lucht en materialen droog zijn. Ze zouden hier een luchtbevochtiger moeten gebruiken,' zegt Justin als een robot, zonder zijn blik van Joyce' gezicht te halen.

Frankie houdt haar hoofd schuin en probeert niet te lachen. 'Charmant.'

'Dat vertel ik Al ook de hele tijd,' zegt Doris boos.

Joyce steekt opnieuw haar hand uit om de handdruk af te ronden. 'Sorry, ik kreeg een–'

'Dat geeft niet, ik ook,' zegt hij lachend.

'Leuk om je eindelijk te ontmoeten,' zegt ze.

Ze blijven elkaar vasthouden en staren elkaar aan. Een rijtje met Doris, Justin en Al tegenover Joyce' groepje van drie.

Opzichtig schraapt Doris haar keel. 'Ik ben Doris, zijn schoonzus.'

Ze steekt haar hand schuin over de handdruk van Justin en Joyce om zich voor te stellen aan Frankie.

'Ik ben Frankie.'

Ze schudden elkaar de hand. Terwijl ze dat doen steekt Al schuin zijn hand uit om die van Kate te schudden. Het wordt een heuse handdrukmarathon en ze begroeten elkaar allemaal tegelijk. Justin en Joyce laten elkaar eindelijk los.

'Wil je vanavond uit eten met Justin?' flapt Doris eruit.

'Vanavond?' Joyce' mond valt open.

'Dat zou ze heel graag willen,' antwoordt Frankie voor haar.

'Maar vanavond?' Justin wendt zich met grote ogen tot Doris.

'O, dat is geen probleem. Al en ik willen toch alleen eten,' zegt ze met een por in zijn zij. 'Het heeft geen zijn om het vijfde wiel aan de wagen te zijn.'

'Weet je zeker dat je vanavond nog geen plannen hebt?' vraagt Joyce enigszins beduusd.

'Nee, hoor.' Justin schudt zijn hoofd. 'Ik wil heel graag uit eten met je. Tenzij jij al plannen hebt?'

Joyce wendt zich tot Frankie. 'Vanavond? Ik heb dat ene, Frankie…'

'O, doe niet zo raar. Dat doet er nu niet meer toe, toch?' Ze zet grote ogen op. 'We gaan een andere keer wel wat drinken.' Frankie wuift met haar hand.

'Waar neem je haar mee naartoe?' Lieftallig glimlacht ze Justin toe.

'Het Shelbourne Hotel?' zegt Doris. 'Acht uur?'

'O, daar heb ik altijd al een keer willen eten,' verzucht Kate. 'Acht uur is prima.'

Justin lacht en kijkt naar Joyce. 'Ja?'

Joyce lijkt hierover na te denken, maar haar gedachten gaan net zo tekeer als haar hart. 'Weet je echt zeker dat je je andere plannen voor vanavond wilt afzeggen?' Op haar voorhoofd verschijnen zorgelijke rimpels.

Haar blik boort zich in de zijne en hij wordt overspoeld door schuldgevoel bij de gedachte aan degene die hij nu van plan is in de kou te laten zitten. Hij knikt vluchtig en betwijfelt direct of het wel geloofwaardig genoeg was.

Doris voelt het aan en begint hem weg te trekken. 'Nou, het was leuk om jullie allemaal te leren kennen, maar we moeten echt verder winkelen. Aangenaam met jullie kennis te maken, Kate, Frankie, Joyce, lieverd.' Ze omhelst haar vlug.

'Veel plezier vanavond. Om acht uur. Shelbourne Hotel. Niet vergeten, hè?'

'Rood of zwart?' Joyce houdt de twee jurken op voordat Justin weggerukt wordt. Hij denkt er even goed over na. 'Rood.'

'Zwart dus,' zegt ze met een glimlach, en ze herhalen zo min of meer hun eerste en enige gesprek in de kapsalon, toen ze elkaar voor het eerst zagen.

Hij lacht en laat zich wegsleuren door Doris.

38

'Waar was dat in godsnaam voor nodig, Doris?' vraagt Justin als ze teruglopen naar hun hotel.

'Je hebt het al weken over die vrouw en nu heb je eindelijk een afspraakje met haar. Wat is daar mis mee?'

'Ik heb plannen voor vanavond! Ik kan diegene niet laten zitten.'

'Je weet niet eens wie het is!'

'Dat doet er niet toe, het is onbeleefd.'

'Justin, echt, luister nou even. Dat hele gedoe met die bedankbriefjes kan net zo goed iemand zijn die een wrede grap uithaalt.'

Achterdochtig knijpt hij zijn ogen samen. 'Is het dat?'

'Ik weet het echt niet.'

'Ik heb geen idee,' zegt Al schouderophalend. Hij begint te hijgen.

Onmiddellijk vertragen Doris en Justin hun pas, en met kleine stapjes lopen ze verder.

Justin zucht.

'Loop je liever het risico ergens heen te gaan en geen idee te hebben wat of wie je kunt verwachten? Of wil je uit eten met een mooie vrouw, op wie je hartstikke gek bent en aan wie je al weken denkt?'

Al bemoeit zich er ook mee. 'Kom op: wanneer heb je het laatst zoiets voor iemand gevoeld? Volgens mij gedroeg je je zelfs bij Jennifer niet zo.'

Justin glimlacht.

'Dus, broertje, wat wordt het?'

'U moet echt iets voor dat maagzuur nemen, meneer Conway,' hoor ik Frankie in de keuken tegen pa zeggen.

'Zoals wat?' vraagt pa. Hij geniet van het gezelschap van twee jonge vrouwen.

'Christian heeft er ook altijd last van,' zegt Kate, en ik hoor Sams gebrabbel door de keuken echoën.

Pa brabbelt terug tegen hem, zijn niet-bestaande woorden imiterend.

'O, het heet, eh…' Kate denkt na. 'Ik weet niet meer hoe het heet.'

'Je bent net als ik,' zegt pa tegen haar. 'Jij hebt ook IHMGR.'

'Wat is dat?'

'Ik. Herinner. Me. Geen. Ree–'

'Oké, hier kom ik!' roep ik van boven naar Kate, Frankie en pa.

'Joehoe!' blèrt Frankie.

'Ik heb de camera in de aanslag!' roept Kate.

Pa maakt trompetgeluiden wanneer ik de trap af loop en ik begin te lachen. Ik houd voortdurend oogcontact met ma's foto op het tafeltje in de gang. Ze kijkt naar me op en ik knipoog wanneer ik langs haar loop.

Zodra ik de gang in kom en de keuken in loop, vallen ze allemaal stil.

Mijn glimlach verdwijnt. 'Wat is er?'

'O, Joyce, je ziet er prachtig uit,' fluistert Frankie, alsof het iets ergs is. Ik slaak een zucht van opluchting en voeg me bij hen in de keuken.

'Draai eens rond.' Kate filmt met de videocamera.

Ik draai een rondje in mijn rode jurk en Sam klapt in zijn kleine, dikke handjes.

'Meneer Conway, u hebt nog niets gezegd!' Frankie stoot hem aan. 'Is ze niet mooi?'

We kijken allemaal naar pa, die zwijgt en tranen in zijn ogen heeft. Hij knikt vluchtig, maar zegt geen woord.

'O, pa.' Ik sla mijn armen om hem heen. 'Het is maar een jurk.'

'Je ziet er prachtig uit,' weet hij met moeite uit te brengen. 'Sla hem aan de haak, meid.' Hij kust me op de wangen en snelt de woonkamer in, opgelaten over zijn emoties.

'Goed,' zegt Frankie, 'weet je al of het een etentje of de opera wordt vanavond?'

'Nog steeds niet.'

'Hij vroeg je mee uit eten,' zegt Kate. 'Waarom zou hij liever naar de opera willen?'

'Ten eerste vroeg hij me niet mee uit eten. Dat deed z'n schoonzus. En ik heb geen ja gezegd. Dat deed jij.' Ik kijk Kate kwaad aan. 'Volgens mij vindt hij het vreselijk om niet te weten van wie hij het leven heeft gered. Hij leek niet erg overtuigd toen hij uiteindelijk wegging uit de winkel, of wel?'

'Je moet er niet zoveel achter zoeken,' zegt Frankie. 'Hij vroeg je mee uit en dus ga je uit.'

'Maar hij leek zich schuldig te voelen over zijn afspraakje in de opera.'

'Ik weet het niet, hoor,' zegt Kate. 'Hij leek echt zin te hebben in dat etentje met jou.'

'Het is een lastige keuze,' vat Frankie samen. 'Ik zou niet graag in jouw schoenen staan.'

'Hé, het zijn mijn schoenen,' zegt Kate beledigd. 'Waarom kom je er niet gewoon voor uit en vertel je hem dat jij het al die tijd was?'

'Ik wilde ervoor uitkomen door in de opera te zitten. Dit moest het worden, de avond waarop hij alle antwoorden kreeg.'

'Ga dan naar het etentje en vertel hem daar dat jij het al die tijd was.'

'Maar wat als hij naar de opera gaat?'

We draaien nog een tijdje in kringetjes rond, en wanneer ze weggaan ga ik voor mezelf het rijtje voor- en nadelen af, tot mijn hoofd zo hard tolt dat ik niet meer kan nadenken. De taxi arriveert en pa loopt met me mee naar de deur.

'Ik weet niet waar jullie het zo uitgebreid over hadden, maar ik weet dat je een beslissing moet nemen. Heb je dat al gedaan?' vraagt hij zachtjes.

'Ik weet het niet, pa.' Ik slik moeizaam. 'Ik weet niet wat de juiste beslissing is.'

'Natuurlijk wel. Jij kiest altijd je eigen weg. Dat heb je altijd al gedaan.'

'Hoe bedoel je?'

'Zie je dat spoor daar?'

'Het tuinpad?'

Hij schudt zijn hoofd en wijst naar een spoor in het gazon waar het gras vertrapt is en de grond eronder doorheen schemert. 'Dat pad heb jij gemaakt.'

'Wat?' Ik snap er niets meer van.

'Als een klein meisje,' zegt hij lachend. 'In de tunierswereld noemen we ze "wenspaadjes". Dat zijn de sporen en paden die mensen voor zichzelf maken. Jij hebt nooit de gebaande paden bewandeld. Je bent altijd je eigen weg gegaan, hebt je eigen weg gevonden, ook al kom je uiteindelijk uit op dezelfde plek als iedereen. Je hebt nooit de officiële route gevolgd,' gniffelt hij. 'Nee, echt niet. Je bent echt een dochter van je moeder. Je snijdt bochten af, creëert spontane paden, terwijl ik me aan de route hield en de lange weg aflegde.' Hij glimlacht bij de herinneringen.

We kijken allebei naar het uitgesleten lint van vertrapt gras door het gazon dat uitkomt op het pad.

'Wenspaadjes,' herhaal ik, en ik zie mezelf als klein meisje, als tiener, een volwassen vrouw, en elke keer volg ik dat paadje. 'Je kunt dus toch zelf iets doen om je wensen uit te laten komen.'

We lopen naar de taxi. 'En weet je al wat je nu gaat doen?'

Ik glimlach en kus hem op zijn voorhoofd. 'Ja.'

39

Ik stap bij Stephen's Green uit de taxi en zie onmiddellijk de mensenzee naar het Gaiety Theatre stromen. Iedereen is op zijn best gekleed voor de opvoering van de National Irish Opera. Ik ben nog nooit naar een opera geweest, heb er hoogstens ooit eentje op tv gezien, en mijn hart, dat het beu is in een lichaam te zitten dat het niet bij kan houden, wil uit mijn lichaam springen en zelf naar het gebouw rennen. Ik ben een en al zenuwen en angstige verwachting, en ik heb nog nooit in mijn leven zo vurig iets gehoopt als ik nu hoop dat het laatste deel van mijn plan zal slagen. Ik ben als de dood dat Justin boos wordt als hij ziet dat ik het ben, maar waarom zou hij eigenlijk? Ik heb het allemaal al duizenden keren afgespeeld in mijn hoofd en ik lijk maar niet tot een rationele conclusie te kunnen komen.

Ik sta halverwege het Shelbourne Hotel en het Gaiety Theatre, die wel driehonderd meter van elkaar liggen. Ik kijk heen en weer, sluit mijn ogen en het kan me niet schelen hoe stom ik er midden op straat uitzie terwijl mensen me op deze zaterdagavond passeren. Ik wacht tot er aan me getrokken wordt. Tot duidelijk wordt welke kant ik op moet. Rechts naar het Shelbourne. Links naar het Gaiety. Mijn hart bonkt in mijn borstkas.

Ik ga naar links en schrijd vol zelfvertrouwen naar het theater. In de bedrijvige foyer koop ik een programmaboekje en ik begeef me naar mijn plek. Geen tijd voor een drankje vooraf; als hij vroeg aankomt en ziet dat ik er niet ben zou ik het mezelf nooit vergeven. Kaartjes voor de eerste rij. Ik kon mijn geluk nauwelijks geloven, maar ik had gebeld zodra de kaartjes in de verkoop gingen om die gewilde stoelen te bemachtigen.

Ik ga zitten in de stoel van rood velours, en mijn rode jurk valt aan weerszijden van me neer. Mijn tasje zet ik op mijn schoot en Kates schoenen glanzen op de grond. Het orkest bevindt zich pal voor me en speelt vast in, gekleed in het zwart in hun onderwereld van fabelachtige klanken.

Er hangt een magische sfeer. De balkons druipen aan weerszijden naar beneden. Duizenden mensen gonzen opgetogen, de orkestleden stemmen hun instrumenten af in hun streven naar perfectie, heel veel mensen lopen rond, balkons als honingraten, de lucht zwanger van parfum en aftershave, pure honing.

Ik kijk naar de lege stoel rechts van me en ril van opwinding.

Een stem over de intercom meldt dat de voorstelling over vijf minuten begint en dat de laatkomers pas tijdens een pauze binnen mogen komen maar buiten mogen wachten om de voorstelling te volgen op de schermen tot de zaalwachten hun laten weten dat ze de zaal in mogen.

Schiet op, Justin, schiet op, smeek ik, en mijn benen wippen op en neer van de zenuwen.

Justin beent van zijn hotel naar Kildare Street. Hij komt net onder de douche vandaan, maar zijn huid voelt alweer vochtig, zijn overhemd kleeft aan zijn rug en op zijn voorhoofd parelen zweetdruppeltjes. Aan het eind van de straat blijft hij staan. Het Shelbourne Hotel ligt direct naast hem en het Gaiety Theatre tweehonderd meter rechts van hem.

Hij sluit zijn ogen en ademt diep in en uit. Ademt de frisse oktoberlucht van Dublin in.

Welke kant zal ik op gaan? Welke kant zal ik op gaan?

De voorstelling is begonnen en ik kan mijn blik niet van de deur rechts van me houden. Naast me bevindt zich een lege stoel waar ik een brok van in mijn keel krijg. Op het podium zingt een vrouw met totale overgave, maar tot grote ergernis van mijn buren naast en achter me draai ik mijn hoofd steeds naar de deur. Ondanks het omgeroepen bericht worden er een paar mensen binnengelaten die stilletjes naar hun plek glippen. Als Justin nu niet komt, mag hij wellicht na de pauze pas de zaal in. Ik leef mee met de zingende vrouw voor me om het eenvoudige feit dat we na al die tijd alleen nog gescheiden worden door een deur en een zaalwacht, wat een opera op zich is.

Ik kijk nog een keer om en mijn hart slaat over wanneer de deur naast me opengaat.

Justin trekt de deur open en zodra hij binnenkomt, draait iedereen zich naar hem om. Hij kijkt vlug rond of hij Joyce ziet. Zijn hart klopt in zijn keel, zijn vingers zijn klam en trillen.

De maître d' komt op hem af.

'Goedenavond, meneer. Wat kan ik voor u doen?'

'Goedenavond. Ik heb gereserveerd voor twee personen, onder Hitchcock.' Hij kijkt nerveus om zich heen, haalt een zakdoek uit zijn zak en dept nerveus zijn voorhoofd droog. 'Is ze er al?'

'Nee, meneer, u bent de eerste. Wilt u vast aan tafel of wilt u liever eerst iets drinken?'

'De tafel graag.' Als ze aankomt en hem niet aan tafel ziet zitten, zal hij het zichzelf nooit vergeven.

Hij wordt naar een tafeltje voor twee in het midden van de eetzaal gebracht. Hij gaat zitten op de stoel die voor hem een stukje achteruit wordt getrokken, en onmiddellijk stromen er serveerders naar zijn tafel, die water inschenken, zijn servet op zijn schoot leggen en brood brengen.

'Meneer, wilt u de menukaart alvast zien of wacht u liever tot uw tafelgenoot arriveert?'

'Ik wacht wel, dank u.' Hij kijkt naar de deur en benut het moment dat hij alleen is om tot bedaren te komen.

Het duurt nu al een uur. Er zijn een paar momenten geweest waarop mensen zijn binnengelaten en hun plaats werd gewezen, maar geen van die mensen was Justin. De stoel naast me blijft leeg en koud. De vrouw aan de andere kant werpt er af en toe een blik op en vervolgens naar mij terwijl ik omgedraaid zit en mijn ogen dwangmatig en gretig op de deur houd gericht, en ze glimlacht beleefd en meelevend. Ik krijg er tranen van in mijn ogen en een gevoel van volkomen eenzaamheid. In een ruimte vol mensen, vol geluid, vol zang voel ik me volkomen alleen. Het is pauze. Het doek komt naar beneden, de lampen gaan weer aan en iedereen staat op en gaat naar de bar of naar buiten voor een sigaret of om de benen te strekken.

Ik blijf zitten en wacht.

Hoe eenzamer ik me voel, hoe hoopvoller ik word. Hij kan nog komen. Hij kan nog steeds het gevoel hebben dat dit net zo belangrijk voor hem is als voor mij. Een etentje met een vrouw die hij één keer heeft gesproken of een avond met iemand van wie hij het leven heeft gered, iemand die precies heeft gedaan wat hij gewenst had, en hem had bedankt op alle manieren die hij had gevraagd.

Misschien was het niet genoeg.

'Wilt u nu misschien het menu zien, meneer?'

'Eh…' Hij kijkt op de klok. Ze is al een halfuur te laat. De moed zakt hem in de schoenen maar hij blijft hoop houden.

'Ze is een beetje laat,' legt hij uit.

'Natuurlijk, meneer.'

'Ik wil de wijnkaart graag zien, alstublieft.'

'Natuurlijk, meneer.'

De minnaar van de vrouw wordt uit haar armen gerukt en ze smeekt om zijn vrijlating. Ze jammert en ze brult het al zingend uit, en de vrouw naast me snikt. Mijn ogen schieten ook vol bij de herinnering aan pa's trotse blik toen hij me in mijn jurk zag.

'Sla hem aan de haak,' had hij gezegd. Nou, dat had ik niet gedaan. Ik was er weer eentje kwijtgeraakt. Ik heb een blauwtje gelopen bij een man die liever met me uit eten wilde. Hoe onzinnig het ook is, het is me nu glashelder. Ik wilde dat hij hier was. Ik wilde dat de connectie die ik voelde en die hij had veroorzaakt datgene was dat ons samenbracht, niet een toevallige ontmoeting in een warenhuis een paar uur eerder. Het lijkt zo wispelturig van hem dat hij mij verkiest boven iets veel belangrijkers.

Maar misschien benader ik het van de verkeerde kant. Misschien moet ik blij zijn dat hij liever met mij wil eten. Ik kijk op mijn horloge. Misschien zit hij daar wel op me te wachten. Maar als ik nu wegga en hij aankomt en me mist? Nee. Ik kan maar beter blijven zitten en de zaak niet ingewikkelder maken.

Vanbinnen blijf ik strijd voeren, net als de personages op het toneel.

Maar als hij nu in het restaurant zit, en ik hier ben, dan zit hij daar alleen, al meer dan een uur. Waarom geeft hij dan zijn afspraakje met mij niet op en rent hij een paar honderd meter om te kijken wie zijn geheimzinnige afspraakje was? Tenzij hij wel is gekomen. Tenzij hij één blik door de deur heeft geworpen, gezien heeft dat ik het was en weigerde binnen te komen. Ik voel me zo overweldigd door mijn gedachten dat ik mijn ogen sluit voor het toneel. Mijn hersens blijven maar vragen afvuren.

Voor ik het weet is de opera voorbij. De stoelen zijn leeg, het doek is neergelaten, de lichten branden. Ik loop de koele avondlucht in. Het is druk in de stad, de straten zijn vol met mensen die van hun zaterdagavond genieten. Mijn tranen voelen koud aan tegen mijn huid wanneer het briesje ze streelt.

Justin schenkt het laatste restje van zijn tweede fles wijn in en zet hem ongewild met een klap terug op tafel. Hij is zijn gevoel voor coördinatie volledig kwijt en kan nauwelijks nog de tijd op zijn horloge lezen, maar hij weet dat het te laat is voor Joyce om nog te komen opdagen.

Ze heeft hem laten zitten. De enige vrouw voor wie hij sinds zijn scheiding interesse had. Die arme Sarah niet meegeteld. Die arme Sarah had hij nooit meegeteld.

Ik ben een vreselijk mens, denkt hij.

'Het spijt me u te storen, meneer,' zegt de maître d' beleefd, 'maar we hebben een telefoontje gekregen van uw broer, Al?'

Justin knikt.

'Hij wilde het bericht doorgeven dat hij nog leeft en dat hij hoopt dat u, eh, welnu, dat u een prettige avond hebt.'

'Dat hij nog leeft?'

'Ja, meneer, hij zei dat u het wel zou begrijpen omdat het twaalf uur was. Zijn verjaardag?'

'Twaalf uur?'

'Ja, meneer.'

'Ze heeft me laten zitten.'

'Dat spijt me, meneer. Het spijt me ook u te moeten zeggen dat we gaan sluiten. Wilt u afrekenen?'

Justin kijkt wazig naar hem op en probeert opnieuw te knikken, maar hij voelt zijn hoofd opzij vallen.

'Ze heeft me laten zitten.'

'Dat spijt me, meneer.'

'O, dat is niet nodig. Ik verdien het. Ik heb iemand laten zitten die ik niet eens ken.'

'Juist.'

'Maar diegene is zo aardig voor me geweest. Zo, zo aardig. Hij of zij gaf me muffins en koffie, en een auto met chauffeur, en ik heb me vreselijk misdragen.' Opeens zwijgt hij.

Misschien is de opera nog open, denk hij.

'Hier.' Hij steekt hem zijn creditcard toe. 'Misschien ben ik nog op tijd.'

Ik kuier door de stille straten van mijn buurt en trek mijn vest nog wat steviger om me heen. Ik heb tegen de taxichauffeur gezegd dat hij me om de hoek moest afzetten, want ik wilde wat frisse lucht halen en mijn gedachten op een rij zetten voordat ik naar huis ging. Ik wil ook dat mijn tranen opgedroogd zijn tegen de tijd dat pa me ziet, die me ongetwijfeld zit op te wachten in zijn leunstoel, zoals hij deed toen ik nog een kind was, alert en nieuwsgierig naar wat er gebeurd is, hoewel hij zou doen alsof hij sliep zodra hij de sleutel in de deur hoorde.

Ik loop langs mijn oude huis, dat ik een paar dagen geleden heb weten te verkopen, niet aan de enthousiaste Linda en Joe, die erachter waren gekomen dat het mijn huis was en bang waren dat mijn ongeluk een slecht voorteken was voor henzelf en hun ongeboren kind, dat de trap mijn val had veroorzaakt, misschien te gevaarlijk zou zijn voor Linda tijdens haar zwangerschap. Niemand neemt meer verantwoordelijkheid voor hun daden, merk ik. Het lag niet aan de trap, het lag aan mij. Ik had me gehaast. Het was mijn fout. Eenvoudig zat. Ik zal heel diep in mezelf moeten graven om het te vergeven, en ik zal het nooit vergeten.

Misschien haast ik me al door mijn hele leven, duik ik overal maar in zonder eerst na te denken. Ik jakker door de dagen zonder de minuten op te merken. Niet dat de tijden dat ik mijn pas vertraagde en plannen maakte positievere resultaten opleverden. Ma en pa hadden hun hele leven gepland:

zomervakanties, een kind, hun spaargeld, avondjes uit. Alles ging volgens het boekje. Haar voortijdige verscheiden was het enige wat ze niet hadden afgesproken. Een kleinigheidje waardoor alles uit koers werd geslagen.

Conor en ik hadden de golfbal direct richting de bomen geslagen en een bogey gemaakt. We verdeelden de opbrengst van het huis. Ik moet snel op zoek naar iets kleiners, iets goedkopers. Ik had geen idee wat hij gaat doen, wat een vreemde gedachte is.

Ik blijf voor ons oude huis staan en staar naar de rode bakstenen, naar de deur waarover we nog geruzied hadden welke kleur hij moest worden, en naar de bloemen waar we zo zorgvuldig over nadachten voordat we ze plantten. Ze zijn niet meer van mij, maar de herinneringen wel, de herinneringen kunnen niet verkocht worden. Het gebouw dat mijn sprookjesdromen huisvestte staat hier nu voor iemand anders, zoals het er stond voor de mensen vóór ons, en ik ben gelukkig met de gedachte dat ik het loslaat. Gelukkig over het feit dat dat een andere tijd was en ik opnieuw kan beginnen, van voren af aan, hoewel met de littekens van vroeger. Die staan voor wonden die geheeld zijn.

Het is middernacht als ik terugkeer bij pa's huis, en de ramen zijn donker. Er brandt geen enkel lampje, wat ongebruikelijk is, want meestal laat hij het licht in de portiek branden, zeker als ik uit ben.

Ik open mijn tas om mijn sleutels te pakken en stuit op mijn mobieltje. Het licht op en meldt dat ik tien gemiste telefoontjes heb, waarvan acht uit het huis. Ik had hem in de opera op de trilstand gezet, en aangezien ik wist dat Justin mijn nummer niet had, had ik er niet aan gedacht te kijken of er gebeld was. Ik grabbel naar mijn sleutels en mijn handen beven wanneer ik de sleutel in het slot probeer te steken. Ze vallen op de grond en het lawaai weergalmt door de stille donkere straat. Ik laat me op mijn knieën zakken. Mijn nieuwe jurk kan me gestolen worden en ik schuifel heen en weer op het beton, in de duisternis rondtastend naar metaal. Eindelijk voel ik ze en als een raket schiet ik naar binnen en ik knip alle lampen aan.

'Pa?' roep ik de gang in. Ma's foto ligt op de grond, onder het tafeltje. Ik raap hem op en zet hem terug op zijn plek, en probeer kalm te blijven, maar mijn hart denkt daar anders over.

Geen antwoord. Ik loop naar de keuken en doe het licht aan. Op de keukentafel staat een volle kop thee. Een geroosterde boterham met jam waar één hap van is genomen.

'Pa?' zeg ik, luider nu, en ik loop de woonkamer in en doe ook daar het licht aan.

Zijn pillen liggen verspreid over de vloer, alle potjes geopend en leeggemaakt, alle kleuren door elkaar.

Ik raak nu in paniek en ren weer door de keuken, door de gang en naar boven, waarbij ik overal het licht aandoe. 'PA!' roep ik zo hard als ik kan. 'PA! WAAR BEN JE? IK BEN HET, JOYCE! PA!' De tranen rollen nu over mijn wangen en ik kan nauwelijks nog praten. Hij is niet in zijn slaapkamer of de badkamer, niet in mijn slaapkamer, nergens. Ik blijf staan op de overloop, en probeer in de stilte te horen of hij me roept. Het enige wat ik hoor is het bonken van mijn hart in mijn oren, in mijn keel.

'PA!' gil ik. Mijn borst gaat snel op een neer, en de brok in mijn keel dreigt me de adem te benemen. Ik heb overal gekeken. Ik begin kasten open te trekken en kijk onder zijn bed. Ik grijp een kussen van zijn bed en adem diep in, terwijl ik het dicht tegen me aan trek en doorweek met mijn tranen. Ik kijk door het achterraam de tuin in: hij is nergens te bekennen.

Mijn knieën kunnen me niet meer overeind houden en mijn hoofd loopt over, en ik laat me op de bovenste trede zakken en probeer te bedenken waar hij kan zijn.

Dan denk ik weer aan de pillen op de grond en ik schreeuw harder dan ik ooit in mijn leven heb geschreeuwd. 'PAAAA!'

Ik hoor niets dan stilte en ik heb me nog nooit zo alleen gevoeld. Meer nog dan in de opera, meer nog dan in een ongelukkig huwelijk, meer nog dan toen ma overleed. Helemaal alleen, de laatste persoon die ik nog heb in mijn leven is me afgenomen.

Maar dan: 'Joyce?' Een stem roept me bij de voordeur, die ik open heb laten staan. 'Joyce, ik ben het, Fran.'

Ze staat daar in haar kamerjas en op slippers. Haar oudste zoon staat achter haar met een zaklantaarn.

'Pa is weg.' Mijn stem beeft.

'Hij is in het ziekenhuis, ik heb geprobeerd je te–'

'Wat? Hoezo?' Ik sta op en ren de trap af.

'Hij dacht dat hij weer een hart–'

'Ik moet erheen. Ik moet naar hem toe.' Ik ren rond, op zoek naar mijn autosleutels. 'In welk ziekenhuis ligt hij?'

'Lieverd, Joyce, rustig maar.' Fran slaat haar armen om me heen. 'Ik rij je wel.'

Ik ren door de gangen en kijk op elke deur in mijn poging de juiste kamer te vinden. Ik raak in paniek en mijn tranen verblinden me. Een verpleegster houdt me staande en helpt me, probeert me te kalmeren. Ze weet meteen over wie ik het heb. Ik mag eigenlijk niet bij hem, maar ze ziet hoe radeloos ik ben, en ze wil me kalmeren door te laten zien dat het goed met hem gaat. Ze geeft me een paar minuten.

Ik volg haar door een reeks gangen en eindelijk gaat ze me voor zijn kamer in. Ik zie pa in een bed liggen, met slangetjes in zijn polsen en neus, zijn huid doodsbleek, zijn lichaam zo nietig onder de lakens.

'Was jij dat die zo'n heisa maakte?' vraagt hij. Zijn stem klinkt zwak.

'Pa.' Ik probeer kalm te blijven maar mijn stem komt er dof uit.

'Het is al goed, kind. Ik ben alleen maar geschrokken. Ik dacht dat mijn hart weer haperde, en ik wilde mijn pillen nemen maar toen werd ik duizelig en ze vielen allemaal op de grond. Heeft iets te maken met suiker, hebben ze me verteld.'

'Suikerziekte, Henry,' zegt de verpleegster met een lachje. 'De dokter komt het je morgen allemaal uitleggen.'

Ik snik en probeer kalm te blijven.

'O, kom hier, malle meid.' Hij steekt zijn armen naar me uit. Ik ren naar hem toe en omhels hem stevig. Zijn lichaam voelt breekbaar maar beschermend aan.

'Ik laat je heus niet alleen, hoor. Stil maar.' Hij haalt zijn handen door mijn haar en klopt troostend op mijn rug. 'Ik hoop niet dat ik je avond heb verpest. Ik zei nog tegen Fran dat ze je niet lastig moest vallen.'

'Natuurlijk had je me moeten bellen,' zeg ik tegen zijn schouder. 'Ik schrok vreselijk toen je niet thuis was.'

'Maar het gaat dus prima. Maar je moet me hier wel mee helpen,' fluistert hij. 'Ik zei tegen de dokter dat ik het begreep maar eigenlijk snap ik er niks van,' zegt hij enigszins bezorgd. 'Hij is heel erg uit de hoogte.' Hij trekt zijn neus op.

'Natuurlijk.'

Ik droog mijn tranen en probeer tot bedaren te komen.

'En, hoe was het?' vraagt hij, een stuk vrolijker. 'Vertel me al het goeie nieuws.'

'Hij, eh…' Ik tuit mijn lippen. 'Hij is niet komen opdagen.' Ik moet weer huilen.

Pa zwijgt. Hij is verdrietig en vervolgens boos, en dan weer verdrietig. Hij omhelst me opnieuw, steviger deze keer.

'Meisje toch,' zegt hij zachtjes. 'Hij is een stomme klootzak.'

Justin vertelt het verhaal over zijn rampzalige weekend aan Bea, die met open mond op de bank zit.

'Ongelooflijk dat ik dit allemaal gemist heb. Echt balen!'

'Nou, je zou het niet gemist hebben als je tegen me gepraat had,' zegt Justin plagerig.

'Nog bedankt dat je Peter hebt verteld dat het je spijt. Dat waardeer ik echt, en hij ook.'

'Ik gedroeg me als een idioot, ik wilde gewoon niet toegeven dat mijn kleine meid groot was geworden.'

'Het is écht waar,' zegt ze lachend. Ze denkt weer terug aan zijn verhaal. 'God, ik kan me nog steeds niet voorstellen dat iemand al die dingen voor je deed. Wie zou het kunnen zijn? Diegene moet uren op je hebben zitten wachten in de opera.'

Justin slaat zijn handen voor zijn ogen en krimpt ineen. 'Hou op, ik kan wel door de grond zakken.'

'Maar je had dus voor Joyce gekozen.'

Hij knikt en glimlacht treurig.

'Je vond haar dus echt leuk.'

'En zij vond mij dus niet leuk, want ze is niet komen opdagen. Nee, Bea, ik ben er helemaal klaar mee. Het is tijd om verder te gaan. Ik heb al te veel tijd verspild door te proberen erachter te komen. Als je niet weet aan wie je het nog meer hebt verteld, zullen we het wel nooit weten.'

Bea denkt diep na. 'Ik heb het alleen aan Peter, het hoofd kostuums en haar vader verteld. Waarom denk je dat zij het niet waren?'

'Ik heb het hoofd kostuums die avond ontmoet. Ze gedroeg zich niet alsof ze me kende, en ze is Engels. Waarom zou ze naar Ierland gaan voor een bloedtransfusie? Ik heb haar nog gebeld en naar haar vader gevraagd. Zeg maar niks.' Hij negeert haar boze blik. 'Maar goed, haar vader blijkt uit Polen te komen.'

'Wacht even, hoe kom je daarbij? Ze was niet Engels, ze was Iers.' Bea fronst haar wenkbrauwen. 'Ze kwamen allebei uit Ierland.'

Bonk bonk. Bonk bonk.

'Justin.' Laurence komt de kamer binnen met een kop koffie voor hem en Bea. 'Ik vroeg me af ik je even kon spreken, als je tijd hebt.'

'Niet nu, Laurence.' Justin schuift naar het puntje van zijn stoel.

'Bea, waar is het programmaboekje van je voorstelling? Haar foto staat erin.'

'Echt, Justin.' Jennifer verschijnt met haar armen over elkaar in de deur-opening. 'Kun je alsjeblieft één keer beleefd zijn? Laurence wil iets tegen je zeggen en je bent het hem wel verplicht te luisteren.'

Bea duwt de ruziënde volwassenen opzij en rent naar haar kamer. Ze keert terug en negeert hen, wuivend met het programmaboekje. Justin negeert hen ook.

Hij grijpt het en bladert er snel doorheen. 'Daar!' Hij drukt met zijn vinger op de pagina.

'Jongens.' Jennifer stapt tussen hen in. 'We moeten dit echt uitpraten.'

'Niet nu, ma. Alsjeblieft!' roept Bea. 'Dit is belangrijk!'

'En dat is dit niet?'

'Dat is ze niet.' Heftig schudt Bea haar hoofd. 'Dat is niet de vrouw die ik gesproken heb.'

'Hoe zag ze eruit?' Justin gaat staan. Bonk bonk. Bonk bonk.

'Laat me nadenken, laat me nadenken.' Bea raakt in paniek. 'Ik weet het! Ma!'

'Wat?' Jennifer kijkt bedremmeld naar Justin en Bea.

'Waar zijn de foto's die we hebben gemaakt op de eerste avond dat ik inviel voor Charlotte?'

'O, eh…'

'Snel.'

'Ze liggen in een van de keukenkastjes,' zegt Laurence met gefronste wenkbrauwen.

'Goed zo, Laurence!' Justin slaat een vuist in de lucht. 'Ze liggen in een van de keukenkastjes! Ga ze halen, snel!'

Geschrokken rent Laurence naar de keuken en Jennifer kijkt hem met open mond na. Er klinkt volop geritsel met papieren. Justin ijsbeert vlug door de kamer en Jennifer en Bea volgen hem met hun blik.

'Hier zijn ze.' Laurence reikt ze aan en Bea grist ze uit zijn hand.

Jennifer wil nog iets zeggen, maar Bea en Justin praten en bewegen te snel.

Bea gaat als een razende door de foto's. 'Jij was er niet bij, pa. Jij was verdwenen, maar we hebben een groepsfoto gemaakt. Hier is hij!' Ze rent naar haar vader. 'Dat zijn ze. De vrouw en haar vader, aan het uiteinde.' Ze wijst.

Stilte.

'Pa?'

Stilte.

'Pa, gaat het?'

'Justin?' Jennifer komt dichterbij. 'Hij is heel bleek, snel, Laurence, ga een glas water voor hem halen.'

Laurence rent terug naar de keuken.

'Pa.' Bea knipt voor zijn ogen met haar vingers. 'Pa, ben je er nog?'

'Zij is het,' fluistert hij.

'Wie zij?' vraagt Jennifer.

'De vrouw van wie hij het leven heeft gered.' Bea springt opgewonden op en neer.

'Heb jíj het leven van een vrouw gered?' vraagt Jennifer geschokt.

'Het is Joyce,' fluistert hij.

Bea hapt naar adem. 'De vrouw die me gebeld heeft?'

Hij knikt.

Bea snakt nogmaals naar adem. 'De vrouw die je hebt laten zitten?'

Justin sluit zijn ogen en vervloekt zichzelf.

'Je hebt het leven van een vrouw gered en laat haar vervolgens zitten?' Jennifer lacht.

'Bea, waar is je telefoon?'

'Hoezo?'

'Ze heeft je gebeld, weet je nog? Haar nummer staat in je telefoon.'

'O, pa, dat is hartstikke lang geleden. Mijn telefoon onthoudt alleen de laatste tien nummers. Dat was weken geleden!'

'Verdomme!'

'Ik heb het aan Doris gegeven, weet je nog? Die heeft het opgeschreven. Je hebt het nummer gebeld vanuit je appartement!'

Je hebt het in de container gegooid, eikel, denkt Justin. De container! Die staat er nog!

'Hier.' Laurence komt hijgend binnen met een glas water.

'Laurence.' Justin steekt zijn armen uit, pakt hem bij de wangen en kust zijn voorhoofd. 'Jullie hebben mijn zegen, Jennifer.' Bij haar doet hij hetzelfde, hoewel hij haar op de lippen kust. 'Veel geluk.'

Hij rent het appartement uit en Bea juicht hem toe, Jennifer veegt vol weerzin haar lippen af en Laurence dept het water dat op zijn kleren is gemorst.

Justin sprint van het metrostation naar zijn huis. Regen stroomt neer uit de wolken alsof er een natte doek wordt uitgewrongen. Het kan hem niet schelen, hij kijkt lachend omhoog naar de lucht en geniet ervan hoe het aanvoelt op zijn gezicht. Hij kan nauwelijks geloven dat het al die tijd Joyce is geweest. Hij had het moeten weten. Alles valt nu op zijn plek: dat ze hem vroeg of hij wel zeker wist of hij een eetafspraak wilde maken, dat haar vriendin bij zijn lezing was, alles!

Hij rent naar de hoek en ziet de container staan, die nu tot de rand is gevuld met voorwerpen. Hij springt erin en begint te zoeken.

Achter het raam stoppen Doris en Al met pakken en ze kijken bezorgd toe.

'Verdomme, ik dacht echt dat het de goede kant met hem op ging,' zegt Al. 'Moeten we blijven?'

'Ik weet het niet,' antwoordt ze bezorgd. 'Wat is hij in vredesnaam aan het doen? Het is tien uur 's avonds. Wedden dat de buren de politie gaan bellen?'

Zijn grijze T-shirt is doorweekt en hij heeft zijn natte haar naar achteren gestreken. Water druipt van zijn neus en zijn broek kleeft aan zijn huid. Ze zien hem juichen en joelen terwijl hij de inhoud van de container op de grond gooit.

42

Ik lig in bed en probeer al starend naar het plafond mijn leven te verwerken. Pa ligt nog in het ziekenhuis voor onderzoeken en is morgen weer thuis. Nu er niemand is, voel ik me gedwongen na te denken over mijn leven, en ik ben al langs wanhoop, schuldgevoel, verdriet, woede, eenzaamheid, depressie, cynisme geweest en ben eindelijk op weg naar hoop. Als een verslaafde die in één keer afkickt heb ik door deze kamers gedwaald en elke emotie stroomde uit mijn poriën. Ik heb hardop gepraat, geschreeuwd en geroepen, gehuild en getreurd.

Het is elf uur 's avonds en donker, winderig en koud nu de wintermaanden zich strijdlustig aandienen. De telefoon gaat. Ik denk dat het pa is en snel de trap af, grijp de telefoon en ga op de onderste tree zitten.

'Hallo?'

'Al die tijd was jij het.'

Ik verstijf. Mijn hart bonkt. Ik haal de telefoon van mijn oor en adem diep in.

'Justin?'

'Je bent het al die tijd geweest, hè?'

Ik zwijg.

'Ik heb de foto van je vader en jou met Bea gezien. Die avond heeft ze je verteld dat ik bloed heb gegeven. En dat ik bedankt wilde worden.' Hij niest.

'Gezondheid.'

'Waarom heb je niks tegen me gezegd? Al die keren dat ik je zag? Ben je me gevolgd of... hoe zit het, Joyce?'

'Ben je boos op me?'

'Nee! Ik bedoel: ik weet het niet. Ik snap het niet. Ik ben in de war.'

'Ik zal het uitleggen.' Ik adem diep in en probeer mijn stem onder controle te krijgen, probeer door een hart heen te praten dat momenteel in mijn keel klopt. 'Ik ben je niet gevolgd naar de plekken waar we elkaar tegenkwamen, dus maak je geen zorgen. Ik ben geen stalker. Er is iets gebeurd, Justin. Er is iets gebeurd toen ik mijn bloedtransfusie kreeg en wat het ook was, toen jouw bloed vermengd werd met het mijne, voelde ik opeens een band met jou. Ik kwam steeds op plekken waar jij ook was, zoals de kapsalon en het ballet. Het was allemaal toeval.' Ik praat nu te snel, maar langzamer lukt me niet. 'En toen vertelde Bea me dat je bloed had gegeven rond dezelfde tijd dat ik het had ontvangen, en...'

'Wat?'

Ik weet niet zeker wat hij bedoelt.

'Bedoel je dat je niet zeker weet of je mijn bloed hebt gekregen? Want ik kon er niet achter komen, niemand wilde het me vertellen. Heeft iemand het jou verteld?'

'Nee. Niemand heeft het me verteld. Dat hoefde niet. Ik–'

'Joyce.' Hij onderbreekt me en ik ben bezorgd over zijn toon.

'Ik ben geen rare snuiter, Justin. Vertrouw me. Ik heb nooit eerder meegemaakt wat ik de afgelopen weken heb meegemaakt.' Ik vertel hem het verhaal. Dat ik opeens weet wat hij weet en kan wat hij kan, dat ik zijn smaak deel.

Hij zwijgt.

'Zeg iets, Justin.'

'Ik weet niet wat ik moet zeggen. Het klinkt… vreemd.'

'Het is ook vreemd, maar het is waar. Dit klinkt vast nog erger, maar ik heb het gevoel dat ik ook een paar herinneringen van je heb meegekregen.'

'Echt?' Zijn stem is kil en komt van ver. Ik raak hem kwijt.

'Herinneringen aan het park in Chicago, Bea die danst in haar tutu op het rode geblokte kleed, de picknickmand, de fles rode wijn. De klokken van de kathedraal, de ijssalon, de wip met Al, de sproei-installatie, de–'

'Ho, ho, ho. Wacht even. Wie ben jij?'

'Justin, ik ben het!'

'Wie heeft je dit verteld?'

'Niemand, ik weet het gewoon!' Vermoeid wrijf ik in mijn ogen. 'Ik weet hoe bizar het klinkt, Justin, echt. Ik ben een heel normaal, fatsoenlijk mens, en ik ben hartstikke cynisch, maar dit is mijn leven en dit is wat er met me gebeurt. Als je me niet gelooft, dan spijt me dat en hang ik op en ga ik verder met mijn leven. Maar geloof me alsjeblieft, dit is geen grap of mop en niemand neemt je in de maling of zo.'

Hij zwijgt even. En dan: 'Ik wil je geloven.'

'Voel je iets tussen ons?'

'Ja, ik voel het wel.' Hij spreekt heel langzaam, alsof hij over elke letter van elk woord moet nadenken. 'De herinneringen, mijn smaak en hobby's of waar je het verder over had, dat zijn dingen die je me misschien hebt zien doen of over horen praten. Ik zeg niet dat je dit expres doet, misschien weet je het niet eens maar heb je mijn boeken gelezen. Daar staan veel persoonlijke verhalen in. Je hebt de foto in Bea's medaillon gezien, je bent naar mijn lezingen geweest, je hebt mijn artikelen gelezen. Daarin heb ik misschien dingen over mezelf verteld, sterker nog: dat wéét ik. Hoe kan ik weten dat je dit allemaal weet dankzij een bloedtransfusie? Hoe weet ik of, en vat dit niet verkeerd op, je geen gestoorde jonge vrouw bent die zichzelf een krankzinnig verhaal heeft aangepraat waarover ze een boek gelezen heeft of een film heeft gezien? Hoe moet ik dat weten?'

Ik zucht. Ik kan hem op geen enkele manier overtuigen.

'Justin, ik geloof momenteel helemaal niks meer, maar dit wel.'

'Het spijt me, Joyce.' Hij wil het gesprek duidelijk afronden.

'Nee, wacht! Is dit het dan?'

Stilte.

'Ga je niet eens proberen me te geloven?'

Hij slaakt een diepe zucht. 'Ik dacht dat je iemand anders was, Joyce. Ik weet niet waarom, want ik had je nog nooit ontmoet, maar ik dacht dat je anders zou zijn. Dit... hier kan ik niet bij. Dit vind ik... het is niet goed, Joyce.'

Elke zin is een dolkstoot in mijn hart en een stomp in mijn buik. Van iedereen zou ik dit kunnen aanhoren, maar niet van hem. Iedereen, behalve hij.

'Zo te horen heb je veel meegemaakt, misschien zou je... met iemand moeten praten.'

'Waarom geloof je me niet? Alsjeblieft, Justin. Er moet iets zijn wat ik kan zeggen om je te overtuigen. Iets wat ik weet en wat niet in een artikel of een boek staat, wat je niemand tijdens een lezing hebt verteld...' Mijn stem sterft weg, ik probeer iets te verzinnen. Nee, dat kan ik niet gebruiken.

'Tot ziens, Joyce. Ik hoop dat het allemaal goed komt met je, echt.'

'Wacht! Er is wel iets. Eén ding dat alleen jij kunt weten.'

Hij zwijgt even. 'Wat dan?'

Ik knijp mijn ogen dicht en adem diep in. Doe het of doe het niet. Doe het of niet. Ik open mijn ogen en flap het eruit. 'Je vader.'

Er valt een stilte.

'Justin?'

'Wat is daarmee?' Zijn toon is ijskoud.

'Ik weet wat je gezien hebt,' zeg ik zachtjes. 'Dat je het niemand kon vertellen.'

'Waar heb je het in godsnaam over?'

'Ik weet dat je op de trap zat en hem door de spijlen heen zag. Ik zie hem ook. Ik zie hoe hij met de fles en de pillen de deur dichtdoet. Dan zie ik de groene voeten op de grond–'

'HOU OP!' roept hij, en ik zwijg geschokt.

Maar ik moet het blijven proberen, of ik krijg nooit meer de kans om deze woorden te zeggen.

'Ik weet hoe moeilijk het als kind voor je geweest moet zijn. Hoe moeilijk het was het voor jezelf te houden–'

'Je weet niks,' zegt hij op kille toon. 'Helemaal niks. Blijf alsjeblieft uit mijn buurt. Ik wil je nooit meer spreken.'

'Oké.' Ik zeg het op een fluistertoon, maar ik praat tegen mezelf, want hij heeft al opgehangen.

Ik zit op de treden van het donkere, lege huis en luister hoe de koude oktoberwind de woning doet klapperen en kletteren.

Dat was het dan.

Een maand later

43

'De volgende keer moeten we de auto nemen, Gracie,' zegt pa wanneer we teruglopen van onze wandeling in de botanische tuin. Ik haak bij hem in en ga omhoog en omlaag met zijn slingerende tred. Omhoog en omlaag, omlaag en omhoog. De beweging werkt kalmerend.

'Nee, je hebt de lichaamsbeweging nodig, pa.'

'Jij misschien?' mompelt hij. 'Hoe is-ie, Sean? Rotweer, hè?' roept hij over straat naar de oude man achter zijn looprek.

'Vreselijk!' roept Sean terug.

'En, wat vond je van het appartement?' Ik snij het onderwerp nu al voor de derde keer in enkele minuten aan. 'Deze keer kom je er niet onderuit.'

'Ik probeer nergens onderuit te komen. Hoe gaat-ie, Patsy? Hoe gaat-ie, Suki?' Hij blijft staan om de dashond te aaien. 'Wat ben je toch een leuk klein ding,' zegt hij, en we lopen verder. 'Ik haat dat kleine rotbeest. Blaft de godganse nacht als ze weg is,' mompelt hij, en hij trekt zijn pet nog verder over zijn ogen na een felle windstoot. 'Godallemachtig, komen we überhaupt wel vooruit? Met deze wind lijkt het net of ik in zo'n molentred sta.'

'Tredmolen,' zeg ik lachend. 'Maar kom op, vond je het een mooi appartement of niet?'

'Ik weet het niet. Het leek wel heel erg klein en er ging een gek mannetje de woning ernaast in. Hij stond me niet zo aan, geloof ik.'

'Hij leek mij heel aardig.'

'Ja, dat zal wel.' Hij slaat zijn ogen ten hemel en schudt zijn hoofd. 'Elke man is momenteel goed genoeg voor jou, zou ik zo zeggen.'

'Pa!' Ik lach.

'Goeiemiddag, Graham. Rotweer, hè?' zegt hij tegen zijn buurman die langsloopt.

'Vreselijk, Henry,' reageert Graham, en hij steekt zijn handen in zijn zakken.

'Maar goed, ik denk niet dat je dat huis moet nemen, Gracie. Wacht nog even tot er iets beters voorbijkomt. Het heeft geen zin het eerste het beste maar te nemen.'

'Pa, we hebben al tien huizen gezien en je vond ze allemaal niks.'

'Moet ik er wonen of jij?' vraagt hij. Omhoog en omlaag. Omlaag en omhoog.

'Ik.'

'Wat kan het je dan schelen?'

'Ik hecht waarde aan je mening.'

'Dat doe je maar– Hallo, Kathleen!'

'Je kunt me niet eeuwig thuis laten wonen, hoor.'

'Eeuwigheid kent geen tijd. Ik krijg jou helemaal niet weg. Je bent het Stonehenge van volwassen kinderen die thuis wonen.'

'Mag ik maandag mee naar je club?'

'Alweer?'

'Ik wil het potje schaak met Larry afmaken.'

'Larry zet zijn pionnen steeds zo neer dat jij voorover moet buigen en hij in je topje kan kijken. Dat spelletje is nooit voorbij.' Pa rolt met zijn ogen.

'Pa!'

'Wat? Je moet weer een sociaal leven krijgen, en niet rondhangen met lui als Larry en mij.'

'Ik vind het leuk om rond te hangen met jullie.'

Hij glimlacht bij zichzelf, blij om dat te horen. We lopen naar pa's huis en slingeren over het smalle tuinpad naar de voordeur. Bij de aanblik van wat er voor de deur staat blijf ik staan. Een klein mandje met muffins, verpakt in plastic en met een roze strik erom. Ik kijk naar pa, die er zo overheen stapt en de voordeur opent, waardoor ik even aan mijn ogen begin te twijfelen. Heb ik het me ingebeeld?

'Pa! Wat doe je?' Geschokt kijk ik om, maar er is niemand te zien.

Pa knipoogt naar me, kijkt even treurig maar werpt me dan een brede lach toe en sluit de deur voor mijn neus.

Ik pak de envelop die aan het plastic is geplakt en met trillende vingers haal ik het kaartje eruit.

Bedankt…

'Het spijt me, Joyce.'

Ik hoor een stem achter me waar mijn hart bijna van stil blijft staan en razendsnel draai ik me om.

Daar is hij, hij staat bij het tuinhekje, met in zijn handen een bos bloemen en een berouwvolle blik. Hij draagt handschoenen, een sjaal en een winterjas, en het puntje van zijn neus en zijn wangen zijn rood van de kou, en zijn groene ogen flonkeren op deze grauwe dag. Hij is een droombeeld; met één blik beneemt hij me de adem, en ik kan zijn nabijheid bijna niet verdragen.

'Justin…' Ik ben volkomen sprakeloos.

Hij doet een stap naar voren. 'Denk je dat je het over je hart kunt verkrijgen om een dwaas als ik te vergeven?' Hij staat aan het eind van de tuin, naast het hek.

Ik weet niet wat ik moet zeggen. Het is een maand geleden. Waarom nu?

'Je raakte een zere plek aan de telefoon,' zegt hij, en hij kucht. 'Dat weet niemand over mijn vader. Of niemand wíst dat. Ik weet niet hoe jij het wel weet.'

'Dat heb ik je verteld.'

'Ik begrijp het niet.'

'Ik ook niet.'

'Maar ik begrijp de meeste alledaagse dingen niet. Ik begrijp niet wat mijn dochter in haar vriend ziet. Ik begrijp niet hoe het kan dat mijn broer alle natuurwetten tart en nog niet in een echte aardappel is veranderd. Ik begrijp niet hoe Doris met zulke lange nagels de melk open krijgt. Ik begrijp niet waarom ik een maand geleden niet bij je binnengestormd ben om je te vertellen hoe ik me voelde… Ik begrijp zo veel eenvoudige dingen niet, ik zou niet weten waarom dit anders zou moeten zijn.'

Ik laat mijn blik langs zijn gezicht gaan, de krulletjes die onder een wollen muts vandaan piepen, zijn nerveuze lachje. Hij neemt mij ook op en ik ril, maar niet van de kou. Die voel ik niet meer. Voor mij is de hele wereld nu een stuk warmer. Wat aardig. Mijn dank gaat nog verder dan wolken.

Er verschijnen rimpeltjes op mijn voorhoofd nu hij naar me kijkt.

'Wat?'

'Niets. Je doet me nu alleen heel erg aan iemand denken. Het doet er niet toe.' Hij schraapt zijn keel, glimlacht, en wil verdergaan waar hij gebleven was.

'Eloise Parker, denk ik', en zijn grijns verdwijnt.

'Hoe weet je dat in godsnaam?'

'Dat was je buurmeisje op wie je al heel lang een oogje had. Toen je vijf jaar was besloot je er iets aan te doen, dus plukte je bloemen uit je voortuin en bezorgde je die bij haar thuis. Ze opende de deur al voordat je het pad op kwam en stapte naar buiten in een blauwe jas met een zwarte sjaal,' zeg ik, en ik trek mijn blauwe jas nog iets steviger om me heen.

'En toen?' vraagt hij. Hij is duidelijk geschokt.

'En toen niks.' Ik haal mijn schouders op. 'Je liet ze op de grond vallen en krabbelde terug.'

Hij schudt zachtjes zijn hoofd en glimlacht. 'Hoe is het toch–'

Ik haal mijn schouders op.

'Wat weet je nog meer over Eloise Parker?' Hij knijpt zijn ogen tot spleetjes.

Ik glimlach en kijk weg. 'Op je zestiende was zij de eerste met wie je naar bed ging, in haar slaapkamer, toen haar ouders op een cruise waren.'

Hij rolt met zijn ogen en laat het boeket tot bijna op de grond hangen. 'Maar dat is niet eerlijk. Zulke dingen mag je helemaal niet over me weten.'

Ik lach.

'Je doopnaam is Joyce Bridget Conway, maar je vertelt iedereen dat je tweede voornaam Angeline is,' is zijn repliek.

Mijn mond valt open.

'Als kind had je een hond die Bunny heette.' Bijdehand trekt hij een wenkbrauw op.

Ik knijp mijn ogen toe.

'Je bent dronken geworden van illegaal gestookte whisky toen je...' Hij sluit zijn ogen en denkt diep na. 'Toen je vijftien was. Met je vriendinnen Kate en Frankie.'

Met elk brokje informatie doet hij een stap dichterbij en die geur, die geur van hem, waar ik zo naar verlangd heb, komt steeds dichterbij.

'Je eerste tongzoen was met Jason Hardy toen je tien was. Iedereen noemde hem altijd Jason Altijd Hardy.'

Ik lach.

'Je bent niet de enige die van alles mag weten.'

Hij doet nog een stap en dichterbij kan hij niet komen. Zijn schoenen, de stof van zijn dikke jas, alles raakt me aan. Mijn hart haalt een trampoline tevoorschijn en begint aan een lange serie sprongen. Ik hoop maar dat Justin de joelende vreugdekreten niet hoort die het slaakt.

'Wie heeft je dat allemaal verteld?' Mijn woorden raken zijn gezicht als een koud wolkje.

'Het was een grote operatie om hierheen te komen. Enorm. Je vriendinnen onderwierpen me aan een hele reeks onderzoeken om te bewijzen of het me wel genoeg speet voordat ze me goed genoeg achtten om hierheen te komen.'

Ik lach, geschokt dat Frankie en Kate het eindelijk over iets eens waren, laat staan zoiets groots geheim hebben gehouden.

Stilte. We staan zo dicht bij elkaar dat als ik opkijk mijn neus zijn kin zal raken. Ik blijf naar beneden kijken.

'Je bent nog steeds bang om in het donker te slapen,' fluistert hij, en hij neemt mijn kin in zijn hand en duwt hem omhoog, zodat ik alleen nog maar naar hem kan kijken. 'Tenzij er iemand bij je is,' voegt hij er met een lachje aan toe.

'Je hebt afgekeken tijdens je eerste tentamen op de universiteit,' fluister ik.

'Je had een hekel aan kunst.'

'Je liegt als je zegt dat je een fan bent van de *Mona Lisa*.' Ik sluit mijn ogen.

'Je had tot je vijfde een onzichtbaar vriendje dat Horatio heet.'

Hij kust mijn neus en ik wil net reageren, maar zijn lippen raken de mijne zo zacht, dat de woorden het opgeven, flauwvallen voor ze mijn strottenhoofd bereiken en terugglijden naar de geheugenbank waar ze vandaan kwamen.

Ik ben me vaag bewust van Fran die haar huis uit komt en iets tegen me zegt, van een auto die voorbijkomt en toetert, maar alles in de verte is wazig omdat ik me verlies in het moment met Justin en een nieuwe herinnering voor hem creëer, en voor mezelf.

'Vergeef je me?' zegt hij wanneer hij zich losmaakt.

'Ik kan niet anders. Het zit in mijn bloed,' zeg ik, en hij lacht. Ik kijk naar de bloemen in zijn handen, die tussen ons in geplet zijn. 'Ga je die ook op de grond laten vallen en weer terugkrabbelen?'

'Eerlijk gezegd zijn die niet voor jou.'

Hij wordt nog roder. 'Ze zijn voor iemand van de bloedbank bij wie ik me echt moet verontschuldigen. Ik hoopte dat je mee wilde komen om de reden voor mijn gestoorde gedrag uit te leggen, en misschien kan zij ons ook een paar dingen uitleggen.'

Ik kijk weer naar het huis en zie pa ons bespioneren vanachter het gordijn. Ik kijk hem vragend aan. Hij steekt zijn duimen op en mijn ogen schieten vol.

'Zat hij ook in het complot?'

'Hij noemde me een waardeloze zak en een stomme dwaas.' Hij trekt een lang gezicht en ik moet lachen.

Ik werp pa een kushandje toe en loop langzaam weg. Ik voel hoe hij me nakijkt, en ik voel ma's ogen ook terwijl ik het tuinpad afloop, het gras oversteek en het wenspaadje volg dat ik als klein meisje heb gemaakt, tot aan het pad dat van het huis loopt waarin ik ben opgegroeid.

Maar deze keer ben ik niet alleen.